Ses frères l'appelaient « Ti-Paul »

Alain Bellemare

Du même auteur:

Lève-toi et marche… ou crève!
Les aventures d'un Pied-Noir en Algérie
www.fouillez-tout.com/edition, 2007
ISBN: 978-2-9809849-0-7

Bienvenue sur Galaxya 7.0
En route pour Alpha Centauri
www.fouillez-tout.com/edition, 2008
ISBN: 978-2-9809849-1-4

Confessions d'un collabo
Vous irez cracher sur ma tombe!
www.fouillez-tout.com/edition, 2009
ISBN: 978-2-9809849-2-1

59,35 ARPENTS
La Romance d'un vin
www.fouillez-tout.com/edition, 2010
ISBN: 978-2-9809849-3-8

La Croix du Sud
La Cruz del Sur
www.fouillez-tout.com/edition, 2013
ISBN: 978-2-9809849-4-5

La route d'Espagne
La ruta del vino Somontano
www.fouillez-tout.com/edition, 2016
ISBN: 978-2-9809849-6-9

Le contrat
Code name: the « Big Event »
www.fouillez-tout.com/edition, 2017
ISBN: 978-2-9809849-7-6

The Hit
Code name: the « Big Event »
www.fouillez-tout.com/edition, 2018
ISBN: 978-2-9809849-9-0

Ses frères l'appelaient « Ti-Paul »

Alain Bellemare

ROMAN

PREMIÈRE ÉDITION

Dépôt légal: troisième trimestre 2019
Bibliothèque nationale du Québec

Bellemare, Alain
Ses frères l'appelaient « Ti-Paul »
ISBN: 978-2-9809849-8-3

Pour Henri...

- Chaque auteur est porté par ceux
  qui l'ont précédé...

Alors que le temps de votre vie s'écoule, vivez, afin que, pendant ce splendide moment, il n'y ait pas de laideur ou de mort pour vous-même ou pour toute vie que vous aurez touchée. Cherchez la bonté partout où vous irez, et, lorsque vous l'aurez trouvée, faites-la sortir de son repaire et laissez-la s'exprimer librement et sans honte.

Placez dans les possessions matérielles et dans la chair la moindre des valeurs, car ce sont des choses qui tiennent de la mort et qui ne font que passer. Découvrez dans toute chose ce qui brille et ce qui se trouve au-delà de la corruption; encouragez la vertu dans quel cœur que ce soit, car elle a peut-être été enfouie dans le secret et dans le chagrin par la honte et la terreur de ce monde. Ignorez l'évident, car il est indigne d'un grand cœur et de l'homme à l'oeil averti. Ne soyez inférieur à aucun homme et qu'aucun homme ne vous soit supérieur. Rappelez-vous que chaque homme n'est qu'une variation de vous-même; jamais la culpabilité d'un homme ne sera la vôtre ni son innocence une chose distincte. Haïssez le mal et l'impiété, mais non les hommes sans piété ou mauvais. Ceci, comprenez-le. N'ayez pas de honte à être gentil et bon avec les autres, mais si dans votre vie le moment de tuer survient, tuez parce qu'il vous faut le faire, et n'ayez pas de regrets.

Alors que le temps de votre vie s'écoule, vivez - afin que, pendant ce temps merveilleux, jamais vous n'ajoutiez à la misère et à la douleur du monde -; et restez souriant devant l'infini plaisir de vivre et son mystère.

- William Saroyan, *The Time Of Your Life*
(Traduction du texte original par Bibi)

À Rosy...

« Mon seul besoin c'est d'être bien quand tu tiens mon coeur dans ta main... » André Paiement, La première fois (Cano)

PREMIÈRE PARTIE

Les rayons de soleil commençaient à peine à creuser leur sillon dans l'ombre, quand Imelda vint le réveiller. À travers la fenêtre, le ciel s'empourprait et devenait de plus en plus lumineux, mais d'une lumière rougeoyante, timide: dans ce rude coin de pays, l'été, il n'en finissait plus de prodiguer son or ainsi que l'hiver, semer sa neige. C'était déjà le lever du jour, mais il faisait encore si noir dans la chambrée qu'il lui faudrait croire sa grande soeur sur parole: « Debout! C'est l'heure du train. Y fait beau à matin. Allez, les jeunes... Assez niaisé, là-dedans! »

Cependant, Henri-Paul reconnaissait d'ordinaire la naissance d'une belle journée à sa manière, au débit de la coulée qui filait derrière la maison ancestrale, aux rides qui se fondaient au loin dans l'onde silencieuse, à la douce lumière de la vie qui s'échouait sur les rivages argileux du torrent... il se retrouvait dès lors dans un havre chaleureux et indolent.

Sitôt levé, il allait faire la tournée des pacages avec son père, comme l'apprenti tireur de vache qui ramène les génisses qui se sont évadées des enclos, pendant la nuit. Habituellement, au petit matin, les fermiers de la Mauricie vont d'un champ à l'autre sans se presser...

Toutefois, le petit Henri préférait prendre les clôtures d'assaut, cingler sur l'océan herbeux toutes voiles dehors, frôler les brisants verdoyants qui lui coupaient la route, couché sur le flanc, rouler sa bosse sur les fourmilières sans chavirer... Parfois, après avoir navigué à vive allure dans les vastes plaines de la mer à labourer, il se retrouvait tout étourdi, le coeur au bord des lèvres, avec l'insondable prairie qui, partout, tanguait autour de lui.

Dès l'aube, beau temps mauvais temps, il ramenait une naufragée qui pataugeait dans une ravine ou d'autres qui préféraient mouiller dans les talles de trèfle et de luzerne au lieu de louvoyer en direction de la salle de traite avec le restant de la flottille à corne. Quelques fois, après avoir vogué dans une prairie encore plus inhabitée que le lac Saint-Pierre, il retrouvait une vache perdue, et qui, tel un bateau-citerne en perdition, laissait ballotter son immense bedondaine dans l'herbe haute en attendant d'être rescapée. Alors, Henri-Paul serrait de près ce vaisseau aux cales chargées de lait et l'arraisonnait pour ensuite le remorquer vers l'étable, en ordonnant: « Branle-bas de combat! À l'abordage, tous! »

Il aimait tant jouer au coureur des mers: c'était lui... l'écumeur des vastes prairies mauriciennes!

Dans le lit du vent, en rabattant la bête au ralenti pour qu'elle ne perde pas de sa précieuse cargaison opalescente, Henri prenait le temps de cueillir des fleurs pour sa vachette, à lui: ce serait pour sa collation du matin.

« Envoye!... Mais arrête don' de tourner en rond pis ramène-là au plus sacrant à l'étable... Simonac! » Avait lancé son père pour l'inciter à accélérer le mouvement.

.-.- *Mous...sail...lon... nous... pas... temps... a...voir... ni...ai...se...ries... per...dre... si... vou...loir... bon... port... ar...ri...ver* .-.-. Avait déchiffré le petit Henri dans un langage signé qui s'apparentait beaucoup au code Morse des pêcheurs de perchaudes des îles de Sorel; son père, qui l'amenait parfois pêcher dans l'archipel du lac Saint-Pierre, lui avait transmis le message en faisant des gestes exaspérés des bras: ses yeux lançaient même des éclairs intermittents!

Dès lors, pour obéir à l'ordre explicite de son commandant, Henri-Paul reprenait vite sa navigation à l'estime, hissait à la hâte les drisses pour tirer des bords, étarquait très fortement les bouts... Puis, avec la bête en perdition en poupe, le petit Henri lançait à son équipage:

« Cap sur la salle de traite, viiiite! »

Il remontait alors la large étendue herbeuse, vent debout, et zigzaguait derrière la naufragée pour la pousser devant... le halo luminescent de l'océan verdâtre séparant le bleu du ciel de l'horizon.

En faisant route avec l'infortunée des mers, tout ce qui faisait douce la vie voguait vers lui: la maison familiale où il faisait si bon vivre; la grange où il aimait tant jouer à la cachette avec ses frères; le frêne centenaire avec ses invitantes balançoires; le gros câble de chanvre qu'il attaquait, tel un corsaire à l'abordage, avant de faire une pirouette et de plonger dans l'eau; la *shed* poussiéreuse où régnait l'odeur de l'argent et du tabac à pipe qu'on hachait pour des clients impatients. Les habitués s'arrêtaient en face du hangar et klaxonnaient deux petits coups, suivi d'une pause; après, ils envoyaient un autre petit coup accompagné d'un plus grand pour qu'on les serve rapidement. C'était le code secret des frères de la côte:

« Tuuut! Tuuut!... Tuuut! Tuuuuuuuuuuuut! »

Au signal sonore convenu avec la clientèle, Henri sortait en courant avec un sac de cinq livres d'herbe à Nicot fraîchement emballé la veille, puis il revenait vite avec trois pièces de vingt-cinq cennes, tout content d'avoir grappillé ce trésor en espèces sonnantes et trébuchantes: son père, tel un pirate des Caraïbes, faisait du virginie de contrebande! Il approvisionnait même les passeurs de tabac qui descendaient le majestueux fleuve Saint-Laurent, depuis Montréal, pour ensuite aller vendre leur butin à Québec...

En faisant route droit sur la laiterie pour contenir la bête égarée et rabattre ce navire-citerne aux soutes gorgées de lait, Henri agitait ses bras comme de petits focs d'artimon. Déjà, il se voyait comme un jeune corsaire à l'aube de ses conquêtes; il se penchait sur les mers herbeuses de son futur empire en savourant le vrai bonheur du flibustier: être le seul maître à bord, après Dieu. Henri-Paul allait faire le choix de la liberté, il n'allait se soumettre qu'à la poussée des alizés, et un jour, quand il serait grand, il écumerait son bout d'océan à lui tout seul.

Mais ce matin-là, le petit Henri était épuisé; il se sentait le besoin de déposer les armes pour dissiper la fatigue et les racures de la journée précédente, alors qu'on avait fini, tard en soirée, par rentrer à la fourche le foin pour l'hiver avant qu'il ne se mette à mouiller dessus. Lorsqu'on apprend à se contenter de sa vie, on est riche aussi de ses courbatures, et pour chaque corvée sur la ferme il y en avait une distincte. Ainsi, Henri-Paul pouvait deviner ce que ses frères avaient vraiment fait la journée précédente, juste en observant le mal qui les affligeait au petit matin...

Élancement dans plusieurs articulations?... C'était parce qu'on avait déchargé des voyages de bois, ou du foin, la veille; mal de pied?... C'était une vache ou un cheval qui avait malencontreusement écrasé l'orteil de l'écorché de la vie; douleurs lombaires et fessières?... C'était sûrement le bouc qui en avait ramassé un, par derrière, un frangin qui ne s'était pas assez méfié en entrant dans l'enclos des brebis... le vieux bouquin ne tolérant personne pendant la saison des amours.

En manoeuvrant vers la salle de traite, l'étrave mordant dans le vert sans fin des pâtures, Henri-Paul serrait le vent de près pour remonter la coulée: il y avait là d'immenses vagues herbeuses qui n'en finissaient plus de frapper dur contre la coque: les quarantièmes rugissants.

Alors, pour se glisser entre les ronds, il donnait habilement de la bande au point de prendre l'eau dans un creux et de se retourner, complètement, le petit Henri gîtant fortement sur le côté: c'était Éole qui s'était soudainement déchaîné contre lui... avec l'impression que tous les cordages allaient lâcher! Puis, tel un capitaine au long cours, Henri donnait ensuite de savants coups de barre pour border l'égarée, choquait un bout pour ne pas s'abîmer sur un récif solitaire - qui semblait avoir surgi de nulle part pour essayer de l'éventrer -, après, il remettait vite le cap vers la crèmerie familiale, ordonnant à son timonier imaginaire: « Barre à bâbord, tooooouuuute! »

Dans la salle paroissiale de l'église du village, transformée les samedis après-midi en petite salle de cinéma pour les jeunes, il avait vu des flibustiers des mers du Sud le faire à maintes reprises... Alors, si ça fonctionnait pour un pirate des Caraïbes sur le grand écran, ça devrait aussi marcher pour lui dans les champs.

Suite à son commandement, et sans même résister le moins du monde, la fugitive dérivait tout doucement en cabotant en direction des logettes, coincée contre le gaillard avant du petit vaisseau qui lui interdisait toute retraite... Elle paraissait même ravie d'enfin retrouver ses consoeurs de l'armada laitière!

Henri-Paul était voué à vivre sur la terre ancestrale pour longtemps, le sillon avait déjà été tracé à l'avance par son père, comme avant lui par le père de son père et son arrière-grand-père: il n'avait plus qu'à suivre docilement le sillage, à suer sang et eau avec le lourd fardeau du destin sur ses petites épaules, et il serait heureux tout le long du chemin de la vie...

Cependant, le petit Henri se sentait déboussolé, et comme un capitaine qui ne peut faire le point durant son long périple sur l'océan amer, il naviguait à vue sans vraiment savoir où était sa place au beau milieu du mugissement de la mer mauricienne et du chant des sirènes qui l'attiraient pour l'échouer. Le voyage de la vie, ça n'était pas seulement d'arriver à bon port, c'était aussi de survivre à l'odyssée, c'était de risquer de faire naufrage sur des mers démontées, perdu... dans l'écume des jours.

Henri-Paul voguait à l'aventure à travers les aléas des courants, il s'évertuait à suivre le cap sur le long fleuve tranquille de la vie afin de repérer les goélands marins, ces indolents compagnons de voyage qui savent à chaque heure du jour et de la nuit où se cache la terre d'accueil des marins à la dérive. Mais à quoi bon?... À quoi bon, tout cela, si les dés pipés de la destinée avaient déjà été jetés avant même le jour de sa naissance?

Le petit Henri était né sur une terre de trente arpents, très loin du port de mer de la grand'ville, et les dieux avaient dès lors décidé de son sort: Henri-Paul serait, comme ses ancêtres avant lui, un défricheur des rives du Saint-Laurent... un cultivateur pour la vie.

Mais d'autres allaient naître des princes! Ou peut-être même des coureurs des mers? Alors... pourquoi pas lui?

Moi si j'étais un homme, je serais capitaine, d'un bateau vert et blanc... D'une élégance rare et plus fort que l'ébène, pour les trop mauvais temps...

Néanmoins, malgré l'appel impérieux de la terre et le parcours déjà jalonné par son père, le petit Henri avait en tête une toute autre existence; il s'imaginait déjà capitaine de son propre destin; il rêvait souvent d'affronter l'océan trompeur qui s'échouait au-delà du pays de la Matawinie et du vorace maskinongé; il désirait voguer par delà les rivières, par delà les éthers, par delà le territoire ancestral des Cris et des sols submergés; il brûlait d'envie de s'élancer vers l'infini et de prendre son essor; il ambitionnait de monter à bord de son propre voilier et de patrouiller les sept mers, de faire le tour de la terre les yeux tournés vers la coupole du ciel. Il attendait les vents favorables qui lui permettraient d'enfin tendre des voiles immenses vers l'inconnu... Mais où?... Où?

Henri-Paul était né dans la peau d'un Robinson Crusoé; il attendait dans le silence de la vie d'être sauvé... sauvé du mal régulé par le cyclone incessant des corvées sur la ferme. C'était un moussaillon qui avait fait naufrage sur une île déserte, un havre paisible envahi par le flot quotidien des bouses de vache, par les cordages rouillés par le temps des clôtures à barbe, et par les ondulations des piquets de cèdres qui semblaient flotter sur l'onde herbeuse, comme des bouées, à l'infini.

Henri-Paul s'inventait de nouvelles aventures en gouvernant au milieu des balises; il guettait le jour où il pourrait enfin jeter les amarres et mettre le cap vers une nouvelle destinée...

Où donc t'es-tu caché, Vendredi?

Chapitre 1

Il était né là-bas, mon père, dans son coin perdu de campagne mauricienne, à Saint-Justin, compté de Maskinongé, quelques années après la fin de la Première Guerre Mondiale et des ravages causés par la grippe espagnole; son monde à lui s'étendait de Sainte-Ursule à Louiseville, de Yamachiche à Joliette, de La Tuque au Cap-de-la-Madeleine, de Contrecoeur à contre-courant: le lac Saint-Pierre était son océan...

Raconte-moi la mer, dis-moi le goût des algues, et le bleu et le vert, qui dansent sur les vagues.

C'était dans la glaise des rives du Saint-Laurent que je tirais mes racines paternelles, d'un charpentier de bois de gros oeuvres venu de Saintes, en Charente-Maritime, avec son jeune fils imberbe, Jean Juillineau, lui qui allait fonder la lignée des Gélinas, des Lacourse et des Bellemare en Nouvelle-France; d'aventuriers partis de La Rochelle avec l'espoir d'une vie meilleure, en 1658, engagés par le Sieur Boucher pour un contrat de trois ans qui consistait à défricher les rives du vaste fleuve, jusqu'à Boucherville; de coureurs des bois acadiens victimes de la Déportation de 1755, et qui, une fois rendus ici, avaient été forcés de courir encore plus vite pour échapper à l'Anglais; d'Atikamekws qui avaient eu le bonheur de sauver leur âme en se mettant en business avec la Compagnie de Jésus; et de Filles du Roy fraîchement débarquées dans la rade de la ville de Québec avec pour unique mission de peupler cette France nouvelle en devenir, cette France étrange en dehors de la France que Samuel de Champlain avait fait naître au nom des Louis de France: « Quelques arpents de neige! »

Cé sur les bords du St. Lauren é pi pan pan cé l'amour qui la prend, Cé sur les bords du St. Lauren y'avait trois jolies filles... Y'avait trois jolies filles...

Va te faire foutre, Voltaire!

Joseph Bellemare, qu'on appelait familièrement « Gros-Pite » pour le différencier d'un autre Joseph qui habitait le même rang, un cousin qui n'avait pas été autant choyé que grand-père par la génétique familiale, avait été un producteur de lait durant toute sa vie. Quoiqu'il gagnât suffisamment pour nourrir sa très nombreuse famille, une bonne douzaine d'enfants, en tout, Gros-Pite n'avait jamais possédé plus d'une vingtaine de têtes au sommet de sa glorieuse carrière de tireur de vache mauricien. Pourtant, ses rejetons n'avaient jamais manqué de quoi que ce soit, et ce, malgré deux grandes guerres mondiales, le krach de 1929, la Grande Dépression qui avait suivi, et les famines qui avaient sévi un peu partout dans les grandes villes d'Amérique du Nord et de par le monde...

« Avec an' terre à toé et deux bons bras, jama' tu manqueras de rien, mon gars! » Disait souvent Gros-Pite au petit Henri-Paul.

Mais fallait bien les nourrir, ces vaches-là! Et comme tout était fait à la main, de la récolte des fourrages jusqu'au battage du grain, et qu'on était limités par la dimension des granges, surtout pour le foin qui n'était pas pressé et qui prenait beaucoup de volume lorsqu'il fallait qu'on le range, il était quasi impossible pour grand-père de garder plus de vaches en hiver... Y'aurait jamais assez à manger pour tout le troupeau!

Dans la maison de grand-papa, les bras vigoureux ne manquaient guère, et avec neuf gars assis autour de la table à dîner, nul besoin d'engager des Mexicains comme on le fait aujourd'hui... Gros-Pite les avait fabriqués lui-même, ses Mexicains! Avec l'aide du curé du village qui, malgré son voeu de chasteté, disait vouloir « aider à repeupler le Pays pour résister à l'invasion des Protestants du Haut-

Canada! » Mais c'était sans compter sur la belle Florida Doucette, ma grand-maman dont la mère était originaire d'une tribu Atikamekw, fruit de l'union entre une squaw, qui s'était convertie au catholicisme en bas âge, et d'un coureur des bois qui, en plus d'être un descendant direct des déportés de Port-Royal, avait aussi un ascendant coureur de jupons... « *Y'était allé chercher femme dans le bois!* » Qu'on disait par icitte...

En ce temps-là, les chevaux de traits tiraient les attelages deux par deux, grand-papa n'ayant pas encore les moyens de se payer un tracteur et de mécaniser le travail sur la ferme, et les enfants participaient aux différents travaux selon leur âge ou leur genre, sans jamais rouspéter.

Henri-Paul, lui, faisait parti de la dernière fournée... C'était le dixième! Il était le plus vieux du dernier trio de la famille Bellemare et le chef incontesté des trois Mousquetaires de la paroisse de Saint-Justin: Henri-Paul, Jules et Bruno.

À cette époque bénie de notre beau Québec français en devenir, c'était tout naturel d'aider ses parents, mais il faut dire qu'on n'avait pas encore inventé le Nintendo, l'Internet et le bavardage en ligne... Mais la danse en ligne, si!

L'hiver, comme il y avait beaucoup moins de travail à faire sur la ferme, les champs étant recouverts d'une épaisse douillette blanchâtre qui protégeait les pâturages du froid, les habitants des villages avoisinants en profitaient pour se rencontrer et faire la fête chez un voisin. Après, ce serait au tour d'un germain de recevoir tout le monde chez lui, et ainsi de suite. C'était souvent l'occasion pour les jeunes mâles fringants de zieuter leur future épouse, lors de soirées dansantes bien arrosées, et de peut-être tenir une jeune grébiche un doux moment par la taille, d'effleurer un bras, une main, un sein... et qui sait?

L'été, les trois filles s'affairaient dans l'immense potager familial avec leur mère, et c'est souvent avec le dos en compote qu'elles finissaient la journée, à quatre pattes par terre. « La terre a' basse! », disait souvent Gros-Pite à ses cousins de la grand'ville, ceux qui voulaient toujours lui donner un coup de main lors de visites impromptues pendant la saison des foins, mais qui ne *toffaient* guère la *runne* plus de deux heures au soleil; ils finissaient la journée su'l cul en se lamentant qu'ils avaient *très* mal aux lombaires, avec en plus des ampoules aux mains. Les jeunes, eux, les regardaient chialer en souriant... Ils ne reviendraient pas de sitôt pour offrirs leur services pendant qu'on faisait les foins!

Les filles et Florida s'occupaient aussi de canner les légumes, de faire des marinades, de la cueillette des petits fruits, de faire des confitures, de saler la viande, de ramasser la faîne dans l'érablière, le fruit du hêtre qu'on adorait manger, de baratter la crème pour en faire du beurre, de faire cailler le lait, d'affiner le fromage, de faire de la couture, de tisser au métier le lin, le coton et la flanelle pour habiller la famille, de faire des couvertures, des nappes, des linges de vaisselle et des catalognes, de tourner la laine, de tricoter des bas, des tuques, des chandails et des mitaines... Les trois jeunes femmes s'occupaient aussi des repas, sous la supervision constante de grand-mère, et faisaient absolument tout ce qui devait être fait pour tenir la maison... même de laver la frimousse des trois derniers!

Henri-Paul disait d'ailleurs avoir été élevé plus par Imelda, la plus vieille fille de la famille, que par sa mère. Mais malheureusement pour elle, Imelda n'avait jamais eu le loisir de vraiment penser à soi et de prendre mari, trop occupée à tenir la maison et à élever les plus jeunes comme si c'était les siens.

« Même si les beaux partis venaient souvent cogner à notre porte pour essayer de nous la voler, car Imelda était sacrément belle fille, elle leur disait toujours que non! » M'avait un jour avoué papa. Tous les prétendants des environs se ramassaient un jour ou l'autre à la maison pour essayer de l'amadouer. Et lorsque l'épouseur osait revenir pour la relancer après un deuxième refus, les trois derniers se faisaient alors un malin plaisir d'éloigner le briseur de ménage pour de bon en lui garrochant des roches par la tête... et des polissonneries!

Dans la maison de Gros-Pite, les gars, eux, se levaient avec le soleil pour aller faire la traite des vaches et pour soigner les animaux: « pour faire le train » que grand-père appelait ça. Les vaches, les chevaux, les cochons, les poules, les canards, le jars - qui veillait bravement sur la basse-cour -, les moutons... tous avaient droit à leur ration de moulée ou au fourrage. Mais les *moutonnes,* comme papa les désignait, c'était seulement pour la laine qu'on les élevait. Les chevaux non plus, on n'en mangeait guère, car c'était un animal noble... D'ailleurs, qui aurait voulu se repaître de son tracteur lors du souper?

Henri-Paul, que ses frères et soeurs appelaient affectueusement « Ti-Paul » parce qu'il était l'un des plus jeunes de la famille et que ça faisait plus court, avait commencé à tirer sa vache dès l'âge de sept ans: l'âge de raison. C'était la sienne, à lui: la vache à Ti-Paul. Et gare à celui qui oserait la toucher ou même la regarder de travers, car papa pouvait avoir un sale caractère lorsqu'on voulait s'en prendre à sa vachette.

Après une *couple* de semaines passées à s'apprivoiser, c'était rendu qu'elle ne pouvait plus se séparer de lui, et lui d'elle! Et en été, dès le p'tit matin, avant même que les premiers rayons de soleil ne transpercent la fenêtre de la chambrée, elle se mettait à l'appeler de sa belle voix langoureuse; on aurait dit une chanteuse d'opéra en train de beugler un air de Violetta:

« *Tra voi, tra voi saprò dividere il tempo mio giocondo... Meu! Meuu!... Meuu! Meu! Meu!... Meeuu! Meeeuuu!...* »

Ah! Comme c'était agréable d'entendre la belle demoiselle des champs chanter les premières mesures de la Traviata:

« Meuuuuu! »

Comme elle adorait dévorer les fleurs de trèfle, les pissenlits et la luzerne, telle la dame aux camélias:

« Meeeeeeuuuuuuu! »

Le grand Giuseppe Verdi en aurait été très fier, de même qu'Alexandre Dumas: « Meeeeeeeeeeuuuuuuuuuuuu! »

Elle avait peut-être trop de lait dans ses mamelles, la caillette? La vache d'à côté riait encore une fois d'elle, la bichette: « Meeeeeeuuuuuuu!... Meuu! Meuu! Meuu! »

Parfois, encore à moitié endormi dans son lit, il lui semblait l'avoir entendue chanter son nom: « Meeeuuu! Meuuu'Hennriiiiii! »

C'était l'amour... inconditionnel... le grand. Ti-Paul avait une belle Canadienne pour lui tout seul. Et toute noire, à part ça! Sauf pour une belle tache blanche entre les deux queneux. Un joyau... son diamant, à lui!

Gros-Pite, qui s'y connaissait fort bien en vaches laitières pour en avoir élevées pendant toute sa vie, l'avait choisie spécialement pour son jeune fils, car « cé une nature calme », disait-il. Ainsi, Ti-Paul aurait beaucoup moins de chance que sa vachette ne lui « mette une patte dessus », prétendaient ses grands frères, « de se faire *squeeser* une canne dans sa stalle », ou de se faire « estropier pour le restant de sa vie par une ruade sournoise... »

Mais non! Jamais son Henriette n'aurait osé lui faire le moindre mal, car entre eux... c'était déjà l'Amour.

Ses frères plus âgés en avaient plus d'une à traire, pour que tous terminent le train à peu près à la même heure, et, après le déjeuner, ceux qui devaient encore y aller se préparaient pour l'école jusqu'à ce qu'ils aient appris à compter, à lire et à écrire convenablement; il y avait un piano droit dans le salon, un violon qui dormait dans la chambrée avec Gérard, la musique à bouche d'Iréné sur une commode, l'accordéon de Vianay accroché au mur, un jeu de dames et un paquet de cartes qui traînaient dans la cuisine: c'était Gros-Pite et la vie sur la ferme qui allaient s'occuper du restant de leur éducation...

Ti-Paul commençait toujours par lui donner une bonne ration de grain et du foin sec, à sa vachette, de même que les fleurs qu'il allait cueillir très tôt le matin dans les pâturages, car son Henriette adorait surtout les dents-de-lion à cause de leur petit goût amer. Ainsi gâtée dans sa logette, alors qu'elle serait occupée à s'empiffrer de pissenlits et de fleurs des champs, elle resterait tranquille pour un bon boutte de temps.

Nul autre que lui n'avait le droit d'y toucher, à sa gamine, et pendant qu'elle se goinfrait en branlant gentiment de la queue, il s'installait sans crainte sous elle, car elle était fort bien disposée à se faire traire, la gloutonne!, maintenant qu'elle était occupée à se remplir la panse. Henri-Paul s'asseyait alors sur un petit banc de bois muni d'une seule latte, et, tout en gardant l'équilibre sur ses deux pattes, il lavait amoureusement les trayons à l'eau savonneuse, les rinçait aussitôt, asséchait ensuite les tétines avec douceur à l'aide d'un linge sec, installait sa chaudière avec délicatesse sous les grosses mamelles pendantes, pour ne pas déranger sa bichette pendant son festin du matin, et il se mettait, finalement, à tirer amoureusement sur les pis, un dans chaque main, au son de la musique rythmée que faisait le lait chaud qui giclait fort dans le seau à chaque pression descendante de ses petits doigts agiles sur les tettes bombées de lait.

Chaque chaudière était un Stradivarius en tôle galvanisée qui émettait un son propre, unique... magnifique! Ces canisses-là, à cause de la qualité incomparable de leur timbre, presque tous les cultivateurs de Saint-Justin en étaient jaloux et voulaient les posséder: c'était de l'or en fer-blanc pour les voisins du Bois-Blanc.

Bien campés sous les vaches, les mouvements saccadés de ses grands frères étaient porteurs de sens, de temps musical. D'abord... mesurés. Par la suite... limpides. Parfois... brouillés par l'écume... Quasi intarissables! Une octave était augmentée, diminuée, ou même doublée et résonnait fort différemment d'une chaudière à l'autre, selon qu'elle soit remplie au tiers, à la moitié, au quart ou pas du tout. Son frère Vianey, l'un des musiciens les plus doués de la famille, augmentait la difficulté en utilisant deux canisses aux tonalités différentes, mariant ainsi les demi-tons de l'échelle diatoniques en virtuose de l'accordéon qu'il était aussi. Le tempo accablant des frères de Ti-Paul, concertistes plus expérimentés qu'il ne l'était lui-même, allait allègrement de la double croche à la quadruple, en *crescendo*. On aurait dit un sextet infernal, un concerto grosso à coups de notes lactées que s'envoyaient ses grands frères par la tête: qui serait le vainqueur de cette course musicale effrénée? Qui viderait le plus rapidement la bedondaine de son instrument à corne?

Une ballade de Chopin était exécutée en un tournemain... La valse blanche de Jacquinot, liquidée sur-le-champ... Et, la minute suivante, ce serait au tour de la prochaine bedaine à lait de se laisser vider en beuglant du Fauré!

Ti-Paul, contrairement à ses frères plus expérimentés qu'il ne l'était lui-même, jouait plutôt de la tétine en *picchiettato* et terminait souvent, épuisé par les exigences de son organe sonore, par des couacs plaintifs: des canards... On aurait même juré entendre quelques mesures de Prokofief.

Parfois, parce qu'il n'arrivait pas toujours à suivre le mouvement, sûrement à cause de l'engourdissement grandissant de ses phalanges juvéniles et du fait de la cadence infernale qu'imposait les autres virtuoses de la traite, Ti-Paul sautait des notes. Alors, pour essayer de rattraper les autres et suivre le rythme, il lançait des croches sifflantes, qui s'échappaient des pis comme par inadvertance, n'avait qu'un quart de temps pour se rétablir et suivre la mesure avant de retomber en *pianissimo,* là où les blanches et les rondes étaient plus mesurées, moins éclatées, presque familières pour lui: le passage du temps à l'espace s'exécutant ainsi au rythme de ses pincements de trayons de plus en plus fatigués.

C'était la Symphonie pour Tireurs de Vaches en mi bémol majeur de Saint-Justin, l'opus 1705 de la Seigneurie de Carufel interprété par la famille Bellemare en direct du comté de Maskinongé, c'était un concert de musique pastorale des Pays d'en haut où Ti-Paul et ses frères s'exécutaient pour le seul bénéfice de grand-père, qui en était aussi le chef d'orchestre incontesté et l'unique spectateur. Ô! Combien de billets de faveur les habitants des villages avoisinants auraient-ils réservés, n'eut été l'heure matinale des récitals? Combien de fois les vaches s'étaient-elles laissées emporter par les douces mélopées qu'interprétaient les fils de Gros-Pite? Combien de coups de sabots, de dodelinements de la tête, de battements de queue, de prout prout là là!, avaient-elles échappés pour bien marquer la cadence endiablée de ces tireurs de vaches mauriciens?

Ces bêtes-là, parce qu'elles avaient la chance de goûter la grande musique champêtre en broutant leurs graminées, tôt le matin, étaient les vaches à lait les plus productives de tout le comté... et les plus heureuses au monde!

Une fois la symphonie en blanc majeur achevée, la chaudière, remplie presque à ras bord, Ti-Paul essayait de se rendre aux énormes bidons à lait tout seul, comme un grand: ils attendaient, bien au frais, dans le caveau de la petite laiterie familiale...

En trottinant avec sa lourde charge, un peu crispé sur l'anse du seau, des temps modernes une Perrette, les deux mains serrées bien comme il faut, Ti-Paul calculait tout ce que pourrait lui rapporter son Henriette...

En employant l'argent du lait, pensait-il, il pourrait fort bien s'acheter une truie: une belle cochonne bien grasse qui ne manquerait pas, enfin l'espérait-il, de lui donner une bonne quinzaine de porcelets, à lui! Grâce à ses soins habiles et ses talents d'éleveur, les petits gorets trouveraient bien vite preneur, et une fois le postérieur généreusement replet, les flancs absolument dodus à souhait, Henri irait vendre ses p'tits verrats au magasin général du village, grand spécialiste en aliments dans tout le rang, lequel ne manquerait sûrement pas de compliments en apercevant de si beaux lardons sur pied en bas âge.

Avec son bénéfice en poche, qui donc empêcherait Ti-Paul de s'acheter une vachette?... Car le petit Henri avait des idées plein la caboche!... Et pourquoi pas une taure de même qu'une biquette?

Henri-Paul voyait déjà sa vache sautiller avec les bêtes de son père au beau milieu du troupeau, et, tout occupé à élaborer des plans pour ses futurs veaux, en évitant, de justesse, une bouse bien fraîche qu'il n'avait aperçue qu'au dernier instant, il faillit perdre pied, en sautant par-dessus l'excrément, et renverser la précieuse cargaison de lait qui, pardi!, avait déjà commencé à chavirer, et qui, par vagues successives, en passant au travers des lattes, faisait maintenant sur le plancher de vibrants flic! Flac! Sans qu'il ne puisse arrêter l'hémorragie du bac... à cause de toute cette marde qu'il avait de pognée dans les pattes!

« Ti-Paul, mon p'tit simonak, toé! Mais fais don' attention où tu mets les pieds, sainte bénite!... Mais à quoi tu penses, à matin? As-tu idée? Tu vas nous saigner à blanc, mon p'tit pite!... Et si t'arrêtes pas de tirer au flanc, tu vas te ramasser gros Jean comme devant! »

Adieu! Veau, vache, cochon...

Une fois la traite des vaches terminée, tous avaient droit à un copieux déjeuner, gracieuseté des filles qui, elles aussi, s'étaient levées de très bonne heure avec leur mère pour briser le jeûne. Au menu, il y avait toujours de la viande, habituellement un gros rôti de porc frais dans sa graisse blanche et sa gélatine qui trônait au beau milieu de la table dans un chaudron en fonte, des saucisses de porc, du boudin, des bines au sucre d'érable avec de gros morceaux de lard salé qui flottaient dans une jarre en terre cuite, du jambon, du bacon, des oreilles de crisse... jusqu'aux cornichons, patates, marinades, fromage en crottes et confitures!

On servait toujours des œufs, le matin, tournés, brouillés ou en omelette, du pain qui embaumait la maison et que grand-mère faisait, dès le p'tit matin, de la galette de sarrasin qu'Imelda délayait sur la grande plaque de fonte du poêle à bois qui ne dérougissait jamais, même en été.

Elle passait parfois plus d'une demi heure à étendre le mélange et à cuire la farine diluée dans l'eau avec un peu de sel, faisant au moins deux grandes galettes à la fois pour que ça aille plus vite... On la mangeait chaude, la galette de sarrasin, avec du beurre qui fondait dessus, ou on la trempait dans le sirop d'érable ou dans la mélasse pour se sucrer le bec en fin de repas.

Après avoir bien mangé, Ti-Paul et les plus jeunes de la famille se préparaient vite pour l'école. On y allait à pieds, à la p'tite école du village, dans la neige jusqu'aux genoux, en hiver, à la pluie battante, lors des orages d'automne... Jusqu'en huitième! Ensuite, en échange d'un maigre salaire, on allait travailler pour le père ou pour des voisins qui manquaient de main-d'œuvre, jusqu'à ce que le gars soit en mesure de s'établir sur sa terre, à lui... Gros-Pite aiderait alors ses jeunes fils à s'installer ou à quitter la maison familiale avec un métier en poche.

On restaurait aussi, quand on en avait le temps, les vieux bâtiments dont les bardeaux volaient souvent au vent; on bûchait au *boutte* de la terre, en automne et au début de l'hiver, pour faire les cordes de bois franc qui serviraient à chauffer la maison l'année suivante, pour faire de la planche pour les bâtiments qui partaient à l'épouvante, et pour préparer des montagnes de piquets de cèdre acérés pour les clôtures qu'on devait souvent réparer...

Y'avait pas un crisse de poteau à marde qui pouvait résister à ti-bœuf!, le mâle reproducteur du troupeau, quand il courrait après une vache en chaleur ou qu'il voyait rouge parce que Ti-Paul et ses jeunes frères brandissaient leur chemise pour l'agacer. Et quelle que fut la couleur de la chemisette qu'on agitait devant lui! Les taureaux québécois étant habituellement daltoniens, mais peut-être pas ceux d'Espagne, là où l'homme est l'animal le plus excité par la couleur rouge lors d'une *corrida de toros.*

Habituellement, au son des outardes qui migraient vers le Sud, dès la venue de l'automne, c'était le signal de commencer à nettoyer les sentiers de l'érablière. Mais les plus vieux parmi ses grands frères quittaient souvent le village pour aller bûcher dans le Nord; ils passeraient alors un hiver en entier dans « une campe de bûcherons » à tirer le diable par la queue pour par très cher.

Quelques fois, dès la fonte des neiges, les plus braves allaient même faire la drave passé Shawinigan, de l'autre bord de La Tuque, berceau des Atikamekws et d'où grand-mère provenait. Ainsi, les fils à Gros-Pite auraient la possibilité de se faire quelques piasses avec leurs souliers cloutés sur la Saint-Maurice...

Moi mes souliers ont beaucoup voyagé, ils m'ont porté de l'école à la guerre, j'ai traversé sur mes souliers [cloutés], le monde et sa misère...

Chapitre 2

Au printemps, après un hiver qui n'en finissait plus de rendre sa neige, le beau temps finissait toujours par s'installer sur la Mauricie, même si les jeunes, eux, n'y croyait déjà plus beaucoup. Mais ça faisait déjà un boutte que Gros-Pite avait formellement interdit à Ti-Paul, Jules et Bruno d'aller patiner dans la coulée: « La glace é pu assez solide, les jeunes », qu'il disait, « Vous y allez pu... C'est trop dangereux! »

Cependant, les trois derniers n'étaient pas malheureux pour autant de cette interdiction paternelle de jouer au hockey sur glace, car avec le dégel printanier... c'était le temps des sucres qui s'en venait à grands pas!

Ti-Paul et ses jeunes frères étaient surexcités juste à l'idée d'aller faire les sucres avec leurs grands frères, car ils allaient enfin pouvoir manquer l'école et travailler dans l'érablière plutôt que d'apprendre de force les règles inutiles de grammaire et de trigonométrie qu'essayait de leur inculquer leur maîtresse d'école. Avec les redoux successifs de mars, la sève des érables coulerait des chalumeaux comme des narines grippées de ses jeunes frères, renouvèlement perpétuel d'une tradition qui nous venait des Algonquins, pendant qu'au sol la neige fonderait au soleil tout doucement. Les gars à Gros-Pite passeraient alors des semaines dans une section boisée qu'on ne bûchait pas, là où on avait préservé les érables depuis des générations et construit une bicoque pour y faire le sirop et le sucre d'érable: une cabane à sucre.

On les entaillait au vilebrequin, les érables à sucre. Puis, à grands coups de maillet, on tapait sur les chalumeaux pour les enfoncer dans les orifices; ensuite, on accrochait des canisses qui serviraient à recueillir la sève, par en-dessous. Resterait plus qu'à ramasser l'eau des érables une à deux fois par jour, selon la température, car plus il faisait chaud dans la journée et plus ça coulait, une eau à peine sucrée qu'il faudrait ensuite faire bouillir, sans arrêt, pour en concentrer la teneur en sucre... tant que la sève voudrait bien couler et que dame nature collaborerait!

Les jeunes tirailleurs allaient et venaient dans les *trails,* qu'on avait nettoyées l'automne précédent, avec un *team* de chevaux qui tirait un immense tonneau de bois sur des patins. L'un des frères de Ti-Paul menait l'attelage, et c'était souvent les plus jeunes qui se relayaient, à tour de rôle, parce qu'épuisés par la collecte de l'eau et qu'ils voulaient prendre un *break,* pendant que les plus vieux continuaient à récolter l'eau en voltigeurs avec des raquettes aux pieds pour ne pas caler dans la neige jusqu'à la taille.

On les vidait les unes après les autres, les petites canisses en fer-blanc remplies d'eau d'érable, et on ramenait le nectar dans de grosses chaudières, souvent une dans chaque main: un travail pour le moins éreintant.

Une fois la *runne* terminée, on transvidait l'eau des érables dans de grandes pannes de tôle soudées à l'étain, immenses récipients rectangulaires qui étaient installés sur des feux de bois; par la suite, on faisait bouillir la sève, sans arrêt, pour que l'eau s'évapore jusqu'à en faire du sirop ou du sucre. Les Amérindiens nous avaient montrés comment faire, et, avec le temps, les premiers colons français avaient raffiné la technique, manière de faire que Gros-Pite utilisait toujours et qui datait de la fin du 17ème siècle.

Jour et nuit, on chauffait les bacs de l'évaporateur à blanc, sans relâche, Ti-Paul et ses frères prenant des tours de garde en alternance pour qu'il y ait toujours quelqu'un prêt à nourrir le feu en bûches, et les pannes en eau...

Gros-Pite passait plus d'une quarantaine de cordes juste pour faire évaporer l'eau de ses érables, et c'était lui, l'expert, qui sauçait le thermomètre dans le bac de finition et qui disait quand c'était le temps de le retirer du feu parce que le sirop était prêt. Les jeunes, eux, le regardaient faire sans vraiment comprendre ce qu'un petit cylindre gradué en métal avait à voir avec le sirop d'érable...

Même chose pour le sucre. Et au signal donné, les jeunes se dépêchaient à retirer le gros chaudron du feu avec d'épaisses mitaines, pour ne pas se brûler les mains, sous la supervision constante de Gros-Pite qui, après avoir dit à au moins cent reprises « Cé pas encore le temps, batinse! Allez-vous finir par me les lâcher, ma gagne de p'tits mosus », il leur donnait enfin le feu vert... Et ce n'est qu'à ce moment-là que les jeunes remplissaient, en vitesse, les petits moules à sucre faits en bois de pin avant que ça ne pogne d'aplomb.

On faisait des petits pains rectangulaires d'environ huit onces, des dizaines à la fois, et quand le sucre avait suffisamment durci, on démoulait le tout bien vite et on empilait les blocs dans des cageots de bois dans la réserve. Puis, on recommençait le processus jusqu'à ce que Gros-Pite décide un jour qu'on en aurait assez pour passer l'année... et même plus! On garderait ainsi une partie du sirop et des lingots sucrés pour les besoins de la famille - on sucrait toujours avec les produits de l'érable, dans la maison de grand-père -, et Gros-Pite irait plus tard vendre le surplus au magasin général du village au fur et à mesure que les besoins de la famille se feraient sentir, ou il irait faire du troc pour se procurer ce qu'on ne pouvait pas produire sur la ferme: du thé, du café, du poivre, du sel... et des oranges de la Floride pour les cadeaux du Jour de l'An, ou à Noël.

Pendant la soirée, tout juste avant d'aller se coucher, les plus vieux racontaient souvent des histoires aux plus jeunes. Papa m'en a souvent racontées à moi aussi les soirs où je n'arrivais pas à m'endormir dans la sucrerie...

C'était souvent les mêmes contes que le père du père de Gros-Pite lui avait transmis dans sa jeunesse, que les ancêtres tenaient de leur père à eux de génération en génération en remontant jusqu'aux arrière-arrière-grands-parents venus s'établir au Cap-de-la-Madeleine, près des Trois-Rivières, au beau milieu du dix-septième siècle et des sauvages pacifiés qui les avaient aidés à survivre à nos hivers rigoureux... et aux flèches iroquoises!

C'était souvent des fabliaux dont l'action se déroulait la nuit, dans l'érablière familiale, pendant que tout le monde dormait ou essayait de fermer l'œil quelques heures avant de reprendre son quart et de nourrir le feu parce qu'épuisé, car les journées passées à faire les sucres en courant après les canisses d'eau d'érable éparpillées un peu partout dans le bois étaient un véritable marathon... Dans la famille Bellemare, on avait tous un peu de coureur des bois et de sang *sauvage* dans les veines.

Une nuit de veille, alors qu'il se trouvait entre deux mondes, un craquement sinistre avait troublé Ti-Paul, et, malgré la lourdeur de ses paupières qu'il n'arrivait plus à garder ouvertes à cause de l'immense fatigue d'une journée passée à courir après des canisses remplies d'eau d'érable, il ne se trouvait encore qu'à mi-chemin du sommeil, passant progressivement du stade de veille à celui de somnolence: le moment précis où naissent les songes dans la cervelle des jeunes gens à demi endormis...

De tous les enfants de la famille Bellemare, Ti-Paul était reconnu pour avoir de l'oreille: on disait même qu'il avait l'oreille fine. D'ailleurs, son cousin Charlemagne Baril, qui était en fait son p'tit cousin, mais de la fesse gauche et du côté de sa mère, disait souvent de lui: « Qu'icitte dans paroisse, Ti-Paul a l'oreille tellement fine qu'y a juste lui qui est capable d'entendre péter un ange au firmament! »

Florida Bellemare, qui n'aurait jamais raté la messe du dimanche pour rien au monde, était très fière de ses fils et prenait les commentaires de Baril comme un très joli compliment, car on associait le nom de l'un de ses gars aux anges du paradis... Imaginez! Et que le diable l'emporte si Jésus allait s'offusquer d'un petit pet de rien du tout, pet de sœur, pet d'ange, confondus.

Gros-Pite, qui résistait beaucoup mieux que sa femme à son endoctrinement religieux, avait toujours refusé de donner quelque importance que ce soit à cette secte d'adorateurs de statues consacrées... ou l'un de ses fils au clergé. Et ce, même si le fatigant des sœurs venait souvent lui quêter l'un de ses petits jusque dans la cuisine en lui faisant miroiter tout l'honneur qui rejaillirait sur la famille... et sur la paroisse!

Le chanoine Bellemare?... Ça lui rappelait trop la chanson grivoise: *Mon moine a perdu son moine, mon moine a perdu son moine. Un moine, deux moines, trois moines!*

Alors, peut-être l'évêque Monseigneur Bellemare?... Ou même le cardinal Bellemare?... Et, tant qu'à y être, pourquoi pas sa Sainteté le Pape Bellemare: Bell Premier!

Faut dire pour sa défense que Gros-Pite avait grand besoin de ses gars pour le travail sur la ferme. Mais ça n'empêchait pas le curé du village de lui reprocher de ne pas vouloir lui donner l'un de ses fils pour la prêtrise ou de ne jamais avoir le temps d'aller prier à la croix des chemins avec les autres cultivateurs pour implorer le Dieu des Chrétiens d'envoyer de la pluie, lors des grandes sécheresses de juillet.

Alors, pour en finir avec le fatiguant du Vatican et pour justifier son absence, Gros-Pite disait souvent: « Pourquoi cé ti que j'irais prier à la croix des chemins et m'esquinter les genoux, Mossieu le curé?... Si y pleut dans le champ de mon voisin, batinse... y va sûrement plewoir aussi che nous! »

Et comme le cousin Baril en remettait encore et qu'il jurait sur la bible que Ti-Paul « s'était fait greffer des oreilles de crisse par un ange à la naissance et qu'un beau jour sa future épouse les lui boufferait, sûrement! », et qu'il éclatait toujours de rire après avoir dit cela, d'un rire tonitruant secoué de spasmes qui agitaient même sa bedaine, et qu'il finissait, en plus de tout cela, avec la larme à l'oeil en échappant de petits pets de ricanement, Florida n'avait jamais su s'il blaguait, ou pas, et si c'était vrai que le jeune Henri-Paul pouvait entendre tout ce qui se passait là-haut, au firmament...

Toujours est-il que Ti-Paul, comme tout le monde l'appelait dans le rang, avait tendu l'oreille un bref instant, étendu sur sa petite paillasse dans la cabane à sucre, pour enfin s'apercevoir que... que quelque chose... *ou bin quequ'un,* il n'en était pas absolument certain, parce qu'encore endormi, semblait marcher... marcher sur... le toit... Hein, le toit? Et ce, chose assez étrange, même si la cabane à sucre était en plein milieu d'un bois situé à au moins vingt-cinq arpents du rang le plus proche, à l'autre bout de la terre ancestrale de la famille Bellemare, dans un coin perdu de l'ancienne seigneurie de Carufel, à Saint-Justin, comté de Maskinongé: au beau milieu de nulle part!

C'était peut-être l'un de ses grands frères qui était revenu en cachette et qui voulait lui jouer un tour ou lui faire une p'tite frayeur, avait-il pensé sur le coup, ou bien c'était son jeune frère Bruno qui, parfois, s'adonnait au somnambulisme...

En effet, Bruno, de quatre ans son cadet et le dernier né de la famille, s'était déjà retrouvé encore tout endormi sur l'appentis de la maison familiale; on n'avait jamais su comment il s'était ramassé-là... juste avant minuit!?!

Toute la famille avait été ameutée et s'était aventurée dehors... Ses soeurs braillaient en s'arrachant les cheveux... Sa mère pleurait à sanglots en invoquant le grand Manitou de sauver son p'tit dernier... Le dieu du vent itou! Gros-Pite, très inquiet pour son fils, avait même renversé son verre de p'tit blanc sur lui, échappé sa pipe et sa blague à tabac sur le plancher de la cuisine: il était en beau sacrament!

Certains des frères de Ti-Paul étaient tellement désemparés de le voir là-haut qu'ils avaient proféré des menaces pour qu'il redescende au plus crisse, parce que Bruno avait eu le malheur de les déranger au beau milieu d'une importante partie de Dames avec un voisin qui avait des piasses à perdre... le gros gin aidant.

Florida était complètement défaite juste à la vue de son petit dernier qui marchait vers la mort, comme un revenant, sur le rebord incliné du bas-côté... à quinze pieds dans les airs! Elle implorait maintenant le dieu de la rivière de le rabattre vers la fenêtre de la chambre... et de le sauver!

Gros-Pite avait alors hurlé aux plus vieux de rester tranquille: « Criez pas après, tabarnak! Vous allez le réveiller d'un coup sec avec vot' vacarme et'l gorrocher drette en bas de la couvarture, si vous continuez avec vos niaiseries... Saint ciboire de batinse! »

Mais ce soir-là, dans l'érablière familiale, Bruno dormait comme une souche à côté de papa. Alors, ça ne pouvait sûrement pas être lui qui se promenait sur le toit.

Ensuite, il lui avait sembler discerner comme... comme une espèce de... de grattement. Oui! Ça provenait bien de griffes, ce bruit-là... Ti-Paul aurait mis la main sur les Évangiles que ça l'était... Très légère, au début, la gratouille... À peine audible... Mais le raclement s'était vite confirmé lorsque Ti-Paul avait vraiment fait attention et bandé toute son ouïe... Aussi loin que ses facultés auditives hors norme pouvaient l'amener!

Finalement, il avait réussi à chasser la frayeur passagère qui avait accéléré ses battements cardiaques, inutilement. C'était peut-être un chat sauvage qui était sorti de son sommeil hivernal, avait-il pensé?... Un raton laveur qui prenait une marche de santé sur le toit de la cabane à sucre?

Mais soudain, tout juste après avoir pensé au paisible raton, d'immenses griffes traversèrent la toiture, transperçant les bardeaux de cèdre et le plafond de la petite sucrerie de bord en bord!

« Mon Dieu Seigneur! », avait gémi Ti-Paul... « On est faites en crisse! »

Les jeunes dormaient tous au deuxième étage dans une petite alcôve que Gros-Pite avait aménagée spécialement pour ceux qui devaient passer la nuit à faire bouillir l'eau d'érable, et Ti-Paul, transi de peur sur sa couche, avait vu des serres immenses s'avancer vers lui à travers le plafond, lentement, pour finalement aboutir... juste au-dessus de sa tête... à la hauteur même de son visage!

« Astie de marde!... Cossé que j'ai encore faite au bon Dieu, moé! »

La faible lueur qui montait des feux chauffant les pannes remplies d'eau d'érable éclairait juste assez pour qu'il puisse les distinguer: des griffes, démesurées, l'avaient choisi, lui! Et ignoré ses frères qui dormaient toujours comme des bûches, tous morts de fatigue. Mais Ti-Paul, lui, avait juste eu peur de mourir tout court!

Pourtant, Henri-Paul n'était pas du genre craintif... Oh! Que non. Mais il s'était pris d'une immense frayeur; une peur panique à vous glacer le sang: une frousse quasi in-con-trô-la-ble! Ti-Paul ne savait plus que faire. Il y avait une immense créature, enfin le devinait-il à cause de la taille des griffes... sur le toit! Une chose absolument gi-gantesque! Elle essayait de passer à travers la toiture pour le manger... lui!

Après y avoir pensé un peu, entre deux lamentations attisées par le feu de la terreur, Ti-Paul était maintenant persuadé que ça ne pouvait être qu'un ours, cet animal fabuleux. Un ours, oui! Mais géant, en plus de tout ça... Mythologique!

C'était probablement *Makwa Niki Kizis,* l'ours du printemps que les sauvages de la réserve voisine appelaient: le Roi de la forêt. Un ours, sûrement! Mais avec des griffes au moins trois fois plus longues que ses petits doigts à lui. Jamais de sa vie il n'avait vu des serres aussi monstrueuses! Et sa vie, justement, semblait rapetisser comme peau de chagrin au fur et à mesure que les pinces s'avançaient vers lui. C'était un géant des bois, cet ours de légende sauvage: un colosse.

Quelques fois, justement pendant le temps des sucres, ce solitaire de mythe indien venait dans les villages des alentours pour emporter les petits qui n'avaient pas toujours été sages, ou ceux qui n'écoutaient pas très souvent leurs parents... C'était le Bonhomme Sept Heures qui venait le chercher, mais la version amérindienne du Bonhomme, car il était beaucoup plus tard que sept heures du soir; c'était le monstre du Bois-Blanc qu'on avait réveillé à cause d'une mauvaise action, et qui, pendant la nuit, était venu le chercher pour réclamer son dû... Lui!

Mais pourquoi diable moi? Avait pensé Ti-Paul. N'avait-il pas presque toujours obéi et suivi les consignes de ses parents? Ou celles du curé... à la lettre?

Alors, n'écoutant que son courage et faisant fi de la peur grandissante qui l'habitait, Ti-Paul avait vite descendu l'escalier sur la pointe des pieds et il était allé chercher la hache qui trainait près des cordes de bois dans la petite *shed*, là où l'on remisait les bûches à fendre pour nourir l'évaporateur. Il était ensuite remonté aussi vite qu'il avait dévalé les degrés, avait pris une grande inspiration pour se donner tout le courage nécessaire à la tâche à accomplir, et il en aurait grand besoin, car la besogne était immense et lui si petit!... Et, avec le revers de la cognée, ses deux petites mains jointes au beau milieu du manche de noyer comme lors de la prière du soir alors qu'on supplie le Dieu des Chrétiens de bien vouloir nous protéger des démons de l'enfer, Ti-Paul s'appliqua à river les serres monstrueuses de l'ours de légende...

À travers la toiture, une à une pour le clouer sur place bien comme il faut, Ti-Paul avait riveté les griffes de l'animal fabuleux... Plus jamais il ne ferait de mal à quiconque, cet ours mythique du printemps. Tiens, toi! En voilà un autre!... Et encore un autre grand coup de hache pour toi!... Voilà qui va régler ton compte une bonne fois pour toutes, espèce de scélérat!... Bien fait pour toi, méchant roi!

Puis, dans un fracas de fin du monde, l'ours, l'animal le plus fort de nos bois, était parti en courant avec une partie du toit de la cabane à sucre toujours prisonnière de ses gigantesques griffes...

Fiou! Ti-Paul avait réussi à le faire déguerpir à lui tout seul... Jules et Bruno, ses jeunes frères, ne s'étant jamais réveillés pendant sa défense héroïque de la sucrerie familiale: ils dormaient tous les deux comme des ours en hiver!

***

Le lendemain matin, au petit jour, fallait déjà sortir pour ramasser l'eau d'érable, car la nuit avait été passablement chaude, et ses frères et lui avaient aperçu d'énormes traces dans la neige, cicatrices laiteuses qui s'éloignaient de l'érablière pour aller se perdre vers une lointaine rivière qui coulait au bout du bois... Immenses, les impressions... Dans un névé d'une blancheur quasi insoutenable! La créature mythique avait laissé les marques indélébiles de son passage dans la neige, celles-ci ayant la forme d'immenses raquettes, mais de forme ovale: on aurait dit quatre pattes d'ours... géantes!

Gros-Pite n'aurait maintenant d'autre choix que d'y croire, à son histoire à dormir debout!

Cependant, la neige fondait vite à cette période avancée du printemps, et lorsque Gros-Pite Bellemare est arrivé avec ses fils pour la collecte de l'eau d'érable, constatant les dégâts que des vandales avaient faits subir à la toiture de sa cabane à sucre durant la nuit, il avait découvert quatre larges ouvertures circulaires dans le haut du toit, cavités qu'un brise-fer avait pratiquées... de l'intérieur même de la sucrerie!?! « Maudite marde du crisse de saint ciboire! » Avait-il juré.

Le regard des plus jeunes s'était immédiatement tourné vers Henri-Paul...

« Ti-Paul, mon p'tit simonak!... Cossé que t'as encor faite, toé?... Viens icitte que j'te parle dans l'casse, mon p'tit fatiguant des soeurs! »

Ti-Paul avait eu beau lui expliquer, à Gros-Pite, qu'il avait juste rivé les griffes d'un ours géant à travers les bardeaux du toit... qu'il n'avait fait que se défendre, alors que ses jeunes frères, eux, dormaient dur et n'avaient rien fait... qu'un ours de légende était venu pour les manger pendant la nuit... tous! Que lui seul avait fait ce qui devait être fait pour défendre la sucrerie familiale et la vie ses jeunes frères, et que...

Mais Gros-Pite n'y avait pas cru, à son histoire de nounours du printemps, car les frères de Ti-Paul n'avaient jamais rien dit non plus à propos des traces dans la neige. Et en plus de tout ça, ils ne s'étaient même pas réveillés pendant l'incident nocturne: ils n'avaient fait que ronfler comme des engins, les faux-jetons!

« Bruno pi Jules y-z-ont vu les empreintes dans le bois... Jurer cracher, pôpa! »

Cependant, à cause du soleil qui tapait dur en cette fin de printemps, et comme il n'y avait pas de traces dans la neige pour corroborer sa version des faits, la signature de l'ours en raquettes géantes ayant disparu, Ti-Paul avait passé un mauvais quart d'heure et s'était fait chauffer les fesses d'aplomb.

Et c'est depuis ce jour-là qu'à Saint-Justin, en Mauricie, on appelle maintenant les raquettes sauvages de forme ovale: des pattes d'ours.

Chapitre 3

Gros-Pite, cultivateur de son état, est né dans la paroisse de Saint-Justin, comté de Maskinongé, en l'an de grâce 1888. Il était le fils aîné de Noé Bellemare, un cultivateur qui avait dû défricher à la hache une bonne partie du rang du Bois-Blanc avant de pouvoir cultiver sa terre, et de dame Clémentine Villeneuve, une belle jeune femme de la région de Bertierville qui avait une réputation de casse-cou lorsqu'elle menait son carosse au village. En effet, le dimanche, tout de suite après la grand messe de onze heures, plusieurs villageois de Saint-Justin se massaient sur la rue Guérin, à l'intersection de la route Gagné, juste pour voir la Villeneuve prendre la courbe « su un dix cennes! » Certains paroissiens faisaient même des gageures entre eux en l'attendant sur le coin « juste pour voir si la Villeneuve verserait ou pas pantoute... » Ça pariait fort en crisse! Tellement, que le curé commençait à se poser de sérieuses questions et se demandait *pourquoi* le service de onze heures ne rapportait pas autant que les autres messes?!?

Lors de son passage en coup de vent dans la courbe, la cariole se retrouvait alors suspendue dans les airs pendant quelques secondes, Méo penchée sur le côté en équilibre sur deux roues à quarante-cinq degrés! C'était comme si le démon du feu éternel avait soulevé le carosse d'un bord et qu'un Archange du paradis l'avait empêché de verser de l'autre; c'était une espèce de duel biblique en direct de Saint-Justin, pendant que Noé, lui, criait comme un échappé de l'enfer en priant Saint Christophe de Lycie de bien vouloir l'épargner, le chapelet en main...

À vingt-et-un an, Gros-Pite allait enfin pouvoir quitter le giron familial et épouser Dame Florida Doucette, la fille majeure d'Adolphe Doucette, en 1909. La belle Florida, une demi-sauvageonne qui avait été recueillie par la force des choses chez les Doucette, un bébé conçu dans le bois qui s'était ramassée un beau matin devant la porte de la maison familiale, ne se rappelait rien de son enfance amérindienne, hormis qu'elle descendait de la lignée des Kourquiou et qu'elle était à moitié sauvage... sa peau rougissant plus que les autres enfants, au soleil.

En fouillant dans le grenier de grand-père, j'ai retrouvé un vieux document tout jauni dans une malle de cèdre contenant des souvenirs de famille. Voici l'abrégé du contrat de mariage tel que signé devant notaire:

Voici les biens légués en considération du futur mariage selon le contrat notarié devant MTRE Émile Martial Chapdelaine, Notaire Public dans et pour la province de Québec, pratiquant à Saint-Justin dans le district des Trois-Rivières.

... ART-III La future épouse renonce pour elle et pour ses enfants à tout douaire coutumier;

ART- IV: Les biens que le futur époux apporte en mariage: Deux chevaux, quatre vaches, quatre moutons, deux porcs, une douzaine de poules, deux voitures de travail d'été, une autre propre d'hiver, deux attelages de travail, un attelage avec une chaîne, une herse double, une moissonneuse, un moulin à faucher, un râteau, et des meubles et lingerie pour une somme de soixante piastres, mais ces meubles et animaux ne seront livrables que si le futur époux se sépare définitivement du donateur et lors de cette séparation seulement.

2e Une terre située en la dite paroisse de St-Justin, dans la concession Nord-Est du grand Bois-Blanc, étant le lot numéro quatre cent quatre-vingt-un des plans et livre de renvoi officiels du Cadastre d'enregistrement du Comté de Maskinongé pour la paroisse de St-Justin, deux arpents sur six arpents et demi de profondeur étant l'extrémité Sud-Ouest du lot numéro quatre cent vingt-trois... avec une maison, et cuisine, un vieux bâtiment chaud, une grange de quarante par trente pieds, une autre de cinquante par trente pieds, une remise et un hanger à bois et à grain... Dans le cas où le futur époux décèderait, le donateur s'engage à garder avec lui la future épouse et ses enfants et de lui livrer les meubles et animaux ci-dessus, mais ces meubles ne lui seront livrés qu'en autant qu'il y ait des enfants vivants lors de cette séparation;

ART-V Les biens que la future épouse apporte en mariage consistent en les meubles suivants que lui donnent les dits père et mère en considération de son futur mariage: un set de chambre à coucher comprenant une couchette, un bureau de toilette, un chifonnier et un lit de plume, un sommier et matelas, quatre taies-d'oreillers, six couvre pieds, une douzaine de paires de dessus d'oreillers, trois couvertures de laine, six draps de coton, deux draps de flanelle.

... Après lecture faite par le notaire aux parties, elles ont signé, ainsi que les parents avec le notaire, à l'exception du dit Adolphe Doucette et de son épouse qui ont déclaré ne savoir signer de ce enguis:

- Joseph Bellemare, Florida Doucette, Noé Bellemare, Adélard Dauphinais, Emma Doucette, Almour Doucette & MTRE Chapdelaine N.P.

Vraie copie de la minute des présentes, demeurée dans mon greffe... MTRE Chapdelaine N.P.

Gros-Pite et la belle Florida n'ont pas perdu beaucoup de temps, lors de leur voyage de noces, et leur fertile union allait donner à la paroisse douze enfants de plus entre les années 1910 et 1932: Iréné, Edgard, Gérard, Imelda, Annette, Vianey, Blaise, Aimé, Rita, Henri-Paul, Jules et Bruno.

Quand papa est né, les chambres à coucher étaient déjà remplies à pleine capacité: Henri-Paul était le dixième! Dans l'alcôve des parents, il y avait un berceau pour le nouveau-né et un petit lit pour l'avant dernier, lesquels étaient délogés à leur tour par le suivant pour aller rejoindre les autres dans la chambrée des plus grands lorsque Florida donnait naissance à un nouvel enfant: Henri-Paul avait appris très jeune à socialiser avec ses frères et ses soeurs.

Les trois filles, elles, dormaient dans une même chambre et les garçons, eux, étaient tous les six dans une autre de plus grande dimension. Il y avait trois larges lits dans la chambrée des gars et on dormait deux par couchette: c'était un vrai dortoir.

Ti-Paul et ses frères fréquentaient l'école de rang située à un demi mile de la maison familiale, et la maîtresse enseignait les sept niveaux du cours primaire en même temps. Elle demeurait à l'étage du petit établissement scolaire, chauffait la classe au poêle à bois, et, chacun son tour, les gars devaient rentrer les quartiers de bûche et les fagots pour ne pas geler, en hiver. Ti-Paul se retrouvait alors assis derrière un pupître avec plusieurs de ses frères et soeurs, car la famille Bellemare était nombreuse...

De retour à la maison, après une journée de classe qui avait passé avec lenteur, Ti-Paul faisait ses devoirs à la lampe à l'huile avec ses frangins. Une fois la corvée expédiée, sa mère les régalait souvent en faisant de l'animation dans la cuisine, espèce de grand espace commun à aire ouverte qui servait aussi de salle de jeu pour les jeunes. Florida projetait alors des ombres sur un drap blanc, imitant avec ses mains et sa voix des personnages de légende et des animaux en utilisant ses doigts et des accessoires comme des linges à vaisselle repliés de différentes manières, des couteaux et des cuillers, pour créer des images et des formes. Comme les frères Lumière, Florida créait des scénarios et faisait son propre cinéma! Et Gros-Pite, épuisé par sa journée éreintante sur la ferme, profitait du spectacle en fumant sa pipe, assis dans sa chaise berçante, un verre de gros Gin à la main, et s'endormait souvent avant la fin de la projection à la chaleur du poêle à bois et des rires des enfants.

En hiver, pour les laver, Florida remplissait d'eau chaude un gros baril de bois dans la cuisine, et les jeunes prenaient chacun leur tour pendant qu'Imelda frottait fort pour les décrasser... fallait surtout pas passer le dernier! Cependant, l'été, Ti-Paul et ses frères préféraient aller se baigner derrière la maison pour se laver, mais c'était surtout par pur plaisir qu'il se jetaient dans l'eau cristalline de la coulée.

Une ou deux fois par mois, Ti-Paul allait avec son père au moulin à l'eau de Sainte-Ursule pour y faire moudre le grain. Il avait toujours été impressionné de voir fonctionner les deux grosses meules de pierre qui tournaient l'une contre l'autre grâce à une gigantesque roue en bois que faisait tournoyer une petite cascade qui coulait près du moulin. Il revenait ensuite dans un carosse chargé de sacs de farine, des poches de coton fleuri, et, une fois la pochette vidée, sa mère les transformait en taies d'oreiller ou confectionnait de petites robes d'été pour les filles.

L'automne venu, on récoltait les pommes de terre et on les ramenait à la maison dans de grandes poches de jute. Ensuite, on les remisait sous la maison pour les garder jusqu'au printemps dans un caveau creusé à même la terre avec les bettaves, les navets, les choux, les oignons et l'ail... la crypte glaiseuse servant de réfrigérateur! Au sous-sol, on gardait aussi les conserves, les confitures, les compotes de pommes, la saucisse, le jambon, le bacon, le sirop et le sucre d'érable, la viande cannée et le lard salé. Le lait, le beurre, le fromage et la crème, on les préservait de la chaleur ou du gel en les collant contre l'une des parois du puisard creusé à même la cave et d'où sortait un tuyau muni d'une pompe à main qui aboutissait dans l'évier de la cuisine: c'était aussi l'endroit le plus frais de la maison, en été.

À l'époque, la plupart des villageois n'avaient pas les moyens de se payer une montre, alors, pour donner l'heure aux paroissiens, le bédeau sonnait l'Angélus le matin à six heures, à l'heure du midi et à six heures du soir. Les cultivateurs avaient l'habitude de s'arrêter de travailler dans les champs au son des cloches; on enlevait son chapeau avec déférence et on faisait une courte prière pendant que ça carillonnait allégrement dans toute la paroisse. Puis, le signe de croix expédié en vitesse, on allait manger ou on continuait son dur labeur de la journée jusqu'au prochain sonnaillement de clocher.

Le dimanche, jour du Seigneur, on ne travaillait jamais, sauf si une vache vêlait ou s'il fallait récolter le fourrage pour l'hiver; rentrer les charettes de foin sec, en juillet, ça passait toujours avant le bon Dieu chez les Bellemare... même si le curé regardait Gros-Pite de travers pendant au moins un mois parce qu'il avait osé ne pas assister à *sa* messe! La dîme se payait souvent en faisant du troc ou par échange de services, car peu de cultivateurs avaient de l'argent. Gros-Pite devait alors donner à la paroisse soit de la viande, soit des poches de grain, soit des patates, pour subvenir aux besoins du curé, de sa servante, du bédeau, et pour l'entretien du cheval de l'ecclésiastique. Gros-Pite devait aussi payer une taxe à la Seigneurie de Carufel dont le seigneur, qui habitait en France et n'avait jamais seulement mis le pied en Mauricie, gouvernait à distance la paroisse comme un maire de village.

Très jeune, Ti-Paul s'est découvert des talents pour la sculpture, ou c'est la sculpture qui l'avait trouvé, et dès l'âge de huit ans il allait passer des heures à tailler des bouts bois avec son canif pour les transformer soit en canard, soit en cochon, soit en vache, de petites répliques animales qu'il donnait volontiers à tout un chacun avant de reprendre un autre bout de pin et de recommencer à façonner: il avait même sculpté des feuilles d'érable dans les moules à sucre du père! Il confectionnait aussi, de ses petites mains habiles, des flûtes ou des figurines pour ses soeurs, et, avec le temps, il allait devenir un véritable gosseux de bois!

Après des études primaires à l'école du village, comme il n'avait pas tellement la vocation de cultivateur, Ti-Paul allait suivre un cours de deux ans à l'École Commerciale Savoie de Saint-Justin et obtenir son diplôme en 1942... au beau milieu de la Deuxième Guerre Mondiale! Cependant, bien qu'il fut presque en âge d'aller se faire tuer pour le Commonwealth et pour le roi d'Angleterre, Ti-Paul avait réussi à échapper au recrutement parce que son père avait besoin de ses gars sur la ferme pour nourir le pays. Mais c'était aussi parce que les voisins du rang voulaient le garder pas loin à cause de ses qualités de mécanicien bizouneur de première: avec de la broche à foin et de l'imagination... Ti-Paul était capable de tout réparer.

Pendant la Deuxième guerre mondiale, il y avait eu bon nombre de ses cousins de la grand'ville qui étaient venus se réfugier dans le rang parce qu'il n'y avait rien à manger, les villes étant affamées, mais c'était aussi pour échapper à la conscription... Gros-Pite en avait parqué plusieurs dans la cabane à sucre et disait toujours: « Pourquoi cé ti que j'risquerais la vie de mes gars et celle de la parenté pour une maudite guerre d'Anglais à l'autre boutte du monde? »

Comme c'était Ti-Paul qui réparait presque tout sur la ferme, parce que très doué pour rafistoler tout ce qui baignait dans l'huile, il avait fini par suivre un cours de mécanicien automobile et de soudure à l'École Technique de Trois-Rivières. Cette institution avait été fondée grâce à l'initiative de Maurice Duplessis, le Premier Ministre de l'époque, et Ti-Paul fit parti de la première classe de finissants de l'école. Par la suite, même s'il n'avait pas encore trouvé un travail rémunérateur, Ti-Paul allait réparer les autos de ses grands frères, des voisins, ou celles qu'il s'achetait pour ensuite les revendre avec un petit profit: une vieille Ford convertible 1924 toute déglinguée, une Tripet 1925 dont le moteur avait sauté, une Pontiac 1936 avec une transmission qui manquait des vitesses et la carosserie à refaire...

Finalement, Maurice Duplessis fit électrifier les villages de la Mauricie vers la fin des années quarante, et c'est en

1948 que Gros-Pite fit installer le téléphone à la maison. À l'époque, ils étaient dix clients sur la même ligne téléphonique de la compagnie Bell; plusieurs parlaient en même temps et on pouvait entendre les conversations de tous les voisins et leurs ragots sur tout un chacun. Deux longs dring suivis d'un plus court pour la famille Bellemare; trois longs dring pour le voisin suivant; un court, un long, pour l'autre... Sans le savoir, c'était dans le Bois-Blanc qu'on allait inventer l'appel conférence à dix.

Le matin de Pâques, Gros-Pite avait l'habitude de sortir du lit avant le lever du soleil pour aller puiser de l'eau dans la coulée, derrière la maison. Les sauvages de la réserve voisine lui donnaient des vertus particulières: elle ne se corrompait pas, protégeait la maison et les bâtisses contre la foudre, en boire assurait une bonne santé pour l'année à venir, et, phénomène assez particulier, on disait même que ce jour-là on pouvait voir le soleil danser à l'horizon.

Le retour du printemps, en plus du temps des sucres, amenait aussi la trappe au rat musqué. Et c'est un Ti-Paul adolescent qui irait un jour dans les bois piéger le « rat-d'eau » avec ses frères Vianey, Blaise et Aimé, ce petit rongeur aquatique étant l'animal à fourrure le plus répandu dans la vallée du Saint-Laurent: il y en avait en abondance dans les ruisseaux et les rivières qui couraient dans les forêts avoisinantes. On piégeait le rat musqué pour en faire le commerce, mais souvent on devait vendre pour pas cher les peaux tannées aux Juifs de la rue Saint-Alexandre, ceux qui passait dans les rangs pour acheter les fourrures des cultivateurs. Pour justifier leur prix de misère, les fourreurs disaient que ça ne valait plus grand chose, ces peaux de rats, même si les manteaux de poils étaient en vogue et pourtant très en demande dans les grandes villes. À l'époque, on les utilisait plus particulièrement pour confectionner les cols de fourrure et des chapeaux, mais papa et ses frères ne gagnaient pas grand chose avec la pelleterie. Par contre, même si les peaux n'avaient que peu de valeur marchande, la viande du rat musqué, elle, était très appréciée par les Bellemare et entrait dans la composition de plusieurs plats, au printemps. Elle était très prisée dans les environs, jusqu'à Trois-Rivières... comme la perchaude qu'on allait pêcher à Saint-Ignace-de-Loyola et avec laquelle on faisait la fameuse gibelotte de barbotte et de perchaude des Îles de Sorel. Lors du dégel, on en profitait aussi pour faire le savon pour l'année, car on ne pouvait pas, pendant l'été, garder les restes de gras de porc, le suif de boeuf et les os. Tous ces ingrédients qu'on avait gardés dans la cave, dès l'automne venu, étaient alors bouillis avec du gros sel et avec du « lessi » pour en faire du savon du pays, lequel servait à de multiples usages domestiques et pour se laver. On obtenait le « lessi » en versant de l'eau bouillante sur la cendre de bois de franc dans une cuve percée qui laissait l'eau s'écouler, lentement, et les soeurs de Ti-Paul rajoutaient dans la recette des fleurs de lavendre séchées et appelaient ce mélange spécial du « savon d'odeur »... Des savonnettes de fille!

Vers la fin de juillet, pour gagner un peu d'argent, Ti-Paul allait souvent dans les sous-bois et dans les champs pour cueillir des fraises, des framboises et des mûres: ça demandait beaucoup de patience. Pendant des journées entières, il ramassait les petites baies et les ramenait à la maison sans les manger... un exploit! Sa mère lui faisait alors quelques terrines pour lui tout seul, et Ti-Paul allait ensuite vendre ses pots de confiture aux conducteurs de train, ceux qui s'arrêtaient à la gare de Saint-Justin pour se délier un peu les jambes en attendant les passagers avant l'heure du départ. C'était toujours une vente assurée! Et cet été-là, Ti-Paul avait fait assez d'argent de poche pour se payer une montre, chronographe qu'il avait commandé dans le catalogue Eaton du magasin général du village: une montre de poche avec chaînette dorée qui lui avait coûté un gros $2.50. Il en était tout fier: c'était tout l'argent qu'il avait été en mesure de grapiller avant la rentrée scolaire. À l'époque, Ti-Paul n'avait pas encore dix ans...

Comme il n'y avait pas de toilette, on allait faire ses besoins dans une bécosse: un cabinet d'aisance situé dans la cour arrière à environ 50 pieds du domicile familial. On utilisait le « *back house* » au printemps, l'été et en automne, mais l'hiver, comme il faisait froid, on se servait de pots de chambre, et, à tous les matins, Gros-Pite allait transvider les vases de nuit dans de grandes chaudières pour ensuite les déverser sur le tas de fumier, derrière l'étable.

En hiver, quelques semaines avant Noël, on profitait du frette pour faire boucherie; Gros-Pite et des voisins se réunissaient alors pour abattre porcs et boeufs. On nettoyait par après les carcasses et on les pendait dans une remise, au froid, et moins d'une semaine plus tard la viande était gelée de bord en bord. Gros-Pite allait ensuite la débiter en morceaux et placerait les pièces de viande dans des sacs de jute qu'on enfouirait profondément dans le silo à grain. Ainsi, la viande se garderait au frais jusqu'à la fin du printemps, la chair prenant même un léger goût d'amende à cause de l'orge et de l'avoine.

La messe de Minuit était toujours très spéciale pour la famille Bellemare: tout le village et la parenté se ramassaient à l'église. Et le curé de la paroisse était content de voir la salle remplie à pleine capacité, chaque clan ayant son banc réservé - on devait payer pour avoir son banc d'église et une place pour garer la calèche -. Une belle crèche était dressée dans un coin de la nef et aux douze coups de Minuit on entonnait d'une seule et même voix le minuit chrétien à pleins poumons: « ... *Noël! Noël! Voiciiiiiiii le Rééééédempteur!* »

Par la suite, d'autres chants de la nativité se succédaient tout le long de la célébration, jusqu'à la fin de la troisième messe... Ti-Paul finissait souvent l'interminable service religieux endormi, collé contre sa mère ou sa grande soeur Imelda.

Dans l'église, le premier banc était toujours réservé aux fiancés qui devaient se marier dans le courant de l'année suivante. Habituellement, les jeunes célébraient leur union à la fin de l'automne ou au début de l'hiver, une fois les tâches de la ferme terminées et les récoltes engrangées, car il y aurait plus à manger pour les convives: c'était la période faste de l'année pour les cultivateurs du rang.

En quittant l'église, après la messe de minuit, les paroissiens commençaient déjà à fêter la venue du Christ en s'échangeant des voeux de santé et de bonheur. Dans la *sleigh,* en retournant à la maison, on avait l'habitude de consommer du caribou, une boisson maison faite avec du p'tit Blanc, du vin et du sirop d'érable qui allait aider à combattre la froidure de l'hiver, bien emmitouflés dans de grandes peaux de fourrure. Papa disait toujours « des robes de cariole », mais moi je trouvais que ça ressemblait plutôt à de grandes peaux de mouton cousues ensemble. Et en plus de tout ça, ça puait la laine en maudine! Ensuite, tout le monde allait réveillonner chez Gros-pite...

Pour les plus jeunes, lors du réveillon, ça serait enfin le feu vert pour se gaver de friandises et de desserts, tant qu'ils le pourraient, alors que les frères aînés de Ti-Paul joueraient du violon, de la musique à bouche, du piano, de l'accordéon et des cuillers pour faire danser le rigaudon pendant toute la nuit.

Le matin du jour de l'an, les jeunes déballaient leur cadeau en vitesse, et c'était souvent une belle grosse orange de la Floride qu'on retrouvait dans son bas de Noël, pendu sur le rebord de la cheminée: un fruit exotique qui avait parcouru, par train, des miliers de miles avant d'arriver à Saint-Justin. Puis, selon la tradition canayenne, Gros-Pite bénissait la famille élargie, les enfants et les petits-enfants, et terminait souvent la bénédiction paternelle avec la larme à l'oeil, ne pouvant plus contenir ses émotions...

Chapitre 4

Henri-Paul a travaillé comme soudeur à Marine Industries pendant *une couple d'années,* un constructeur naval de Sorel-Tracy qui se spécialisait dans la construction et la réparation de coques de navires en acier, et qui, quand la manne gouvernementale avait cessé de pleuvasser sur le Québec dès la fin de la deuxième Guerre mondiale, avait réussi à dénicher des contrats de la Garde côtière canadienne et du Canadien National pour la construction de brise-glaces et de traversiers. Puis, au fil des mois, Ti-Paul s'est retrouvé grandement malade à force de respirer les émanations provenant de la soudure à l'arc, et c'est bien malgré lui qu'il a dû faire une croix sur le métier de soudeur en cale sèche: ses poumons menaçant de le lâcher. Mais c'était sans compter les *flashs* occasionnés par des compagnons de travail qui n'avertissait pas avant de commencer à souder. En effet, Henri-Paul avait déjà perdu la vue pendant une bonne semaine à cause d'un *coup d'arc* provoqué par l'imprudence d'un camarade soudeur... Il n'y voyait plus rien! Et Ti-Paul avait été en beau tabarnak après c'te gars-là pour un bon boutte de temps. À l'époque, le docteur de la compagnie avait dit « qu'il se retrouverait aveugle pour au moins une bonne semaine. » Mais de nos jours, tout le monde sait que c'est impossible d'être aveugle à cause d'un *flash* dans les yeux, car on ne peut être que non-voyant.

Ma mère me le répétait souvent, à moi aussi, même si je n'avais jamais soudé de ma vie, parce que je renversais à peu près tout ce qui se trouvait sur mon passage dans la maison: « Hé! Ho! Mais fais donc attention où tu mets les pieds, simonac!... Es-tu aveugle, ou quoi? » Mais de nos jours, tout le monde sait qu'on ne peut être ni boiteux ni sourd, ni aveugle... seulement un handicapé de la papatte, un malentendant ou un non-voyant. Mais je dois confesser que, lors de la messe de minuit, j'ai souvent chanté des cantiques qui, aujourd'hui, nous seraient défendus de chantonner par la police du bon parler français et par les accomodeurs... raisonnables.

« *Aveugles-nés, muets, paralytiques, pauvres boiteux perclus, sourds, approchez; du roi des rois chantez les saints cantiques... Je suis Jésus, Jésus-u de Nazareth... »*

Par chance, comme Ti-Paul était doué pour la mécanique automobile et qu'en plus son père avait des relations, Gros-Pite avait été en mesure d'aider son gars à se trouver une bonne job payante, à Montréal. Joseph-Arthur Savoie, qui allait devenir le troisième président d'Hydro-Québec, était un bon gars de la paroisse qui avait grandi à Saint-Justin: un type que son père connaissait bien.

En plus d'être un ami intime et un allié politique de Maurice Duplessis, maître Savoie avait été notaire à Saint-Vincent-de-Paul, aujourd'hui un quartier du nord-est de Laval, et, pendant les campagnes électorales, en bon organisateur politique qu'il était, Savoie avait la réputation de donner un réfrigérateur pour inciter un cultivateur influent à voter du bon bord. Mais si le candidat local ne remportait pas son élection, il envoyait ses gars reprendre le frigo le lendemain de l'élection...

Gros-Pite Bellemare arrangea donc un rendez-vous pour son fils avec Savoie, qui se trouvait être un camarade de classe du curé de Saint-Justin - ils avaient fait le séminaire et couru la galipote, ensemble, à Trois-Rivières -, et c'est ainsi que Ti-Paul Bellemare s'est ramassé à Montréal dans le bureau du futur président de l'Hydro pour une entrevue: « Comme ça, t'es le fils à Gros-Pite, mon gars », qu'il lui avait lancé tout d'une traite... « Et y paraît que t'es un sacré bon mécanicien, à ce qu'on me dit... »

Ti-Paul, tout modeste qu'il était, n'avait pas su trop quoi répondre à ça et s'était contenté d'un hochement de tête, gêné. J-A Savoie avait alors décroché le téléphone et il avait appelé tout de go le *foreman* du garage Jarry, au coin des rues de l'Esplanade et de Jarry, tout juste à l'ombre de la future autoroute Métropolitaine et de notre grand parking montréalais à ciel ouvert lors de l'heure de pointe du matin et en fin d'après-midi, et il avait ordonné au type: « Hé! J't'envoie un bon mécanicien. Trouve-lui de la job... Non! J'veux pas l'savoir... Y commence tout de suite. »

Et c'est ainsi que Ti-Paul Bellemare avait été embauché à Hydro-Québec sur le *shift* de jour comme mécanicien...

Papa a travaillé pour la société d'État pendant une bonne trentaine d'années, gravissant les échelons de l'entreprise avant de terminer sa carrière avec le titre d'inspecteur sur le quart de soir. Henri-Paul, qui allait un jour avoir la charge de tout le garage, mais seulement une fois le soleil tombé, allait prendre sa retraite à la fin de 30 années de loyaux services au sein de la compagnie... mais seulement après avoir écoulé une année et demie de *journées de maladie* à la maison. Comme Ti-Paul n'avait presque jamais été madade au cours de son illustre carrière de mécano, il avait été forcé de les *utiliser* pour ne pas les perdre. À l'instar de plusieurs fonctionnaires d'État, il bénéficiait d'une généreuse convention collective: papa allait être un gras dur de l'Hydro!

Puis, tout de suite après s'être trouvé un boulot de mécanicien à Hydro-Québec - Gros-Pite pensait qu'il serait temps qu'il se mairie au plus sacrant, car Ti-Paul commençait à avancer en âge -, ce fut la rencontre *arrangée* avec sa future épouse, Carmen Clermont: un face-à-face organisé par l'un de ses beaux-frères qui était aussi commissaire d'école, à Longueuil. En effet, Jean-Marie, le mari de Rita, sa soeur, allait lui présenter une jolie enseignante novice du cours primaire: une magnifique jeune femme à la chevelure ébène de cinq pieds et six pouces, avec la jambe fine, bien faite, qui n'en finissait plus de monter au ciel lorsque juchée sur des talons hauts. Pour couronner le tout, la taille était élancée, la bouche pulpeuse, avec de beaux grands yeux noisette qui pouvaient faire dire oui à presque n'importe qui... et peut-être même amener le bienheureux au paradis! Carmen n'avait pas encore dix-huit ans, à l'époque; Ti-Paul, lui, en avait déjà vingt-huit:

« Je te présente une jolie jeune femme qui a du caractère à revendre », avait lancé le beau-frère.

Peut-être même trop pour Ti-Paul! Et c'est sans se méfier le moins du monde qu'Henri-Paul allait tomber amoureux fou de Carmen et mettre les voiles vers une destination inconnue... avec une belle étrangère: *La Cyprine d'amour, cheveux épars, chairs nues, s'étalait à sa proue, au soleil excessif!*

Toute sa vie, Ti-Paul avait attendu avec patience les vents favorables; il allait enfin pouvoir larguer les amarres... prendre la chance d'une vie... voguer sur les sept mers tel un pirate des Caraïbes avec sa Carmen adorée... partir pour un *nowhere* avec une brillante amazone de ville Jacques-Cartier, et ce, malgré toute la marde qui pourrait un jour lui tomber dessus à cause d'une belle fille au regard ténébreux. C'était le prix à payer pour qu'un fils de cultivateur puisse enfin voir sa semence germer dans le terreau fertile de la grand'ville... Ti-Paul avait le pouce vert en calvaire! Il allait faire pousser des pissenlits dans les craques des trottoirs, bouffer des dents-de-lion par la racine, il était prêt à tout accepter pour enfin vivre l'amour de sa vie, le grand!, celui qu'on ne retrouvait pas sur les rayons d'une bibliothèque et qu'on devait vivre, et non pas lire.

Par contre, il lui faudrait avoir du courage en masse... Prendre une cristie de chance... Partir pour un voyage au bout de la nuit sans même savoir s'il allait en revenir... vivant. Voire une virée en enfer! Mais comme Ti-Paul savait mener un carosse et qu'il avait vu neiger, il pensait bien que ça serait tiguidou s'a slide.

Carmen, même si elle avait été élevée dans la foi des adorateurs d'idoles et des mangeurs d'hosties, n'y croyait pas vraiment, elle, au brasier éternel: elle soutenait plutôt que *l'enfer, c'est les autres!*

Déjà, Ti-Paul pensait qu'elle avait beaucoup trop lu et qu'elle s'était fait bourrer le crâne avec des idioties à l'École normale, Carmen ne s'étant pas assez méfiée de ces putains d'intellectuels dont le seul véritable travail consistait à penser... des joueurs de cartes qui ne faisaient que chanter au lutrin comme les curés qui prêchaient l'abstinence. Car c'est dans l'action que se vit la vie et non pas dans la parole ou dans les écrits... Ainsi, dans le monde de Ti-Paul, il n'y avait que deux types d'individus sur terre: ceux qui savaient tirer les vaches et ceux qui regardaient les autres les tirer, en critiquant.

Carmen, aussi, pensait... Trop, même! Elle pensait que le monde est fou... *C'est ce qu'on en dit... Mon chum pi moé... Le squelette du géant Beaupré.* Mais si le monde était complètement « fou », Carmen, elle, ne croyait pas l'être pour autant... Elle pensait à tous ces projets qui dansaient dans sa tête de jeune femme et qu'elle voulait réaliser, et l'enfer, elle connaissait bien le sujet, car elle avait passé toute son adolescense en enfer... Elle voulait en sortir à tout prix, de l'enfer... Et ça n'était pas un petit enfer de rien du tout qui allait l'empêcher de faire ce qu'elle voulait de sa vie. Non, Mossieu! La menace du feu éternel, c'était juste bon pour ces p'tits cons de Chrétiens qui faisaient dans leur froc juste avant de mourir, alors qu'un quêteux professionnel leur faisait tournoyer un crucifix en pleine face pour les hypnotiser au son des *Je crois en Dieu* et des *Je vous salue Marie...* pour mieux les détrousser! Et une fois le travail terminé, le religieux irait faire sa tournée du salon mortuaire et essayerait de faire la passe du Père Antoine à la veuve éplorée... ou à l'un de ses enfants!

Laissez venir à moi les petits enfants, et ne les en empêchez pas; car le royaume de Dieu est pour ceux qui leur ressemblent... Mais ça semblait être tout ce que les religieux avaient retenu des enseignements de Jésus dans la Bible catholique romaine.

Carmen avait décidé de se battre jusqu'au bout pour gagner son indépendance, car elle avait du caractère à revendre, et elle n'allait pas plier devant quiconque; elle n'allait pas se prosterner devant un dieu, quel qu'il soit, et encore moins devant un homme... un vulgaire mortel! Et gare à celui qui essaierait de la dominer, car il allait passer un mauvais quart d'heure, le bonhomme...

Va te faire foutre, Jean-Sol Partre!

Carmen et Ti-Paul se sont fiancés la même année, et, le 7 juillet 1954, c'était déjà le mariage à l'église Notre-Dame de la Garde, à Ville Jacques-Cartier (aujourd'hui Longueuil). La réception avait eu lieu à l'Auberge La Barre, sur le boulevard Taschereau: c'était le début de l'aventure... du grand Amour! Papa était fou de Carmen et voudrait lui décrocher la lune, avec un voyage de noces à Saint-Janvier: une lune de miel dans les très Basses-Laurentides! Mais une douzaine d'années plus tard, Ti-Paul aurait plutôt l'air d'un ti-coune qui venait de tomber de la lune... Cependant, ça ne serait pas avant que papa ait envoyé ses petits nageurs dans le ventre de maman, sinon, jamais je n'aurais pu vous raconter cette histoire.

Henri-Paul Bellemare, un p'tit gars de la campagne, avait marié une jeune femme de 18 ans de la banlieu de Montréal: une p'tite fille de la ville! Intelligente comme pas une et bien scolarisée en plus de tout ça, la jeune gribiche avait fait l'École normale et faisait de la suppléance à la Commission scolaire de Longueuil. Et comme beaucoup de jeunes femmes émancipées de son époque, maman allait revendiquer l'égalité des droits avec les hommes, et pendant toute sa vie Carmen allait être une *Women's lib:* elle allait même un jour brûler ses vieux soutiens-gorge dans les rues de Montréal avec Thérèse Casgrain... Mais pour Ti-Paul, comme pour la majorité des hommes de son époque, ça serait plutôt avec Thérèse « casse-couilles » que maman allait s'aligner.

Carmen était la septième d'une famille de huit enfants. À l'époque, on disait souvent que le septième rejeton héritait d'un don spécial à la naissance... et maman allait être dotée d'une intelligence bien au-delà de la moyenne: on lui avait *mesuré* un QI de 147! « Une valeur exceptionnellement élevée pour une jeune demoiselle », avait affirmé Jean-Marie, le beau-frère de papa. Et la belle Carmen, prisonnière de son corps de femme, dirait plus tard vouloir vivre sa vie d'égal à égal avec le sexe masculin. Elle allait même soutenir que, si elle en avait eu le choix, elle aurait préféré naître dans la peau d'un homme, car c'était plus facile d'être un homme dans un monde conçu par et pour les hommes. Cependant, Tyché en avait décidé autrement... et ma mère ne serait jamais autre chose qu'une « fendue! »

C'était ainsi qu'oncle Jules désignait les femelles, *des fendues,* un tireur de vache mauricien qui se trouvait être l'un des frères de papa. Il utilisait cette terminologie des plus explicites pour différencier le sexe de ses veaux, lors du vêlage... et aussi celui des femmes! Il avait l'habitude de demander à papa, en riant: « Hé! Salut, mon Ti-Paul... comment vont tes fendues, à matin? »

Il n'était pas resté marié bien longtemps, lui aussi...

Carmen, toute sa vie durant, avait toujours été un peu difficile à endurer. Parfois, elle avait même l'impression de ne pas être en mesure de s'endurer elle-même; elle ne se sentait pas appartenir à ce monde, mais avec le temps, elle avait fini par en prendre l'habitude et avait essayé de l'apprivoiser de son mieux, avec l'impression de venir d'ailleurs, d'une autre réalité, d'un monde divergent... au-delà du réel! Carmen ne se sentait pas tout à fait comme les autres Solariennes... Bref, maman était une espèce d'extraterrestre avant Star Trek! Cependant, pour papa, qu'elle vienne d'un autre monde ou pas, il s'en foutait bien, lui, car il était fou d'elle, fou au point de ne plus y voir clair, assez fou pour tout accepter et persuager son entourage que sa Carmen ne l'était pas... fofolle. Qu'elle était juste un peu différente des autres terriennes.

Oh! Parfois, il fallait bien la prendre avec des pincettes, la belle grébiche, comme lorsqu'il essayait, dans sa jeunesse, de dompter de jeunes juments qui avaient du caractère à revendre; des pouliches qui ne voulaient pas se laisser monter, facilement. Alors, faudrait juste qu'il soit patient avec sa jeune monture, et comme Ti-Paul était un gars tolérant de nature, le temps serait de son bord, à lui...

Les parents de la future mariée n'avaient pas résisté trop longtemps à l'idée de voir cette magnifique jeune créature du bon Dieu quitter la maison avec un étranger, *un étrange aux manières un peu rustres,* espèce d'ennemi des bonnes études qui venait de la lointaine campagne... un poseur!

D'ailleurs, comment Carmen aurait-elle pu quitter le giron familial sans avoir la bague au doigt? Car dans une famille catholique des années cinquante, quand on était une jeune femme comme il faut, il n'y avait pas d'autre issue, sauf de partir pour le couvent... ou même les pieds devant! D'ailleurs, Carmen avait déjà essayé *partir,* et à au moins une occasion, mais elle était sortie la *tête* devant! Alors, ça n'avait pas très bien fonctionné pour elle...

Âgée d'à peine quinze ans, un peu désorientée, mais surtout très en colère, Carmen s'était retrouvée toute seule au deuxième étage de la maison familiale après une violente dispute avec sa mère et son père. Elle avait pris la peine de s'asseoir sur le rebord de la fenêtre de sa chambre et avait contemplé le sol, un moment, en balançant les pieds dans le vide. Puis, sans raison apparente, probablement sur un coup de tête, une idée funeste, comme ça, qui vous vient de nulle part, elle avait sauté... mais la *tête* en premier! « Un coup de cafard passager », avait proposé le docteur de famille comme cause probable du mal-être de Carmen. Elle n'était qu'une jeune adolescente en crise, à l'époque, quand elle avait tenté sa sortie côté jardin... *Une crisse de chute sans (en) parachute!* Et elle avait terminé *sa fuite en avant* dans une maison de repos avec un bras fracturé et une belle grosse prune sur le front... avec en plus une commotion cérébrale! Puis, son cafard s'était multiplié au point de la rendre difforme: Carmen s'était *transformée dans son lit en une véritable vermine...* un incubateur à blattes... elle avait maintenant des Kafka plein la caboche.

Cependant, avec une cure de sommeil dans un sanatorium de bonne réputation et des relicireuses de parquet pour lui remonter le moral, ses parents avaient fait le pari qu'on la remettrait vite sur pied et qu'on lui referait bientôt une belle tête; on allait se charger de lui inculquer à nouveau les vertus du p'tit catéchisme, des valeurs qu'elle avait sûrement oubliées avec le passage du temps: le condensé de la foi chrétienne qui sert de repère aux brebis égarées. Carmen, elle aussi, était un agneau de Dieu, *« Agneau de Dieu prends pitié de nous »*, et le Berger était là qui veillait sur elle pour la sauver, car tous les Chrétiens savent que Dieu est miséricordieux et qu'Il est partout. Mais comme Carmen ne l'avait jamais vu de toute sa vie, n'était-Il pas aussi nulle part... tout en étant partout!?! Pourtant, la logique implacable de Carmen n'apparaissait pas dans les livres saints des endoctrineurs du *Deus nostris* terrés dans *la città del Vaticano,* et, au final, ils s'étaient bien vite résignés, les Clermont, et l'avaient laissée partir de la maison sans trop ruer dans les branquards: on allait se défaire de Carmen *en bas du cost!*

Malgré cela, même s'il avait l'air naïf du gars fraîchement sorti de la campagne, Ti-Paul n'était pas né de la dernière pluie. Oh, que non! Tout jeune homme, il allait acheter des veaux dans les rangs de Saint-Justin et dans les villages environnants pour ensuite les engraisser et les revendre à bon prix aux abattoirs des grandes villes, et il y avait souvent des éleveurs un peu malins qui essayaient de lui en passer une p'tite vite, des paysans qui tentaient de lui refiler des bêtes qui avaient un problème de santé ou qui ne faisaient que manger de la moulée, sans profiter.

Avec sa Carmen, ça ressemblait un peu à ça...

Mais comme papa avait l'oeil et le bon, et qu'il avait souvent réchappé des génisses dont l'état de santé était chancelant, Ti-Paul avait pensé être en mesure de régler le problème de sa Carmen: avec un peu d'huile de foie de morue dans le gorgoton et une bonne tisane de trèfle rouge, rien n'était impossible dans le Bois-Blanc!

N'empêche que, tout cela, aurait dû à tout le moins lui mettre la puce à l'oreille, car la belle Carmen avait un caractère acariâtre et souvent revêche; elle changeait d'humeur sur un dix cennes et dispensait sa hargne et sa grogne sans ménagement partout autour d'elle comme le père Noël distribue des bonbons lors de sa parade annuelle, sauf que les sucettes de maman avaient un petit goût acidulé... vitriolique! De plus, maman était insupportable, sa spécialité étant de faire le vide autour d'elle, et lorsque Carmen débarquait quelque part avec Ti-Paul, que ce soit lors d'un pique-nique ou d'une surprise-partie pendant les canicules de juillet, elle n'avait qu'à ouvrir la bouche et, déjà, c'était mois de décembre qui s'abattait sur l'assemblée... *Ah! Comme la neige a neigé! Ma vitre est un jardin de givre. Ah! Comme la neige a neigé! Qu'est-ce que le spasme de vivre à la douleur que j'ai, que j'ai!*

Et Ti-Paul allait le découvrir assez vite... le givre en été! Et quelques années après son union sanctifiée par l'Église, pour ne pas envenimer les choses et pour tenter de garder un semblant de paix et d'harmonie à la maison, il allait sauter sur l'opportunité de faire avancer sa carrière en travaillant sur le *shift* de soir, à l'Hydro. Ainsi, Ti-Paul aurait beaucoup moins le loisir de se chamailler avec sa Carmen adorée pendant la semaine, car seul, nul ne peut se quereller bien longtemps, c'est évident! Mais nous, les enfants, on ne verrait notre père que durant les fins de semaines ou lors de ses deux semaines de vacances payées par la compagnie, car lorsque nous partions pour l'école, il dormait, et quand nous en revenions, il était déjà parti pour son travail. Et comme il ne quittait son garage de l'Hydro qu'après minuit...

Ti-Paul allait abandonner ses enfants aux mains de sa femme, une jeune mère qui ne pouvait même pas s'occuper d'elle-même, encore moins de trois enfants, une mère qui, en plus de tout ca, souffrirait d'un deséquilibre hormonal... chimique... mental! Maman ne serait qu'une spychosée de la vie et on dirait d'elle qu'elle était folle. Mais de nos jours, nous savons tous qu'il n'y a plus de fous dans les hôpitaux.

Par contre, nous, on ne connaissait pas la gravité de son état de santé. Et de toute manière, on était beaucoup trop jeunes pour comprendre ce qui se passait à la maison... ou dans la tête de maman! Folle ou pas folle, Carmen serait toujours notre mère, à nous, et ce, même si les docteurs n'arrivaient pas à trouver ce qui n'allait pas dans le ciboulot de notre mère, et, avec le temps, les chicanes de Carmen et de Ti-Paul allaient prendre de l'ampleur et réveiller des colères enfouies au plus profond de son âme, car après trois accouchements *pour le bien de la Nation,* maman allait dire au juge, lors de son témoignage en cour durant les procédures de divorce, « qu'elle avait eu trois enfants: elle s'était fait violer trois fois! » Et que son mari, qui lui avait juré fidélité « jusqu'à ce que la mort nous sépare », avait osé la tromper avec la femme de ménage... le crisse!

Avec la femme de ménage? C'était comme ce qu'on soutenait dans les publicités de tracteurs et de machinerie agricole de mossieu John Deere: « C'était tout dire! »

Et Carmen, même si elle était mentalement instable, allait obtenir la garde de *ses* enfants, même après avoir été internée à au moins trois reprises pour *troubles nerveux.* Et c'était sans parler de son *incident de parcours* durant son adolescence! Alors, ou c'est qu'elle avait eu un très bon avocat pour la représenter ou c'est que Ti-Paul en avait pogné un pas bon. Et les pas bons, même si leurs honoraires sont beaucoup moins ruineux, ça finit toujours par vous coûter cher... et nous allions en faire les frais.

Maman allait souffrir ouvertement de l'affliction qu'elle gardait enfouie au plus profond d'elle-même depuis sa plus tendre enfance: le mal de vivre! Un mal que ma venue au monde n'allait qu'envenimer... C'était moi, l'aîné de trois, qui allait empoisonner la vie de ma mère dès les premiers jour de mon arrivée sur terre, et, sans même le savoir, j'allais la rendre encore plus folle qu'elle ne l'était auparavant et la renvoyer rapido à l'hosto... à l'asile... à l'hôpital psychiatrique: la maison de fous!

Mais *qu'est-ce que le spasme de vivre,* direz vous?... *Dans le dédain de la foule méchante?... Le regard des hommes au front morose?...* Ou *la neige (qui) a neigé les soirs d'hiver!?!*

Simonak! Les soirs d'hiver, à Saint-Justin, y neigeait en crisse! Ça prenait-ti la tête à Papineau pour savoir tout ça?

Carmen, fallait le reconnaître, c'était le souffle et l'âme d'un poète; c'était le génie créateur de Nelligan (si c'était bien lui qui avait écrit *ses* poèmes) dans la peau d'un être fragile: une femme de lettres.

Ti-Paul, lui, ne savait que tanner la pelleterie: les peaux de vache, le rat-d'eau... et même celle des moutons! Il n'y comprenait strictement rien, lui, à tout ça... à la poésie de la solitude, aux barbeaux de Corot que Carmen et ses amis péteux de broue de l'école appelaient « de l'art paysagiste », à la grande musique de chambre que maman écoutait jusqu'à quatre heures du matin, dans le salon, le verre de vodka à la main, au lieu d'aller se coucher à une heure décente pour être en mesure de préparer le déjeûner et de torcher ses enfants, le lendemain matin. Pendant toute sa jeunesse, Ti-Paul s'était levé à l'heure des poules pour aller soigner les animaux... y comprenait strictement rien à ce qui pouvait se passer dans la tête de sa Carmen?!?

Le soir, pour soi-disant nous *aider* à nous endormir, maman mettait des disques sur son radio combiné RCA

Victor et crinquait le volume au maximum... un concert *live!* Ça débutait souvent par du bel canto, pour briser la monotonie de la soirée et mettre un peu d'ambiance dans nos chambres; après, maman nous emmenait à l'opéra pour nous faire entendre son ténor favori: Richard Verreau. Puis, c'était un concerto de Tchaïkovski... la suite Peer Gynt de Grieg... une symphonie de Beethoven... du Ravel, Debussy, Saint-Saëns et compagnie! Ensuite, elle invitait Philippe Entremont à venir nous jouer les valses de Chopin sur le vieux piano droit qui prenait de la poussière, dans le salon.

Maman m'avait d'ailleurs forcé à prendre des cours de piano et de théorie musicale pendant plus d'une année, mais comme j'étais incapable de rester assis plus de cinq minutes d'affilée, la professeure avait fini par se tanner et m'avait crissé dehors en disant que *jamais je n'apprendrais à jouer avant d'avoir appris à rester assis sur un banc de piano!*

Une fois les valses de Szopen terminées, c'était les chansonniers français qui défilaient à tour de rôle sur le tourne-disque de maman, et tous les charlots de France allaient y passer en se faisant égratigner le fond de culotte par l'aiguille usée de son phonographe: Charles Trenet... Charles Aznavour... Charles Ferrat!... Charles Brel!... Charles Brassens! Après, c'était au tour de Félix de chanter comme un Bozo... *le fils du matelot qui joue dans l'eau avec un vieux radeau.* Pour changer le rythme et nous dépayser un peu, c'était ensuite un petit détour par les États-Unis pour nous faire entendre les Platters... Johnny Mathis... The Harmonicats... Frank Sinatra... Al Jolson, qui s'enduisait le visage de cirage à chaussure avant de chanter... Hank Williams et son fameux: *Hey, good looking, what you got cooking?*

« *Fuck you vely much!* » Lui aurait sûrement lancé papa, car il sentait déjà le tapis lui glisser sous les pattes...

Maman mettait ensuite le cap sur la musique sud-américaine... et l'exotisme! Elle nous ferait rêver sous les cocotiers des tropiques avec Los Indios Tabajaras, Nancy

Ames, *Cu Cu Rru Cu Cu Paloma* et le tout reste. Finalement, c'était du Bach et les concertos Brandebourgeois pour refermer la boucle. Mais Ti-Paul, lui, n'en n'avait rien à branler de son « casse-moi les noisettes » de *Tchai ché pu trop qui* jusqu'aux p'tites heures du matin, de son astie de bande de bourgeois de ses fesses et de sa musique de chambre plate comme le crisse... sa place étant, justement, *dans* la chambre!

À l'époque, les Catholiques ne divorçaient pas facilement, ça s'endurait *ad nauseam, et filii sancti... Amen!* Et Ti-Paul allait marcher dans la vie avec un bas blanc et l'autre noir: Papa et maman seraient un couple dépareillé.

La jeune Carmen allait se sentir entouré d'imbéciles heureux dans son milieu de travail comme dans la vie de tous les jours... *Ses ailes de géant l'empêchaient de marcher!* Et plus tard, les médecins essayeraient de les lui couper, comme papa avait l'habitude de le faire à Saint-Justin pour empêcher les canards de la basse cour de s'envoler avant qu'ils n'aient engraissé: un petit coup de ciseau dans les rectrices et dans les primaires et le tour était joué! Sauf que maman, elle, n'engraissait pas pantoute: elle était montée *su' un frame de chat!*

Malgré tout, papa allait l'aimer pour le restant de sa vie, sa Carmen... inconditionnellement! Sans même se douter qu'elle le trompait dans la journée avec Émile Nelligan, mais surtout avec Charles Baudelaire. Les fleurs de son mal, à Ti-Paul... ça serait lui!

Plus tard, on lui découvrirait, à maman, un trouble de la personnalité borderline: crise de colère, manipultion, idée suicidaire... toujours sur le point d'exploser! Maman marchait sur le fil d'un rasoir à mi-chemin entre la névrose et la psychose... on ne savait jamais de quel côté elle allait tomber du lit en se levant, le matin.

Pauvre maman... elle avait dû hériter du don de faire chier!

Chapitre 5

Moi je suis arrivé sur le Plateau au petit matin, c'était un dimanche et dehors il faisait beau... c'était comme en été! La rue était fleurie et les lilas embaumaient les rues depuis un bon boutte de temps, mais comme on n'était qu'en mai, c'était juste le printemps. C'est papa qui me l'a raconté...

Le parfum des fleurs se déversait jusque dans notre quatre et demi; les fenêtres étaient restées grand ouvertes à cause de la canicule... il faisait plus de 90 degrés, à l'ombre... les *Platéens* suçaient des glaçons... cherchaient les courants d'air... dormaient sur les balcons... buvaient de la bière! Personne, dans le bloc, n'arrivait à dormir, et surtout pas nos voisins du deuxième, notre étage à nous, ou ceux du troisième... parce que la chaleur, voyez-vous, ça monte. Mais c'était aussi à cause des lamentations qui fusaient de la gorge déployée de ma mère, car cette nuit-là, maman a donné chaud à presque tout le quartier; le majestueux Mont-Royal, volcan éteint depuis des millénaires, allait bientôt se réveiller... Ô! Monteregii, nous t'implorons de ne pas cracher toute la colère des dieux sur nous!

Nos voisins de la rue Gilford avaient brandi le poing en direction de notre logement... ils étaient tous en beau sacramant! Après maman qui chialait fort, après papa qui ne savait plus quoi faire pour la calmer, après ma tante Rita qui restait-là, figée... après moi qui n'était même pas encore né! J'avais dû hériter des pouvoirs de maman, et, sans même le savoir, ma mère me l'avait refilé dans mes gènes... son fameux don! Et moi aussi j'allais hériter du don de faire chier. C'est papa qui me l'a confirmé...

Cependant, comme mon père avait un caractère des plus accommodants et qu'il n'aimait pas tellement la violence, surtout la gratuite, celle qui finit par coûter cher, il avait plutôt mis la faute sur la canicule. Et contre le beau temps nul ne peut se battre... et encore moins un type *chaudasse* avec une grosse Molson Canadian entre les pattes!

Jamais la rue Gilford n'avait été si bien parée; on aurait dit qu'elle s'était faite belle juste pour moi! Et c'est sur le Plateau-Mont-Royal que j'ai fait mon entrée sur scène... côté jardin, il va sans dire, parce que nous on n'avait pas encore les moyens d'avoir une cour. Mais heureusement pour moi, le parc Laurier n'était pas très loin.

C'est papa qui, plus d'une fois, me l'a relaté...

Et puis, au petit matin, maman a finalement crevé ses eaux... Au grand plaisir de nos voisins qui, déjà, avaient commencé à se fatiguer du grand *show...* Y'en avait même qui scandaient des trucs pas très catholiques:

« La ciboire!... À va ti finir par accoucher, la crisse? »

Il y avait de la lumière à l'autre bout du tunnel... J'entendais ma tante Rita, à travers le tumulte que faisaient les voisins et les hurlements de maman, qui déclamait ses lignes tout croche pour essayer de m'aider à trouver la sortie: « Viens-t'en, mon 'tit pite. Faut que tu sortes de là au plus vite. T'es en train de tuer ta mère, mon p'tit crisse! »

Naître, c'était un peu comme mourir... fallait juste essayer de passer de l'autre côté sans trop se poser de questions. Et j'ai poussé! Et j'ai tiré! Et j'ai donné de grands coups de pieds! Puis, j'ai dû finir par manquer d'air... et comme il n'y avait plus d'eau dans ma petite piscine intérieure, j'ai dû sortir de là en vitesse. *Crisse, j'avais pu ben l'choix: ma mère à pouvait pu respirer!* Et comme elle prenait son air pour nous deux, j'étais en train de faire une syncope su'l plancher avec elle.

Plus tard, un docteur est arrivé pour faciliter ma venue au monde... Lui, c'était une espèce de metteur en scène; papa, c'était le metteur *enceinte;* et moi... la grande vedette du spectacle! Mais c'était sans compter la performance vocale incroyable de maman. S'en est suivi une dérisoire ovation pour la diva quand j'suis finalement sorti de la fosse... à tout rompre, les bravos. C'est nos voisins de la rue Gilford qui devaient être contents en sacramant! Enfin, ils allaient pouvoir dormir et arrêter de faire les méchants! Puis, c'est en vitesse que l'accoucheur a coupé le cordon... le cordon qui me rattachait à la vie... à maman! Et moi j'avais tout de suite cherché à me rebrancher, mais je ne trouvais pas.

C'est papa qui me l'a révélé...

Par après, on m'a fourré le téton dans yeule pour compenser. Mais comme y'avait rien qui voulait sortir de là-dedans, j'ai beaucoup pleuré: je devais avoir une de ces faims! Les voisines, elles, avaient bien hâte que la maudite pièce plate à marde ne finisse par finir, leur lot à elles étant *d'endurer un cochon toute sa vie parce qu'a la eu le malheur d'y dire « oui » une fois...*

« Mais y va ti finir par arrêter de brailler, le p'tit câlisse! »

Ma mère m'avait tout juste mis au monde que le grand public du Plateau, ces collectionneurs émérites de timbres Gold Star, des coupons de fidélité des super-marché Dominium qui vous collaient aux doigts comme la misère sur le bon monde, me huaient. Et c'en s'rait fini de ma carrière théâtrale, même si je n'avais même pas encore commencé à parler; je n'avais été qu'un figurant qui récitait tout croche des lignes imbéciles... j'étais devenu un p'tit snoro en attendant Godot... et Vladimir... et Estragon!

Je me suis bien fait fourrer, ce jour-là, et jamais je n'aurais dû sortir de là-dedans... Jamais au grand jamais je n'aurais dû l'écouter, ma tante Rita, et faire mon entrée sur scène... C'était le jour de la fête des mères, et comme je pesais un bon dix livres, ma petite maman avait beaucoup souffert... elle qui n'en faisait que quatre-vingt-dix tout habillée!

C'est papa qui, plus d'une fois, me l'a raconté...

Il se souvenait très bien du jour de ma naissance, vu que, ce jour-là, il n'a même pas eu besoin de lui faire un cadeau, à maman, car son présent pour la fête des mères... c'était moi!

Chapitre 6

Après ma tumultueuse venue au monde au pied du Mont-Royal, on est rester coincés sur le Plateau pendant quelques années encore, le temps que nos voisines du *monde cheap* ne finissent par s'organiser pour nous faire déguerpir du quartier au plus crisse. Bientôt, il me faudrait trouver une autre pièce plate dans laquelle jouer... et j'allais un jour en écrire deux et les monter moi-même au Player's Theatre de McGill, Brassard étant trop occupé à brasser de la marde avec Tremblay.

Puis, dans le courant de l'année suivant ma naissance, maman a reçu un autre *cadeau*, sa deuxième surprise de trois!, un présent qui allait coïncider avec la fête nationale des Canadiens, et dès que j'ai été en mesure de marcher, puis de courir en fredonnant gaiement l'Ô Canadien errant dans notre apparte de la rue Gilford, l'hymne national des *Canayens Québécois Français d'Amérique du Nord d'origine francaise de France,* ma mère a complètement perdu le contrôle de la situation familiale... et le sien!

J'étais tellement actif que nos voisins allaient se mettre ensemble et faire une pétition pour me faire expulser du building... du quartier... de la ville... voire du Bas-Canada! Mais comme je connaissais déjà par coeur l'ô! Canada et que la NASA n'avait pas encore envoyé un homme sur la lune - *« l'espace c'pas si haut »* -, le programme spatial américain ayant eu des ratés, notamment avec les recrues nazies de Vernher von Braun dont les V2 modifiées ne fonctionnaient pas toujours très bien à cause du manque de main-d'oeuvre qualifiée, ils n'ont pas été en mesure de me bannir de la planète et de me mettre en orbite avec les spoutniks: *spasiba!* (S'pas si bas que ça, la terre, en russe.)

Je me levais « à l'heure des poules », disait papa - je devais avoir de la graine de cultivateur en moi! -; je courrais le 440 verges haies dans l'appartement - j'allais être doué pour les sports, au collège! -; je me cognais partout et renversais tout ce qui se trouvait sur mon passage - un vrai cascadeur: attention Hollywood, j'arrive! -; je grimpais sur les comptoirs pour aller me chercher à manger, quand maman ne se levait pas ou qu'elle avait le dos tourné - je serais peut-être le candidat idéal pour faire les cols du K2 et me taper le Gondogoro! -; et en plus de tout ça, je criais tout le temps... un vrai hyperactif!

« Arrête donc de hurler comme un sauvage! » Gueulait souvent maman. Mais où était donc ce putain de docteur Ritalin? Les amphétamines? *Le speed...* ma dope, à moi?

Ouais! Ouais! Je sais... Je sais exactement ce que vous pensez en ce moment même... Je le sais, parce que j'y ai déjà pensé, moi aussi... et très souvent! En vérité, j'y pense depuis la fin de mes études universitaires, à McGill:

Why oh why didn't I take the BLUE pill?

Comme mon corps en fabriquait de manière tout ce qu'il y a de plus naturelle, peut-être même en trop grande quantité, maman n'a jamais eu besoin d'en acheter chez les revendeurs du quartier. Mais si j'avais eu la chance de naître dix années plus tard, on m'aurait sûrement *pluggué* une intraveineuse de Ritalin dans l'cul pour me garder tranquille, et, pendant tout le primaire, j'aurais été pépère...

Cependant, comme il n'y en avait pas encore sur le marché quand j'ai fréquenté Catherine-Primeau, ou parce que ça n'était peut-être pas encore à la mode, à l'époque, ma maîtresse d'école allait plutôt m'attacher sur ma chaise pour me garder tranquille: elle disait que je dérangeais les autres! Dans le temps, je n'étais pas capable de rester assis ou de garder le silence plus d'une minute... Imaginez toute une journée! Et puis, comme les sévices corporels n'étaient pas encore interdits par la Loi sur l'instruction publique au Québec...

Papa, lui, me disait souvent: « Viens ici, mon espèce de Crassus! » Mais moi je ne comprenais pas tellement ce que tout ça voulait dire, au juste... Étais-je vraiment un enragé comme le fut ce Crassus? Ou Brutus? Ou Marcus Valerius Fontinatus... ou Titus? Cependant, une chose est certaine, c'est que je n'aurais sûrement pas aimé pogner le typhus ou me retrouver tout nu sous un cumulus nimbus dans un abri d'autobus.

Ma tante Rita prétendait que j'étais « un p'tit excité de nature », un tannant de la pire espèce... « Un fatiguant des soeurs... » Ou c'est que j'avais le ver solitaire... Maudite marde! Alors, un beau jour, maman a décidé de prendre le taureau que j'étais par les cornes, et elle m'a tout de suite fait prescrire un vermifuge par le docteur de famille, une espèce de poison à rat pour le ver solitaire absolument indolore et presque sans effets secondaires pour l'humain... indétectable lors d'une autopsie! Et, à chaque soir, ou plutôt à chaque jour, car c'était à l'aide d'une lampe de poche Everyday, et ce, pendant au moins une bonne semaine, ma mère allait systématiquement m'inspecter le rectum pour voir si quelque chose de gigotant allait me sortir du troufignon... excluant les petits fours, il va sans dire, et les p'tits pets de bébé qui sont, nous le savons tous, du Chanel no 5 pour la plupart des jeunes mamans du Plateau.

Sylvie, ma jeune soeur - la deuxième chanceuse de la famille! -, allait souffrir de coliques. Papa, qui ne dormait presque plus à cause de l'animation dans l'apparte, était souvent en beau câlique, mais pas assez pour donner le biberon ou pour changer les couches de la petite dernière, car à l'époque, dans notre beau Québec en révolution, mais tranquille, c'était encore une job exclusivement réservée aux femmes. Et, comble de malheur, avec le temps et trois accouchements derrière la cravate - Martin serait le troisième enfant de la famille -, ma mère allait devenir une alcoolique invétérée et boire encore plus de vodka qu'un Polonais avec un ascendant moscovite en vacances dans un club Med de la Nouvelle-Écosse... *Strike three you're out!*

On allait retirer notre mère sur trois prises!

Puis, dans les années subséquentes et à au moins trois reprises à cause de dépressions à répétition dûes « à son mal de vivre et son *dédain de la foule méchante* », maman allait être internée, papa nous disant seulement que notre mère était gravement malade et qu'elle avait dû se faire hospitaliser d'urgence dans une maison de santé.

Mais moi, encore tout jeune, je ne savais pas encore que ma mère était instable... folingue! Ou la différence entre une *maison* et un *établissement* de santé? Entre la salle de récré capitonnée du Allan Memorial Institute et les fauteuils bien rembourrés de la salle de séjour de l'Hôpital Notre-Dame? Je pensais que ma mère était juste malade, moi, comme lorsque je me faisais un gros bobo sur une jambe et que je devais aller d'urgence à la clinique pour des points de souture parce que maman n'aimait pas tellement que je pisse le sang sur son beau tapis de Turquie, dans le salon, ou lorsque je souffrais d'une grippe mal soignée qui allait se transformer en pneumonie parce que j'étais sorti sans tuque pour aller jouer au hockey, en hiver, à moins trente degrés sous zéro... et que ça finirait dans un lit d'hôpital... avec une couple d'injections par jour... de la pénicilline... dans le cul... la *grande* médecine, quoi! Papa ne nous ayant jamais révélé la vraie nature de Bernadette!, la *vraie* maladie de maman, qui, elle, allait se retrouver à l'asile pour un séjour forcé chez les demeurés et les fêlés de la tronche: les vrais fous, eux! Mais de nos jours c'est bien différent, car il n'y a plus de place pour les malades de la tronche dans nos maisons de santé: c'est plutôt une p'tite pilule... un p'tit granule... et une p'tite vie de noctambule passée dans les rues de Montréal à tendre la main avant de geler à mort su'l Plateau: les congères, ma chère! Crisse!

Maudits França' à marde! Cos' qui font icitte, sacramant? Y savent même pas c'est quoi... un banc de neige!

Finalement, Henri-Paul, lui aussi, a pris le taureau par les cornes, et il a fini par signer les foutus papiers pour la faire interner... *Mommie dearest!* Sa main tremblait un peu, il faut le dire pour sa défense, et sa signature allait être quasi illisible, mais les docteurs en *cocologie* avaient finalement convaincu papa que « c'était pour le bien de sa Carmen. »

Puis, un beau jour, parce que ma mère allait faire une autre crise, une de plus!, on viendrait la chercher de force et on la vêtirait d'une jolie camisole blanche... Et on l'a traînée en bas des escaliers jusque dans la rue devant tout le monde. Maman allait être assignée à résidence... surveillée!

Mais nous, on ne savait pas ce qui se passait, au juste, alors que de grands mossieux vêtus de blanc étaient venus nous voler notre mère!

Et ils l'ont mise dans une grande voiture, maman, blanche, elle aussi, avec une croix rouge dessinée dessus: jamais ma mère n'avait eu aussi honte de toute sa vie.

C'est maman qui me l'a dit...

Carmen ne pardonnerait jamais à Ti-Paul de l'avoir envoyée chez les cinglés, pendant que nous, pour nous garder bien tranquille, ma tante Rita tenterait de faire passer le temps de notre peine de prison en nous *ploggant* devant sa télé de 20 pouces, en diagonale... Au menu, il y avait le Capitaine Bonhomme au canal 10, Bobino, la Boîte à surprises et le Pirate Maboule qui jouaient au canal 2, et pendant que maman ferait une cure de jouvence et de revitalisation chez les mabouls, nous, on chanterait avec Jacques Létourneau et sa bande de joyeux lurons: *« C'est le Pirate Maboule qui a perdu sa boule... »*

On lui a prescrit une série d'électrochocs, à maman... la psychiatrie du désespéré! Mais c'était sans compter la haute gastronomie du Allan Memorial Institute, l'un des fleurons du milieu hospitalier canadien, voire de la planète entière... Même la CIA faisait la cuisine chez eux, simonac!

Plus il y a de fous plus on rit...

Telle était la devise de l'Institut Allan, affilié à la faculté de Médecine de l'université McGill et à l'hôpital Royal-Victoria, et on riait d'ailleurs très souvent, au Royal-Vic, lors de réunions hebdomadaires où les spécialistes de la tronche imitaient, à tour de rôle, leur patient, ou lorsqu'ils s'échangeaient les recettes pour de nouveaux traitements top secret dans la salle de conférence de l'hosto. D'ailleurs, je me permets de vous en transmettre une bonne, une recette tirée du livre à succès « Les meilleures recettes du chef » du docteur Fol Martin, bras droit du grand patron du département de psychiatrie le plus en vogue de l'époque, le docteur Ewen Cameron, un procédé hallucinant qui allait, quelques années plus tard, permettre à maman de devenir le plus grand des cordons-bleus de Longueuil... On ne devient pas le Steve Jobs de la haute gastronomie québécoise sans avoir fait un peu de LSD! D'ailleurs, le chef Ramsay et sa bande de clodos, comparé à ma mère, ça n'était que de la petite bière! Et par un pernicieux hasard de la vie, maman allait avoir la chance unique de perfectionner son art culinaire en mémoire de feu docteur Allan...

Voici la recette telle que maman me l'a transmise; c'est du reste tout ce qu'elle m'a légué avant sa mort...

Tête fromagée succulente

(Pour 6 personnes)

Une cervelle bien fraîche du Québec catégorie A
30 ml huile d'olive extra-vierge
30 gr de beurre
3 gousses d'ail émincées
4 échalottes françaises en dés
6 pommes de terre (si vous n'en trouvez pas chez votre marchand local, vous pourrez toujours utiliser des patates)
1 tasse de vin rouge

1 citron (ou lime)
1 bouquet de persil frais
Sel
Poivre du moulin
30 ml Cognac
1 appareil *Zappeur*® à électrochocs
1 protège-bouche en caoutchouc Mordicus®

Tout d'abord, nettoyez bien comme il faut l'appareil de convulsivothérapie, car vous ne voudriez pas que la cervelle prenne un mauvais goût durant la cuisson.

Assurez-vous de bien préparer mentalement votre patient en lui soulignant que, s'il éprouve quelque crainte que ce soit, ou même de la douleur, de toute manière, il ne se souviendra plus de rien après avoir mijoté pendant une bonne semaine à feu lent dans le pavillon de réanimation.

Nota bene: « Attendrir la viande au marteau comporte des avantages indubitables », clamait Bocuse, mais vous pouvez utiliser l'anesthésie locale pendant la mise en train.

Étapes pour l'élaboration

* Après l'avoir ficelée sur la table de préparation pour maintenir en place la pièce de viande bien comme il faut, badigeonnez délicatement les tempes d'huile d'olive extra-vierge pour assurer une bonne conductivité; installez les anodes sur *la tête à fromager* et faites tenir, fermement; veuillez noter que le placement bilatéral des électrodes permet une plus grande efficacité et une meilleure distribution des ondes cuisantes d'un hémisphère à l'autre.

* Fixez le protège-bouche pour que votre spécimen ne se morde point la langue; vous éviterez ainsi que la viande ne devienne saignante, car vous pourriez vous retrouver avec

une recette de boudin noir à l'ail au lieu d'une tête fromagée.

* Envoyez soixante-dix joules entre les tempes pendant au plus deux millisecondes; répétez l'opération plusieurs dizaines de fois par jour, à feu lent, pour bien saisir la carne et assurer une cuisson complète et uniforme de la matière grise et des méninges; à l'apparition d'écume aux commissures des lèvres, coupez vite le feu pour ne pas trop saisir la cervelle, et par la suite, laissez reposer l'encéphale pendant quelques minutes avant de recommencer l'opération.

* Salez et poivrez au goût.

* Faites sauter les neurones dans l'huile d'olive extra-vierge avec les échalottes en dés et l'ail.

* Lors de la crise convulsive, qui se résoudra assez rapidement (trois à cinq minutes), prenez le temps de verser le vin dans une sauteuse et faites réduite au deux tiers; ensuite, entre deux séances de chocs électrisants, incorporez le beurre manié à l'ail, aux échalottes et au persil avec le fouet; rectifiez l'assaisonnement au besoin et réservez la sauce de votre fromage de tête.

* Une fois la cervelle roussie à souhait, laissez reposer la tête à feu doux dans la salle de réanimation; assurez-vous que l'intensité lumineuse ne dépasse pas 4,37 électron-volts (quatre chandelles plus une déjà entamée) dans la salle de réveil pour ne pas incommoder inutilement le patient.

* Versez le cognac si vous désirez faire flamber, mais de grâce, faites attention de ne pas trop monter la température du cortex préfrontal et du cervelet: rappelez-vous que la modération a bien meilleur goût!

Les petits conseils du chef

Pour les psychoses aigües et certaines schizophrénies délirantes, dans le but d'assurer la friture complète et uniforme des cellules neuronales, il est fort conseillé de répéter l'opération pendant au moins une bonne semaine. Habituellement, si la viande n'est pas trop coriace, la cuisson à feu lent sera terminée après une dizaine de jours, douze au maximum... Sinon, ce sera feu Madame la cervelle!

Comment servir votre tête fromagée succulente

Disposez la cervelle sur un lit de pommes de terre en julienne; pour varier le menu, vous pourrez épater la galerie avec des patates en robe de chambre de l'institut; garnir le tout de persil frais et de quartiers de lime ou de citron; oubliez les légumes, car vous en avez déjà un; versez la sauce, et voilà... Madame est servie! Il ne vous reste plus qu'à inviter la famille du grand malade pour partager le festin dans la salle à manger capitonnée.

Et... bon appétiiiiiit!

*
**

Mais les choses n'allaient pas tourner aussi bien pour maman... Et, en fin de compte, au grand soulagement de Ti-Paul qui, lui aussi, avait commencé à prendre peur avec Ti-Fol, mais Martin celui-là, maman a eu la chance d'être admise dans un pavillon *spécialisé* du Allan Memorial, une aile ultra-secrète contrôlée par la RCMP (*Royal Canadian Mounted Police* - Gendarmerie Royale du Canada, au Québec), suite à une énième série de chocs qui l'avait presque achevée.

Suite à ce traitement qui avait royalement foiré, Carmen était restée dans un état semi-végétatif pendant environ soixante-douze heures: on avait transformé notre mère en légumineuse! Faudrait juste que le personnel de l'hôpital n'oubie pas de lui donner de l'eau et de bien irriguer.

C'est maman qui me l'a raconté...

Les toubibs de la tronche du Allan semblaient confus quant au diagnostic à proposer... Fol Martin était dépourvu de mots; s'il avait manqué sa recette, c'est parce qu'il y avait quelque chose qui clochait dans le cerveau de maman: la viande ne devait pas être assez fraîche. Ou c'est qu'elle avait été contaminée par une espèce d'encéphalopathie spongiforme non détectée?

Qui sait, maman avait peut-être pogné la maladie de la vache folle en mariant un gars de la campagne?

Cependant, jamais je n'ai entendu papa traiter maman de *maudite vache folle* dans une seule et même tirade. Seulement de vache... à l'occasion.

Alors, ça ne devait sûrement pas être l'encéphalopathie spongiforme bovine qui affectait le cerveau de maman...

Chapitre 7

Hospitalisée chez les cinglés, mais les vrais, cette fois-ci, Carmen nageait maintenant entre deux eaux dans un obscur pavillon du Allan Memorial Institute. Elle avait une vague impression de bien-être, comme un enfant dans le ventre de sa mère, bien à l'abri dans son petit monde à lui tout seul. Cependant, on voulait l'en faire sortir pour l'autre... celui des grands! Avec un type vêtu de blanc qui lui piquait les fesses, les jambes et la plante des pieds avec une monstrueuse aiguille pour la faire réagir. Après, ce serait des massages corporels intensifs... avec d'autres séances d'électrochocs pour couronner le tout! Et encore une fois, maman allait se faire *zapper d'aplomb...*

À cause de tous ces chocs à répétition, Carmen invoquait maintenant Zeus pour qu'il envoie une panne de courant. Elle avait même essayé de dire au personnel de l'institut que ça n'était pas à la tête qu'elle avait mal, mais elle était incapable d'articuler ne serait-ce qu'un seul mot.

Jour après jour, soir et matin, on l'immergeait de force dans des bains de sels - Carmen était persuadée qu'on voulait la noyer! -, passant du chaud au froid pour la saisir, immergeant sa tête au fond de la baignoire sous les glaçons, et, avec toutes ces baignades obligées, maman avait fini par penser que, dès qu'elle serait en mesure de rester plus de trois bonnes minutes sous l'eau, d'une manière ou d'une autre... elle serait guérie.

Prisonnière de son lit d'hôpital depuis des jours, suite à sa dernière thérapie de choc qui avait tourné au cauchemard, maman sentait ses facultés lui revenir peu à peu: si seulement on pouvait arrêter les électrochocs. Elle pensait même avoir été lobotomisée par erreur: attends don' que j'te pogne par le collet, Ti-Cul Bellemare!

Après une première semaine d'hospitalisation aux soins intensifs, Carmen avait réussi à esquisser un vague sourire écumeux à une compagne de chambrée: une jeune fiévreuse qui paraissait se débattre avec des allucinations et qui semblait avoir subi la même thérapie choc que maman. Carmen s'était efforcée de lui parler, mais elle n'avait eu la force que d'émettre un épais filet salivaire. Putain! Ça dégoulinait maintenant le long de sa joue... Elle avait beau essayer de dire quelque chose, mais aucun mot ne voulait sortir de sa bouche.

Paniquée, Carmen avait tenté d'attirer l'attention d'une jeune l'infirmière, mais seul de petits grognements rauques et un long coulis sublingual perché sur ses lèvres témoignaient de ses louables efforts pour communiquer.

Physiquement, maman commençait déjà à reprendre du mieux et pouvait d'ores et déjà bouger les jambes et les bras, normalement. Mais mentalement, il y avait encore beaucoup de travail à faire, car une infime partie des lobes préfrontaux avait été lésée - selon les *spécialistes! -,* des neurones qui avaient été flambés, malencontreusement, lors d'une ixième série d'électroconvulsivothérapie et qui affectaient maintenant sa capacité verbale: Carmen ne pouvait presque plus communiquer verbalement avec son entourage. La mobilisation simultanée de tous ces petits instants de la vie qui forment la mémoire et qu'on prend pour acquis lui était maintenant impossible; elle n'était plus capable de rejouer les bribes d'événements stockés dans sa tête; son vocabulaire se trouvait dès lors limité à environ une douzaine de mots de première nécessité: caca, putain, pipi, le, merdeux, dans, cul, pot, enculé, enfoiré, tétons, manger... Vous voyez le genre.

Carmen avait à sa disposition quelques noms communs de même qu'un article défini qui servirait, plus tard, à déterminer quelque chose plus ou moins précisément tout en marquant le genre et le nombre; une épithète susceptible de lui servir d'adjectif qualificatif et de s'adjoindre directement ou indirectement au substantif avec lequel il s'accorde pour exprimer une qualité ou un rapport; deux participes passés qui tiendraient lieu d'adjectifs verbaux et de verbes à la fois, et qui, conjugués avec le verbe être, pourraient s'accorder en genre et en nombre avec le sujet; un verbe à l'infinitif du premier groupe qui exprimerait plus tard une action, un état ou un vouloir, lorsque maman serait en mesure de présenter un système complexe de formes, et, finalement, d'une préposition... un tout petit mot grammatical invariable qui introduirait, elle l'espérait, une espèce de complémentarité qui marquerait le rapport qui unit le complément au mot complété.

Le nouvel univers phonétique de maman était composé d'unités fondamentales qui permettaient un langage articulé du point de vue physiologique et acoustique: quatre phonèmes monosyllabiques qui permettaient au phonateur qu'elle était une capacité articulatoire descriptive simple; six bi-syllabiques qui découlaient d'une phonétique un peu plus évolutive et eurythmique pour ses capacités; et de deux trisyllabiques... véritable phonétique expérimentale pour Carmen à cause de son état, syllabes ouvertes et fermées, confondues. Son arsenal d'expressions offrait quelques possibilités indéniables pour mener une joute oratoire et une conversation à bon port, surtout pour ce qui avait trait à l'anatomie, aux problèmes inhérents aux p'tites filles, aux fonctions d'élimination par voies naturelles, et à l'acte sexuel proprement dit... Mais au tout début, maman ne pourrait guère se fier qu'aux monosyllabiques.

Tout compte fait, c'était presque satisfaisant, surtout lorsqu'on considérait que les docteurs ne comprenaient absolument rien à son état et que Carmen revenait de très loin. Cependant, les trois semaines qu'elle allait passer sur son grabat d'hôpital allaient être des journées édifiantes pour maman... plus que les dix dernières années de sa vie, combinées! Ainsi, son maigre vocabulaire allait lui être vraiment utile, lorsque le *spécialiste* en chef des folingues viendrait prendre de ses nouvelles, car c'est Fol Martin qui avait la charge de l'étage et des cas difficiles... les condamnés à perpète... les bons pour la cellule capitonnée, quoi! Car à cette époque, la cuisine du Allan Memorial ne dérougissait presque jamais...

« Putain! Enfoiré! Enculééé!... Enculééé! » Avait rugi Carmen en agitant son corps de soubresauts en apparence désordonnés, mais qui lui demandaient de puiser au plus profond d'elle-même. Elle avait vu apparaître le docteur Fol Martin dans le couloir et se préparait, mentalement, à passer à travers une autre séance de *traitements!*

Le médecin folichon s'avançait maintenant en direction de son lit, lentement, avec une jeune infirmière à ses côtés; la belle le suivait à distance respectueuse et semblait attendre ses ordres, pendue à ses lèvres, et, pendant un long moment, à son corps défendant, Carmen allait jouer dans une tragédie de l'absurde en direct de l'Institut Allan: elle allait faire une entrée sur scène remarquée. Et, malgré son abondante chevelure ébène, la Cantatrice chauve... ça serait Carmen!

Chapitre 8

Un séjour à l'hôpital du docteur Allan

Personnages:
- Le docteur: Fol Martin
- La garde: une sexy résidente du quartier Centre-Sud
- Carmen: l'impatiente à mourir/ patiente à guérir

Décor:

Intérieur bourgeois début des années soixante avec une grande salle commune; une vingtaine de grabats sont alignés en deux rangées avec une horloge grand-père à la tête de chacun des lits; salle aux murs blancs avec éclairage de bonne intensité; tous les patients sont silencieux dans leur lit, comme sous l'effet de drogues. Le docteur Fol Martin est un Français, fin de la cinquantaine, avec les cheveux grisonnant tirant sur le blanc; il a un comportement hallucinant, sans pourtant être un halluciné.

La garde est une jolie jeune bonde, pulpeuse, à l'accent québécois du Centre-Sud de Montréal; elle répond de son mieux aux demandes loufoques de son chef en essayant de jouer le jeu de son mieux. Carmen a toujours de la difficulté à s'exprimer convenablement ct se tord sur son lit en poussant des cris et quelques mots, prisonnière de son maigre vocabulaire...

L'action de cette pièce en un acte se déroule dans une chambre commune de l'Institut à la mémoire du docteur Allan... un obscur pavillon secret où le docteur Fol Martin opère en roi et maître sur ses impatients à mourir.

Pour faciliter la lecture du texte, l'auteur n'a pas inclus ses directives quant au jeu des acteurs ou ses notes pour la mise en scène. Libre à vous de l'imaginer.

PREMIER ACTE
(Acte I, scène I)

Le docteur Martin se pointe dans la chambre commune...

Fol Martin
- Tiens! Neuf heures et le quart... déjà? Comme le temps file, ce matin. Garde, vous seriez gentille de me remettre tous les pendules à l'heure... à l'heure des attardés de l'Est. Non! Mieux, encore, je voudrais que vous mettiez tout ça à l'heure du pirate Maboule: l'heure des cinglés de l'Ouest. Si vous mettez votre patch, jamais ils ne vous reconnaîtront!

La garde
- Incroyable le nombre de cinglés que nous avons aujourd'hui... Ding! Dong! Voici Avon, Madame!

Fol Martin
- Avons besoin de rien, Madame... Hum! Ensuite, les cinglés du pavillon ouest, vous me les remiserez vite fait dans l'armoire à balai avec les barjos de l'Est... Mais qui m'a volé ces trente minutes... qui? Est-ce bien vous, garde?

La garde
- Heuuuu!... Est-ce que je range les cinglés avec le pirate Maboule ou est-ce que je mets tout ce beau monde avec les moppes dans le p'tit coin du corridor sud-sud-est?

Fol Martin
- Ho, mais on n'est pas à Tahiti, ici! Et si vous vous référez au placard à balai-brosse et vadrouille de l'Est, vous faites comme vous voulez et vous me placardez ça vite fait dans le nord de la p'tite Italie: ils n'auront qu'à faire du piquet avec les manches à balai avant que j'arrive, car je m'en affiche, royalement!... Et c'est quoi votre problème, au juste? Vous vous êtes égarée? Vous m'avez l'air perdu.

La garde

- *Northern, Eastern, Western, pis Pan American...* Le problème c'est que, comme tous les mabouls du Centre-Sud, *je ché pu où chus rendu...* Vous comprenez ça? Pis j'aime pas tellement que les bourgeois de l'Ouest de la ville viennent me dire ce j'ai à faire, avec qui le faire, et quand...

Fol Martin

- ... Alors, vous n'aurez aucun problème avec moi, Garde, car je viens du Sud-Est de la France! Hi! Hi! Comme c'est rigolo! Hi! Hi! Mais je vous dirais bien que, hier, lorsque je suis passé dans le quartier Centre-Sud avec ma Cocotte, j'ai tout de suite constaté que ça ne devait pas être jojo tous les jours d'être un barjo sur l'affichette d'un Métro!

La garde

- Ça vous enlève le goût des services en commun pour toujours... être un barjo du Centre-Sud sous un Métro!

Fol Martin

- Hein?... *Dans* un Métro! Et pourquoi dites-vous ça?

La garde

- Y'a pas de services en commun, dans le Centre-Sud; y nous ont abandonnés à nous-même. Même le commun des mortels vous le dira: y nous reste plus que la mise en commun du vice pour se sortir du trou, par icitte!

Fol Martin

- Alors, c'est parce que vous avez perdus les serfs et que vous êtes restés prisonniers de leurs vices... Eh! Mais ça rime avec écrevisses, tout ça! Bonne mère! Et comme en plus vous n'avez gardés que les souteneurs du Sud, on voit beaucoup de fille du Centre parquées au coin des arrêts d'autobus très tard le soir dans le quartier Centre-Sud. Mais, bizarrement, on ne les voit jamais prendre le bus...

La garde

- C'est parce que les services en commun sont mauvais qu'elles attendent toute leur vie au coin d'une rue.

Fol Martin

- Pourtant, quand on est pauvre comme Job, on a bien...

La garde

- ... Quand qu'on a *pas* de job! Y'a *pas* de job, par icitte!

Fol Martin

- Une ballade en bus donne souvent le goût de d'aller dans le Sud; on rêve, lors du trajet, et ça ne coûte pas si cher!

La garde

- A z'y sont déjà dans le Sud, simonak... le Centre-Sud!

Fol Martin

- Mais je pensais qu'en hiver, au Canada, c'est froid en maudine pour le commun des mortels, le Centre-Sud...

La garde

Pas pour tout le monde...

Fol Martin

Ah bon! Et pourquoi ça?

La garde

- ... *Je rêve à Rio, devant ma radio, j'habite un petit haut dans l'est sur Viau, c'est pas chaud, chaud, chaud...*

Fol Martin

- Ah Rio de Janeiro et l'escalade de son Christ du très Saint-Rédempteur! Ça me rappelle de jolis souvenirs de jeunesse!... Pourtant, je vous dirais que, ce qu'il y a de commun avec le commun des mortels du Centre-Sud, c'est qu'ils finissent souvent par cramer avant que je ne mette le doigt sur leur bobo. Ensuite, les familles des malades se plaignent aux autorités carcérales, puis on me fait la morale. Après, ça s'en va en spirale et moi je finis par perdre mon bonus!... C'est très emmerdant, le Centre-Sud!

La garde
- Le trajet des désespérés prend beaucoup moins de temps en Métro qu'en bus, même si les files d'attente sont longues avant d'avoir la chance de prendre une rame su'a yeule.

Fol Martin
- C'est ce que je répète sans cesse à ma Cocotte, lorsqu'elle se plaint de ne pas pouvoir garer la Rolls et qu'elle menace de se couper les artères avec le carnet de tickets de bus qu'elle a chipé à la bonne: « Pas de veine, que je lui dis, prends donc une rame Métro; comme ça, tu n'auras pas besoin de parking pour faire ton Métro! »

La garde
- Ça va beaucoup plus vite faire son Métro en Métro qu'en auto!... Et vous disez qu'elle est suicidaire?

Fol Martin
- Son abécédaire?... Mais qu'est-ce que vous dites, mon enfant? Elle n'a même pas terminé son secondaire! Et tant que ma petite Cocotte magique ne sera pas fêlée, je la garde encore pour cuisiner... même si elle est un peu barjo.

La garde
- Mais un barjo qui aurait perdu son mojo en jouant du banjo devant une rame de Métro du Centre-Sud, ça ne...

Fol Martin
- Ah! Je n'y avais pas pensé à celle-là! Bien dit! Très bien dit! Je vous donnerai un point de plus pour cette réplique

hilarante Clinton! Hi! Hi! Hi! Ah! Un banjo qui joue les barjos!... Hi! Hi! Hi! Un barjo qui joue avec son mojo... Hi! Hi! Hi! Mais ils sont tous dingos dans le Centre-Sud!

La garde

- J'ai même de la peine à l'imaginer, car le Métro du Centre-Sud est flambette! Les *tires* ne sont même pas encore usés; le maire l'a juste inauguré en soixante-six et...

Fol Martin

- Mais on s'en tape du festin de Babette, de votre mère, de sa belle-mère... Ça n'intéresse vraiment personne, tout ça!

La garde

- Heuuu! C'est que je...

Fol Martin

- Mais j'y pense... Saviez-vous qu'hier nous avons mangé une succulente tête fromagée avec les confrères?... Un véritable festin! Mais votre Babette n'y était pas. Désolé.

La garde

- Fromagée et succulente... la flambette?

Fol Martin

- D'ailleurs, c'est moi-même qui l'ai *flambée*... Et au Napoléon fine Champagne, s'il vous plaît! Et en plus...

La garde

- ... Ah! J'adore moi itou le Baby Duck!

Fol Martin

- ... Avec en plus des patates en robe de chambre de l'Institut in-cro-ya-ble-ment bien réussies... C'est Papa Doc qui aurait été impressionné!

La garde

- ... De l'institut, vous dites? Incroyable!

Fol Martin

- ... Comme à l'accoutumée, car c'est moi qui les ai...

La garde

- Fantastique!... Eh! Quelle bonne nouvelle!

Fol Martin

- ... Enfournées avec une sauce au vin rouge, un Château Margaux 1955 qui, ma foi, était absolument ex-cel-lent...

La garde

- Ma matante Margot adorait surtout le Gallo rosé, quand elle passait la nuite sur les piquettes de grève de la CSN...

Fol Martin

- ... Normal, ajouterez-vous, car c'est moi qui l'ai faite!

La garde

- Hi! Quelle bonne nouvelle!... Phénoménal!

Fol Martin

- ... Et les pommes de terre étaient absolument dé-li-ci-cu-ses. Logique, étant donné que j'en étais l'auteur...

La garde

- De quoi?

Fol Martin

- Mais de la recette, voyons!

La garde

- Ô! Les patates de chambre d'un écrivain à sarrau.

Fol Martin
- Mais, non! *Les pommes de terre* de l'Institut... Allan!

La garde
- Uh! De l'Institut, vous dites?... Allan.

Fol Martin
- Mais non! Moi, c'est Fol Martin... et non pas Allan! Mais qu'est-ce que vous baragouinez encore?

La garde
- De l'Institut *Allan!...* Uh! Quelle bonne nouvelle!

Fol Martin
- Mais ça manquait un peu de sel à mon goût...

La garde
- Vous ferez mieux la prochaine fois, car c'est pas les malades mentaux qui manquent par icitte: A, e, i, o, u.

Fol Martin
- ... *Ils* ne manquent pas, garde... *ils* mangent! *I* grec!

La garde
- *Y* font pas que manger, *y* s'alimentent aussi...

Fol Martin
- ... *I* trémas! Sinon, je laisse tous les toqués de l'étage crever de faim pendant une bonne semaine! C'est compris?

La garde
- Est-ce que j'aurai tout de même le droit de garder leur portion de Jello... si jamais vous les laissez péter au frette?

Fol Martin
- Êtes-vous une garde ou bien êtes-vous une pétasse?

La garde

- Heuuu! C'est quoi la différence?... Et le jello à la cerise, alors... j'le garde?... Docteur?... Docteur... le jello?

Fol Martin

- Vous garderez ce que vous voudrez du jello! Mais je vous ferai remarquer qu'à Paris faire mourir ses clients de faim est toujours considéré comme de l'art! Du grand art! De l'art avec un « A » majuscule! Avez-vous vu ce qu'ils nous mettent dans l'assiette pour supprimer la concurrence?

La garde

- Les portions de la haute gastronomie française... tuent?

Fol Martin

- Tut! Tut! Tut! Mais vous avez vu comment on dresse les assiettes du Grand restaurant de ce cher monsieur Septime?

La garde

- Docteur? Est-ce que j'organise quand même une grève de la faim sur l'étage? Et mon Jello... Docteur? Mon jello? Dooo-ooooc-teeeeur!

Fol Martin

- Merde! Mais c'est à moi que vous osez parler avec ce ton folichon de geai bleu du Berrichon en perdition?

La garde

- Mais... docteur? Et le Jello...

Fol Martin

- Incroyable! C'est rendu que je fais des rimes riches sans même le savoir! Je rimaille tout le temps... et richement!

La garde

- Normal, Docteur, car vous êtes un richard... un plein!

Fol Martin

- Un Plein? Et un plein de quoi, garde?... Quoi? Et je vous ai déjà dit que mon nom n'est pas Richard, même si j'ai les moyens d'en être un... même deux!

La garde

- Mais... docteur? À qui d'autre que vous voulez que j'parle?... Vous êtes le seul docteur, ici bas!

Fol Martin

- *Ici-bas en ce prê-ê-che... Ici-bas j'me dépê-ê-che...* Ah! C'est vrai! Je suis aussi un Ph.D en médecine psychiatrique et non pas seulement un p'tit Chanteur du Plateau-Mont-Royal. Vous savez, j'ai étudié avec Jacques Postel, qui concoctait de merveilleux desserts, oeuvré avec Jean Delay, qui était toujours en retard à cause de... Mais putain!...

La garde

- ... Oui, Docteur?

Fol Martin

- ... Et j'avais presque oublié que j'étais, moi aussi, un Ph.D! Merde! Et moi qui pensais n'être qu'un vulgaire docteur ès Lettres folingue de rien du tout qui passait ses journées à consigner des folichoneries pour ensuite foutre tout ça dans des livres de recettes vendus à des milions d'exemplaires aux illettrés fonctionnels de Saint-Jean-sur-Richelieu et à ceux du Plateau-Mont-Royal!

La garde

- C'est dingue comme ça plait aux analphabètes de la Belle Province, ce genre d'abécédaire de cuisine pour les nuls! Et comme en plus y'a beaucoup de photos dedans, ils vont se régaler comme des pourceaux dans une soue à cochons de Saint-Jean-Chrysostome, vos anal...

Fol Martin

- ... Habituellement, mon éditeur canadien fourgue les premiers tomes aux analphabêtes *fonctionnels* de Saint-Jean-Port-Joli... Il y a là-bas un très bon marché pour la sépulture, les paletots de bois et pour ceux qui branlent dans le manche... Pardieu! Ils n'y voient que du feu.

La garde

- J'adore les gosseux de bois, moi itou!

Fol Martin

- Ça plait même aux amateurs de comic books de Marvel du Salon du livre des macchabées de Saint-Jean-des-Piles!

La garde

- Vous êtes le Docteur No des gâte-sauces, avec vos livres de recettes imagés! On peut dire que vous tombez pile...

Fol Martin

- ... Ou face! Tout dépend de comment on voit les choses.

La garde

- Quoi?... Qu'est-cé que vous disez?

Fol Martin

- Quand la lune s'éclipse, je sers souvent la face cachée de la cervelle de cochon à l'érable de Saint-Jean-Port-Joli à mes amis du Ramadam Inn de Sept-Îles...

La garde

- ... Et si vous arrêtez de le cacher, vot' espèce de porc, vous pourrerez dévoiler à vos lecteurs la qualité de nos élevages de cochon du Sud-Ouest du Québec, du p'tit salé de Charlevoix de l'Est, et de notre fameux *canadian bacon* Maple Leaf de Toronto!

Fol Martin

- At-ten-tion! Mais at-ten-tion! Je vous *arrête* tout de suite avec vos conneries... J'adore Kevin Bacon et sa grosse tête de lard salé avec du Phidadelphia sur mon toast, le matin...

La garde

- *Lui, y connait ça!*

Fol Martin

- ... Et je vous dirai que je fais plus que gâter les illettrés dont j'ai la charge, car je leur réapprends à se reconnecter, à se relire, à se réapproprier le non-sens de la vie, à se...

La garde

- ... À se refaire la couenne dure?

Fol Martin

- ... À se réexaminer les poils du nombril lors de mes fabuleures chroniques littéraires sur la haute cuisine avec Madame Bombardier. J'ai même créé une recette pour se refaire le bikini brésilien avec de la cire d'abeille à la gelée *royale* afghane justement en pensant à elle...

La garde

- ... Et ça fonctionne aussi pour enlever les soies de porc du p'tit cochon de lait du Québec?

Fol Martin

- ... Et Denise m'a longuement félicité, osant même me balancer des cochonneries sur les ondes radio-canadienne: *Oh! J'en suis folle! J'adore tout ce que vous faites, cher Fol! Derechef, vous êtes le Chef des chefs: leeeee Chef!*

La garde

- Eh! Tout un compliment de madame Bombardier. Mais ça commence à faire beaucoup de Chefs, tout ça.

Fol Martin

- Denise est une mordue des Chefs: elle les butine! Et comme le dit si bien Bernard Landry: *Apis lacris!* Elle est dingue de ma recette pour se faire le bikini des îles Vierges.

La garde

- ... Vous envoyez vraiment vos lectrices se faire épiler le mont du Venezuela à Saint-Ignace-de-Loyola?

Fol Martin

- Ah! Faire une ballade en Toyota Celica avec une Gina Lollobrigida qui revivrait peu à peu dans ses bras!

La garde

- Attendez qu'il soit mort avant de penser à le faire revivre, votre Gino Renault! Et vos malades, eux, y réapprennent plutôt à *refaire* pipi dans un lit d'hôpital pendant des semaines à cause de vos folles thérapies chocs!

Fol Martin

- À uriner sur leur couche, vous voulez dire... sûrement?

La garde

- Non!... *Dans* leur couche!

Fol Martin

- Et ce serait à cause de tous ces petits chocs électriques de rien du tout que je leur envoie, gratuitement?

La garde

- Y'a rien de gratis, dans la vie. Vous deveveriez le savoir plus que tous les autres: vous êtes un richard, vous, et je...

Fol Martin

- ... Hé! Je vous ai déjà dis que je ne m'appelais pas Richard!... Combien de fois faut-il vous le répéter, Garde?

La garde

- ... Et vos livres reliés en cuirette et dorure coûtent cher!

Fol Martin

- Coûtent cher, dites-vous?... Cher? Vous osez prétendre que mes livres de recettes avec reliure demi-chagrin et dédicace en or massif 18 carats sont trop dispendieux pour le commun des mortels de Saint-Jean-de-Dieu?

La garde

- Si vous parlez de l'asile de l'Est de la ville, ça me fait bin de la peine à le dire, mais jamais y pourront les acheter si les prix sont exorbitants. En plus, y savent même pas lire!

Fol Martin

- Exorbitant, vous dites?... Exorbitant? Avec de gros yeux imbéciles sortis des orbites comme de vulgaires poissons rouges de Sainte-Anne-de-la-Parade qui tournent en rond en attendant leur capture dans les chenaux, en janvier? C'est bien ça?... Alors, ils n'auront qu'à regarder les illustrations et les photos, vos exorbités! Ainsi, ils pourront arrêter de brailler comme les jeunes illettrés du Mont-Saint-Louis, du Mont-de-la Salle... ou ceux de Saint-Jean-Eudes!

La garde

- Heuu... Moi je pense que c'est parce qu'il y a des nus dans vos livres *qu'elles* se rebranchent si facilement vos...

Fol Martin

- ... Elle? Qui ça, elle?... Mais de quelle *elle* parlez-vous?

La garde

- Pas de « L », mais bien *d'elles!*...

Fol Martin

- Ah! D'ailes!... Comme ailes d'avions ou ailes du nez?

La garde

- Ni l'un ni l'autre! De vos Brésiliennes, voyons... *Elles!*

Fol Martin

- Ah!... *Elles!* Les jolies Brésiliennes entièrement nues dans mes livres de recettes! En effet, je ne vous le fais pas dire. J'en parlais justement l'autre jour avec mon ami Hugh Hefner... Il se promène tout nu dans sa cuisine, ce saligot de playboy!, et il collectionne des sculptures de chair dans son Manoir... Toutes des blondes! Mais pour moi, c'est plutôt la puissance de l'art du nu en direct de Copacabana!

La garde

- Tout nu dans son cabanon?... *Shit!* C'est pas d'la marde!

Fol Martin

- Mais non! *Na! Na! Na! Cabana!...* Merde! Vous tombez des nues, ou quoi?... *Co-pa-ca-ba-na!* Mais vous n'avez jamais voyagé de votre putain de vie?... Rio de Janeiro!

La garde

- *J'ai jamais été, plus loin que Mont-Laurier, je me promène à pieds, je me suis pas marié, j'ai pas pu trouver...*

Fol Martin

- Bon! L'avantage c'est que ça se soigne facilement avec quelques centaines de dollars: du pognon! Et moi j'en ai. Beaucoup! Alors, je vous amènerai à Toronto, même si ça ferme un peu trop tôt, quand ma p'tite Cocotte s'en ira au...

La garde

- ... Et vos photos brésiliennes de cabana sont belles?

Fol Martin

- La Havana? Pure poésie!... Une branche d'olivier sur une plage dénudée... La queue d'un estragon coupée en dés...

Un simple rameau planté dans un fessier à poil... La poésie d'Aragon mise à nu dans la poêle! Merde! Encore!... Garde, mais vous avez entendu? Avez-vous entendu ça?... C'est rendu que je fais maintenant des rimes riches en parlant! Mais c'est dingue... je ne sais même plus ce qui m'arrive?

La garde
- Mais les rameaux à bois ne portent que des feuilles!

Fol Martin
- En vérité, en vérité je vous le dis...

La garde
- C'est vrai en p'tit Jésus en plâtre de Paris, le Christ notre Seigneur, lui qui, tout nu sur la croix, est mort por'nous!

Fol Martin
- Porno?... Mais ça n'est pas de la porno, car ce sont des livres de recettes *pour nous!*... Ce sont des photographies de jarrets de cochon aux pieds nus d'un docteur ès Lettres! Des nus ès Lettres, ma chère! Donc, de l'Art! L'Art du nu! Du vrai!... L'Art subliminal du *vrai!* L'art du...

La garde
- ... *Faux!*

Fol Martin
- Mais si... Je vous jure que *c'est-du-vrai!*

La garde
- *C'est-du-faux!* Faussement véridique: du vrai faux, quoi!

Fol Martin
- Mais non! Mais non! *C'est du vrai!*... C'est plus vrai que du *vrai,* puisque c'est moi qui le fais... Et si je le fais, c'est que c'est vrai... 100% vrai!

La garde

- Et plus de docteurs en mangent parce qu'elles sont plus fraîches, et elles sont plus fraîches parce que plus de doc...

Fol Martin

- Moi c'est Martin! Docteur *Fol* Martin. Et j'ai simplement dit que c'est du *vrai!...* Juré craché!... Fieuuutt! Ainsi, nul besoin pour mes lecteurs d'apprendre leur analphabet, puisque je le connais déjà par coeur pour eux!

La garde

- Ah! ce que vous pouvez être Alpha bête, lorsque vous vous y mettez! Mais vous voulez sûrement parler d'un docteur agrégé Ph.D, un analphabête de la médecine mentale, et pas d'un simple petit généraliste de rien du...

Fol Martin

- ... Pour obtenir mes recettes à Saint-Jean-Baptiste de Rouville, nul besoin pour les nuls de faire la file! Et pas de liste d'attente de six mois au Québec pour s'en procurer une et se sucrer le bec... Et puis, c'est toujours plus facile de digérer la recette d'un Ph.D que celle d'un vieux pédé!

La garde

- Police pas de cuisses numéro trente-six qui mange d'la saucisse à minuit moins dix...

Fol Martin

- Chez nous, en France, bastion de la culture francaise et de la gastronomie mondiale planétaire, les policiers en cuissards sont tous des vicelards! Ils sont inefficaces et ont moins de coeur à l'ouvrage que la brigade des moeurs, qui...

La garde

- ... « Qui n'en a pas n'en meurt! » Disait toujours mon père lorsqu'il essayait de pas faire de contrôle chinois!

Fol Martin

- Contrôler les Chinois? Mais c'est impossible, ma chère. Quelle drôle d'idée... contrôler les Chinois! *Méfiez-vous du péril jaune,* disait ce cher général de toutes les Gaules... Mais maintenant il est trop tard, car le mal est fait: on a fourré aux orientaux du Mao Tsé-Toung dans *craque de foufounes!,* comme vous le dites si bien à Radio-Tralala...

La garde

- ... Pas *des* Chinois, mais un *contrôle* chinois! La Dame de coeur, vous connaissez? *Rodrigue, dis-moi, as-tu du coeur?* Ça joue à radio de CBF; les feuilletons plates de la RTBF! C'est ça ou du Tremblay jusqu'à 3 heures du mat...

Fol Martin

- ... *Attention* à la RTBF! Je vous le dis... *At-ten-tion!*

La garde

- Hein? Et pourquoi, ça?

Fol Martin

- Pourquoi? Mais vous êtes folingue? Ce ne sont que des mageurs de frites Belges, ceux-là!... Des Bêêêlges!

La garde

- Au Québec, on a la patate à frites de l'Île-du-Prince-Édouard, le fromage en crottes de la Bauce, la poutine et les roteux de Drummond, les Newfies qui ont volé not'eau frette du Labrador pour faire du Kool-aid avec!... *Kool-aid, Kool-aid c'est bon, avec du sucre dans l'fond... Kool-aid!*

Fol Martin

- Et en plus de tout ça, ce sont de vrais tueurs, *ces Belges!* Leur friture au saindoux, pour les artères, c'est *pire* que les frites mayo de Grigori Raspoutine avec un bon Coca-Cola dans un wagon-restaurant de la SNCF... *Ah! Ces Bêêêlges!*

La garde
- Sur Neuf Cinq Fainéants! Pur profitérol pour la CSN!

Fol Martin
- C'est plutôt la CIA qui fait peur... pas le néant! Mais à quoi bon en parler dans un monde où les barjos pilulent...

La garde
- ... Hou-hou! Vous voulez sûrement dire: ululent!

Fol Martin
- Ulule, pulule, pilule... C'est du pareil au même pour un docteur ès Lettres comme moi; je le sais, parce que j'en prescris beaucoup! Et comme il n'y a que l'orthographe qui diffère et que j'ai une armée de correcteurs à ma botte... je n'ai même pas besoin de savoir cuisiner mon Grevisse et en faire un bon usage pour accoucher d'une recette à succès...

La garde
- L'écrevisse, ou l'art de conjuguer à la sauce béchamel!

Fol Martin
- *Besame mucho!* C'est parce que ma sauce Bescherelle... ce sont les autres crétins qui la font pour moi!

La garde
- ... Chanceux! Donc, vous utilisez des Nègres Blancs d'Amérique du Nord pour écrire vos livres de recettes en toute tranquilité? *Speak White, man!*

Fol Martin
- Chuuuut! Ma recette secrète... c'est le Nègre d'édition! Mais faut le dire à voix basse, car on n'a plus le droit d'utiliser de Nègres... C'est rendu illégal d'utiliser des Nègres... et quelle que soit la couleur de leur peau!

La garde
- Quoi? Même plus le droit de le dire à voix haute et...

Fol Martin

- Chuuut! Mais taisez-vous. Êtes-vous dingue? Et même plus le droit de le penser!... Merde! Je vais encore perdre des points... Merde et remède!

La garde

- Et pourquoi, ça? Vous l'avez pas dit, le mot interdit...

Fol Martin

- Je viens juste d'y penser!... Merde! À vous savez quoi!

La garde

- Quoi?... Mais essayez don' de vous contrôler un peu, Docteur!... Pourtant, on dit souvent dans le milieu, littéralement, que vous êtes une très grande vedette de l'écrit... une étoile! Et vous rédigez même pas vos textes?

Fol Martin

- Moi y'en a vouloir beaucoup de l'argent!

La garde

- Donc, si je comprends bin... vous êtes un ortho! Et pas un simple ortho raciste comme les autres Français de France, mais un très bon!

Fol Martin

- Ah! Bon? Et c'est quoi, au juste... un très bon?

La garde

- Un très bon? C'est un peu comme dans *orthographique,* mais sans le côté graphique de la chose!... Vous voyez?

Fol Martin

- Mais encore? Un ortho-statique? Un ortho-dontiste? Un ortho-génaire? Un ortho...

La garde
- ... Un ortho qui serait aussi... *pédiste!* Hi! Hi! Hi!

Fol Martin
- Ho! Mais faites bien attention à ce que vous dites, ma petite chérie; il ne faudrait pas, en plus de raciste, me traiter de pédé devant mes impatients à mourir! Faut formuler clairement! Et faire attention à votre é-lec-tro-lo-cu-ti-on...

La garde
- Mais voyons!... Je voulais juste souligner que vous étiez aussi, en plus d'être un bon docteur, un simple docteur. Et tout court! C'est tout.

Fol Martin
- Ah, oui! Un docteur? *Et tout court?* Alors, je serais donc un docteur, simplement, *et tout court?...* C'est bien cela?

La garde
- Oui!

Fol Martin
- Pourtant, après m'être rasé ce matin, je mesurais tout de même un bon mètre quatre-vingt-dix!

La garde
- Alors, c'est qu'en plus d'en être un bon, vous êtes aussi un *très grand* docteur... si on se fie à la critique générale qui tarit pas ses éloges à votre Détroit.

Fol Martin
- Attention! At-ten-tion! Je vous arrête tout de suite. Ne vous fiez *surtout pas* aux critiques, ni aux femmes des généraux de Longue Pointe, car ce sont des artistes ratés!

La garde
- Parce qu'elles se critiquent entr'elles, tout le temps?

Fol Martin

- Elles critiquent tellement la critique des autres critiques culinaires qu'elles finissent par critiquer la critique de la critique de leur critique sans même avoir à lire mes livres... Ainsi, à force de se prendre très au sérieux, leurs critiques ont des ratés et les lecteurs tarés ne s'y retrouvent plus!

La garde

- Mais à la fin, est-ce que ce sont des tarés ou des ratés? Car j'avoue que j'chu pas mal perdue...

Fol Martin

- Mais les deux, ma chère! Et deux fois plutôt qu'une...

La garde

- Alors, ça fait quatre fois, si je compte bien?

Fol Martin

- ... Car on n'a qu'à substituer le « r » pour le « t » du critique raté pour qu'il devienne immédiatement un taré!

La garde

- Et si j'inverse le « t » pour le « r » il redevient un raté?

Fol Martin

- Personnellement, comme j'ai toujours mon libre arbitre, j'aime mieux avoir l'air d'un *taré* que d'un *raté*... Voilà!

La garde

- Un taré qui soigne d'autres tarés? Mais c'est pas un peu illégal? *Offside!* Et pourquoi pas être un raté bin ordinaire comme la majorité des Canadiens de Montréal de souche...

Fol Martin

- ... Vous me voyez *rater* mes recettes culinaires pendant les parties éliminatoires? Hein? Mais c'est impossible, ça!

La garde

- Impossible n'est pas Français, Docteur. Vous l'savez bin... et surtout pour un Français de France, comme vous!

Fol Martin

- Maiiis... je croyais qu'ils venaient tous de France, moi, les Français de France? Le Pen disait pourtant qu'un vrai...

La garde

- ... Pas tous! Seulement les vrais de vrais! On en a même une souche naturalisée, ici, au Québec... Imaginez! On a un p'tit maire de village qui règne en roi sur le Mont-Royal et qui a réussi, croyez-le ou non, à les acclimater au froid!

Fol Martin

- Mince, alors!... Et comment elle a fait, votre mère?

La garde

- Elle les garde au congélateur à l'année et ne les ressort que le 14 juillet pour fêter avec ses amies Marseillaises... Des fois, ça dégénère pas assez vite... et la fête a des ratés!

Fol Martin

- Justement!... C'est pourquoi j'aime mieux passer pour un taré. Voilà! Sinon, je risquerais d'être la risée de tous mes camarades de classe, sans compter les confrères médecins... Et je pourrais même un jour me faire bannir à vie du Collège des sans-desseins de Saint-Jean-de-Matha. Vous m'imaginez, vous, me ramasser chez les Eudistes?

La garde

- Chez les sudistes... les Centre-Sudistes? Mais je croyais que vous faisez passer le courant dans les cervelles des meurt-de-faim et des guidounes de l'Est de la ville, moi?

Fol Martin

- Vous savez, lorsque j'étais un écrivain en résidence surveillée à Saint-Jean-de-Dieu, jamais je ne cuisinais au gaz naturel... Et interdit aussi le propane pour moi à cause des flatulences et des risques d'explosion! Vous savez, lorsque je sers des fayots ou un bon cassoulet pour le dîner, ma Cocotte n'apprécie guère les vents malodorants de mon Ouest canadien d'adoption...

La garde

- Normal! Les vents du Centre-Sud sont plus chauds!

Fol Martin

- Certainement! Mais pas plus que ceux qui proviennent de mon postérieur! A postériori, j'ai dû réapprendre à faire la cuisine à l'électricité... C'est beaucoup moins rapide, mais ainsi je n'aurai jamais le loisir de tout fait péter!

La garde

- Et c'est pour ça qu'on vous surnomme, dans le milieu inhospitalier français, Monsieur 100,000 volts?

Fol Martin

- Je l'avoue... *Mea culpa!* Je suis un *zappeur cool!*

La garde

- Et c'est la raison pour laquelle vous choquez toujours à l'électricité lorsque vous cuisinez vos patients à vivre?

Fol Martin

- Coupable pour cause d'aliénation mentale! Hi! Hi! Hi! Je veux bien les choquer, mais pas tous les cramer au gaz... mes impatients à mourir. Il va sans dire que j'adore l'odeur des neurones grillés avec mes oeufs frits au petit déjeuner. Je l'avoue... une faiblesse de jeunesse! Et j'en profite souvent pour prendre une petite dose, moi aussi, quand mes assistantes ont le dos tourné, histoire de rester au courant et de me recharger le canayen. C'est la raison pour laquelle je suis un si bon docteur. L'ennui, c'est que je l'oublie... à cause de tous ces petits chocs à répétition dans le cerveau. Ne devient pas Monsieur 100,000 volts qui veut!

La garde

- Comme vous êtes modeste, Docteur... Vous aviez vraiment oublié que vous en étiez un très bon?

Fol Martin

- Garde... mais un très bon quoi? Je ne vous suis plus...

La garde

- ... Mais un très bon docteur, voyons!... Un spécialiste!

Fol Martin

- Merde! Je l'avais déjà oublié: je suis un spé-cia-lis-te!... Vous savez, le monde inhospitalier se divise en deux grandes catégories de spécialistes: d'un côté il y a les très bons docteurs, comme moi, qui ont leur diplôme Ph.D, et de l'autre il y a ceux n'ont que leur secondaire V et qui torchent les impatients à mourir... Vous, vous torchez!

La garde

- Ah! Quelle coïncidence, Docteur! Exactement ce que maman me disait pour me préparer à la carrière de reine du foyer dans le Centre-Sud: ma fille, si t'es pour passer tes journées entières à te faire baiser, aussi bien te faire payer!

Fol Martin

- *Ah! Bonne mère, vé moi cette femme!...* Ce qu'elle était sage, votre mère. Et ce dicton fonctionne aussi très bien pour tout autre corps de métier de l'hôpital. Par exemple, à Marseille, si vous vous faites entuber par un confrère de travail dans l'obscur corridor d'une aile désinfectée...

La garde

- ... Aussi bien vous faire payer! J'suis Canayenne, mais pas idiote à ce point, Docteur. Et prenez pas cet air ridicule; on dirait que vous avez perdu de l'intérêt pour...

Fol Martin

- ... Hein? J'engrange pourtant un d'intérêt décent dans mon compte en banque Suisse! Vous comprendrez qu'avec tous ces livres de recettes que je concocte avec l'encre indélébile de pieuvre octogénaire que je fais venir directement de la banque Sépia de Jakarta, et à cause de ma Cocotte adorée, j'oublie souvent que je suis aussi un *vrai* docteur... Un Ph.D! Hi! Hi! Hi! C'est aberrant ce que les gens peuvent avoir la mémoire courte, de nos jours!

La garde

- Ça doit être le succès qui vous monte à la tête!... Ou c'est parce que votre cerveau limbique a frit trop longtemps et que l'encre indélébile que vous utilisez pour que vos malades mentaux aient plus de facilité à comprendre vos recettes est devenue... heu!

Fol Martin

- Devenu?... Mais devenu quoi, au juste?... Allez! Dites-le-moi franchement, garde: ne me ménagez point.

La garde

- Hummm!... Ouain! C'est bin ça... Je dirais: débile!

Fol Martin

- Ah! Débile! Hi! Hi! Hi! Délébile! Hi! Hi! Hi! Indélébile! Hi! Hi! Hi! Que d'émotions, aujourd'hui! Je ne me suis jamais autant amusé en faisant des rimes riches que ce matin! C'est vraiment chouette, le Bas-Canada, quand on est multi-millionnaire! Il me faudra revenir plus souvent...

La garde

- Vous serez toujours le bienvenu dans la Belle province.

Fol Martin

- Je me sens *bien* parce que j'y suis *venu...* Exact! Quelle belle province! Bienvenue en Nouvelle-France, Monsieur Martin! Hi! Hi! Alors, si je comprends bien, vous croyez que je n'ai plus besoin de me faire choquer les neurones soir et Martin de bonne heure le matin... C'est bien cela?

La garde

- C'est que... Heuuu! Pourreriez-vous répéter la question?

Fol Martin

- Bien! C'est compris... Et ce, malgré votre petite gêne de tout à l'heure... J'en prends bonne note. Mais je continue tout de même la tournée des mentaux avec ma cervelle de moineau et mon cerveau reptilien de Fontainebleau, car j'ai oublié ma tête de gélinotte huppée montée sur ses grands chevaux dans mon château de Sainte-Agathe-des-Monts...

La garde

- Dans votre château, vous dites?... Sainte bénite!

Fol Martin

- Non! Sainte-Marguerite... Sainte-Marguerite-du-lac-des-Francs-Massons. C'est juste à côté, mais à vol d'oiseau!

La garde

- Votre p'tite tête linotte aura sûrement négligé de vous redonner votre tête de cochon aux lardons de Saint-Gédéon et votre parapluie de Charlesbourg avant de partir pour...

Fol Martin

- ... Mais arrêtez donc de dire des cochonneries sur ma femme! Il faut lui pardonner, à ma p'tite Cocotte, car ce matin elle avait sûrement les chocottes! Et c'est mieux que d'oublier ce qui est arrivé à notre très cher confrère de Cherbourg, ce cher docteur Zheimer, *first name Al*, lui qui mourait pourtant d'envie de... de... hum!

La garde
- ... De quoi, au juste? D'aller faire un tour à la clinique Jacques-Cartier? À Sainte-Catherine-de-la-Jacques-Cartier?

Fol Martin
- ... De... de... bon sang! Mais c'est dingue! Je ne m'en souviens plus! Je l'ai sur le bout de la langue... de... de...

La garde
- De traverser le pont Jacques-Cartier et de passer par le parc de la Jacques-Cartier avant d'aller visiter l'hôpital Saint-Jacques de Sainte-Catherine-de-la-Jacques-Cartier?

Fol Martin
- ... De... de... de...

La garde
- ... Alors, ça devait pas être si important que ça.

Fol Martin
- *Impotent,* vous dites? Vous avez osé me traiter *d'impotent?...* Je vous ferai remarquer que je suis plus qu'un vieil imbécile. J'ai tout de même obtenu mon diplôme de médecine sans tuer un seul de mes suicidaires: pas un seul sur cent! Vous vous imaginez? Un record Guiness...

La garde
- ... J'aime pas les bières noires, non merci! Icitte, c'est la Labatt 50 ou cé rien pantoute, parce que y'a rien qui Labatt!

Fol Martin
- Moi aussi, je préfère les blondes... comme vous!

La garde

- Attendez don', là! Si j'compte bin, pas un seul sur cent, ça fait bin zéro pour cent? Quel docteur vous êtes don'?

Fol Martin

- ... Le meilleur! Et je détiens le record de la Fraterie *Delta Alpha Phi* pour le plus grand nombre de Cracker Jack avalé dans la morgue du Royal Vic! Et je n'ai mis que cinq minutes avant de trouver le sujet de ma thèse de doctorat...

La garde

- Et après?... Que s'est-il passé?

Fol Martin

- J'ai renvoyé toute la marchandise en trois secondes...

La garde

- Hi! Hi! Bizarrre comme les Ph.D adorent notre maïs sucré... Jamais j'aurais pensé que notre blé d'Inde au sirop d'érable pourrait faire avancer la médecine mentale autant!

Fol Martin

- Le popecorne... J'adore! J'adore le popecorne!... Popecorne *you bet!* Et puis après? Qu'est-ce que ça fout?

La garde

- ... Fou? Vous avez bien dit fou, Docteur?

Fol Martin

- Merde! Merde! Et remède!... J'avoue que je l'ai dit: je ne suis qu'un saligot, même si j'adore toujours l'émission radio-canadienne de Joel Le Bigot, tôt le matin!

La garde

- Vous vous rendez compte de ce que vous avez fait? Vous allez perdre des points précieux, Docteur.

Fol Martin

- Oui! J'ai dit fou!... Oui! Fou... Merde! Je l'ai redit encore deux fois à cause de vous, garde! Putain! Mais ça n'est pas de la merde, c'est moi qui vous le dis!

La garde

- C'est pas d'la marde itou!

Fol Martin

- Itou?... Garde, mais c'est rendu que vous parlez aussi l'inou... Je ne savais pas que vous étiez polyglotte.

La garde

- Essayez pas de me traiter de plotte, vous là là! Et en plus, avec un prénom comme le votre, vous devriez être le premier à savoir qu'il n'y a plus de fous dans les maisons de fous... mais seulement des malades!

Fol Martin

- Mais pas dans les cliniques de Foliewood! Là où les starlettes de Bollywood ont encore besoin de mes sévices...

La garde

- Par contre, ici... in-ter-dic-tion de jouer avec les fous!

Fol Martin

- Même aux échecs... privé de mes fous? Mais ça n'est pas juste du tout! Et pourquoi les appeler des *maisons de fous,* en France, s'il n'y a que des malades mentaux à l'intérieur de ces établissements gouvernementaux? Hein?... Je vais vous en foutre, moi, des fofolles! Des folichons! Des folichonneries! Des jean-foutre! Des foutus de la vie!... Les fouetter avec fougue sur le croupion et tous les foutre en l'air!... Voilà! Et faudrait bien qu'un jour le petit personnel comme vous finisse par arrêter de faire des siennes...

La garde

- Mais... qu'est-ce que vous marmonnez, encore, Docteur? Du popecorne! Des gens qui fourent j'sais pas trop quoi? Et puis vous dites: *Faire des siennes!* Vraiment?

Fol Martin

- Ah! Siena!

La garde

- Docteur, vraiment?... Avez-vous dit « des siennes? »

Fol Martin

- Ah! Siena!... C'est comme si j'étais de retour en Italie!

La garde

- Sinon... des tiennes?

Fol Martin

- Ah! Tiena!... *La dolce vita...* La tienne!

La garde

- Ou plutôt... des miennes?

Fol Martin

- Ah! Miena!... *Ma Toscana* à moi!... La mienne!

La garde

- La petite ville Italienne?

Fol Martin

- Non! *La piazza!* Attendez donc que je me souvienne...

La garde

- La bonyenne de Romaine qui a donné la tétée à Romulus et Rémus pour les engraisser, juste avant de les manger?

Fol Martin

- Mais qu'est-ce que vous racontez, à la fin?... Vous êtes folingue, ou quoi? Mais ça n'est plus du jeu, tout ça! Bon... Assez rimé pour aujourd'hui, sinon je vais faire une overdose et ce sera pour mes confrères jaloux, l'apothéose!

La garde

- Quoi?... Quel jeu?

Fol Martin

- Bien! Très bien! Je vois que vous avez tout compris...

La garde

- Mais... *quel* jeu?

Fol Martin

- Revenons à nos moutons, si vous le voulez bien, comme le dit si bien le dicton du panthéon de la renommée de Boston, et continuons notre ronde profonde sur ce sol immonde! Merde! Vous avez vu!... *Mais vous avez vu ça!...*

La garde

- Quoi, encore?

Fol Martin

- *... Garde, vous avez vu ça?*

La garde

- Non, quoi?

Fol Martin

- Mais vous avez vu ca?... C'est rendu que je ne peux plus m'arrêter de rimer, dès que j'ai commencé! Faudra bien que ça s'arrête un jour... Merde! Les dingues vont me méprendre pour le poète en résidence de l'asile de fous!

PREMIER ACTE
(Acte I, scène II)

(Tout en continuant sa tournée avec la garde, qui cherche mantenant les bêtes à laine sous les lits des malades, le docteur Fol Martin finit par s'arrêter à la hauteur du grabat de Carmen...)

Fol Martin
- Et bonjour, Madame de la Corneille, que vous êtes jolie! Que vous me semblez belle!

Carmen
- Pipi, cacaaaa!... Enculé! Enfoiré!

Fol Martin
- Mais... mais c'est bien vous, ma petite Carmen? Je...

Carmen
- ... Enculé! Merdeeeeux! Cacaaaaa!...

Fol Martin
- ... Je ne vous avais pas reconnu dans ce fol accoutrement d'hôpital... Dans cette tenue pour demeurés... Dans cette demeure pour aliénés... dans cc... heuuu!... dans... Bien! Comment vous sentez-vous, ce matin, ma petite Carmen?

Carmen
- Ca... caaaa! Merdeux! Enculé!

Fol Martin
- Et maintenant, si je vous pique comme cela... Ça va mieux? (Il la pique avec une monstrueuse seringue.)

Carmen
- Ca... caaaaaaaaaaa! Enculééééééééééééééééééé!

Fol Martin

- Bien!... Très bien, ma petite Carmen!... Et là, ça va?

Carmen

- Merdeeeeeeeux! Enfoiré! Putain! Enculéééééééééé!

Fol Martin

- Encore mieux!... Très beau progrès! Moi aussi ça va très bien, les selles!... Heureux de vous l'entendre dire... Et là?

Carmen

- Enculéééééé! Putain!... Enculéééééééééééééééééé!

Fol Martin

- Ah! On dirait même qu'il y a une très nette amélioration, aujourd'hui. Garde, vous avez vu comment elle tient la note, quand je piquète dans le fin fond du panier?

La garde

- Le quoi, Docteur?... Mais je ne vois pas de panier, moi?

Fol Martin

- Dans le troufignard, alors...

La garde

- ... Dans le quoi?

Fol Martin

- Eh! Bien? Qu'est-ce qui se passe, ma petite chérie... On n'enseigne plus le français dans les colonies?... Dans le fion, alors... le fion! Vous saisissez?... *Le fion!* (Il pîque Carmen à nouveau.)

Carmen

- Enculééééééééééééééééééé! Putain! Enfoiréééééééé!

La garde

- Saisir?... Hein? Mais saisir quoi, au juste? Vous m'avez pogné l'cul, tout à l'heure... C'est pas suffisant pour vous?

Fol Martin

- Le Fignard, dans ce cas!... Ça vous dit quelque chose, un beau petit fignard bien dodu?

La garde

- Mais c'est quoi, au juste, un fignard?

Fol Martin

- Le trou de balle? Et at-ten-tion... je pique à nouveau!

Carmen

- Enculééééééé! Putaiiiiiin!... Enfoiréééééééééééééééééé!

La garde

- Mais... je comprends rien de que vous disez, Docteur... Quelle langue étrange que vous parlez?... Je comprends rien de rien... Cé du latin?

Fol Martin

- Mais c'est du Molière, voyons! Du parisien! La capitale dc la culture gastro intestinale française. Vous connaissez?

La garde

- Eh! Bin nous, au Québec, on n'a que du Tremblay!

Carmen

- Putaiiiiiiiin!... Enfoiréééééééééééééééééééé!

Fol Martin

- Mais qu'est-ce qu'on m'a foutu comme conne!... Dans le derjeau! Là! Vous voyez où c'est... le derjeau?

La garde

- Jo?... Mais y'a pas de Jo, par ici, Docteur!

Fol Martin

- Bon sang! Le derche, alors... Le derche! **Le Derche!**

La garde

- Le quoi? Je croyais qu'en français de France on disait plutôt *la* perche... C'est féminin, pas vrai... une perche?

Fol Martin

- *Merde!... Le trou du cul,* bordel! Vous savez ce que c'est... *un trou du cul,* non? Il y en a plein, ici, au Canada... De plus, vous en avez un, vous aussi!

La garde

- Ah! Un trou *de* cul... L'anus! De vieille fofolle, *anus delira.* En effet, y'en a beaucoup, ici. Alors, pourquoi pas le dire avant? Ça serait plus simple pour tout le monde si...

Fol Martin

- ... Garde? Vous vous foutez de ma gueule, ou quoi? Vous savez très bien que c'est nous, et pour ce tout qui a trait à la langue, qui en gardons toujours le monopole!

La garde

- Hé! Bien nous... on se contente de Télé-Métropole!

Fol Martin

- Alors?... Vous l'avez entendu comme moi, oui ou non?

La garde

- Heuuu! Il me semble que oui, Docteur... Je l'ai entendue, moi aussi, pousser des notes aiguës et crier au meurtre plusieurs fois quand vous avez joué de l'aiguille dans le... dans son... dans leeee...

Carmen

- ... Pipi dans cacaaaaa... Pot le merdeux! Merdeeeeeeux!

Fol Martin

- Ah! Très bien, ma petite Carmen. Très bien! Je perçois une nette régénération neuronale. La réaction est rapide, nerveuse; la théraphie semble très bien fonctionner. Garde, son vocabulaire évolue *merveilleusement* bien, lorsque j'enfonce l'aiguille dans son colon... Vous avez vu ça?

Carmen

- Putain!... Enfoiréééééééééééééééééééééééé!

Fol Martin

- La vache! Ce qu'elles ont de la voix, ces Canadiennes! Absolument rien à voir avec nos chanteuses françaises!

La garde

- *Peut-être que oui, peut-être que non, voilà ce que tu me réponds...* Docteur? Docteur? Est-ce qu'on vous a répond?

Fol Martin

- *Répondu,* ma chère!... Et comme vous le dites *icitte,* au Québec, attention à ce que vous *disez* et à ce que vous *faisez!* Hi! Hi! Hi! Vous avez vu comme mon canadien s'améliore rapidement depuis que ma petite Cocotte me force à aller voir les pièces plates de Michel Tremblay?

Carmen

- ... Cacaaaa! Enfoiré! Merdeeeeux! Enculééééééééééé!

Fol Martin

- Hummm! Je vois... je vois! Vous voulez que j'arrête de vous éperonner la plante des pieds et le popotin avec ma flèche? C'est bien cela? Hein, ma petite Corneille? (Fol Martin exhibe alors une monstrueuse poire à fluides dont le diamètre se rapproche beaucoup de celui des pompes utilisées par les dopés du Tour de France.)

Carmen

- Enculé! Enfoiré! Putain!... Putaaaaain! Enfoiréééééééé!

Fol Martin

- Comment vous sentez-vous, Carmen?... Carmen? Savez-vous où vous êtes?... Hein, ma petite Carmen à la chevelure ébène?... Ma petite corneille!... Ma petite merveille! Ma...

Carmen

- ... Putain, merdeux!... Enculééé! Merdeeeeeeeeeux!

Fol Martin

- Vous me paraissez encore un peu désorientée, on dirait...

Carmen

- Enculéééééé!... Merdeeeeux! Enfoiréééééééé! Ca...caaaa!

La garde

- Docteur?... Faudrait peut-être réduire la dose d'acide lysergique, non? Et je crois bien que notre patiente à vivre a un sérieux besoin de vidanger sa place forte...

Fol Martin

- ... Mais y'a rien comme une dose de LSD-25 pour vous remonter le Canayen! Personnellement, je ne peux plus m'en passer depuis que j'ai obtenu la double citoyenneté! Je vois maintenant la vie comme Édit, et puis, paf! Tout a pris une teinte rosée! C'est marrant, non? *Quand il me prend dans ses bras, il me parle tout bas, je vois la vie en prose...*

La garde

- Docteur? Je parle pas d'la vie en prose, mais de la dose... Vous pensez pas qu'y vaudrait mieux la supprimer, non?

Fol Martin

- Quoi? Vous voulez supprimer mon impatiente à mourir? La liquider tout de suite, au lieu de faire durer son plaisir?... Et par la bande, me priver de mon travail? La liquider? L'occire en vitesse? La tuer? La...

La garde

- ... Mais non, mon beau Sire!

Fol Martin

- ... La faire trépasser plus rapidement de l'autre côté des rives du Styx?... Là où règne le vilain roi Hadès sur les Augonautes de Toronto et la vile Médée...

La garde

- ... Vous voulez dire: comme on l'a fait pour la vieille pédale à Médée...

Fol Martin

- ... à Médée ou comment s'en débarrasser!

La garde

- Mais Docteur, je...

Fol Martin

- ... Et je ne voudrais surtout pas que mon bon ami Socrate se roule dans sa tombe avec le serment d'Hippocrate enfoncé dans sa cavité la plus profonde; et que la sonde immonde ne rejoigne sa partie la moins féconde...

La garde

- ... Mais ce bureaucrate de mes fesses, cet hypocrite d'hypocrate... c'était pourtant bien un Grec, lui aussi? Un hypoglycémique à deux faces, non?

Fol Martin

- En effet... Virgile prétendait que c'était tous des enculés, ces hypocondriaques grecs... comme Achille Talon!

La garde

- Su'a rue Jean-Talon, les olympiens hypotendus du Suroît souffrent tous de rétention anale en revenant de leur tournoi! Avec du *stuff* machin qui...

Fol Martin

- ... *Stufe! Sadistisch-anale Stufe!* En plein dans l'cul! Heu!... Dans le mille, je voulais dire! Et ça prenait un putain de Boche pour le découvrir: le deuxième stade de la révolution libidinale grecque: la rétention anale! Ça explique leurs piètres performances et leur difficulté à faire passer le témoin au 400 mètres relais, à Athène, en 1896!

La garde

- Cé pas ce que soutenait ce p'tit snoro de menteur: le docteur Fraude... Et à cause de toutes ses menteries, y z'ont fini neuvième au Jeux Olympiques, vos Grecs...

Fol Martin

- ... Et sur huit pays! Même Pierre le Libertin disait que ça serait quasi impossible à répéter comme exploit olympique!

La garde

- Avec du Grecian formula, rien n'est impossible! C'est ce que prétend le Rocket, notre légende vivante du hockey! Même la femme de son frère, le pocket Rocket, le disait...

Fol Martin

- Alors, il m'en faut à moi aussi de cette formule grecque!

La garde

- Et à force de jouer dans la marde, vos Grecs, ils ont...

Fol Martin

- ... Les Grecs n'ont plus été en mesure de retenir le témoin entre leur... merde. Mais j'y pense, y a-t-il pour le rétenteur anal un bien plus précieux que sa santé libidinale? Les crampes annales, abdominales...

La garde

- ... Intestinale!

Fol Martin

- ... Saturnales! Pour les dieux du stade lors de la finale!

La garde

- Final bâton! Ils en avaient plusieurs... des dieux! Chaque athlète grec en avait un à lui tout seul, le chanceux! Mais à ce stade-ci de la ronde, je commence à me sentir de plus en plus zen! Alors, Docteur, si vous voulez bien, je cours tout de suite aller chercher du kif marocain à la pharmacie...

Fol Martin

- ... Et n'oubliez surtout pas de me faire une petite pipe!

La garde

- ... Et je ramène aussi de la myrrhe et de l'encens afghan, car vous êtes pas toujours content!

Fol Martin

- Bien! Alors, tout en vous gardant dans ma mire, hi! Hi! Hi! Je propose de couper la poire en deux... et de couper la dose de moitié pour faire patienter un peu plus longtemps notre impatiente à mourir. Qu'en pensez-vous?

La garde

- Aie! En deux? Mais ça risque d'être saignant, Docteur? Et on risque de faire du boudin noir aux pétaques avec votre patiente à vivre! Ça risque même de faire patate!

Fol Martin

- Alors, en trois!... Et je divise le tout par deux, trois fois!

La garde

- Impossible, Docteur... car 25 mg est un nombre impair!

Fol Martin

- On n'a qu'à faire semblant que ce sont des comprimés de 24 mg et je sectionne le tout sans le dire à mes pairs!

La garde

- Comprimer le comprimé pour en faire des paires?

Fol Martin

- Des paires! Mes pairs! Ton père!... Avec vos yeux pers ma petite chérie vous n'y verrez que du feu!

La garde

- Dans ce cas, 12 mg avant la surdose, je suppose?

Fol Martin

- Non!... 12 mg avant l'apothéose, si je l'ose!

La garde

- 12 mg pour le moment?

Fol Martin

- Non!... 12 mg pour sauver la jeune maman! (Le docteur la pîque à nouveau.)

Carmen

- Enfoiréééééééééééééééééé! Putain!... Enculéééééééé!

La garde

- ... *Môman, môman, ta fille passe un mauvais moment!*

Carmen
- Pipi, cacaaaa!... Enculé! Enfoiréééé! Cul! Pot! Putaiiiiin!

(Carmen tente une grimace sans baver... Mais c'est bien au-delà de ses forces.)

Fol Martin
- Garde! Par ici, s'il vous plaît!... Finalement, après l'avoir entendu prononcer le mot « putain » plus de trois fois, j'en ai conclu que c'est après vous qu'elle en avait, ce matin...

La garde
- Elle a pourtant répété « enculéééé » plus d'une vingtaine de fois en criant très fort après vous, Docteur!

Fol Martin
- Coïncidence! Coin-coin! Coït!... Viens ici ma petite chérie que je te prenne tout de suite par derrière!

(La main baladeuse du toubib, au passage, tapote le postérieur de la très sexy infirmière...)

La garde
- Ouuu! Ho! Oooouuuf!

Fol Martin
- Bien! Continuez votre bon travail et stimulez-la...

La garde
- Oui, Docteur!

Fol Martin
- ... Dans la mesure de l'impossible, naturellement...

La garde
- ... Évidemment!

Fol Martin

- Car impossible n'est pas Français; vous le savez bien!

La garde

- Incontestablement!

Fol Martin

- Et ça n'est pas du Chinois, non plus; je ne vous apprendrai rien!

La garde

- Sans contredit!

Fol Martin

- Et je ne veux pas d'excuses, cette fois-ci!

La garde

- Manifestement!

Fol Martin

- Vous m'avez bien compris?

La garde

- Indubidablement!

Fol Martin

- Sans aucun doute possible?

La garde

- Oui!... *Que vous êtes joli! Que vous me semblez beau... Sans mentir, si votre plumage se rapporte à votre ramage...*

Fol Martin

- ... Et n'essayez surtout pas de m'amadouer en me sortant les fabulations de ce vieux gâteux de Louis Hyppolite de La Fontaine...

La garde

- Le tunnel?... Très bien, Docteur, mais jeee...

Fol Martin

- Et vous ne l'aurez pas...

La Garde

Quoi don'?

Fol Martin

... Mais votre augmentation mamaire!

La garde

- L'augmentation de ma mère? Mais... à travaille même pas icitte, ma mère! Cossé que vous racontez-là, vous là?

Fol Martin

- Ah bon! Alors, l'Institut en sortira gagnant et sauvera de l'argent. Et vous, ma chère petite garde adorée, vous allez perdre encore une fois des points précieux parce que vous ne respectez jamais le thème de la joute... celui que j'impose! Le constat est évident: c'est un échec!

La garde

- Quel thème?... Mais j'savais pas qu'y avait un thème, Docteur... C'est vraiment d'la marde, les échecs... cé pas juste pantoute! Check-moé don' la maudite gamique, man!

Fol Martin

- Oui!... C'est vraiment injuste, l'échec... Mais vous m'avez privé de mes fous! Alors... Et garde à vous, car vous n'allez pas garder beaucoup de point, c'est moi qui...

La garde

- ... Est-ce que ce sont des points bonis, Docteur... ou sont-ce des points de suture?

Fol Martin

- *Sont-ce?* Ah! Très bien dit! Oh là là! Je vais tout de suite vous redonner un point! Enfin, tout dépendra si je vous frappe avec mon marteau ou avec mon stéthoscope...

La garde

- Alors, c'est vrai ce qu'on dit? C'est un véritable télescope que vous avez entre les mains pour ausculter vos malades...

Fol Martin

- ... Mais non! Pas un télescope, mais un bien un sté-tho-scope... Ça vient de *stêthos,* poitrine, de *skopein,* observer... Et de scope... le rince-bouche de la multinationale Crest.

La garde

- Alors, c'est comme dans les commerciaux de Lucien Watier pour réduire la carie: « Après un an de Crest, vous n'avez plus une Crest de dent! »

Fol Martin

- Et voilà!... Plus de dents, plus de caries!

La garde

- Plus de caries, belles dents... grâce à Scope!

Fol Martin

- Mais non! Grâce au stéthoscope que j'utilise pour observer les poitrines, voyons!

La garde

- Donc, si je comprends bien, vous voulez me squeezer les boules avec votre gros machin *tétescopique...* c'est ça?

Fol Martin

- Très bonne observation! Vous êtes une véritable petite femme en or! Voilà qui est bien dit... Parfait! Alors, on se retrouve à la fin de votre *chiffre?*... Comme vous le *disez,* icitte, dans les colonies... Hi! Hi! Hi!

La garde
- Vous voulez sûrement parler de *shift?*... *Shiff-te!*

Fol Martin
- ... Ah! C'est une petite *runne de lait* qui commence bien!... Et n'oubliez surtout pas de me remettre ces putains de pendules à l'heure... Ça me déconcentre de les voir déréglés, comme ça... Ça me déconcerte... Ça meeeeeeee...

La garde
- ... Décontracte?

Fol Martin
- Mais non! Ça meeeeeeeee...

La garde
- ... Fait déconner?

Fol Martin
- Non plus! Ça meeeeeeeee... Décontenance... *Eurêka!*

La garde
- Vous avez trouvé... et en grec, par-dessus le marché!

Fol Martin
- Il avait un goût délicat, ce petit Grec, au marché!

La garde
- Les voici, les voilà... Grujot et Délicat!

Fol Martin
- C'est comme le Grec de Friscotte Colomb!

La garde

- Dalida adorait pourtant l'arôme de ses Grecs!

Fol Martin

- C'est le Horla qui lui a tout bouffé ses Grecs!

La garde

- Atala, Attila et Caligula ont éradiqué ses Grecs!

Fol Martin

- Très bien! Alors, c'est encore moi qui ai gagné la joute... Garde, vous étiez vraiment nulle, ce matin! Jamais je n'ai senti votre implication dans le jeu, même lorsque je vous ai fourré le doigt dans le trou du cul-de-sac de Douglas!

La garde

- Vous parlez de l'hôpital psychiatrique qui vous a coupé le concurrent pour vous remettre tout de suite au gaz?

Fol Martin

- Et vous avez même oublié de dire trente-trois, lors de mon palper rectal! Mais ne vous inquiétez surtout pas, car je vais vous arranger tout ça en soirée... des gants en latex, j'en ai une boîte pleine qui traîne dans un tiroir de mon...

La garde

- ... Mais on m'a déjà averti que ceux que vous aviez dans votre office avaient qu'un doigt, Docteur!

Fol Martin

- Merde! Alors, ça risque de ne pas très bien fonctionner... Car j'en ai... heuuu!... au moins onze!

La garde

- Ouains! Eh bien, moi je vais vous le dire qu'une seule fois: vous êtes un sale demeuré, Docteur!

Fol Martin

- Bien! Très bien. Merci pour ce très joli compliment!... C'est dingue, mais pendant un instant, j'ai cru que vous alliez me traiter de salaud! Alors, comme je suis ici pour y demeurer, comme vous le dites si bien, on se retrouvera plus tard pour un petit *coquetail* dans la salle de jeu capitonnée des impatients à mourir. Disons... vers 17 heures, heure anormale de l'Ouest de l'île de Montréal? Ça vous ira?... Est-ce bien compris, nurse junior?

La garde

- Junior?... Mais où est donc Carnior?

Fol Martin

- Bien! Très bien! Moi aussi j'ai une très bonne coordination... je vous montrerai tout ça, ce soir.

La garde

- Moi j'suis tellement bien coordonnée que chus capable de faire la split su'un dix cennes!

Fol Martin

- Excellent! Les exercices d'assouplissement, j'adore! On en fera ensemble, si vous voulez bien... Mais je vous averti tout de suite que je n'ai jamais ausculté d'acrobate dans mon cabinet! Alors, je note tout ça dans mon agenda avant de compléter ma tournée des mabouls, pour ne pas l'oublier, naturellement, car je m'égare si facilement ces temps-ci! Hi! Hi! Hi! Et plus tard, après avoir pris le café avec les confrères du deuxième et discuté amicalement de nos folingues, j'irai en choquer quelques-uns avec vous... si jamais ça me dit de les voir gigoter dans leur lit avec vous.

La garde

- Très bien, Docteur... Alors, à samedi!

Fol Martin
- Samedi?

La garde
- Ça'me dit...

Fol Martin
- Sam me dit?

La garde
- J'avoue que j'suis un peu perdue, là!

Fol Martin
- Alors, à samedi et rien d'autre!... *C'est le pirate Maboule qui a perdu sa boule...*

(Et le docteur Fol Martin repart en sifflotant... côté cour.)

PREMIER ACTE
(scène III)

Carmen

- Putain!... Puuutaiiiin!

(Carmen le lance en apercevant la garde retontir avec un pot de chambre, une espèce de récipient en inox qui a l'air d'un immense bol à soupe en argent.)

La garde

- On va faire son gros lolo dans le petit pot! Hein, ma petite chérie?

Carmen

- Enculé! Tétons!... Puuutaiiiin! Enculéééé! Caaaa...ca!

(Carmen esquisse un sourire baveux à la vue du récipient.)

La garde

- Vous me ferez signe lorsque ça sera terminé... Hein, ma petite chouette?

Carmen

- Puuutaiiiin! Enculé! Tétons!

(Puis, la garde repart... Carmen n'ayant pas besoin de témoin pour faire ce qu'elle doit faire. Ensuite, lorsqu'elle en a fini de la casserole en acier inoxidable, Carmen appelle la garde à l'aide...)

Carmen

Cacaaaa!... Caaaaca! Merdeux!... Puuuutaiiiin! Caaaaca!

La garde

- J'arrive, ma petite corneille... j'arrive!

(Fondu au noir)

Chapitre 9

Pendant toutes ces journées d'hospitalisation, la belle infirmière avait effectué un travail inlassable auprès de maman, et elle avait répondu au moindre de ses désirs, à chacun de ses gestes. Elle lui donnait à boire et à manger, ajustait les oreillers et remontait les couvertures, qui glissaient quelques fois sur le sol. Parfois, c'était maman qui se retrouvait par terre avec les draps: « Puuutaiiiin! »

La vie de Carmen était maintenant faite de petites pulsions un temps réprimées, mais qui ne demandaient qu'à se manifester: « Putain manger! Tétons merdeux! Enculé!... Putaiiiiin! Enculéé!... Enculééé... Manger! »

La garde-malade accourait alors avec un cabaret pour tenter d'assouvir sa faim, mais ce n'était pas de ce manger dont Carmen avait envie... maman avait plutôt besoin de recouvrer sa liberté... d'écouter sa musique dans le salon... de croquer la vie à pleines dents, quoi!

- Tu veux que j'aille au café t'acheter des revues de modes et du chewing-gum?... Hein, ma petite corneille?

- Mangeeeeer!... Puuutaiiin! Manger!... Tétons, merdeux!

***

Finalement, au bout de trois semaines de *thérapie* intensive, maman s'est remise à parler presque normalement... un miracle!

« Et bonjour, Madame de la corneille, que vous êtes jolie lorsqu'on vous réveille! » Avait déclamé le docteur Fol Martin, avec empressement.

- Enculé d'enfoiré!... Docteur de mes fesses, va! Incompétent de la pire espèce!... Fabulateur de merde! Je vais te les faire frire, moi, tes roupettes! Poltron de Fol Martin, va!... Folingue! Je te parle, enfoiré... Ne te sauve pas, toi! Viens ici que je t'arrange le portrait, mon ti-cail!... Enculé!... Enfoirééééééé!

« Excellent! Excellent!... Je vois que vous avez fait beaucoup de progrès ces dernières semaines », l'avait félicité le chef de l'institut, car officiellement Carmen n'était plus folle du tout! Et maman allait retourner à la maison...

Mais tout le monde vous dira qu'y a rien comme se faire frire la cervelle une bonne douzaine de fois par jour au Allan Memorial pour vous remonter le canayen! Maman l'avait d'ailleurs appris à ses dépens: trois séjours forcés en six ans avec vue imprenable sur le Mont-Royal: *A room with a view!*

En principe, maman allait retrouver une bonne partie de ses facultés et irait beaucoup mieux. Sinon, il ne restait plus que la lobotomie transorbitaire pour régler les *problèmes* de maman une bonne fois pour toutes. Et aujourd'hui, en y repensant bien, la marche à suivre des thérapeutes de l'Institut Allan ressemblait beaucoup à *rebooter* à répétition un ordinateur dont l'écran serait *gelé,* comme lorsqu'on se fait infccter par un virus ou par un ver sur Internet parce qu'on fréquente les sites qui comptent plus d'un X dans le nom de domaine, ou lorsqu'on ouvre les courriels de gens pourris jusqu'au trognon... les pourriels! Mais dans les cas les plus graves, comme dans celui de maman, c'était souvent parce que le processeur CPU plantait à cause d'une défaillance dans la RAM: la mémoire vive de l'ordi! Et maman, qui avait la mémoire vive - très vive, même! -, allait s'en rappeler toute sa vie et en voudrait à mort à Ti-Paul. Elle avait en plus la mémoire longue. Mais à moi, jeune enfant tapageur qui déboulait les marches d'escalier en cascadeur, ma mère disait plutôt que j'avais une mémoire d'éléphant, et, combiné à ma langue bien pendue de perroquet des tropiques, elle prétendait que j'allais faire un excellent avocat. Tu parles... je n'avais aucunement le goût d'étudier et de me transformer en crosseur!

Cependant, la lubie de ma mère ne serait pas attribuable au ver informatique, maman étant affectée d'un mal encore plus particulier et invisible à l'oeil nu, et, pour son affliction à elle, il n'y aurait malheureusement pas de remède miracle et faudrait peut-être *scraper* son disque dur et le remplacer par un autre: la leucotomie. Une autre recette de ce cher Fol Martin! Mais Ti-Paul, qui heureusement ne connaissait rien aux ordinateurs, à l'époque, n'avait aucunement l'intention de le *scraper*... son disque dur! Son problème, à Carmen, c'était plutôt qu'elle avait « la *tête* dure! »

Suite aux internements à répétition de ma mère, papa nous a envoyé plusieurs fois en visite forcée chez nos tantes, qui allaient se partager la corvée de nous garder sans trop rechigner: on allait nous enfermer, nous aussi! Et pendant nos incarcérations successives sur quelques années, maman allait reformater son disque dur, plusieurs fois, et donnerait le temps nécessaire aux docteurs du Allan Memorial Institute de voir à l'installation d'un nouveau système d'opération... un *OS 2.0* supposément plus maternel que l'original! Car Henri-Paul ne comprenait absolument rien à ce qui clochait dans le cerveau de maman: jamais il n'avait vu une vache refuser la tétée à ses veaux.

À l'époque, entre ses séances de cuisson forcées à l'institut du docteur Allan, maman me disait souvent: « arrête don' de crier comme un sauvage! »

Mais moi, tout turbulent que j'étais, je ne savais pas encore que j'avais *du vrai sang sauvage* dans les veines, personne ne m'ayant encore parlé de nos racines amérindiennes, alors que ma mère se référait, à mots couverts, à mes ancêtres à la peau rouge plutôt qu'à ma propension à m'égosiller tout le temps dans notre logement.

Et dans la famille Bellemare, on n'en parlait jamais non plus de notre sang amérindien, de notre peau qui prenait une petite teinte cuivrée au soleil, comme si la parenté en avait eu honte... honte de nos origines... honte des origines amères indiennes de grand-mère! Et tout un pan de mon histoire allait être oblitéré. Je n'allais le découvrir que longtemps plus tard...

Amère América! Amère América! Amère América!

Finalement, tout ça, combiné à la grande musique classique qui sortait à pleine vélocité du tourne-disque de maman, a fait en sorte qu'on soit bannis du Plateau-Mont-Royal...   bannis du Plateau pour toujours! Et même aujourd'hui, à cause de ma tumultueuse inconduite antérieure sur la rue Gilford, je me trouve maintenant sur la liste noire du quartier et absolument incapable de seulement garer ma voiture lorsque je viens visiter ma fille sur de la Roche, pas très loin de la rue Gilford. C'est bin plate à dire, mais elle aussi a opté pour la citoyenneté *platéenne...* à mon grand désarroi!

Pourtant, quand je suis né, tout le monde voulait fuir le Plateau et la pauvreté... pour la banlieu! Ti-Paul voulait la belle vie pour Carmen et pour sa petite famille, il rêvait d'une belle cour arrière, d'une grande picine, d'un petit jardin, d'un stationnement pour les bagnoles, et d'un gros lilas planté dans le parterre qui déverserait son parfum dans la maison. C'était la quête des paradis *artificiels...* L'élévation dans la hyérachie sociale québécoise... Faire partie de la classe moyenne naissante, quoi!

De son côté, Carmen choisirait plutôt les fleurs du mal... Le spleen et l'idéal... Le vin des amants (sa vodka!)... Elle n'avait que le goût du néant!

Ti-Paul rêvait de posséder une coquette maison bourgeoise sur la Rive-Sud et il serait fier de sa réussite...

Pour maman, ça serait un stéréo Telefunken tout neuf qui gronderait plus fort que tous les Grundig de la Plaza Saint-

Hubert mis ensemble, un vingt-six onces de vodka, le parfum exotique, la tristesse de la lune et le rêve parisien.

Papa, lui, nous amènerait au zoo de Saint-Félicien...

Ti-Paul serait heureux de tenir dans ses bras une belle créature qui faisait tourner les têtes; il aurait, selon les statistiques, trois enfants, un chien, deux semaines de congé payées par la compagnie, une bonne pension, un beau char... et resterait pogné dans le traffic cinq jours par semaine en allant au travail dans sa grosse Oldsmobile Delta 88 (Ti-Paul avait aussi un faible pour les belles voitures). De plus, papa nous amènerait au Dairy Queen de Boleil sur la route 116, lors de notre sortie dominicale en été. Ah, la belle vie de banlieusard! C'était le rêve des Américains, mais au Canada; la fin des années cinquante dans la plus Belle des Provinces; les premiers balbutiements qui laissaient présager de la Révolution tranquille et du fameux « Maître chez nous! », au Québec. Et quelques années plus tard, ce serait l'historique « Vive le Québec... le Québec libre » du général de Gaulle qui allait foutre la merde chez les collabos fédéralistes du Québec. Et en juillet 1969, l'Homo sapiens marcherait sur la lune:

« That's one small step for a man, one giant leap for mankind! » Le pas de géant de Neil Armstrong pour l'humanité...

Finalement, quelques années après nous être séparés de notre père, ça serait la crise, mais une autre sorte de crise... une crise collective qui allait affecter la majorité des Québécois de même que plusieurs de nos *amis* de Westmount: la crise d'octobre 1970. L'Armée canadienne allait débarquer en ville; la Brink's Canada Ltd et les sièges sociaux de certaines compagnies canadiennes iraient faire une demande d'asile politique, en Ontario; la Canada Steamship Lines irait s'expatrier aux Barbades... et la famille Martin naviguerait gaiement en direction du paradis... mais fiscal! Et nous qui avions vécu les années soixante en pensant qu'on était *maître chez nous!*

Cependant, maman allait prendre de l'avance sur les Forces armées canadiennes... et elle allait tout gâcher avant même que l'Expo 67 ne débute. Et à cause de sa maladie de la tronche qui ne ferait qu'empirer au fil des ans, car il n'y avait pas vraiment de remède pour ce que Carmen avait au plus profond d'elle-même, les *Mother's Little Helper* n'allaient plus faire l'effet escompté...

Doctor please, some more of these, outside the door, she took four more... What a drag it is getting old.

Les Valium et les Librium, que maman croquait comme des Smarties pendant la journée, combinés à la médication sans ordonnance de Russie qu'elle ajoutait dans son café, tôt le matin, n'allaient plus être efficaces du tout. Et au final, pour couronner le tout, Carmen, qui se foutait d'à peu près tout comme de l'an quarante, allait faire en sorte que pour Ti-Paul et pour nous tous la suite des années cinquante ressemble à la grande dépression des années trente, mais au milieu des années soixante...

Et nous, les enfants, on n'y comprendrait jamais rien à tout ça... on aimait notre mère, nous! Malgré sa maladie du ciboulot... en dépit de tout ce qu'elle nous avait fait vivre et de ce qu'elle *allait* nous faire vivre. On croyait que c'était ça, une vie de famille normale: un père qui était absent durant la semaine et une mère qui n'était pas tout à fait là... mentalement!

[Mama] was a rolling stone, wherever [she] laid [her] hat was [her] home!

Chapitre 10

Et c'est en mai 1958 qu'on s'est ramassés sur la rue Hawthorne, à Longueuil...

Ti-Paul allait finir par s'acheter un cottage sur la Rive-Sud de Montréal grâce à l'Hydro, qui allait aider à garantir le financement de la maison et lui avancer la somme nécessaire pour la mise de fonds: un programme d'accès à la propriété pour les employés de la société d'État.

Henri-Paul avait sauté sur l'occasion à pieds joints; il en avait plein son cass' des ti-cails du Plateau, et surtout d'être collé sur des voisins avec qui, finalement, il n'avait rien en commun: Ti-Paul était un gars de la campagne, lui! Et avec un enfant qui avait besoin de dépenser son surplus d'énergie soir et matin et une femme qui mettait la musique dans le plafond jusqu'aux petites heures du matin, il avait pensé qu'aller vivre sur la Rive-Sud de Montréal « ça s'rait plus facile à gérer pour tout le monde ». Et comme il voulait être le propriétaire de son petit domaine, lui aussi voulait être *Maître chez lui* même s'il penchait plutôt du côté de l'Union Nationale que du Parti Libéral, il allait vendre à l'un de ses jeunes frères la terre de trente arpents que Gros-Pite lui avait légué pour tout héritage et ainsi réunir l'argent nécessaire pour le déménagement et pour l'aquisition des meubles qui allaient garnir notre nouvelle demeure... et pour l'achat du fameux stéréo Telefunken de maman!

Je n'ai qu'un vague souvenir de notre arrivée dans la banlieu Sud de Montréal... Je n'avais que trois ans, lorsqu'on s'est pointés à Longueuil de l'autre côté du pont Jacques-Cartier, mais j'ai toujours ce vestige du passé gravé dans la mémoire, et je me souviens encore aujourd'hui de notre incursion dans la petite avenue de Longueuil comme si c'était hier... Normal, direz-vous, car notre devise nationale c'est: « Je me souviens! » Mais de nos jours, comme la pluspart des Québécois qui ont pris racine dans notre glaise, j'ai souvent la mémoire qui fait défaut. Mais y aura toujours les plaques d'immatriculation et le gars du RIN pour me rappeler à l'ordre dans les rues de Montréal...

Ça ressemblait à des photos que j'aurais gravées dans son cerveau, des tatouages couleur dont je ne pourrais jamais me débarrasser, des images qui flottaient dans ma cervelle de moineau, dans la tête du draveur que j'aurais pu être si papa avait choisi la Mauricie plutôt que la région de Montréal, car *dans ma [sa] tête y a des billots qui flottent...* le cerveau étant composé d'au moins 80% d'eau. Alors, ou c'est que j'avais vraiment une mémoire d'éléphant comme le prétendait maman ou c'est que j'en avais été un dans une autre vie. Ganesh, l'éléphant sacré... c'était peut-être moi! Mais je me méfiais des éléphants, car les éléphants ont une très mauvaise réputation: ça trompe énormément.

Mais ça proute encore plus! Je les avais vus en action, et plus d'une fois, faire de grosses merdes et lâcher ses prouts malodorants en mangeant les pinottes que je leur lançais, au zoo de Granby: des galettes immenses! Ils allaient un jour m'inspirer... les pachydermes.

Je me souviens... J'ai à peine trois ans et je débarque de la voiture familiale en trottinant allègrement vers un cottage avec une toiture deux pans, verdâtre... Je traverse un parterre, jade... Je longe un petit trottoir en terre battue bordé de briques qui le délimitent, ocres... Et je me dirige vers l'arrière de la maison, beige... Puis, je me suis mis à courir en hurlant comme un fou dans la cour gazonnée: il y avait du vert partout! Avec des arbustres... des arbres immenses... des érables à sucre... et Ti-Paul ne manquera pas de les entailler dès le printemps prochain pour nous faire du sirop à la maison! J'ai un film 8 mm en couleur qui rejoue encore ce souvenir d'enfance dans ma tête.

C'est papa qui me l'a confirmé...

Il y avait derrière la maison une haute clôture en bois qui m'empêchait de sortir; j'étais maintenant prisonnier d'une cour... prisonnier de la Rive-Sud! Papa avait dit que ça serait maintenant notre chez-nous et que je serais en mesure de courir et de crier autant que je veux... Mais pas dans la rue, car c'est dangereux: « Y'a trop de chars! »

Et c'est à Longueuil que j'ai passé ma douce et insouciante enfance avant que ça ne se mette à péter pour vrai et qu'on se ramasse un jour à Côte-des-Neiges, dans l'ouest de l'île de Montréal: un quartier où le français était une langue seconde. Mais ça allait au moins me permettre d'apprendre l'anglais lors de mon adolescence, car c'est en pleine immersion qu'on apprend une langue, et non pas à l'école.

Demain matin, Montréal m'attend... Demain matin Montréal m'attend!

Le mois de mai, dans notre beau Longueuil catholique de la fin des années cinquante, c'était le mois consacré à la mère du petit Jésus: le mois de Marie. Avec d'interminables processions dans les rues et tout le reste...

« *C'est le mois le plus beau!* » Chantait le curé de la paroisse pour mener le choeur, lui qui avait l'air de ces gars qui savent tout. Normal, direz-vous, car il avait de l'instruction, lui, alors que la plupart de ceux qui suivaient la procession n'avaient guère fait mieux qu'une septième année. Ainsi, ils lui faisaient confiance, sans se méfier le moins du monde du bon diable, et chantaient à l'unisson dans les rues: *« C'est le mois de Mari-i-e, c'est le mois le plus beau. À la Vierge chéri-i-e, disons un chant nouveau »*

Mais pour moi encore tout jeune, c'était plutôt le retour du beau temps après un hiver quasi interminable... Et c'était en plus le mois de ma fête! Alors, la Vierge Marie, moi, je n'en avais rien à cirer, car je voulais juste aller jouer au hockey ou au baseball dans les rues du quartier avec les copains; mais y'avait des crétins qui défilaient su'l chemin en nous en interdisant le passage; mes amis et moi ne savions plus où nous mettre; on allait annuler la *game:*

« Faudrait bouger de là », avait dit la conjointe du bédeau. *Elle m'a fait bouge de là... Oui! Bouge bouge de là...*

Du reste, maman claironnait qu'elle n'était même pas vierge pantoute!, la Vierge Marie. Alors, si ça n'était pas vrai qu'elle était vierge, la Marie, pourquoi l'appeler ainsi?

La religion, c'était assurément quelque chose de très compliqué, sinon, pourquoi aurait-on eu besoin d'un curé pour nous en expliquer les règles, les préceptes, et intercéder pour nous devant le Créateur du ciel et de la terre en six jours? Je voulais bien, comme tout le monde, obéir aux Dix Commandements de l'Église... mais sûrement pas à tous les dix en même temps! Et je ne comprenais pas pourquoi j'aurais eu besoin d'un intermédiaire pour parler à Dieu, un Dieu qui était sensé être partout, et qui, en théorie, voyait et entendait tout. Alors...

Moi, j'aurais préféré avoir le Seigneur au prix coûtant et éléminer l'intermédiaire... bouffer des hosties au *cost!* Comme le faisait habituellement papa quand il allait acheter ses bidules de char à nos amis Juifs de Sainte-Catherine de la main, ou même à ceux de la rue Saint-Alexandre. D'ailleurs, maman leur avait déjà acheté un vison qui avait coûté la peau des fesses à Ti-Paul... papa soutenant « qu'à s'était faite fourrer de trois mille piasses! »

Mais tout ça, c'était bien avant de faire givrer les vitres d'un YMCA pour accomoder les élèves hassidiqucs d'Outremont qui, pendant trop d'années, s'étaient ramassés chez eux avec de petits crucifix dans les culottes à force de voir des madames en léotards faire des exercices dans les salles de culture physique... l'exercice de la liberté.

Finalement, même si j'avais fait ma première communion, j'avais conclu que la Vierge n'était peut-être pas plus vierge que Marie Quat'Poches *des idées plein la caboche...* Viarge! Ça m'avait déjà mis dans le pétrin de répéter ça à l'école dans les classes de cathéchèse, trois périodes d'endoctrinement religieux pour une seule classe d'anglais - ça démontrait où étaient les priorités -, avec en plus de tout ça une visite obligatoire au confessionnal les vendredis matin, car je n'avais pas d'argumentaire valable comme ma mère pour défendre ma position théologale et douter de la virginité de Marie. Ouais! On avait tous un recueil qui contenait ce que nous devions croire pour pouvoir aller au ciel, mais moi je n'avais nullement le goût d'y aller, au ciel, parce qu'avant... fallait mourir! *Tout le monde veut aller au ciel oui mais personne ne veut mourir, personne ne veut mourir, personne ne veut mourir...*

L'ecclésiastique qui donnait les cours de cathéchèse disait même que le cas de la Vierge Marie « c'était un mystère! » Et qu'un mystère « c'était toujours mystérieux », parce que ça ne pouvait pas s'expliquer facilement à des enfants du cours primaire... ou même à des adultes intelligents! Mais passons, car il ne devait pas y en avoir tellement, au début des années soixante, les églises étant encore bondées de fidèles: *Agneau de Dieu qui enlèves le péché du monde, prends pitié de nous...*

Le Christianisme et tout ce qui finissait en ISME, sauf peut-être le je-m'en-foutisme, l'athéisme et le crétinisme, c'était à prendre ou à laisser. Il fallait accepter ce que l'Église de Rome nous commandait avec respect et obéissance: *« Que veut dire le mot Jésus? »*

  - *Le mot Jésus veut dire Dieu Sauveur.*

Mais un Sauveur pour me sauver de quoi, au juste... de la tache du péché originel?

Mais je n'avais rien fait de mal, moi... originellement!

Ou bien tu y croyais, à leur connerie de vie éternelle avec les anges du Paradis et tout le reste, ou bien tu n'y croyais pas. Et il ne fallait surtout pas trop poser de questions... ou *se* poser des questions! C'était blanc ou c'était noir; c'était le Ciel ou bin l'Enfer: il n'y avait pas de zone grise, hormis le Purgatoire. Mais ça, c'était réservé aux nouveaux-nés qui mouraient avant d'avoir eu la *chance* de se faire baptiser par un abbé. Sauf que ma mère, justement, vivait dans cette zone, la grise, prisonnière de son propre Purgatoire... et ce, même si elle avait été baptisée par un curé!?!

Y'avait quelque chose qui ne fonctionnait pas, là-dedans...

Maman avait passé sa vie sur terre à enseigner le théâtre, la littérature et le beau parler français dans une espèce de temps d'épreuves qu'elle s'était imposé à elle-même pour survivre à la médiocrité des êtres humains et des cancres qui l'entouraient: plus besoin pour elle d'aller à l'oratoire... *Il fait noir ce soir sur le trottoir... Paragarafaramus est un original qui ne se désoriginalisera pas tant que tous les originaux ne se seront pas désoriginalisés...*

Ses ailes de géant [l'empêchaient] de marcher!

Et pour Carmen, ça serait plutôt dans la grisaille de la vie quotidienne qu'elle croupirait... une zone grise qui tirait encore plus sur le noir des Charbonniers de l'enfer que sur le blanc de l'Immaculée Conception. Par contre, pour nos amis juifs d'Outremont, ça serait l'Immaculée circoncision; pour les Musulmans de l'est de la ville, en plus de la péritomie, on pratiquerait l'Immaculée excision. Mais tout ça c'était sans compter la lapidation - mais seulement des femmes - et les proverbes moyen-orient-âgeux tels que: *Bats ta femme trois fois par jour, si tu ne sais pas pourquoi, elle, le sait.*

En revanche, je n'aurais pas tellement aimé me faire jeter la pierre comme on l'avait fait à Marie Magdeleine...

Pourtant, on n'hésitait pas à lapider de rondelles notre gardien de but, qui faisait dans sa culotte quand on levait notre bâton, juste avant de s'élancer et de lui envoyer une garnotte. Et un jour, pour lui enlever la peur des *slapshots,* le *coach* nous avait demandé de le bombarder de très près, à répétition... et je l'avais pogné d'aplombs sur le masque! Puis, après l'avoir assommé une copule de fois pendant la pratique, il n'a plus jamais voulu garder les buts pour nous. Néanmoins, on lui avait enlevé la peur des disques en caoutchouc grâce à la bonne idée qu'avait eue notre entraîneur: plus jamais il n'aurait peur de manger une *puck* su'à yeule... il aurait juste peur de moi!

Finalement, il n'y avait pas de zone grise pour personne dans la religion catholique, sauf pour ma mère... Maman soutenant même que, si la Vierge Marie était vraiment vierge comme les abbés de la paroisse le prétendaient, c'était sûrement le premier cas d'insémination artificielle recensé de l'humanité. Et qu'il aurait dû savoir tout ça, le religieux, car le *premier* à avoir réalisé une insimination artificielle (sur une chienne) fut un prêtre italien dont le nom était Lazzaro Spallanzani, en 1780.

Engendré non pas créé, de même nature que le Père... Ça vous dit quelque chose, hein?

Pourtant, en Espagne au XVIe siècle, douter du Dieu unique des Chrétiens pouvait mener rapidement au bûcher... Et c'est à Valencia que les inquisiteurs du Dieu unique de la planète ont perfectionné l'art de faire griller la viande en plein air: si on avait la chance de connaître le BBQ et le méchoui... c'était grâce aux Chrétiens! Et ce, sans parler des tapas, du jambon ibérique et du vin de messe espagnol à 16 degrés d'alcool... qui expliquait pourquoi les curés marmonnaient, en fin de journée, après avoir célébré plusieurs messes dans une église!

Cependant, comme le capitaine Kirk n'avait pas encore abordé le thème dans Star Trek et que les Vulcains aux oreilles pointues seraient toujours un sujet tabou pour les évêques de la province, et que nous savions tous avec certitude que la terre avait été créée par Dieu en six jours, et que le septième, Il se l'était gardé pour qu'on l'adore, et que notre globe avait été, c'est bin plate à dire, mais plat comme une assiette de fruits de mer et moules pendant des siècles et que nous étions les seuls êtres vivants dans tout l'univers, et que le Big Bang c'était seulement lorsqu'on mettait un pétard à mèche dans la gueule d'une grenouille pour la faire exploser dans une flaque d'eau, douter de la virginité de Marie, au tout début des années soixante, c'était *« to boldly go where no man has gone before... »*

Alors, je n'allais sûrement pas en parler au chanoine Racicot au confessionnal sous peine de malédiction urbi orbi, parce qu'en le faisant, j'allais enfreindre les règles du droit canon et me faire excommunier...

Mais j'espérais qu'un jour j'aurais la force de me tenir debout devant les inquisiteurs du Dieu des Chrétiens et qu'on me priverait du corps du Christ et des pets de nonnes de ma tante Rita pour toujours. J'étais bel et bien un Judéo-chrétien baptisé, mais seulement par la force des choses, ma mère ayant renoncé à l'immaculée circoncision à la naissance, se contentant tout simplement du menu traditionnel des Chrétiens catholiques québécois: un combo numéro 1 avec de l'eau bénite marécageuse, du gros sel de table et de l'huile d'olive extra-vierge... *Please hold the mayo!* Personne ne m'ayant demandé mon avis, à moi, avant de me faire rentrer dans la secte vaticane de mangeurs d'hosties. Crisse! J'allais me retrouver tout seul en cinquième dans la vallée des avalés du *Circus Maximus;* moi aussi, j'allais être *faite à l'os...* comme maman! Et un jour, après avoir goûté au corps du Christ à maintes reprises, j'allais finir par avoir de sérieuses crampes au ventre, et après avoir fait la première, ça serait bientôt ma dernière... communion!

Avec le temps, j'allais développer une forte allergie aux hosties, sans parler de mon intolérance crasse vis-à-vis des sectes religieuses, des Juifs, des Musulmans, des Chrétiens, et surtout des Témoins de Jéhovah qui nous envoyaient des enfants en complet cravate cogner à nos portes pour nous annoncer la bonne nouvelle: *le Créateur et le Dieu de la bible c'est Jésus!* Et j'allais me méfier des curés aux mains longues comme de Barabbas dans la passion, de la curie comme Marie Curie des radiations, de Rosa Luxembourg comme des guerres saintes, du p'tits Jésus Christ en plâtre des églises comme des croix gammées hindous, des

Chrétiens comme de Jean Chrétien - Chrétien étant le doublet de crétin -, le p'tit gars de Shawinnigan qui allait un jour se transformer en p'tit gars de *Shenanigans* et travailler pour les *Molson Canadians* à plein temps, sans parler du Dieu des Catholiques qui était aussi celui des Juifs et des Musulmans... les trois personnes en Dieu! Le Père, le Fils et le Saint d'esprit... avec le fantôme de Mathusalem en culotte courte qui courait dans les rues de Jérusalem pour chasser les Palestiniens du Temple de ce sale Omon! Dieu! Yahweh! Allah! *Starfoullah mohamed starfallah!* Dans mon coeur, dans mes paroles et dans mon esprit... *Amen! Mes culottes sont pleines, j'en ai jusqu'à la semaine prochaine!*

La planète entière allait se faire escroquer par les religieux et par leurs épîtres caviardées par les Romains, et, avec le temps, j'allais réaliser que ça serait plus facile de changer ma diète chrétienne que de me mettre sur une liste d'attente et de me faire greffer la foi, car après y avoir goûté, au catholicisme, j'allais rapidement développer une allergie crasse à l'idolâtrie et aux hosties. Et aujourd'hui, à cause de mon manque de conviction chrétienne et de mon intolérance envers mon prochain, que j'aimerai bien comme moi-même si seulement je le pouvais, j'ai de la difficulté à m'endurer dans une église... et surtout à endurer les autres!

Tout jeune, j'avais eu la chance de piquer une couple de livres dans la bibliothèque de maman et de feuilleter l'Illiade et l'Odyssée d'Homère, puis l'Énéide de Virgile, et j'allais bientôt opter pour plusieurs dieux, comme mes ancêtres Atikamekws l'avaient fait pendant des millénaires avant la venue des *Jésus-ouvreurs-d'huîtres,* au Canada: j'allais opter pour le dieu soleil des amérindiens, le grand Manitou, et non pas pour celui des Jésuites; pour le dieu du vent d'Ulysse: Éole; pour le dieu de la guerre des Romains: Mars; puis, pour la déesse de l'amour: Aphrodite... Les filles venant habituellement de vénus et les gars de mars.

Et puis, fallait bien que quelqu'un dise tout haut ce que la plupart d'entre nous pensaient tout bas et n'osaient dire: un seul dieu, ça ne faisait pas très sérieux! *Come on!...* Arrêtez donc de nous prendre pour des christies valises!

À l'époque, comme j'avais encore peur des foudres de Dieu à cause de l'endoctrinement que j'avais reçu, j'allais continuer à passer pour un chieux en culotte pendant un bon boutte de temps; j'étais, effectivement, un vrai Québécois de souche comme les autres... *un Canadien québécois, un Français Canadien-français, un Amaricain du nord Français, un francohone québécois canadien.* Mais j'attendais mon heure en silence en regardant la gang de saint ciboire passer par le confessionnal... il me faudrait trouver le moyen de sortir de cette secte vaticane au plus crisse... continuer à faire semblant et être patient en sacramant... aller à confesse et me trouver des péchés à raconter au pédé... ne pas manquer la cérémonie du dimanche et faire semblant de prier avec les autres p'tits crisse de tannants! Quelques fois, faudrait même jouer au collabo et aller communier devant tout le monde pour essayer de passer inaperçu dans le troupeau. Mais faudrait faire attention de ne pas croquer dans l'hostie, un péché mortel... car le corps du Christ nous restait collé au palais.

Je devais être un p'tit démon sans même le savoir, et comme en plus j'étais « un fatiguant des soeurs », j'en ai pour preuve que papa me le répétait souvent à la maison, j'irais tout droit en enfer! Mais comme je n'étais pas fou, j'avais déjà compris que, si je ne croyais pas en un Dieu créateur du ciel et de la terre en six jours et que la terre était plane, que la théorie de Darwin ça n'était que de la boulechite qu'on n'enseignait plus dans le *Bible belt* des Amer-loques-humaines, que l'homme avait été créé à l'image de Dieu il n'y a que six milles années et qu'Ève l'avait été à partir d'une côte d'Adam, que les fossiles de dinosaures c'était une invention de Saddam Insane et que le Ciel était en haut et l'Enfer était en bas, qu'en était-il des petits Coréens et des Africains de l'hémisphère Sud qu'on s'achetait pour vingt-cinq cennes et pour qui, notre Enfer à nous, c'était leur Ciel à eux?

Crisse, y marchaient tous avec la tête en bas!

Y'avait *quequ'chose* de pas logique, là-dedans; j'étais de plus en plus méfiant... méfiant au point de ne plus croire nos bons curés sur parole. Je me rebellais contre mon endoctrinement religieux; j'allais demander à ma mère de me faire libérer de ma prison catholique sur parole; je voulais me pousser de la grande noirceur... du grand mensonge! Bref, j'étais une espèce de Saint-Thomas de Galilée qui allait tirer l'énergie directement du vide interstellaire qui relie l'univers; je n'avais qu'à puiser au plus profond de mon coeur pour communier avec l'infini... la toile invisible qui relie tous les êtres vivants de l'univers. J'allais me *ploguer* directement sur la divine matrice, sans intermédiaire... Bref, pas besoin de curés dans ma religion!

En vérité, en vérité, je vous le dis, ce que vous demanderez au Père, il vous le donnera en mon nom. (Demandez sans motif caché et soyez entouré par votre réponse; soyez enveloppé par ce que vous désirez pour que votre joie soit pleine [la partie caviardée du texte original de Jean]*). Jusqu'à présent vous n'avez rien demandé en mon nom. Demandez, et vous recevrez, afin que votre joie soit parfaite...*

Mais faudrait être réaliste en crisse: nous savions tous qu'il n'y aurait jamais assez de place au *ciel d'Afrique et patte de gazelle* pour tous les Catholiques de la planète, et ce, quoiqu'en disent les abbés et Hanna-Barbera! Et c'était sans compter les Musulmans qui allaient se faire sauter pour une quarantaine de vierges... Putain! On allait aussi manquer de vierges! Et comme sur le Titanic, quand le paquebot de la religion taperait l'iceberg de la réalité universelle, les canots de sauvetages nous feraient défaut à tous... et on coulerait à pic! Non! La terre n'était pas le centre de l'univers, loin de là... on n'était que de la poussière d'étoile... un grain de sable dans la plage infinie qu'était notre galaxie... et que notre galaxie n'était qu'une insignifiante partie de l'univers... et que la Bible catholique romaine, même si cela avait été très bien ficelé par les Romains au début du quatrième siècle après Jésus-Christ, ça n'avait pas beaucoup de sens lorsqu'on regardait le ciel de plus près... *« Où est Dieu? »*

- Dieu est partout!

En fait, Il était partout et nulle part, ce Dieu Judéo-Chrétien fabriqué de toutes pièces par les Romains, même si on me l'avait fait répéter au moins un milliard de fois en classe, lors de mon endoctrinement obligatoire sous peine de banissement de l'école. Cependant, on allait un jour m'expulser de la planète catholique-romaine, et, de toute manière, si le Dieu des Chrétiens n'avait pas *raëllement* existé, il aurait bien fallu que quelqu'un se charge de l'inventer pour nous! Alors, pourquoi pas César et les Romains? *Splish splash tout en prenant mon bain... Doum! Doum ! Doum! Doum!*

Mais tout ça c'était bien avant d'avoir découvert les épîtres coptes de Marie Magdalena lors d'une excavation en Égypte... la fameuse prostituée de la Bible, barre oblique femme de Jésus! La pute - selon l'Église - qui aurait même porté son enfant! Des textes *saints* écrits en copte qui laissaient sous-entendre que la vraie cheffe de la chrétienté, après la mort du Christ... c'était une femme! Sa femme! Une femme à moitié lapidée et sauvée *in extremis* par Jésus des lanceurs de pierres israélites!

Ah! Si au moins on avait eu une couple de Juifs au monticule au lieu de n'avoir eu qu'un propriétaire sémite, jamais on n'aurait perdu nos Expos de Montréal...

Quelle arnaque, la Bible! Les Romains n'avaient pris que ce qui faisait leur affaire... pour faire des affaires! Et c'est Marie Magdalena, et non pas ce très cher *Pierre, et que sur cette pierre je bâtirai mon église,* qui aurait continué à faire progresser le mouvement chrétien, même si le thème rocheux, à cause des tireurs de roches israéliens, ils l'avaient tous les deux en commun... des artilleurs, spécialises de la balle rapide! Papa disait souvent que, pour mon âge, j'avais une christie de bonne *curveball...* Mais le coach avait dit que ça me prendrait une *fastball* à 95 miles à l'heure pour espérer un jour faire les ligues majeures.

Dans l'Église catholique de Rome, là où le rôle de la femme consisterait à jouer les relicireuses de plancher, on avait omis d'utiliser les épîtres de Magdalena et ceux de plusieurs autres *apôtres,* lors de la concoction de la Bible: le plus célèbre récit de science-fiction jamais écrit et l'ouvrage le plus vendu de la planète. Et les Juifs, qui avaient manqué le bateau en l'an 33 à cause des Rabbi Jacob du Sanhédrin, s'étaient vite rattrapés en publiant des miliards de copies de la Bible sur la rue Sainte-Catherine!

« Quand y a de l'argent à faire, tu trouves toujours un Juif pas loin », disait papa, lui qui avait l'habitude d'acheter des gugusses beaux, bons, pas chers pantoute chez eux.

J'aurais bien aimé consulter les textes originaux et voir ce qu'on avait retenu, ou écarté, des épîtres des apôtres, mais comme je ne lisais ni l'araméen ni le latin, ni le grec ancien... Enfin, qui étais-je pour critiquer l'arnaque judéo-chrétienne de Rome datant du IVème Siècle après Jésus-Christ? Je n'étais qu'un ti-cul en culotte courte, moi!

Et j'allais continuer à faire le pitre dans mes cours de cathéchèses, à faire rire de moi en classe pendant la lecture des épîtres de Paul, John, George and Ringo: *She loves you yeah, yeah, yeah... With a love like that you know you should be glad!*

Plus tard, ce serait le film bon Copte bad Copte de Patrick Huard qui finirait par vider les églises du Québec; et la version numéro deux du film, la suite de l'original, allait aider à chasser les cinéphiles des salles de cinéma de la province pour de bon: le popcorn à douze dollars y étant sûrement pour quelque chose...

148

Finalement, c'est vers l'âge de onze ans, à la consternation générale de toute ma famille, que j'ai refusé d'aller à la messe du dimanche. Maman, qui croyait plus ou moins au Dieu des Romains, mais qui assistait à la cérémonie du dimanche plus par obligation que par goût pour l'eucharistie sous les deux espèces, avait fini un jour par se faire à l'idée. Toutefois, ça n'avait pas été facile de la convaincre de ne plus y aller!

Moi, m'intéresser à la religion? Bof!

Et j'allais passer pour un enfant rebel avant la fin du cours primaire parce que je ne voulais plus croire au Dieu unique des Chrétiens, me prosterner devant les idoles bénies et les curés, avaler mon hostie de tabarnak de saint ciboire de galette fade comme le crisse... comme tout le monde.

J'avais déjà servi la messe à quelques occasions et essayé de me mériter un gros vingt-cinq cennes par semaine en jouant à l'enfant de fesse, comme les autres suiveux de l'école qui voulaient se rapprocher des serviteurs de Dieu pour faire plaisir à leurs parents, car maman avait un jour avancé: « Ça serait l'temps que tu te mettes à gagner un peu d'argent de poche: ils ont besoin de porte-crosses. »

Je lui avais lancé un « ouain! » sans conviction, mais je ne savais pas encore que ça impliquerait me faire pogner les gosses...

C'était ma période rose, à moi, ma folle et insouciante enfance offerte sur un plateau d'argent aux abbés de la paroisse, et j'allais passer pour le Picasso de la religion catholique du diocèse de Saint-Jean-Longueuil et déformer la parole du Dieu des Chrétiens avec des prouts, comme Pablo Picasso métamorphosait des visages angulaires en forme de cubes sur ses toiles, grâce à une participation à la cérémonie religieuse du dimanche. J'allais prouter comme un artiste de la proute et les faire chier au cube dans leur église, comme Pablo Diego José Francisco de Paula Ruan Nepomuceno María de los Remedios Cipriano de la Santísima Trinidad Mártir Patricio Ruiz y Picasso; Alain Raymond Joseph Bellemare dit le prouteur... ça serait moi!

Mais avant cela, j'allais devoir passer un mauvais quart d'heure dans les pattes d'un pédé à soutane, après avoir servi la messe avec le fif en charge de la cérémonie religieuse, un ecclésiastique de la paroisse Saint-Pierre-Apôtre de Longueuil qui était venu tester ma vocation dans la sacristie en m'aidant à déboutonner ma longue robe à boutons à queue, et j'allais me faire tripoter les fesses, le p'tit paquet et puis tout le reste, avant d'ensuite aller à confesse... Wo-là, simonac! Comme le disait c'te gars: « J'avions un peu beaucoup pogné le mord-au-dent! »

Sur le coup, pendant que j'essayais de comprendre ce qui se passait, je n'ai pas su comment réagir, désemparé, laissant l'homme de Dieu me tripatouiller un moment...

J'étais resté figé, perdu dans l'odeur qui flottait dans la sacristie, drogué par l'encens... une overdose de religion. Ensuite, j'ai vainement essayé de repousser les attaques dirigées vers la fourche de mon pantalon, mais l'ecclésiastique était beaucoup trop fort pour moi: les curés étant supposément des gens bien toujours prêts à aider leur prochain... mais moi j'allais seulement être le prochain.

Tandis que les mains balladeuses du prêtre s'affairaient à défaire autre chose que les petits mamelons de mon costume liturgique traditionnel, j'ai vite compris qu'il y avait quelque chose qui clochait dans cette église et que ça n'était pas Kasher pantoute qu'un abbé essaye de me squeezer les burettes dans l'annexe de l'église... les burettes étant habituellement rangées juste à côté de l'autel. Je ne comprenais pas ce que manigançait ce curé, car mes parents avaient tout fait pour préserver mon innocence; je n'étais qu'un nono qui ne connaissait rien au sexe, pris dans le piège d'un homo à chasuble qui essayait de m'assujetir avec son étole: on n'avait pas encore l'Internet pour nous aider à faire notre éducation sexuelle, à l'école.

À ma très grande surprise, il y avait une espèce d'immense crucifix de chair qui pointait dans la culotte du curé... Et lorsqu'il m'a pris la main pour prier avec lui et avec son cruciforme, j'ai protesté. Fortement! Je me doutais bien qu'il se tramait quelque chose de pas très catholique dans cette putain d'église, même si je ne savais pas, au juste, ce qui allait de travers dans la tête de ce type aux mains longues, et lorsqu'il m'a suggéré de jouer avec sa crosse et de baiser son crucifix, me forçant même à me mettre à genoux pour rendre gloire à Dieu dans l'armoire à soutane, ça m'a semblé un peu louche comme façon d'égrainer des Notre Père et des Je vous salue Marie avec un ecclésiastique... mais lui voulait juste que je joue avec la clé qu'on astique. Et je me suis rebellé contre mon endoctrinement catholique, vivement dimanche!, car je n'avais pas le goût d'entendre les lamentations et les éjaculations d'un abbé au sourire vicelard pendant que le représentant du Dieu des Chrétiens sur terre bandait au rythme des Hosanna au plus haut des cieux: « *Où sont les hommes qui sont venus chez vous cette nuit? Amenez-les-nous pour que nous les connaissions!* »

Et je suis resté sourd aux prières du sodomite de Gomorrhe, car il n'y en avait pas une seule dans le lot que je connaissais, pendant qu'il essayait de m'enfoncer sa langue de porc frais dans le gorgoton comme lorsqu'on vous force à avaler une hostie qui passe de travers. Ça n'était plus le corps du Christ qu'on me forçait à avaler, mais bien celui d'un crisse de la vallée des avalés...

Tout m'avale. Quand j'ai les yeux fermés, c'est par mon ventre que je suis avalé(e), c'est dans mon ventre que j'étouffe... Sauf que moi, j'avais gardé les yeux grand ouverts pendant toute l'affaire et que c'était la bouche d'un pédé catholique qui essayait de m'avaler... un curé!

Après ce moment d'incompréhension totale - hostie qui puait de la yeule, le crisse! -, j'ai continué à me débattre comme un diable dans l'eau bénite, l'odeur aidant, Satan enchaîné pour mille ans étant le pendant des hommes de Dieu dans une église, avant de réussir, finalement, à me pousser de là au plus crisse. Mais mon sauvetage, je le devrais surtout à une bonne Soeur, une pisseuse!, à cause du tumulte que je faisais... Je ruais dans les brancards... Ça l'avait alertée... Elle avait cru entendre de petits cris... Tout ça semblait provenir de la sacristie... Ou bien de l'armoire à soutane?... Elle avait pensé à un rat... d'église!... Un petit rongeur consacré... Puis, elle était tombée sur une Éminence grise... Surpris en plein ébat, le gars... À l'air, le p'tit paquet, baquet: j'avais été sauvé par une relicireuse de parquets! *À bon chat bon rat,* Disait souvent maman.

Et c'est ainsi que j'ai réussi, dans une obscure sacristie de Longueuil, à me défaire pour toujours de l'emprise que Dieu et ses dévoués serviteurs homo erectus avaient sur moi depuis le baptême. Je ne l'avais pas encore pleinement réalisé, mais au même moment j'allais me transformer en ennemi de la soutane et des pédés *ad vitam aeternam,* ou jusqu'à ce que la mort du pédé s'en suive, et plus jamais je ne suis retourné derrière un autel ou dans une sacristoche pour jouer à l'enfant de fesse, car j'avais maintenant peur de tous ces abbés fantoches, peur de me faire fourrer par Jésus ou par l'un de ses vicaires... un représentant du Dieu des Catholique Romains sur terre.

Naturellement, j'en avais parlé à ma mère, de l'incident dans le lieu Saint, de mon aventure dans l'armoire à soutanes après avoir servi la messe de six heures avec un *homo erectus* ordonné par le papouse, tout honteux, comme si j'avais fait quelque chose de mal ou commis un délit qui allait vite m'amener sur la voie de l'excommunication au lieu du chemin de Compostelle, parce que j'avais osé dénoncer un abbé véreux: notre pédophile Gauthier à nous de Longueuil! J'avais commis un péché mortel dans un lieu consacré en refusant la parole divine de Dieu, parole consacrée qui sortait de la bouche même de Son serviteur...

Mais maman ne m'avait jamais cru et avait tout balayé de la main; jamais elle n'allait me croire sur parole ou donner du crédit à ce que je lui avais confié: « T'as beaucoup trop d'imagination, mon gars! », qu'elle avait dit, encore à moitié endormie dans son lit. À l'époque, je n'étais que de la chair à canon pour ecclésiastiques, alors que mes parents m'avaient abandonné aux mains des *sinistres* du culte et de ceux qui gravitaient autour d'eux avec une indifférence malsaine: une absence de supervision qui aurait pu m'être fatale. Et un beau jour, le curé de la paroisse s'est sauvé en vitesse du presbytère: les grenouilles de bénitier le cherchaient partout à l'heure de la confesse! On accuserait plus tard un abbé à la main longue d'avoir violé une jeune fille de seize ans, une adolescente qui était venue le voir en pleine détresse... notre bon curé ayant plus qu'enlevé une robe, cette fois-là: il l'avait souillée. Et pour régler le problème de l'homme de Dieu, qui paraissait swigner des deux côtés de la *plate,* le crisse!, le diocèse l'avait muté dans une autre paroisse, car avec le Dieu des Chrétiens, grâce au sacrement de réconciliation, le pardon est toujours possible: tout se pardonne et rien n'est impossible!

Les Français, eux, disaient plutôt, « si c'est impossible, donnez-nous quarante-huit heures... »: ils nous l'avaient démontré, lors de la Deuxième Guerre Mondiale, bien terrés dans leur ligne *imaginot...*

Après ma mésaventure dans l'armoire à soutane, je lui avais dit, à maman, que m'amener à la messe de force « elle pouvait faire une croix dessus! » Et un beau jour, elle s'est fatiguée de m'y traîner... J'avais fini par la convaincre!

Mais ça n'avait pas été commode de la persuader, oh que non!, car ma mère voulait garder les apparences et jouer la carte de la chrétienté. Et puis, en plus de tout ça, il y avait sa famille... des mangeurs de crucifix! Elle avait même une soeur, qui était une Soeur, et un frère, qui était un Frère; et tout ce beau monde obéissait aveuglément aux pédés-donneurs-d'ordres de l'armée du *Faticant. « Tôuttt est dans tôuttt »,* disait papa. Il avait sûrement raison...

La dernière fois que j'ai assisté à la célébration du dimanche, j'avais été très malade...

C'était la fameuse messe de dix heures, l'office le plus populaire, à l'époque: il y avait même foule sur le parvis de l'église, car plusieurs retardataires n'étaient pas arrivés à entrer, tellement c'était bondé. Les portes étaient restées grand ouvertes pour permettre à tous les fidèles de suivre la messe, et plusieurs grillaient des cigarettes en attendant que la cérémonie ne commence. Il ne manquait plus que des *scalpers* aux portes pour revendre des billets et on aurait cru être au Forum de Montréal durant les parties éliminatoires, mais moi j'allais plutôt leur en faire voir en gériboire...

Maman adorait aller à l'église à cette heure de grande affluence, car ça laissait juste assez de temps pour faire la grasse matinée, le déjeûner, et de revenir assez tôt pour terminer les prépatifs du dîner traditionnel du dimanche, un repas à saveur sacramentaire, chez nous. Mais ce jour-là, maman était plutôt revenue de la messe en sacramant...

De très bonne heure, car je me levais avec le soleil, papa nous avait fait ses fameuses galettes de sarrazin: sa spécialité culinaire avec le rôti de porc frais. On allait souvent avec lui, à Saint-Justin, pour acheter la farine fraîchement moulue de chez monsieur Lefebvre, un voisin de Gros-Pite qui habitait le Bois-Blanc. Moi, ce que j'aimais le plus c'était le goût du beurre fondant sur ma galette fumante... Ça me rappelait nos visites chez grand-père, quand papa nous amenait à la campagne, les fins de semaines, et qu'Imelda nous faisait à déjeûner après qu'on ait *aidé* oncle Bruno à tirer les vaches, tôt le matin. J'aimais beaucoup courir après les vachettes en les ramenant à l'étable, mais oncle Bruno me criait souvent de ne pas trop les presser, exaspéré par mon inconduite et mon refus d'obéir à ses ordres, car elles perdaient leur lait en revenant en courant des pâturages... et lui, de l'argent.

Papa nous servait toujours, pour agrémenter le repas du dimanche matin, des œufs tournés ou brouillés - j'avais horreur des œufs morveux! -, des oreilles de crisse, des patates rissolées dans la graisse de rôti de porc avec des bines au sirop d'érable, des saucisses, du jambon: un gros déjeûner canayen. Mais ce matin-là, j'avais eu du mal à digérer tout ça, parce que, selon les dires de maman: « J'avais toujours les yeux plus grands que la panse! »

Ou bien c'était parce que les oreilles de crisse et les bines à papa étaient trop grasses pour mon foie! Mais je n'avais pas été en mesure de convaincre maman de la gravité de mon mal de boyaux...

Toujours est-il qu'après m'être empiffré pour deux, j'avais souffert de crampes intestinales dans la matinée et passé beaucoup de temps dans les cabinets d'aisance, avant d'aller, finalement, mettre mes habits du dimanche. D'ordinaire, ma mère m'envoyait me changer à la dernière minute, tout juste avant de partir pour l'office religieux, pour s'assurer que je n'aie pas le temps de me salir. Ainsi, je ne me ramasserais pas à l'église tout crotté et je n'aurais pas l'occasion de lui faire honte. Habituellement, je n'avais besoin que de cinq minutes pour le faire...

Ma sœur Sylvic bûchait dans la porte de la salle de bain depuis un bon boutte, parce qu'elle avait envie, elle itou, et comme on n'avait qu'une seule toilette à la maison, fallait rationner le temps passé à l'intérieur pour laisser la chance à tout le monde d'y aller, son vacarme et ses lamentations m'ayant aidé à sortir encore plus vite des lieux d'aisances. Peut-être que les bines à papa faisaient déjà leur effet sur ma sœur, aussi? Et lorsque j'en suis sorti, de la petite pièce nauséabonde, j'ai partiellement empesté la maison, preuve quasi irréfutable que je ne me sentais pas très bien et que j'avais, à tout le moins, les tripes à l'envers. « Tu vois bien qu'y est malade. » Avait laisser tomber papa... « On devrait le garder à maison; y file pas bin pantoute, à matin. »

Mais maman n'allait pas voir les choses d'un même œil, car elle avait fait la sourde oreille en plus de me monter dans ma chambre à coups de galoches au derrière: « Va t'habiller au plus sacrant, mon p'tit sacripant! »

Mon p'tit sacramant, ou sacripant?... Peut-être que j'avais mal compris? Mais c'était bien sa manière à elle de me corriger sans trop se maganer les mains, à coups de chaussures sur les fesses!, l'avantage étant pour maman de me faire monter plus rapidement. Cependant, tout ce dont je suis certain, c'est que j'avais prouté comme un défoncé jusqu'en haut de l'escalier. Ainsi, propulsé par des cumulus de gaz à combustion interne, j'aurais moins le loisir de la mettre en retard pour la messe à cause de petites crampes au ventre de rien du tout. D'ailleurs, maman ne croyait pas tellement à ma *soudaine* maladie de l'abdomen, malaise qui, selon elle, coïncidait exactement avec notre départ précipité pour l'office religieux. Et elle m'y avait emmené de force, à la messe... sa messe! Traîné par une oreille qui commençait à se transformer en choux-fleur...

« Ouche, saint ciboire! Tu m'as fait mal en crisse, man'! »

Et Paf!... J'en avais mangé toute une su'a yeule!

- Et si tu n'arrêtes pas de sacrer comme un charretier, au retour de la messe, je vais te laver la langue avec de l'eau de javelle et la brosse à plancher!

Maudite marde! L'humiliation était quasi totale: je n'étais qu'un « vil simulateur! » Et à cause de sa vaste expertise forgée au fil de ses années de suppléance à l'école Catherine-Primeau de Longueuil, maman disait pouvoir les *spotter* au premier coup d'œil...

Maudites oreilles de crisse à papa!

Chapitre 12

Une fois arrivé dans le lieu de culte richement décoré de statues de saints, de vitraux multicolores, de marbre et d'épîtres aux Corinthiens, à force de me lever et de m'asseoir, de me relever et de me rasseoir, et de finalement me mettre à genoux à toutes les trente secondes pour adorer le Dieu des Chrétiens en compagnie de l'auditoire subjugé par l'encens et la dévotion, je n'ai plus été en mesure de me retenir... et je me suis mis à prouter à répétition. L'église était bondée d'adorateurs d'idoles consacrées par un évêque à Crosse; il ne manquait plus que le crosseur en chef du diocèse de Saint-Jean-Longueuil et le curé jouait à guichets fermés. Mais moi j'y étais... *Heeeere comes Johnny!*

Et ce fut le coup d'envoi: chant d'entrée, petits gaz de bines en diarrhée; accueil des fidèles pèlerins, petits prouts à la galette de sarrazin; rite pénitentiel en prémisse, tintamarre pestilentiel dû aux oreilles de crisse. Mais à peine odorants, mes petits prouts! Et très discrets, car je serrais les fessiers au maximum pour les étouffer dans l'oeuf... pour ne pas perforer les tympans sensibles de maman. Toutefois, c'était sans compter ses délicates narines et celles des paroissiens, des naseaux trop fragiles, selon moi, et, après avoir religieusement ouvert les hostilités au tout début de la cérémonie liturgique, à chaque changement de position, c'était maintenant l'explosion. Mais quelle sorte de torture ce dingue de curé faisait-il subir à mon troufignon impénitent?

« Que la paix soit avec vous! »

- Proooouuuuuuuuut!

« Seigneur, prends pitié. »

- Proooouuuuuuuuut!

« Ô Christ, prends pitié. »

- Proooouuuuuuuuut!

« Seigneur, prends pitié de nous... »

- Prout! Prout! Prout!

Il est vrai que j'avais lâché des prouts sonores en essayant de suivre la cérémonie de mon mieux, je m'en confesse, mais pour ma défense *paix* rimait avec *pet* et *prout* avec *Proust*... Presque! Enfin, une assonance. Il me faudrait le souligner à maman avant de mon inquisition prochaine dans la paroisse Saint-Pierre-Apôtre de Longueuil et ainsi me forger une espèce de plaidoyer de non-culpabilité grâce à des circonstances *petténuantes*.

Courbé en deux par les douleurs entériques, j'avais hâte que ça finisse en câlique; plusieurs fidèles, aussi, commençaient à trouver le temps long dans l'église et sortaient déjà leur mouchoir en se pinçant des naseaux alarmés par les effluves nauséabondes qui provenaient de mon postérieur: je proutais maintenant au présent, au passé et au futur antérieur. Mais en math, j'étais de loin le meilleur... « Nul ne vient au Père que par moi... »

- Proooouuuuuuuuut!

« Oups! *Mea culpa,* les gars », avais-je lâché tout haut, en ricanant. Il y avait Brien et sa famille qui n'étaient pas très loin. Stef, notre meilleur défenseur de l'équipe, un costaud, m'avait lâché un de ces *looks*... Il avait le même air quand il essayait de planter un adversaire dans la bande: c'était peut-être à mon tour de me faire étendre?

Autour de nous, une trouée s'opérait, graduellement, alors que les paroissiens qui partageaient notre banc d'église se serraient les uns contre les autres dans le but de s'éloigner de notre petite famille malodorante... le dernier de la rangée ayant passé près de tomber dans l'allée des premières communiantes.

« Amen! »

- Proooouuuuuuuuut!

Personne n'allait prétendre que je n'avais pas fait de louables efforts pour suivre la messe à ma manière: j'espérais juste que maman soit fière de moi pendant la prière. Partout autour de nous c'était la pagaille affreuse, avec des âmes pieuses qui se bousculaient en jouant du coude pour s'enfuir, et une espèce de vide religieux allait se créer autour de nous... les témoins du p'tit Jéhovah Bellemare s'éloignant de plus en plus des émanations sorties tout droit des limbes ou de mon postérieur.

« Que celui qui n'ait jamais prouté lance le premier proust! » Avais-je compris.

Hé! Ho! Mais si ça fonctionnait avec Jésus et les lanceurs de pierres, pourquoi pas avec mes prouts durant la prière?

De mon côté, dans un ultime effort pour bien suivre le déroulement de la cérémonie religieuse, j'avais recommencé une nouvelle série de prouts et rajusté ma cadence à celle de plus en plus rapide du cureton. Mais ça n'avait pas tellement bien fonctionné, car maman fulminait encore. Elle aurait voulu me tuer, m'immoler comme Abraham avait accepté le commandement de son Dieu cannibale d'occire son fils, sans broncher... la cabale... Abraham Lincoln... Annibal... la Lincoln Continental 1965... Hannibal Lecter... un coup dans le sphincter! Il ne manquait plus à maman qu'un recoin de l'autel et un couteau, et j'étais fait comme un rat d'eau. Elle avait même l'air de vouloir offrir mon foie enrobé d'une oreille de crisse à son Dieu, avec les bines à papa et un bon Chianti dans une bouteille tressée de paille... *Hisss!* C'était comme si le Seigneur Jésus était apparu en personne au beau milieu d'éclairs éblouissants, avec le tonnerre et le bruit des trompettes de l'Apocalypse depuis le firmament: *Maman, maman, ton fils passe un mauvais môman...*

Cependant, je n'avais pas peur du tonnerre, oh que non!, car si je pouvais entendre le grondement du feu du ciel, j'avais déjà compris que ça voulait dire que l'éclair ne m'était pas destiné. Et je dois dire que je craignais encore plus les traits qui provenaient des yeux de ma mère que les foudres célestes qui, comme par hasard, semblaient avoir été empruntées à Thor ou à Zeus, à tort ou à raison... mais moi j'aurais cent fois préféré retourner à la maison! Toutefois, comme j'y étais allé de force dans leur église de merde, aussi bien essayer de suivre la cérémonie et faire de mon mieux... Et j'allais mettre le paquet pour le bon Dieu!

« ... Purifie mon cœur et mes lèvres... »

- Prooooouuuuuuuuut!

« ... Dieu très Saint pour que je fasse entendre à mes frères la Bonne Nouvelle... »

- Prouut! Prooooouuuut! Prooooooooouuuuuuuuuuuuuut!

Et j'en avais envoyé trois bonnes d'affilée, des nouvelles!, car ma mère disait toujours que *le trois fait le mois.* Mais tout le monde sait aujourd'hui que le cinq le défait et que le sept le refait...

Suite à ma dernière pétarade, maman m'avait encore une fois regardé de travers. Elle avait l'ouïe fine des mélomanes, mais ses yeux lançaient maintenant des flèches en direction de ma pomme. Et moi, incapable de m'arrêter de prouter, j'avais continué à péter comme le frère Untel dans le dernier épisode de la série Guillaume Tell! Même les fidèles, tellement mes émanations empestaient l'église, n'arrivaient déjà plus à se concentrer sur leur rituel. Mais j'allais tout de même les mettre au parfum: « *Saint Alain, proutez pour nous pauvre prouteurs... »*

- Prooooooouuuuuut!

«*... Maintenant et à l'heure de notre mort... »*

- Prooooooouuuuuut!

On allait peut-être me canoniser à cause de mes petits prouts prouts bienheureux?... J'allais peut-être passer de prouteur béat à prouteur béatifié? Du canonicat à crucifié?

«*... Et Jésus, le fruit de vos entrailles, est béni! »*

- Prooooooouuuuuut!

Mais ça ne sonnait pas si mal à l'oreille, non?... Mon avenir m'était peut-être tout tracé dans l'Armée de Dieu?

« Laissez prouter à moi les petits enfants... »

- Prooooooooooooooouuuuuuuuuuuuuuuuuuuuuuut!

Cependant, lorsque les rats d'église se sont mis à se retourner en succession et à pointer le doigt dans notre direction, les petits sourires de désaveu de papa, ma sœur Sylvie et mon frère Martin qui faisaient semblant de regarder derrière pour *spotter* le vrai coupable des vents malodorants, de même que les hochements de déni de maman, n'ont plus été suffisants pour venir à bout des pharisiens. Et ma mère, qui m'y avait traîné de force à sa messe, s'était sentie très gênée de se retrouver sur le même banc d'église que moi... dans le même lieu Saint que moi... voire dans le même univers religieux que moi! Bref, elle avait honte. Et la honte, comme la prise de conscience de son indignité, ça peut vous faire accomplir des choses pas très catholiques, et ce, même si vous êtes un Chrétien endurci depuis la naissance et que vous pardonnez aux autres leurs offenses comme vous aussi aimeriez être pardonné par ceux que vous avez offensés...

- *Amen!*

Pour ma part, toujours perdu dans l'arôme de mes petits prouts qui, comme d'indolents compagnons de voyage, n'étaient pas si déplaisants lorsqu'on arrivait à s'habituer à l'odeur, je ne suis revenu à la réalité du moment que lorsque maman m'a saisi par un bras... Ouche, crisse!

- Prooooooouuuuuuuuut!

C'est tout ce que j'avais pu faire pour me déprendre de la main de fer de ma mère... prouter! Prouter et reprouter... Prouter devant tous ces Chrétiens qui, déjà, n'étaient plus en mesure de me sentir dans l'église... leur église! Jamais plus on allait me tendre l'autre joue, l'autre narine... et cet enfoiré de curé ne s'était même pas encore lavé les mains!

Papa avait eu peur, pendant un autre attentat olfactif, que toute l'église ne se vide au grand complet à cause de moi, comme lors d'une attaque à la bombe puante quand on voulait *foxer* l'école parce qu'il faisait beau, en mai, probablement à cause d'une nouvelle série de petits prouts qui semblait avoir surgi de nulle part... Peut-être provenaient-ils du troufignon béni par Sainte-Marie de ma sœur Sylvie? Sacramant! Je ne devais pas être le seul à avoir lâché un prout dans l'église, non?

« Mais ce coup-là, c'est pas moi!... Je t'le jure, maman! »

- Proooouuuuuuuuuuuuuuut!...

« Oupse!... Désolé, m'an! » Celui-là, c'était bien moi!

J'avais beau serrer les fesses, mais j'allais tout de même gâcher leur messe. Et mon dernier prout, je l'avais lâché au beau milieu du *Confit-de-porc Deo*, la prière latine qui signifie « je reconnais que je suis un vilain prouteur... un cochon! », tout juste avant que le curé ne se mette à regarder en direction du bocal à hosties qui contenait les vieilles de la veille! Ensuite, j'avais recommencé à prouter comme un *French Canadian pea soup;* j'avais de la graine de prouteur en saint ciboire... et plus jamais dans une église on ne tolérerait que je foires!

« *Mea culpa, mea culpa, mea maxima culpa...* »

- Prout! Proouut! Proooouuut!

De guerre lasse, probablement parce que son foie tenaillait son volubile estomac, le curé avait décidé d'improviser avant que l'église ne se vide au grand complet de ses fidèles, car on n'avait pas encore fait la quête: le but ultime de toute bonne cérémonie religieuse étant de vous détrousser, avant la fin. L'ecclésiastique jouait si bien la comédie quand il le voulait, comptant surtout sur l'ignorance et la crédulité du bon peuple... et un peu, beaucoup, sur la langue latine! Et comme il avait une faim de loup, je suppose, il est passé directement à *l'Agnus Dei* qui, tous les Chrétiens de la planète vous le diront, enlève les péchés immondes: mes prouts auraient ainsi beaucoup moins de portée dans leur église! Par la suite, l'abbé avait vite obliqué vers les *Asperges* bouillies dans l'eau bénite et le fromage *Kyrie Eleison* des trappistes d'Oka. Puis, lorsqu'au son des clochettes les fervents baissaient la tête pour l'adorer, il se gavait sournoisement dans les hosties, mais les grosses!... les géantes!... tout seul!

Saint ciboire! Mange-les pas toutes, kâlisse... Y'en restera plus une crisse pour nous autres!

Plus jamais je n'allais me prosterner devant un dieu, encore moins devant l'un de ses représentants vêtu d'une robe de fille en soie brodée d'or; jamais je n'irais au ciel: *Fuck* le paradis, hostie! Et je passerais le restant de ma vie en caltor... maman disant souvent que j'étais d'humeur égale: « Toujours en crisse! »

Mais moi j'avais juste mal aux tripes en torvisse...

Après avoir bien mangé, le Saint-Antoine-abbé allait en profiter pour se rincer la dalle en cachette; il avalerait de grandes rasades de vin de messe Gallo, tout seul! Papa, lui, achetait à la Régie du Québérac au gallon; maman, elle, préférait le Grand sec d'Orléans dans l'salon: on n'était pas encore de fins connaisseurs comme mon aïeul saintongeais.

Finalement, après s'être rempli la panse de pain béni bien comme il faut, le curé avait enchaîné en faisant le *pître* comme saint Matthieu: « ... Et c'est à ce moment-là que les condisciples s'approchèrent de Jésus, après avoir mangé des fayots judéens toute la soirée, et Simon-Pierre demanda: Rabbi... qui donc est l'homme dont le prout porte le plus loin au royaume des cieux? Ô! Doux Jésus, ô! Rabbi Jacob... qui d'entre nous est le plus grand des prouteurs? »

- Prooooooooooouuuuuuuuuuuuuuuuuut!

Hé! Ho! Rabbi Jacob... c'est moi!

Je venais d'en échapper un autre, un bon: toutes les têtes étaient maintenant tournées dans notre direction... ma direction! Mais mon odeur de pétard, je ne la trouvais pas si déplaisante que ça! Après tout, qu'est-ce qu'ils avaient tous, ces Chrétiens? Personne n'allait me faire accroire qu'il n'y en avait pas un seul dans le lot qui n'avait pas prouté lors de la célébration... Pas un? Sur plus de trois cents dévots?... Les chances étaient de mon côté, sûrement!

Maudite marde, z'ont jamais eu à se soulager ces béni-oui-oui? Ensuite, le curé a continué à prêcher dans le tumulte que mes prouts avaient engendré non pas créé, de même nature que le Père: « *Et Jésus dit: Que celui qui n'a jamais prousté de sa triste vie allonge le premier proust!* »

- Prooooooooooooouuuuuuuuuuuuuuuut!

Là, c'était le bouquet! Et j'allais être banni des églises pour toujours... prouster étant se soulager du débordement absolu qui permettait de transgresser, absolument. Et un jour, à force de pratiquer l'art suprême du proust, j'allais avoir la chance de me transformer en une espèce de petit Marcel Prouste sur un banc d'école sans même le savoir, ma prose à moi étant de pondre de petits prousts indolents et de les offrir à mon prochain par charité chrétienne qui, nous le savons tous, commence toujours par soi-même: *À la recherche des prousts perdus! Un amour de petit proust! Proust proust, c'est moi!*

Métamorphosé en prousteur d'élite, je serais en mesure d'asphyxier les gens avec mon sanscrit malodorant et peut-être un jour gagner le prix qu'on coure... vite empester les cabinets d'aisance des académiciens français et obtenir plus de voix dans leur chasse à courre... isolé de tous, je serais en mesure de prouster à satiété. Mais faudrait que la salle de bain de l'Académie française soit libre et qu'on me laisse prouster à ma guise avec les plus grands prousteurs de France, et surtout aux côtés du Grand Dany Laferrière, celui qui allait être un jour notre monument national, à nous... notre prousteur en série!

J'espérais qu'un jour j'apprendrais à prouster avec les con-sacrés, même si prouster en public pouvait être épuisant: *Comment prouster avec un Nègre sans se fatiguer...*

Assis sur un trône de l'académie, je pourrais enfin pondre mes petites perles et venger l'honneur de mes amis prousteurs mis à l'index des livres interdits par l'Église:

Les Rêveries du prousteur solitaire! Les prousts du mal! Madame Proustary! J'irai prouster sur vos tombes!

Pauvre maman. Elle qui tenait absolument à ce que je devienne un homme de lettres, mais pas un constipé de la chose écrite qui aurait soutenu la détresse des enfants parce qu'une mère voulait vivre sa vie autrement... mais un star acadéproustien!

Papa, lui, penchait plutôt pour mécanicien...

J'aurais voulu être un artiste!! Pour avoir le monde à refaire!! Pour pouvoir être un anarchiste!! Et vivre comme un millionnaire!!

Mon chemin de croix me serait tout tracé d'avance: j'allais assassiner les grenouilles de bénitier en faisant les stations... empêcher les Chrétiens de faire la communion... créer un vide complet autour des stèles... être mis à l'index et tous les gazer, ces crétins de fidèles! Et avec le temps, à force de pratiquer l'art divin du proust!, j'aurais peut-être le loisir de devenir un illustre prousteur de séries télévisées... voire de prouster une trilogie! La récompense étant de se faire prouster dessus par la critique *ad nauseam et spiritu sancti...* « *Amen!* » Mon don inné pour le proust était à la hauteur de mon amour des Belles-lettres; ça m'était si facile d'endurer mes petits prousts, mais ceux des autres m'étaient absolument insupportables, car dans la vie de tous les jours, le prousteur ne peut vraiment qu'endurer les siens.

Maman, qui avait horreur des prousteurs comme des descriptions en longueur et des phrases sans fin, n'était pas de très bonne humeur: elle ne savait plus que faire de moi.

J'ai onze ans, qu'est-ce que j'fais? Qu'est-ce que j'fais? Je m'arrête ou j'continue? À la fin ou au début! Stop (stop) ou encore (encore)?

Le ministre du culte semblait hésiter après la fraction du pain; ou c'est son nez qui commençait à dégeler ou c'est l'odeur de mes prousts qui s'était rendue jusqu'à lui et avait annihilé le nuage d'encens qui soustrait habituellement les curés des péchés du monde lors de la célébration d'une messe. Quoi qu'il en soit, malgré les nombreux coups d'ensensoirs des servants de fesse, qui essayaient de leur mieux de compenser en tirant violemment sur les cassolettes, j'ai dû quitter la cérémonie en vitesse, car maman me tirait déjà par une oreille au beau milieu des regards furieux que nous lançaient les adorateurs de statues à l'effigie du bon Dieu.

« Aïe oye, crisse... Hostie de marde! Tu me fais mal! »

- Attends un peu qu'on arrive à la maison, *toi!*

Et c'est au son des « *Kyrie le son, Kyste le son... What the fuck is wrong with your son?* », Qu'on est sortis de l'église.

Que... que Dieu ait... ait un faux fils... malfaisant? Hein?!? C'était la traduction plus ou moins bancale que j'avais faite des propos du grand monsieur anglophone...

Je le connaissais bien, le type, parce que c'était l'un de nos proches voisins; il habitait une maison tout juste en biais de la nôtre, juste à côté des Hurtubise, ceux qui s'étaient ruinés en créant leur propre marque de cigarettes, et j'avais pensé que *Mr Dent* était furieux parce que j'avais gâché la messe de dix heures, et que, à cause de tous mes petits prouts prouts à répétition, les hosties avaient dû prendre un goût dégueulasse dans le tabernacle et qu'il allait peut-être renoncer au corps du Christ juste à cause de moi. Il avait l'air d'un gars en saint ciboire, quoiqu'il m'avait lancé: « *Jeeeesus fuckin' Christ! What's that skunky smell, boy?* »

Mr Dent était d'ailleurs le seul Angliche de la rue Hawthorne, voire de tout le quartier: il était absolument furibond. En fait, il était plutôt Irlandais. N'empêche que, tout gaélique qu'il soit, ça ne l'avait pas empêché d'avoir exactement le même air que le jour où notre chien Boxer, Diabolo, lui a bouffé le bas de son pantalon... et prélevé un tout petit morceau de jambe de rien du tout.

« Une égratignure! » Avait dit maman en se portant à la défense de notre molosse.

Mr Dent, lui, avait parlé de points de sutures... et d'en découdre en justice avec ma mère! Et, même si maman était de loin meilleure en angliche que moi, ça n'était sûrement pas le moment de lui demander si mon interprétation de la parole de Dieu selon St. Matthews était la bonne... ou quoi que ce soit d'autre! Faudrait juste continuer à marcher avec les fesses serrées en sortant de l'église, et, une fois rendu à l'air libre, je serais en mesure de laisser faire la nature humaine et échapper les gaz que je gardais comprimés à l'intérieur de moi-même pour que maman ne soit pas encore plus furieuse qu'elle ne l'était déjà à cause de mes prouts nauséabonds. D'ailleurs, après avoir mangé des fèves au lard, ça n'était pas de ma faute si je souffrais de flatulence! Câline de bines! Tous les végétariens du Québec vous diront que les haricots au lard salé avec du sirop d'érable, combinés aux oreilles de crisse au tofu, ça fait péter les adeptes du végétalisme, non?

Notre bon curé et les fidèles de la paroisse Saint-Pierre-Apôtre acceptaient peut-être les pécheurs au sein de leur église, mais je savais pertinemment bien qu'un pétomane comme moi ne pourrait jamais y faire long feu...

Ô! Fils infâme, aurais-tu aussi perdu ton âme?

« Tu n'es pas seulement qu'un pécheur... » Avait dit ma mère, « ...Tu es aussi un vilain prouteur! »

Et c'est depuis ce jour-là que ma mère m'a donné la permission de ne plus aller à la messe le dimanche...

*
**

Papa, lui, avait prétendu qu'on n'aurait jamais dû m'y amener, à l'église, et que tout ça c'était de sa faute à elle... à maman! Et dans l'auto, dès le retour du service religieux, ils se sont chicanés tout le long du chemin...

Ensuite, quand ils sont allés se changer, ça s'est continué jusque dans la chambre à coucher. Et, après une brève accalmie durant le repas dominical, maman ayant résisté à l'envie de lancer le couteau qui avait servi à couper le rôti de boeuf, ils ont remis ça lors du dessert...

« Mais avec une cuiller, on peut quasiment rien faire! »

Plus tard, en finissant la vaisselle, ma mère a dit quelque chose de pas très catholique à mon père. Moi, j'ai prouté une ou deux fois en essuyant les assiettes, et au même moment, papa s'est mis à gueuler très fort après maman. Et c'est suite à cette ultime engueulade, tout s'est remis à péter. Mais cette fois-là, ça n'était pas moi... j'le jure!

Alors, absolument exaspéré par toute l'affaire, Ti-Paul s'est vite levé de son siège comme s'il avait eu un *spring* de suspension de camion de l'Hydro dans l'cul, et, en gueulant comme un gars à boutte de toutte, il a levé une main en direction de maman: il menaçait de la frapper pour y fermer « sa crisse de yeule une bonne fois pour toutes! »

Mes petits prouts, finalement - ou peut-être était-ce à cause des bines à papa -, allaient déclencher la troisième guerre mondiale à Longueuil...

Ti-Paul jurait qu'il avait son voyage; maman, elle aussi, avait son voyage; et nous on partirait bientôt pour un long voyage... un voyage à l'autre bout de Longueuil! On était pognés au beau milieu de tout ça; notre petit monde allait péter pendant les feux de la Saint-Jean-Baptiste: on allait être les victimes collatérales d'une guerre intestine que j'avais déclenchée à cause des oreilles de crisse et des bines à papa!

« Envoye! Frappe-moi don', si t'en as envie... Espèce de lâche que tu es! Envoye... faisse! Pour voir si t'es un homme... un vrai! »

Maman avait le don de faire sortir le meilleur de nous tous; elle voulait peut-être que Ti-Paul lui laisse « des traces dans face » pour faciliter les procédures de divorce: une belle photo de Carmen avec un oeil au beurre noir.

- Tasse-toi de là, ma crisse!

En criant ces mots, papa avait donné un violent coup de poing dans la porte du garde-manger pour décharger son surplus de frustation, mais pour nous ça serait plutôt un choc dévastateur contre la porte du destin, et tout ça parce que j'avais eu le malheur d'avoir eu mal aux intestins!

Suite à cet épisode pétulant de notre vie familiale, maman allait vite devenir électrohypersensible... Mais il faut dire pour sa défense que ses séances au Allan Memorial Institute l'avaient bel et bien préparée à cette éventualité: les *orages électriques,* elle connaissait bien! Et même s'il n'avait fait qu'enfoncer le plaquage d'une porte, et très légèrement, car à l'époque, elles étaient encore bien faites parce qu'usinées par des gens d'ici, avec des matériaux d'ici, bref, ça n'était pas la marde de Chine qu'on nous fourguait dans tous les Wall to Wall Marde de la terre, Ti-Paul allait mettre fin à son mariage: ce serait un point tournant pour notre famille dépareillée à cause de mes prouts à répétiton et de tout le tralala, suite au coup de poing dévastateur de papa dans une porte *made in Canada.*

Maman allait attendre que la femme de ménage ne fasse son vil travail pour se séparer de papa, et demanderait le divorce, car on trouve toujours une bonne raison pour se débarrasser de sa malchance en disant *bye-bye au boss!*

Ti-Paul, lui, s'était un jour débarrassé de Ponpon, un Pomeranien désobéissant et chiant... surtout dans la maison! Papa l'avait amené faire un tour de char, et en chemin, il a ouvert la portière de l'auto pour le laisser aller faire ses besoins dans un terrain vague, en ordonnant au chien: « Vas faire ton pipi! » Ensuite, pendant que le p'tit pite faisait ce qu'il avait à faire, mon père avait refermé tranquillement la porte et il était reparti.

Ponpon avait couru après le char pendant un bon boutte de temps. Finalement, il était disparu au bout de la route... une petite tache brune qui jurait sur l'horizon.

Nous, on ne comprenait pas ce qui se passait, au juste, et on pleurait comme des veaux dans l'auto; mais c'était comme ça qu'on se débarrassait d'un chien, à l'époque. Après, sur le chemin du retour, je m'étais mis à espérer que quelqu'un l'adopterait... qu'on lui ouvrirait la porte.

Cependant, pour se séparer d'un être humain, fallait trouver une autre méthode pour s'en débarrasser... une bonne! Et Ti-Paul allait jurer sur la Bible qu'il n'y avait jamais touché de sa vie à la femme de ménage... la bonne!

La femme de service arrivait habituellement le vendredi matin, une semaine sur deux, et nous gardait souvent lors de notre retour de l'école jusqu'à ce que maman revienne de son travail. Elle avait l'habitude de nous faire des sandwichs aux bananes pour toute collation, car le vendredi, on n'avait pas le droit de manger de jambon... seulement du poisson. Et un beau jour, c'était justement un vendredi, Ti-Paul avait eu le malheur de rester au lit parce qu'il avait fait une indigestion la veille, car de bonne heure dans la nuit, après avoir mangé du rôti de porc frais dès son retour de travail, un rôti de porc qui, finalement, ne l'était peut-être pas tellement, frais!, papa a fait une grosse indigestion... Puis, notre mère a profité de la présence de la boniche et d'un traitement au Kaopectate des malaises gastro-intestinaux de papa pour l'accuser de l'avoir trompée avec, justement, la bonne.

À cette époque bénie du début des années soixante, lorsqu'on demandait le divorce, fallait invoquer ou la tromperie ou la folie: l'avocat de maman plaiderait donc l'adultaire, celui de papa l'insanité... Et moi j'allais plaider « non-coupable! » Car ça n'était pas de ma faute si j'avais prouté comme un défoncé... c'était les bines à papa!

Et c'est ainsi que ma mère aurait la bonne fortune d'obtenir un jour le divorce, papa ayant toujours résisté à l'envie de la tapocher ou de la prendre de force. Ti-Paul disait même que Carmen avait inventé toute l'affaire pour se débarrasser de lui; qu'il était innocent de toutes ces accusations mensongères concoctées par elle et sa femme de ménage; mais comme maman disait souvent que papa « c'était juste un innocent », j'ai supposé que ça voulait dire qu'il était *non-coupable* des accusations portées contre lui par la boniche.

C'est papa qui me l'a confirmé...

DEUXIÈRE PARTIE

Ti-paul était doué pour la mécanique automobile et réparait à peu près n'importe quoi « qui a de l'huile ou de la graisse dedans! » Papa avait souvent les mains un peu graisseuses, lorsqu'il revenait de son travail, et maman n'appréciait pas vraiment les taches d'huite à moteur dans les pores de la peau ses paumes. C'était un sujet de discorde entre eux, un de plus, et Papa disait souvent à Carmen « qu'il avait beau se laver cent fois les mains que ça ressortait toujours un peu, quand il suait. »

Ça m'avait tout de suite fait penser au refrain: *Tu peux m'ouvrir cent fois les bras, c'est toujours la première fois...*

Mais maman avait plutôt répliqué: « T'a juste à ne pas transpirer comme un cochon! »

Fallait surtout pas salir les essuie-mains de maman, et c'est peut-être la raison pour laquelle je ne me lavais presque jamais les mains avant de me mettre à table.

Ti-Paul passait ses journées de travail avec les mains dans la graisse jusqu'au coude. C'était ça, la vie d'un mécanicien de l'Hydro! Faudrait bien que Carmen finisse par essayer de le comprendre une bonne fois pour toutes après avoir été mariée à un mécano pendant une dizaine d'années.

Mais maman allait continuer de le lui reprocher, quotidiennement, comme si avec le temps elle avait commencé à éprouver du dédain pour les mains graisseuses de papa... les mains de mécanicien de son Ti-Paul adoré!

Parfois, les fins de semaine, lorsqu'il devait rencontrer des collègues de travail qui avaient un problème quelconque à solutionner, mon père devait retourner à son garage à l'Hydro, et, une fois, papa m'a finalement emmené avec lui à son travail. « Veux-tu aller voir ça?... Aller au garage où ton papa travaille? »

J'avais répondu que oui, car je n'avais pas eu l'occasion d'y aller souvent, à son lieu de travail...

En entrant dans le garage, j'avais été impressionné par la dimension de la bâtisse: on aurait dit une grosse ruche de métal remplie de camions gris dont les moteurs bourdonnaient en permanence en attendant une réparation quelconque, avec des mécanos qui s'affairaient dans tous les coins en butinant sous les capots avec des clés anglaises comme des bourdons. Dans une officine, il y avait plein de photos de femmes nues sur les murs en format géant entre les monstrueux coffres à outils de couleur rouge pompier, et je m'étais dit que ça devait être très utile pour les mécaniciens de savoir quel jour on était, car il fallait sortir les camions du garage au plus vite une fois réparés, mais moi je n'aurais jamais été en mesure de le savoir parce que je n'arrivais pas à décoller mes yeux des filles tout nues. Et je m'y étais attardé assez longtemps, dans la section des coffres à outils, et ça n'était pas par amour pour les clés anglaises et les douilles de rochet qui jonchaient par dizaine les tiroirs à demi ouverts. Peut-être avais-je une vocation de mécanicien, moi aussi, tout comme papa?

Immobiles dans la section des *lifts*, blotties entre les *trucks jackés* bin haut, des filles au regard amoureux semblaient me zieuter avec insistance. Dans le lot, il y en avait une qui me faisait penser à Mireille, l'une de nos gardiennes... ma baby sitter favorite.

Mireille était une voisine de la rue Guilbault qui venait nous prendre en charge lorsque maman devait s'absenter pour des réunions à l'école, le soir. C'était une belle châtaine au buste impressionnant et au décolleté suggestif, un vrai *babe!,* et quand elle se penchait sur moi, je pouvais admirer une bonne moitié de poitrine qui sortait de sa chemise entrouverte, et comme j'étais bon en mathématiques, je n'avais qu'à les multiplier par deux dans ma tête et ça m'en faisait une complète. Mais ici, la belle blonde du calendrier dévoilait tous ses charmes et je n'avais pas eu recours à mes talents de mathématicien... ou à mon imagination. Cependant, la visite du garage de papa m'avait mis quelque peu mal à l'aise, surtout lorsque j'ai senti un léger durcissement dans mon pantalon, et ce n'est qu'à ce moment-là que je me suis senti gêné d'être là... mais je n'avais pas encore eu la chance d'aller boire un coup dans un bar de danceuses nues avec quiconque.

À l'époque, Ti-Paul était déjà le *boss* du *shift* de soir et c'est lui qui supervisait les *boys* qui changeaient les *plugs,* ajustaient les *timing belt,* qui faisaient les *tune-up,* remplacaient les *cap distibuteur*, une *fuse*, un *starter,* une *strap* ou le *power-steering,* levaient les *trucks* sur les *lifts* pour changer les *tires,* réparaient les *flats* et redressaient les *rims* de roue poqués par une aventure dans un *ditch,* une *tank* à gaz percée, ou qui remplaçaient, tout simplement, un *ball joint jammé* ben dur au bout de sa *rod* ou de son *housing*... « C'était pas toujours *easy* comme *job!* », me répétait souvent papa. Mais à part cela, il ne parlait pas très bien l'angliche, mon père, à peine un *yes* ou un *no* de temps à autre en faisant beaucoup de signes avec la tête et avec les mains, sauf lorsqu'il était question de parler de mécanique automobile. Alors, j'en avais conclu que papa pouvait sûrement réparer les belles italiennes ou même les allemandes... mais surtout les anglaises!

Et puis un beau jour, après avoir empoisonné la vie de son mari mécanicien de l'Hydro pendant au moins une bonne dizaine d'années, maman a décidé que le temps était venu de tout faire péter... nous avec le reste.

D'un côté il y avait notre papa, qu'on ne voyait que les fins de semaine, et de l'autre il y avait notre mère et son éternel mal de vivre, douleur qu'on subissait à tous les jours de nos petites vies sans même le savoir, parce qu'on était encore trop jeunes pour comprendre ce qui se passait vraiment dans notre milieu familial, car on pensait que tout était normal chez nous et que c'était ça... une vie de famille ordinaire. Cependant, on les aimait tous les deux, également, avec leur qualité et leur défaut, car c'était tout de même de nos parents dont il s'agissait, mais on n'aurait rien à dire sur la suite des choses; on serait pris entre l'arbre et l'écorce, car une famille catholique du début des années soixante ça ne divorçait pas facilement: ça endurait! Avec le bon curé de paroisse et son nez fourré là-dedans qui donnait des conseils maritaux au gens.

Mais qu'est-ce qu'ils y connaissaient aux femmes ou au mariage, ces enfoirés de curés?... Y voulaient juste nous violer!

On était comme des grenouilles qu'on avait mises dans un chaudron rempli d'eau tiède pour faire une expérience de laboratoire: un test sur l'adaptabilité des batraciens. Maman allait laisser monter la température de son ménage, lentement, et petit à petit, les grenouilles que nous étions allaient essayer de s'adapter à leur nouvel environnement, et ce, jusqu'à ce que l'eau soit tellement chaude qu'on finisse ébouillantés... Car les batraciens, comme les humains, ont une capacité d'adaptation exceptionnelle et vont tout faire pour essayer de survivre dans leur milieu.

J'allais passer le restant de ma jeunesse, puis mon adolescence, avec la tête dans le four... Maman allait me chauffer la cervelle, quotidiennement. La vie d'enfer, ça serait avec notre mère qu'on la vivrait; elle allait essayer nous traîner avec elle dans sa détresse intérieure, son feu éternel, son Calvaire... Bienvenue en enfer, Ti-lain Bellemare, voici Carmen: la destructrice de mondes!

Finalement, c'était peut-être Jean-Sol Partre qui avait raison au sujet de l'enfer.

Et une nuit, on venait tout juste d'en terminer avec l'école et les vacances d'été allaient commencer, papa est venu dans la chambre pour me parler dès son retour du travail; il m'avait réveillé aux petites heures du matin, alors que je dormais comme une souche dans mon petit lit, et il m'avait dit, sur un ton larmoyant que maman allait quitter la maison pour toujours... *nous autres avec!*

« Non! » Que j'avais répondu, à moitié endormi... « Je veux pas y aller, moi... J'reste ici! Un point c'est tout! »

Et j'avais somnolé un moment, naviguant entre deux mondes qui me tiraient chacun de leur côté, pendant papa me caressait les cheveux pour accélérer le processus endormitoire... l'ivresse des profondeurs!

Mais le lendemain matin, lorsque maman nous a poussé en vitesse dans un taxi avec des valises contenant du linge de rechange pour une éternité, j'ai vite réalisé que je n'avais pas du tout rêvé la veille et que je ne m'en allais pas en vacances avec ma soeur Sylvie et mon frère Martin au Lac des Sables, et j'ai demandé à ma mère: « Où on va?... À la plage, maman? Pour vrai?... Jurer cracher, alors! »

Mais comme elle n'avait pas craché, et qu'en plus elle n'était pas une très bonne menteuse, elle s'était contentée d'agripper mon bras. Et j'ai tout de suite compris qu'on s'en allait *je ne sais trop où?* J'étais pris au piège, une espèce d'Omar Sharif dans une cage à homard... Il ne manquait plus que le beurre à l'ail et un bon Chardonnay et j'allais finir dans une casserole à l'armoricaine.

Ouch! Hostie de marde qu'à serrait fort, quand à voulait!

En plus d'avoir eu mal à l'avant-bras, j'avais mangé une de ces claques su'a yeule parce que j'avais invoqué le nom de son Dieu des Chrétiens en vain, et je n'avais pas été en mesure de résister à la poigne qui m'avait saisi, la main de fer de ma mère, maman ayant oublié de mettre son gant de velour avant de quitter la maison familiale pour toujours.

Et ce fut pour nous le début d'une longue descente aux enfers, car l'enfer, ça n'était pas *les* autres, c'était plutôt l'autre... c'était maman! Mais l'enfer de maman serait différent de celui de Jean-Sol Partre, bien différent du feu éternel biblique, de la Géhenne ou des rives du Styx, car celui de Carmen allait être pavé de bonnes intentions et de principes moraux que seule sa poigne de fer, et la musique d'enfer qu'elle écoutait à longueur de journée, pouvaient surpasser. *Lorelei, let's live together; brighter than the stars, forever; Lorelei, let's live together...*

J'avais à peine onze ans, lorsqu'on est passés tout près de François-de-Bienville, l'ancienne école où ma maîtresse d'école m'avait attaché sur mon banc, en première année, dépassé le boulevard Quinn, où l'on faisait des courses de *becycle* munis d'un siège banane et de poignées hollywood avec Brien, le p'tit Quirion et le gros Barette; on fixait alors des cartes de hockey qu'on faisait tenir grâce à des épingles à linge qui claquaient contre les rayons des roues en faisant le bruit d'une moto. Puis, le taxi a tourné sur Lemoyne, là où mon ami Rochefort, qui rêvait de devenir un astronaute pour la NASA, avait perdu connaissance quand on s'était empilés toute la bande sur lui pour simuler le nombre de G qu'il allait prendre lors du décollage d'une fusée Apollo; ensuite, le chauffeur avait pris la rue Joliette, là où j'avais donné mon premier baiser à la très jolie Lucie Cournoyer, un bec à la dérobée; j'avais fait comme dans les vues et je lui avais dit, comme les acteurs hollywoodiens:

« Approche, ma p'tite chérie... j'ai un secret à te dire! »

Sauf qu'elle n'avait pas du tout aimé la tromperie, la Lucie, et suite à cet innocent bécot sur les lèvres, un baiser à peine mouillé!, elle m'avait rétrogradé de la 8ème à la 36ème et dernière position de sa liste officielle de prétendants pour l'année scolaire! J'avais peut-être mauvaise haleine, ce jour-là... qui sait? Et c'était une liste de prétendants qui servait à quoi, au juste?... Moi, je n'avais pas encore douze ans; on n'allait pas se marier... enfin, pas tout de suite, non? Et qu'est-ce que j'en avais à foutre de son palmarès à la con, car lorsqu'on n'est pas le premier du hit-parade, être au huitième ou au trente-sixième rang, ça n'a plus beaucoup d'importance... car c'est comme si on n'avait jamais existé.

Pierre de Coubertin disait pourtant que *l'important, c'est de participer...* Mais être en amour avec une fille, ça n'était pas du tout comme de participer aux Jeux Olympiques... il n'y avait que la médaille d'or qui comptait aux jeux de l'Olympe et de l'amour! Et, lorsque la voiture s'est éloignée des avenues familières de mon quartier pour finalement attaquer le boulevard Desaulniers en direction ouest, c'était toute mon enfance que je voyais défiler par la fenêtre arrière du taxi. On allait s'expatrier... émigrer dans un autre quartier de Longueuil... j'allais perdre tous mes amis d'enfance... ceux avec qui j'avais fait les quatre cents coups... j'étais perdu... sans points de repère: on était *faites* à l'os, tabarnak!

Puis, après une ballade en bagnole de seulement quelques minutes, alors que j'étais *tout écartillé dans* Longueuil *aux sept péchés* - je n'avais vraiment exploré que les rues qui ceinturaient la maison, le trajet de l'école à l'église, en passant par le parc Armand-Racicot -, on est finalement arrivés à la demeure d'une femme qu'on ne connaissait pas...

Chapitre 14

Elle s'appelait Hélène, la dame. C'était une consoeur de travail de maman, une enseignante qui avait préféré être mutée dans les bureaux de la Commission scolaire de Longueuil plutôt que de continuer à donner des cours aux élèves. Hélène vivait dans un quartier résidentiel un plus à l'ouest du vieux Longueuil où nous habitions, sur la rue Delorimier. À un coin de rue de sa demeure, du côté de l'avenue Sainte-Hélène et de la petite pizzeria qui portait le nom de la rue, on voyait le pont Jacques-Cartier dans toute sa splendeur: la traverse que papa utilisait, quotidiennement, pour aller à son travail. Comme j'aurais aimé m'engouffrer dans cette espèce de gros mécano rouillé et me perdre dans l'infini des rues de la métropole avec mon père! Mais j'étais encore beaucoup trop jeune...

Demain matin, Montréal m'attend, demain matin, Montréal m'attend, Cherchez-moé pus, moi pis Martin, parce que demain j'sacre mon camp.

Je me souviens d'une grande avenue bordée d'arbres géants avec des maisons d'un seul côté de la rue; en face des demeures, il y avait une immense palissade d'une douzaine de pieds qui ceinturait tout un quadrilatère et qui nous empêchait de voir ce qui se tramait de l'autre côté; mais la barrière de bois ne bloquait pas les odeurs qui émanaient de la cannerie Raymond: il y avait là des centaines de gigantesques barils de bois remplis de cornichons qui macéraient dans la saumure à l'air libre et qui empestaient souvent les rues du quartier lorsque le vent coopérait avec le propriétaire de la conserverie.

Le premier soir, lorsqu'on a tenté de jouer devant la maison, sous la lumière d'un gros lampadaire fatigué, les chauves-souris étaient sorties des frondaisons et nous avaient attaqués en escadrilles bien serrées. Alors, surpris par l'assault des bestioles volantes, on s'était vite réfugié à l'intérieur de la maison d'Hélène en hurlant, et lors d'une énième attaque surprise, ma sœur Sylvie n'a pas réagi assez rapidement et s'est ramassée avec un petit vampire accroché dans sa longue chevelure rousse... la souris ailée se débattant furieusement pour se libérer de son épaisse tignasse pendant que Sylvie criait au meurtre. Elle avait ameuté presque tout le quartier, ma frangine, et, finalement, j'avais réussi à la débarrasser du mammifère volant en lui donnant de solides coups de balais sur la caboche - il y en avait un qui traînait juste à côté de la porte d'entrée -, chose que j'étais souvent disposé à faire à la moindre occasion: on était comme le feu et l'eau, ma soeur et moi.

Après son sauvetage héroïque, Sylvie s'était mise à pleurer, mais je n'ai jamais su si c'était à cause des coups de frottoir que je lui avais donnés ou par peur des souris ailées? Puis, avec l'habitude, on a fini par apprendre à vivre avec les petits mammifères volants et à ne plus en avoir peur inutilement, et les souris ailées ne nous attaqueraient plus, mais moi je n'aurais plus d'excuses pour donner des coups de balai à ma frangine adorée...

Elle avait l'air gentille, la madame qui nous avait accueilli à bras ouverts dans sa maison à deux étages, une construction de style cottage avec des chambres à coucher au deuxième, et comme elle s'appellait Hélène et qu'elle était belle, j'avais tout de suite fait le rapprochement avec la belle Hélène de Troie de l'Illiade. Mais son mari Bernard, lui, semblait sortir tout droit de l'Odyssée d'Homère; il était chauffeur d'autobus et menait son mastodonte comme la barque en perdition d'Ulysse sans jamais arriver à bon port; il s'échouait, d'un arrêt à l'autre, sans jamais arriver à destination, faisant des boucles sans fin derrière le volant de sa barque roulante sans atteindre le bon rivage: Bernard avait été condamné par les dieux de l'Olympe à errer dans les rues de Montréal pour le restant de ses jours.

En plus de tourner en rond, le type était aussi une espèce de Bernard l'hermite renfrogné dans sa coquille, mais une espèce de Bernard l'hermite terrestre qui aurait eu la bonne fortune de faire des études au séminaire: la belle affaire... il avait de l'instruction religieuse, lui! Mais juste avant d'arriver au terme de sa longue et épuisante formation d'homme d'église, malgré la belle tête que les abbés endoctrineurs lui avaient donnée, le crustacé de terre avait fini par défroquer: c'était maintenant une espèce de curé manqué qui avait eu le malheur de perdre sa colonne vertébrale religieuse... il allait maintenant errer avec les vulgaires mortels terrestres que nous étions et vivrait dans le péché... comme nous. Cependant, malgré son prêchi-prêcha quotidien, il n'allait pas hésiter à se mettre à plat ventre devant maman, margré des préceptes d'austérité religieuse plein la tête et en dépit des règles morales d'abstimence qu'il avait apprises par coeur chez les curés... aphorismes sentencieux qu'il essayerait de nous inculquer de force.

Mais on n'était pas des putains de séminaristes, nous!

Bernard ne serait rien d'autre *qu'un autre de curé manqué à marde* qui allait être privé du plaisir quotidien de consacrer le pain et le vin.

« Il faut prendre garde à ses sens! » Qu'il répétait tout le temps, comme un métronome barnabite sur un piano droit qui indiquerait le tempo et la vitesse à laquelle on devait jouer de nos sens. Mais tout ça n'avait, justement, *pas de* sens! C'était plutôt Bernard qui aurait dû faire attention aux siens, au lieu de se préoccuper des miens... car lui aussi allait tomber dans le piège de maman.

Hélène et Bernard avaient deux enfants d'à peu près nos âges: Pierre, d'un an mon aîné, et Carole, du même âge que ma sœur Sylvie, donc avec une année de moins que moi, avec Martin qui serait toujours le benjamin de cette *nouvelle* cellule familiale simulée. Le Bernard à coquille était *full-time* à la CTCUM et travaillait souvent vingt heures par jours, six ou sept jours par semaines. Il bouffait des tonnes de petites pilules roses appelées *Wake-up* pour tenir le coup... Hélène disant, pour justifier la chose, « qu'il courait après les heures d'overtime! » Mais pourquoi faire? Avait-il tant besoin d'argent?

Bernard dormait souvent dans les bureaux des *dispatcheurs,* entre deux runnes d'autobus, s'allongeant sur un banc de bois franc dans l'officine du donneur de job au lieu de retourner à la maison et de s'étendre dans son lit douillet avec sa femme. Ainsi installé, Bernard attendrait qu'un chauffeur ne se déclare malade avant pouvoir le remplacer sur-le-champ... et faire encore plus d'heures de tournage en rond!

Sa femme et ses enfants ne le voyaient que lors de ses brefs passages à la maison pour bouffer, ou lorsqu'il revenait tout en sueur, en été, pour prendre une douche rapide et se changer... ou c'était pour donner une correction occasionnelle à Pierre.

« Attends donc que ton père arrive à maison, toi! » Avait dit Hélène qui, parfois, perdait le contrôle de son jeune adolescent. Et une fois, Bernard l'avait monté de force dans sa chambre, parce que Pierre avait fait je ne sais trop quoi de répréhensible, et Bernard lui avait déchiré la chemise sur le dos dans l'escalier menant aux chambres à coucher en le montant, manu militari, l'agrippant par le collet et par une manche pour qu'il grimpe encore plus vite en haut. Simonak! J'étais resté bouche bée... ça m'avait marqué en crisse, car je n'avais jamais vu un père religieux faire ça de ma vie.

Comme Hélène avait sûrement bon coeur, elle avait pris Carmen en pitié et avait décidé d'héberger une consoeur de travail dans le besoin, et on allait s'incruster chez elle pendant près d'une année, profitant de cet élan de générosité ou de charité chrétienne bien ordonnée qui commence toujours par soi-même, comme des cousins en visite qui n'arrivent plus à partir de chez vous tellement ils sont contents de vous voir...

Mais aujourd'hui, quand les gens viennent pour me saluer et pour prendre de mes nouvelles, je suis absolument ravi de les voir débarquer, même à l'improviste, et c'est avec bonheur que je leur offre le gîte et le souper. Cependant, je suis encore plus heureux de les voir repartir en fin de soirée ou le lendemain matin... Rosy, ma femme, dit souvent que c'est parce que je dois être un tantinet intolérant de nature: un type qui ne tolère guère qu'on vienne le faire chier dans sa maison... ou sur son perron.

Lorsque Carmen a décidé de s'installer chez Hélène pour de bon, Bernard s'est graduellement mis à faire moins *d'overtime;* soudainement, il avait décidé de passer plus de temps avec sa famille et avec ses enfants: Hélène était aux anges! Elle avait l'air si heureuse de le voir plus souvent, maman aussi, beaucoup!, mais le bonheur est éphémère, car il n'a duré qu'un temps... jusqu'à ce que maman ne reparte de la maison avec le beau Bernard.

Hélène et Bernard possédaient un chalet élevé sur pilotis dans une petite baie tranquille qu'on avait amarré au pied des rives d'un lac appelé Bixley, un coin perdu de la forêt Laurentienne du frère Marie-Victorin juste en bas des Pays d'en haut à une quinzaine de miles au nord d'une petite ville appelée Lachute. C'était un endroit très isolé, perdu au bout d'un long chemin de terre qui ne menait nulle part: un coin à l'écart du reste du monde où un gars de la ville, comme moi, pourrait enfin communier avec la nature pour vrai pour la première fois de son existence. Comme c'était la belle saison et que le retour à l'école « ça s'rait pas pour tout de suite », on irait souvent au lac, l'été, surtout pendant les fins de semaines, et même après on y est allé... jusqu'à Noël. Après les Fêtes, il y aurait beaucoup trop de neige pour oser s'y rendre... à moins d'y aller en Ski-Doo. Mais nous, on n'en avait pas. Alors...

Sur le chemin, à l'aller, on s'arrêtait inévitablement à deux endroits spécifiques pour nous, les enfants; il y avait une fromagerie à Mirabel sur la route 158 où l'on faisait le plein de fromage en crottes encore fûmant qu'on avait habitude de manger avec une bonne miche de pain frais, dès notre arrivée au chalet, et la fameuse crèmerie Lowe's sise dans la petite ville de Lachute, là où l'on servait, d'après Bernard et Pierre, « la meilleure crème glacée au monde... » Mis à part la Caillette de Louiseville, selon moi, là où Henri-Paul, notre vrai papa, à nous, nous amenait souvent lorsqu'on allait faire un tour à Saint-Justin pour voir les Bellemare; la pêche au Brandy était d'ailleurs ma préférée d'entre toutes, car il y avait dedans de succulents morceaux de pêche dedans que je dévorais comme le goinfre que j'étais...

À l'entrée de la petite agglomération lachutoise, lorsqu'on voyait arriver le panneau *Ville de Lachute 2 miles,* c'était le moment stratégique... Alors, il fallait qu'on agisse au plus sacrant avant d'atteindre la petite route qui menait au chalet, car après, ça serait trop tard pour nous et on aurait déjà dépassé la crèmerie de la famille Lowe. Et c'est à ce moment précis qu'on se mettait à chanter en chœur dans l'auto pour décider les adultes qui ne se laissaient pas toujours convaincre facilement: « On veut aller chez Lowe's!... On veut aller chez Lowe's!... On veut aller chez Lowe's! » On leur cassait les oreilles, sans arrêt, et sûrement pas avant que Bernard ne fasse son arrêt obligatoire... chez Lowe's!

Quelques fois, on devait varier la tactique, parce que l'incantation laitière ne fonctionnait plus: l'habitude, je suppose... Alors, on utilisait une autre technique, un peu plus fourbe, celle-là, mais qui fonctionnait tout de même assez bien: « On veut *pas* aller chez Lowe's!... On veut *pas* aller chez Lowe's!... On veut *pas* aller chez Lowe's! »

Comme nos parents respectifs ne pouvaient s'empêcher de sourire, Bernard obliquait de bonne grâce dans le stationnement du fabriquant de crème glacée, et ce n'est qu'à ce moment-là qu'on *voulait aller chez Lowe's!*

Habituellement, après s'être bourrés de crème glacée, on allait subito à la toilette, à tour de rôle, pour se laver les mains, pour faire un petit pipi et pour boire un bon coup au robinet, parce que « la crème à glace ça donne soif », et on reprenait ensuite la route principale pour le chalet. Puis, après avoir rapidement traversé la ville, Bernard prenait une route en direction de Lakefield, un tapis d'asphalte qui semblait avoir perdu son chemin dans le vert de la forêt, ensuite on passait sur un pont couvert en bois à l'air si fragile que personne n'osait parler ou respirer durant la traversée de la petite rivière à l'eau noiraude et incertaine, et on l'enjambait vite fait. Après, on prenait une route sans fin, tout droit... une ballade dans un bois dense d'une bonne douzaine de miles avec rien d'autre que des arbres et des collines à perte de vue, et des pics qui nous saluaient du bec lors de notre passage. Beaucoup d'oiseaux... ça grouillait de partout! Il y avait aussi des corbeaux qui s'acharnaient, non pas sur des fromages, comme dans la fable de la Fontaine, mais sur de petits cadavres qui jonchaient les abords du chemin taillé à même la sylve mystérieuse.

« *Des road kill* », disait Bernard, qui parlait assez bien l'angliche... « Tués... par la route? » Cependant, la route, ça ne tuait pas pantoute... y avait seulement les imbéciles qui roulaient dessus qui tuaient! Et puis, qu'est-ce qu'ils y connaissaient à la conduite automobile, les Angliches? Y conduisaient tous du mauvais côté de la route, simonak!

Sur le chemin, il y avait plusieurs chats sauvages d'écrapoutis, des marmottes aussi, un porc-épic de temps à autre, mais c'était assez rare, les petites boules piquantes, et quelques fois on voyait même des moufettes aplaties; elles avaient beau lever la queue devant les autos qui fonçaient sur elles que ça n'allait rien changer à leur destinée.

« Ouf! Qui c'est qui s'est encore lâché... Sylvie? »

Quelques geais bleus, juchés sur des pins plus que centenaires, nous saluaient parfois au passage et signalaient notre présence en amont, pendant que maman me tirait par la ceinture du pantalon en m'ordonnant de rentrer la tête en dedans de la voiture parce qu'elle était sure que j'allais tomber en bas du char... et peut-être finir par me transformer, moi aussi, en *road kill!*

Plus loin, on tournait en direction de Grace Park et on passait à travers une petite agglométation de majestueuses cabanes en bois rond qui formait une espèce de village antique des Pays d'en haut, perdus sur une route de terre qui s'en allait à vau-l'eau, où, justement, il n'y avait que des étendues d'eau de chaque côté du chemin terreux. Et, après avoir zigzagué sur quelques miles entre les petites étendues d'eau et les collines qui se succédaient comme les perles d'un chapelet qu'on égraine pendant le rosaire, on arrivait enfin au bout de nos peines; il y avait là un lac beaucoup plus grand que les autres: le lac Bixley.

Dans une petite éclaircie, devant le chalet d'Hélène et de Bernard, on pouvait voir une grande étendue d'eau qui s'étirait sur le plan horizontal aussi loin que portait le regard, avec de l'autre côté une petite montagne qui se mirait dedans. Bernard nous avait juré que la profondeur du plan d'eau était proportionnelle à la hauteur des collines avoisinantes. Alors, ça devait donc être assez creux, selon lui. Mais comme « ça prend pas épais d'eau pour se noyer, *anyway!* », la profondeur du Bixley ne nous importait peu! Car nous, on voulait juste aller jouer au bord du lac... sur le lac... dans le lac. On savait nager, nous!

D'ailleurs, papa m'avait un jour enseigné la natation à la dure, le cours 101 de la *brasse p'tit pitou* en accéléré, alors qu'il m'avait poussé en bas du bateau moteur de Jules, dans les Îles de Sorel, et que j'avais pataugé tant bien que mal comme un petit chien pour revenir au rivage par mes propres moyens; j'avais réussi à me rendre au quai sans me noyer... tout seul.

« Tous les animaux savent nager... » Disait papa... Et j'en étais la preuve vivante! Mais j'avais avalé au moins un bon gallon de *Saint-Laurent frappé* en apprenant à nager.

Je me souviens d'un chalet en planches de pin à un étage avec une toiture à deux pans. De gros pilots supportaient une immense galerie, à l'avant, qui couvrait toute la devanture du chalet, avec le train arrière de la petite construction assise en permanence sur un flanc de montagne rocailleux. Le tout donnait une impression de chalet suisse sur carte postale perdu dans la haute montagne, mais avec des Alpes de dimension plus humaine qu'on aurait amputées en tronçonnant le haut de la photo pour les mettre à notre échelle laurentienne.

Que de souvenirs! Que de randonnées de pêche, de tours du lac en chaloupe, d'explorations de sous-bois, de feux de camps, de tir à la carabine ou de chasse à l'arc ou au fusil, de camping sauvage... dormir à la belle étoile avec un gallon de 6-12 pour se protéger des insectes pîqueurs!

Comme Bernard adorait aller à la chasse au petit gibier - il invitait même l'un de ses amis séminariste, qui était maintenant curé, à la chasse à la perdrix, l'abbé ayant même l'habitude de toujours se pointer chez Bernard juste avant l'heure du souper! -, j'avais eu la chance d'être initié au maniement des armes à feu avec Pierre, son fils, alors que Bernard nous avait montrés à tirer au fusil dans les boisés des Basses-Laurentides avec un calibre 410 bon pour la perdrix et le lièvre. Quelques-fois, on s'essayait sur les canards, Pierre et moi, à tour de rôle, mais les malards étaient toujours plus rapides que les plombs de notre fusil à un coup... ou trop loin... ou c'était la grenaille qui n'était pas d'un assez gros diamètre... ou c'est qu'on ne savait pas encore assez bien tirer... car les canards volaient vite et fallait toujours tirer en avant pour laisser le temps à la chevrotine d'aller les rejoindre.

Parfois, quand on allait chasser tous les deux, Pierre prenait le calibre 12 de son père, « parce que ça fesse plus dur » et qu'il était le plus costaud des deux, et moi c'était le 410 que j'utilisais. On allait souvent chasser le petit gibier, tout seuls, Pierre et moi. On pratiquait surtout la chasse au lièvre et à la perdrix, même en été. On était de vrais petits braconniers, on faisait boucherie dans le bois!, mais c'était plutôt pour le plaisir d'être en forêt et de marcher dans l'immensité verdoyante qu'on chassait. D'ailleurs, on revenait la plupart du temps bredouille et sans même avoir tiré ne serait-ce qu'un seul coup de feu, mais on était tout de même heureux d'avoir patrouillé les bois pendant des heures sans voir âme qui vive à l'horizon!

J'ai aperçu toutes sortes d'animaux en forêt et sur le lac, de la Gélinotte huppée aux balbuzards pêcheurs, qui, eux, arpentaient le lac avec les martin-pêcheurs, un lynx aux oreilles pointues, une famille de porcs-épics qui suivait leur maman à la queue leu leu sans s'inquiéter le moins du monde de notre présence, des râtons laveurs qui jouaient dans les ruisseaux, des castors qui faisaient un barrage, des moufettes qui levaient la queue en vous apercevant, de loin... et même un ours! Bernard nous avait averti de faire attentions aux ourses, et surtout aux oursons... car les mères n'étaient jamais très loin. Et contre une maman ourse qui cherchait à protéger l'un de ses petits, on n'aurait aucune chance de s'en sortir vivant...

On tirait aussi à l'arc. Toutefois, à l'arc, on n'arrivait pas à tuer grand-chose, sauf peut-être des grenouilles, alors qu'on les plantait dans la vase en traversant leur abdomen, à bout portant: on n'était pas encore des Guillaume Tell!

Mais si on n'abattait pas grand-chose avec une flèche, on savait au moins mettre un peu de piquant dans nos vies avec nos arcs! On avait pour habitude de tirer des flèches à 90 degrés dans les airs, Pierre et moi, directement en haut de nos têtes... pour voir d'où venait le vent... pour aiguiser nos sens... pour savoir lequel de nous deux en avait une belle paire d'accrochée! On bandait la corde de l'arc au maximum, ensuite on la lâchait; la flèche montait alors très haut dans les airs, puis on la perdait de vue pendant une seconde ou deux dans les nuages... et même trois! Ensuite, elle retombait rapidement vers nous... sur nous!... près de nous!... Fallait alors juger de la trajectoire et s'enlever du chemin au dernier moment pour ne pas se faire transpercer. Et quand le dard retombait tout juste à côté de nous, on ramassait encore plus de points de bravoure et c'était celui-là qui gagnait la partie: ça aiguisait les réflexes et le niveau d'attention d'un gars au maximum. Mais un jour, malgré qu'on tirait dans une éclaircie située à au moins deux cents pieds du petit chemin terreux qui ceinturait le lac, on a manqué de justesse une auto qui avait eu la mauvaise idée de passer au même moment qu'une flèche redescendait... un coup de vent imprévisible, et hop!

On avait ratée la voiture par moins de trois pieds, priant le p'tit Jésus des Chrétiens de ne pas la frapper pendant que l'aiguille ailée redescendait! Mais prier Éole ou un bout de bois consacré aurait tout aussi bien fonctionné, et les occupants de la voiture n'avaient jamais rien remarqué, heureusement pour nous... mais j'avais eu la chienne de ma vie de blesser quelqu'un avec une arme de jet!

L'été, on faisait souvent des festins de cuisses de grenouille, parce qu'il y en avait des tonnes sur les berges des petits lacs avoisinants!, sauf que nous c'était seulement les ouaouarons qu'on chassait! Les rainettes, avec leurs cuisses de fillettes... on laissait ça aux Français!

Les ouaouarons qu'on chassait, c'était des grenouilles géantes avec des corps plus larges que la paume de la main d'un adulte et avec des cuisses presque aussi grosses que les pilons de poulet de Saint-Hubert BBQ. Alors, un après-midi, Pierre et moi on en a tué plus d'une centaine... et on a fait tout un festin lors du souper sur le balcon du chalet.

Bernard avait installé le *charcoal* là-haut, parce qu'on donnait de la pluie en soirée, et après avoir enlevé la peau des petites pattes, on a fait rôtir des cuisses pour tout le monde, une trentaine à la fois, parce que la grille du BBQ n'était pas assez grande. On les avait assaisonnées de sel, de poivre et d'un mélange d'épices BBQ, et ce soir-là, on en a tellement mangé que Pierre et moi avons étés malades comme des chiens. On avait vomi une bonne partie de notre festin du haut haut de la véranda, au grand déplaisir de nos parents respectifs qui, eux, nous avaient plutôt traités de « maudits cochons! »

On allait aussi pêcher en chaloupe, mais à la rame, car le moteur Evinrude de cinq forces était réservé aux adultes. Alors, il nous fallait ramer en simonac! Et lorsqu'on revenait à contre-courant, on s'asseyait côte à côte, chacun les deux mains sur une même rame, et on souquait dur comme lors de compétitions d'aviron aux Jeux Olympiques. Et pendant des heures, on ramait comme les esclaves d'une galère romaine pour revenir au chalet, presque morts de fatigue à l'arrivée... et y'aurait pas de merdailles olympiques pour nous!

À l'une des pointes du Bixley, il y avait un endroit où une petite cascade coulait, tout juste avant de se jeter dans un autre lac, mais un lac beaucoup moins grand. Les truites saumonées y abondaient, parce que l'eau y était très oxygénée par le fort débit d'eau qui giclait sur la rocaille, et comme on n'était pas fous, on a un jour amené une grande planche de bois de 12 pouces de hauteur pour bloquer une partie de la petite chute, et on avait ensuite pêché plusieurs truites saumonées à la puise... des salmonidés qui s'étaient retrouvés prisonniers de notre petit barrage temporaire! Cette pratique nous avait valu de sévères réprimandes à notre retour au chalet: « Faut pas détruire la balance des écosystèmes en étant trop gourmand! Sinon, un jour, y restera plus rien à pêcher pour personne! » Aurait fallu que Bernard le dise aussi aux navires usines qui venaient pêcher dans les Grands Bancs et qui vidaient nos océans...

Mais après la litanie et l'inventaire des punitions à venir si on recommençait notre petit manège, nos parents avaient mangé tous nos poissons, lors du souper. Pour ma part, j'aimais mieux « les pogner que les manger! », car je n'étais pas très fort sur le poisson, à l'époque.

Puis, vers le milieu du mois d'août, en revenant du chalet, maman nous a annoncé dans l'auto qu'on devrait, obligtoirement, passer deux semaines de vacances avec notre père. Mais comme j'étais déjà à moitié endormi dans la voiture quand elle avait dit cela, je n'ai pas tellement fait attention à ce qu'elle avait radoté. De plus, j'avais presque oublié que j'avais un père, car ça faisait presque deux mois qu'on ne l'avait pas vu ou qu'on en avait seulement entendu parler: loin des yeux, loin du coeur, avait écrit Properce dans l'une de ses Élégies latines.

« C'est seulement pour deux semaines... » M'avait radoté maman... tel qu'ordonné par le juge... blablabla!... des espèces de vacances forcées par le Palais de justice... avec papa... blablabla!... avant le retour à l'école... blablabla! Mais comme on s'amusait un max, ici, on n'avait plus tellement le goût de le revoir, notre père, maman ayant déjà débuté les grandes manœuvres pour nous séparer définitivement de Ti-Paul et commencé à nous monter contre lui en prétendant qu'il nous avait abandonné pour une bonne... « Le bonhomme! »

Je me souviens que, ce dimanche-là, on est redescendu du Bixley « pognés ben raide dans le traffic! » Bernard sacrait. Moi j'avais déjà commencé à cogner des clous et j'essayais de me reposer les yeux, malgré le brouhaha des conversations dans l'auto... la fameuse Autoroute des Laurentides! J'étais fatigué par ma journée au soleil... tous les corniauds revenaient de leurs chalets en même temps... j'avais les quenœux qui se fermaient tout seuls... on était *bumper à bumper pendant des miles...* maintenant, ça sacrait à l'intérieur du char... tout ce beau monde rentrait d'une baignade dans l'un des milliers de lacs des Laurentides... ma mère, aussi, sacrait... avec leur amie de coeur... mais moi j'en avais pas encore une... ils revenaient d'un pique-nique en famille ou d'une excursion en forêt...

maman disait que j'étais trop jeune pour avoir une blonde *steady...* ils avaient mangé des sandwichs au balloné et aux oeufs ou des patates frites avec un roteux... peut-être que plus tard, j'en aurai une... en direct des Pays-d'en-Haut... et a'va être belle en cristi, c'est moi qui vous le dit... avec les compliments de Séraphin Poudrier.

Jammé bin dur sur la 15, j'ai essayé d'ouvir les yeux, un moment, pour mieux voir où on était rendu, mais ils se sont refermés presque immédiatement à cause de la fatigue de la journée. Et j'ai dû dormir le reste du chemin, car lorsque je les rouverts... on était arrivés chez Hélène et c'était déjà la nuit. Je pouvais à peine garder mes paupières ouvertes, tellement j'étais endormi... je m'étais laisser bercer dans l'auto... j'avais rêvé que les vacances allaient se terminer... bientôt... et un peu, aussi, à papa... bien que je ne voyais pas exactement le lien qu'il pouvait y avoir entre les deux. Les rêves, c'est un peu absurde... c'est souvent comme la vie.

Chapitre 15

Cependant, le lendemain de bonne heure, lorsque papa est venu nous chercher et qu'il s'est pointé devant la porte à sept heure du matin, j'ai tout de suite compris que je n'avais pas rêvé à lui pour rien la veille, et je me suis senti un peu gêné de le voir apparaître là, soudainement, manifestation d'un Saint-Joseph à la queue fourchue sur le perron... ma mère nous ayant monté contre lui pendant des semaines lors d'intenses séances de démonisation.

Déjà, maman avait commencé à me *préparer* mentalement pour ma future comparition en cour de justice, car elle avait décidé que ce serait moi, l'aîné de la famille, qui allait dire au juge avec lequel des deux parents les enfants voudraient aller vivre: *mommie dearest* allait me laver le cerveau pendant trois ans pour s'assurer de ma coopération! Elle haïssait Ti-Paul... elle voulait lui enlever le droit de voir ses enfants... elle voulait tuer celui qu'elle appelait maintenant: « le bonhomme! » Du moins essayer l'assassiner, moralement: le détruite étant encore mieux.

Et c'est à ce moment-là, le voyant sur le pas de la porte, que je me suis souvenu de ce que ma mère m'avait dit la veille dans l'auto... au retour du chalet... à propos des deux dernières semaines de vacances... avant le retour... Simonac!... Déjà... le retour à l'école?

Papa nous a cueillis en vitesse avant que la rosée ne disparaisse ou que ma mère ne change d'idée, et on est partis *sur un nowhere...* maman n'étant même pas sorti pour le saluer ou lui dire un mot. Déjà, la communication avait été rompue entre les deux, et mes géniteurs ne se parlaient plus que par l'entremise de leur avocat respectif.

« Je compte sur toi, car c'est toi le plus vieux... C'est compris? » Qu'elle m'avait dit avant de me pousser hors de la maison d'Hélène, comme si j'en avais eu le choix ou que j'aurais pu dire non à son commandement... ou à l'ordre de la cour de justice. Et, tout juste avant le dîner, on s'est ramassés avec nos petites valises d'enfants à Saint-Justin, compté de Maskinongé...

Papa était passé par la Rive-Sud, la 132 Est, puis on avait enjambé la rivière Richelieu à la hauteur de Tracy pour se ramasser à Sorel. Ensuite, on avait pris le traversier jusqu'à Saint-Ignace-de-Loyola, car j'aimais ça, moi, les tours de bateau sur le fleuve, et après avoir navigués pendant une bonne quinzaine de minutes sur un Saint-Laurent plat comme une galette de sarrazin, on a pris la direction de Berthierville.

Rendus à Berthier, on a pogné le chemin du Roy jusqu'à Saint-Barthélémy, puis le Bois-blanc jusqu'à Saint-Justin, là où se trouvait la ferme de grand-père... qui appartenait maintenant à mon oncle Bruno même si nous on disait toujours que c'était « la ferme à grand-papa! » Bruno avait promis de garder Gros-Pite et Florida et de s'occuper d'eux jusqu'à leur mort: il allait leur offrir le gîte et le couvert comme dans une espèce de *Bed and Breakfast* gratos conçu pour une clientèle un peu spéciale, et en guise de compensation pour son trouble, c'était Bruno qui allait hériter de la maison, de la terre ancestrale, de la machinerie, des animaux, des quotas de lait... et de faire rouler la ferme.

Mais Bruno allait bientôt perdre l'un de ses clients...

Papa voulait sûrement nous faire plaisir en nous amenant à la campagne, sauf qu'on ne s'était pas arrêtés à la Caillette de Louiseville pour une bonne crème glacée, car il aurait fallu faire un détour!, papa disant qu'on n'avait pas le temps et qu'on irait sûrement plus tard, et lorsqu'on est finalement arrivés dans la maison de nos ancêtres Bellemare à Saint-Justin, compté de Maskinongé, en

Mauricie, *Province of Quebec,* Kanada, grand-maman était très malade; elle était même « en train de mourir », qu'ils disaient à voix basse pour qu'on ne puisse pas les entendre. Cependant, j'avais tout de même saisi la teneur de leur conversation: j'avais dû hériter des *oreilles fines* de papa! Mais c'était peut-être *pour ne pas la réveiller* qu'ils chuchotaient ainsi...

Grand-maman avait 82 ans. Elle était née à la fin du XIXe siècle en l'an de grâce 1888 à une époque lointaine où une orange était un cadeau exceptionnel dans son bas, à Noël; elle avait vécu une bonne partie de sa vie privée d'électricité, sans eau courante, ni téléphone ni télé... ni automobile! Rien de ce qui nous facilite la vie, aujourd'hui.

Moi, je n'aurais pas tellement aimé ça ne recevoir qu'une orange de la Floride, à Noël... même si j'aimais les oranges.

Elle était à moitié Indienne, ma grand-maman. J'avais un jour appris par la bande que la mère de Florida était une sauvageonne qui provenait d'une tribu Atikamekw du nord de La Tuque, là où les gars des villages du compté de Maskinongé allaient bûcher l'hiver pour se faire une couple de piasses, en hiver. Y'en avait même un qui était revenu de la drave avec une sauvageonne, au printemps: il avait trouvé femme dans le bois! La glace avait commencé à fondre dans le Bois-Blanc... c'était déjà le temps des sucres qui arrivait à grands pas... mais lui, c'était avec elle qu'il avait retonti... Dieu qu'elle était belle, sa sauvageonne!

Lui, l'ancêtre, avait raconté ainsi la chose aux gars du village: « J'avions besoin d'une femme... j'mourions d'envie d'me faire aimer! Y'en avait plus dans l'rang à mon goût et dans les villages des alentours. J'étions allé pour chercher du p'tit gibier et chus revenu du bois avec c'te belle créature, j'cré bin! Alors, c'est elle que j'ai mariée... que j'ai aimé... et aimé encore! J'étions pas bin riche, vous savez... mon père à moé, je l'avais pas bin connu... Y s'était poussé pendant la grand'insurrection. J'créyons qui avait joué du fusil su'les tuniques rouges lors de la

196

grand'bataille de Saint-Charles. Mais chus pu sûr pantoute... Ou bedon y'était parti bûcher su'l tronc des Anglais à Saint-Denis. »

Cent cinquante compagnons de son père avaient péri aux mains des Angliches... Et l'ancêtre s'était probablement replié sur Berthier, vite fait, avec les autres patriotes survivants... en fuite! Ça ramait dur en sacramant! Il aurait descendu le Richelieu su'la noirceur avec les Tuniques rouges collés aux fesses... Après, il s'était peut-être perdu dans les batures... ou bedon le long du Chemin du Roy... ou peut-être qu'il avait pris le bois pour les États?... Ché pas! Avec ceux qui avaient eu la chance de se tirer indemne de la grand'boucherie canayenne!

Et comme on n'en avait plus jamais entendu parler, on ne savait pas, au juste, ce qui lui était arrivé... au Patriote!

Les soldats du *Governor General* couraient toujours après, aidés par les traîtres qui avaient vendu leur âme à l'occupant pour un avantage quelconque ou pour une récompense en argent sonnant, car les dénonciateurs canayens étaient partout!... Fallait se méfier... Y'avait plus où aller... même chez la parenté. Ou bien c'était l'exil à vie ou bien c'était six pieds sous terre, car on les guettait partout, les patriotes; sa femme, elle itou, ne l'avait plus jamais revu de sa vie!

« On ouèra ben quessé qu'y arrivera si yé pas encor là d'main matin! » Qu'elle disait à son gars pour le consoler...

Sa famille, comme celle de bien d'autres familles canadiennes- françaises, avait payé le prix des rébellions de 1837-38 et avait beaucoup souffert, abandonnée et sans ressources face aux rigueurs de l'hiver. Mais le fils de mon aïeul maternel avait survécu, lui. Malgré l'Angliche... Malgré l'hiver... Malgré la pauvreté imposée par le conquérant... Un Doucette, le type... *Élevé dans misère* avec ses ancêtres qui se trouvaient à être des déportés de l'Acadie... Tous des démunis!... Encore l'œuvre de l'Angliche! Et le jeune Doucette avait un jour trouvé femme dans le bois...

Papa m'avait un jour raconté que, lorsqu'il était tout petit, sa mère lui chantait des chansons sauvages pour l'endormir... « Des contines indiennes », disait papa. Il ne comprenait pas grand-chose à son blablabla... juste la musique que faisait sa voix. « Les mélodies étaient si belle que ça m'endormait bin vite! » Mais à part ça, la grand-mère ne parlait jamais l'Atikamekw devant les enfants ou devant son mari... ou devant quiconque. Elle avait honte. Honte de ses origines. Et une demi-sauvagesse qui mariait un Blanc au début du XX ième siècle, ça n'était pas bien vu par le curé du village ou par les voisins... ni même par les indiens.

« Kourkio, c'était son nom de sauvage... » M'avait un jour avoué papa. Kourkio... le mon de fille de mon arrière grand-mère... Le sang de mes aïeux amérindiens coulait aussi dans mes veines, mêlé avec celui des autres peuples qui étaient arrivés ici avec l'idée de refaire leur vie de zéro... ceux qui étaient venus mélanger leur sang au nôtre pour ne faire qu'un avec nous: je me souviens...

Chapitre 16

Le lendemain matin, après *avoir aidé* oncle Bruno à faire le train et pris le déjeûner avec lui, j'étais allé explorer le grenier avec papa et Imelda. Dans le couloir du deuxième, au plafond, il y avait une grande trappe qui donnait accès au grenier. Imelda avait vite sorti une petite échelle d'un placard pour qu'on puisse y monter, mais elle m'avait ordonné d'attendre en bas, prétendant que c'était « trop dangereux pour un jeune de monter dans le grenier... » Pourtant, j'étais tout de même un très bon grimpeur; j'avais l'habitude de monter jusqu'au sommet des arbres de notre cour arrière, et même de me taper le faîte du toit de la maison familiale, au grand dam de papa qui me criait après, paniqué, car il pensait que j'allais me casser le cou devant lui, comme dans un numéro de trapésiste sans filet qui vire mal: « Descends de là au plus crisse... tu va sacrer l'camp en bas et te faire mal! » Qu'il disait.

Une chute de quarante pieds, ça fait toujours très mal...

Finalement, j'avais été en mesure de convaincre ma tante, et aussi mon père, implicitement, que j'étais capable de monter comme un grand, et j'avais suivi Imelda et papa en haut de l'échelle sans attendre leur autorisation verbale. Au pire, on allait m'ordonner de virer de bord en gueulant après moi, ce à quoi j'étais déjà habitué depuis longtemps, papa prétendant que j'avais le don « de faire damner les gens autour de moi » et que j'étais, finalement, une « espèce de Crassus! »

Rendu en haut du petit escalier de bois, Imelda s'était mise à fouiller partout avec papa: cherchait-elle une vieille robe de cérémonie de couleur noire, la robe funèbre qu'allait bientôt grand-mère au salon funéraire?... Et je m'étais mis à fouiller avec papa, qui, lui, découvrait les souvenirs de son enfance enfouis dans le grenier: un vieux rouet pour filer la laine avec un pédalier tout usé qui avait souffert encore plus que grand-mère, des lampes à l'huile antiques en argent terni, des nappes et des catalognes brodées enfouies dans de grandes malles de cèdres qui empestaient la boule à mite, de petites sculptures animalières que papa avait confectionnées de ses petites mains d'enfant pour ses soeurs, de vieux chapeaux de toutes sortes, dont une petite casquette de capitaine de la marine pour enfant, un vieux tricycle tout rouillé, des fleurs séchées dans de vieux *scrapbooks...* Papa aimait aussi les plantes? Et c'est alors que mon père a trouvé un petit coffret de cèdre contenant le contrat de mariage de Gros-Pite, avec d'autres actes notariés et des papiers de toutes sortes, dont des documents pour d'achat de terres et d'autres billets légaux pour l'acquisition de machineries diverses ou d'animaux, les vieux baptistères de Florida et de Gros-Pite, une vieille montre en argent avec chaînette, et de vieux bijoux dans un écrin de velour. Puis, je suis tombé par hasard sur un vieux cahier tout jauni qui paraissait encore beaucoup plus vieux que les breloques et verreries appartenant à grand-mère, carnet de voyage d'un aïeul qui était en train de moisir dans un autre petit coffre de la dimension d'une boîte à cigares enfoui à l'intérieur d'un autre encore plus grand et qui allait bientôt mourir de sa belle mort si personne ne le sauvait des mites et de la moisissure. Dès que le petit boîtier de cèdre fut ouvert, j'ai inhalé une bouffée d'air ranci et fait la grimace, même si le cèdre était censé préserver le contenu des insectes et autres parasites... mais peut-être pas pendant des siècles et des siècles et des siècles... Amen.

Je l'avais vite caché dans mon dos avant que papa ne s'en aperçoive, enfoncé derrière la ceinture de mon pantalon, sous la chemise, et j'allais le lire bien tranquillement à la première occasion... si jamais j'arrivais à déchiffrer le vieux français de France que mes ancêtres français utilisaient pour communiquer entre eux. Mais après, je me suis dit que c'était un peu stupide de penser ainsi: tous les vieux Français devaient venir, forcément, de la *vieille* France... car nous on était la nouvelle.

Quelques décennies plus tard, j'allais emprunter le petit carnet de voyage à mon oncle Bruno, qui allait hériter et de la maison ancestrale et du contenu du grenier, et j'allais retranscrire l'ouvrage dans son intégralité sans en modifier ne serait-ce qu'une seule virgule, tel que je l'avais trouvé à l'âge de onze ans dans le débarras de la maison de grand-papa située dans le Bois-Blanc, à Saint-Justin, compté de Maskinongé, en Mauricie, Province de Québec, dans le Bas Canada, en Amérique du Nord, sur la planète Terre, dans le système solaire, dans un bras éloigné de notre galaxie: la Voie Lactée.

Iournal de Iean Gellineau dit Gellyna

A la mémoire de ma très chère mère...

Cecy est le iournal de Iean Gellineau, votre Très fidelle fils bien aimez, le premier de votre lignée à sçavoir lire et écrire...

Xainctongeoys de naissance ainfy tel l'étoit le Sieur de Champlain, i'ay confultez avec moultes confidérations ses récits de voïage. Et c'eft avec fort grande passion que ie me suis intéressez à la defcription de ce Nouveau Monde en païs de Canada, monde rempli de richesses fabuleufes, de libertés pour les hommes de modefte condition, de surprises et de promesses d'avenir meilleur pour nous tous sous la gouverne de Dieu...

Ce qui suit est le brief difcours des aventures que i'ay connues lors du voïage entrepris céans en cette année 1658 bénie d'entre toutes par Dieu nostre Seigneur, voïage que i'ai faict avec mon père Estienne Gellineau suite à nostre engagement envers le Sieur Pierre Boucher, écuyer et Sieur de Grosbois, Gouverneur des Trois-Rivières de Canada en le Païs de Nouvelle-France, de mesmes que toutes les descouvertes que i'ay faictes en ce fort beau Païs iusques en notre établissement dans les dites terres des Trois-Rivières et ses environs...

Semaine du 22 may 1658:

Assis sur les quais de La Rochelle depuis belle lurette avec les autres passagers, iceux aussi desoeuvrés que moy-mesmes en cette fâcheuse situation, nous attendons dans la froidure de may la venue dudit beau temps avant que de s'embarquer et de lever l'ancre, et grugeons dedans nos provisions limitez. I'e suis toutte trempez que d'attendre et claque des dents ainsy que main tremblante en escrivan ces mots, car il pleut à verses depuys près de huit iours conscequutifs. Le ciel est si bas que ie puys le coudoyez en élevant la main, mais cette épreuve se voyt prefférable que d'aller guerroyer contre l'Efpagnol et l'Anglois et risquer sa vie pour des bretilles, ou de se faire occire comme les cousins au nom du Roy très Chrétien dans la chasse aux Proteftants. Lors, ie ne me plaings pas trop de mon coquin de sort et quitteray amis, parents et famille avec la vie sauve, ainfy qu'avec l'efpoir de trouver travail et exiftence meilleure dans le Nouveau Monde qui s'offre à nous en pays de Canada...

Iour du départ, fin de may 1658:

Enfin, nous nous sommes embarquez... Le navire a quittez doulcement la côte avec la marez basse et ce ne fut pas long que le païs qui m'a vu naître est difparu dans le loingtaing pour touiours, englouti par la mer qui avale toutte et qui me faict apparoir si vain en cet inftant... Or, dans les iours qui s'ensuivirent, des vagues impressionnantes ont faict danser le navire, comme le dict si bien notre capitaine, mais i'ay eu très peur pour nos vies, à tous; i'ay cru que nous allyons couler sous les defferlantes sans fin qui occultaient l'horyzon loingtaing. Nous sommes icitte comme en païs montagneux, mais de mongtagnes faictes d'eau saline très profonde et de dimension énorme.

Mon père Estienne a failly s'efquointer la iambe en tombant dudit pont soubs une vague géante qui nous a quasi avalez, mais dict d'ores et déià que ça va mieulx pour lui la santé. Les matelots ne semblent pas très utiles dans les cas d'urgence redoutable, car ils ne savent rien faire d'autre que de tirer sur les encablures, amener la voïlure et ennuïer les filles; à peine nager si vous voulez mon humble avis!

Il est à propoz de dire que ie craing fort pour ma vie comme pour icelles des autres voïageurs qui font la traverfez avec nous. L'un l'autre se voyt craingtif de tomber de l'autre côté de la ligne d'horyzon qu'on devine au loing, icelle qui coupe la mer en deux iusques avant le pécipice fans fin, selon C. Allaire de Poitou, lequel voïage avec nous en se lamentant d'adverfitez redoutable. Lalleman de Breuil, lui, me dict que le voïage va durer plus de 100 iours, mais le commandant du Taureau, le capitaine E. Tadourneau, n'a de cesse de nous repéter de ne pas craingdre plus avant, car tant qu'il sera à la gouverne du Taureau, notre navire à tous, il n'y aura pas raisonnements à avoir peur d'un nauffrage effraïant ou de craingdre les boucaniers pilleurs d'efpaves.

Le capitaine dict qu'il a souvent faict la traverfez et soutien que ce n'eft pas véridique qu'une épidemie peut faire mourir tous des passagers, mais peult être seulement quelques-uns d'entre nous.

I'ay faict la nomenclature des effets que le père me charge de surveiller pour lui pendan notre voïage et la traverfez par la mer d'Atlantique qui me paroît déia sans fin. Comme ie suis prefque déià un homme à douze ans, le père me faict confiance pour cette tâche de la plus grande importance: 1 saloir; 2 grandes tasses; 2 escuelles; 4 assiettes en estain; 1 tonneau de Pineau des Charentes; 1 boisseau de poires cuites; 1 boisseau de prunes séchez; 1 tonneau de lard salé; 1 gros sac de farine de bled...

Deuxième semaine du moy de iuïn 1658:

Depuys la première semaine de voïage, nous ne mangeons guère que des potages faict de semoule de seigle au goûst affreulx, de bled-d'inde, de fèves ou de poys, de la Moluë ou autres poissons pêchez par les hommes de temps à aultre, et des foys le capitaine sort le lard salé pour agrémenter nos dimanches. Desuite, à tous les matins, nous avons droict au bifcuit de mer du marin, après la prière obligatoire qui doict en théory améliorer nos chances de survivance face au péril de mer ténébreuse qui nous guette partout, selon les dires de Lalleman de Breuil, quy me semble encore plus chreftien que son patronyme le peult suggérez à un curé.

Le bifcuit marin, qui étoit délicieulx au début de la traversez, semble maintenan faict de farine dure comme le bois de baftingage, avec des fois des vers grouillants dedan qu'il nous fauct souffler dessus ou gratter toutte à la foys, et parfoys notre capitaine nous permet un peu de cidre ou un vin au goûft vinaifgrez. Le père, qui s'y connaît très bien en bibine pour en avoir faict pendan toute sa vie, dict que c'eft un vin efventez qui a commencez à tournez dans le tonneau. Mais le capitaine dict que ce n'eft point la faute à son vin qui, contrairement à nous touttes icitte, ne voïage pas très bien de mer.

Certains passagers sont victimes dudyt mal de la mer, une affliction qui nous afflige près que tous chacun à nostre tour, et de tous côtés on voyt des voïageurs fort accablez par l'océan sans fin, victimes involontaires du mouvemen de notre vaisseau le Taureau sur les flots salins. Blancs comme draps, penchez dangereusement par dessus le garde fou de nostre navire, ils se livrent à des reftitutions très fréquentes. D'aucuns sont pris de frissons indomptables qui fonct tremblez toutte le corps, d'autres onct comme de douloureux soulèvements d'eftomac et dégotent d'autant de haut que de bas et souvent des deux côtés de foys, notamment la belle Mathurine et Isaac Laleman qui filent touttes deux très mauvais coton en cette troisième semaine de périple affreulx de mer. Iceux comme la maiorité des passagers fonct touttes les deux un peu de fièvre mauvoife, en plus de se vider assidulment les tripes par devant comme par derrière. La pauvre Mathurine appèle continuellement sa mère dans la nuite pour venir la resconforter et pour l'aider pendan ce mauvois moment à passer, mesmes si icelle ne voïage pas pantoute avec nous.

Dans l'obscurité profonde de la soute du Taureau, il nous est strictement deffendu de nous absenter de notre sombre prison qu'eft devenue pour nous la cale du navire pendan la nuite, la faible bougie de blanc de balène ne repouffant qu'avec confusion les ténèbres envahiffantes de notre dortoir à touttes. I'appréhende les gémiffements de mauvoife augure de la coque de malheur qui n'arrête point de craquer en permanence affreuse, comme une étrave gliffant sur des récifs menafçants la survie mesmes du Taureau, de mesmes que le raffut incessant sous nos hamacs versants que nous font subir souris & rats de cale du navire. Comme nous, ils se trouvent prisonniers du vaigrage de fond et m'empêchent, avec leur senpiternel remue-ménage, de m'endormir paysiblement en ce lieu.

L'eau doulce nous eft si prescieuse icitte que nous ne pouvons plus nous laver qu'avec de l'eau puisée à mesmes la mer sur ordre de notre bien aimez capitaine. Comme elle est fort froide cet'eau-là, sinon faicte de glace, i'aiouterais que les voïageurs et moy mesme ne nous lavons prefque iamais. Et s'ils le font, c'eft par simple cachotterie, car ie n'ai iamais eu connoissance qu'un seul d'entre eux ne se soyt iamais mouillez mesmes seulement le boult du nez.

Nous puons icitte enfemble comme des putois à dix lieues à la ronde et nous nous trouvons prefque tous revêtus en permanence de poux, de lentes et autres saletés vérolées qui nous agressent continuellement lors du voïage; i'en retrouve iusques dans mes chaussons de lainage, ie n'arrive point à m'en débarrasser totalemen, mais ne craing rien pour nous deulx, maman, neantmoins que ie me sente encor affez bien portant de corps comme d'efprit malgré les moultes épreuves de notre interminable traversez sur la vaste mer d'Atlantique.

Début du mois de iuillet 1658:

Mesmes si notre passage est païez en entier par le Sieur Pierre Boucher, nous besoignons comme autant de matelots excédentaires, lors que le capitaine nous le commande de sa voix sévère. Mais cecy nous aide grandement à tuer le temps, car il n'y a pas beaulcoup à faire sur un navire comme le Taureau, sauf de iouer aux dames, aux dés ou aux cartes.

Pour ma part, i'aime mieux faire la converfation avec les passagers ou les membres d'équipage, ou m'exercer à tous les iours à l'escriture pour que les prefçieulx enseignements du bon abbé Martineault de S. Eutrophe de Saintes ne fussent point vains, lequel m'a permis d'estudier avec luy le tretté de grammaire de Vaugelas sur la langue françoise et de lire les récits de Voïages en Nouvelle-France de Champlain; le pauvre me voyoit déia un iour prendre soutane dans la paroiffe de S. Eutrophe de Saintes. Tout comme toi, il fut très peinez de me voir partir en Nouvelle-France pour touiours avec le père.

Nous passons beaucoup d'heures à pomper, à vider et à nous affairer à assécher l'eau des cales avec des sçiaux en foisant une chaîne humaine pour quitter l'eau de notre navire. L'eau s'infiltre de partout à traver la vieille carcasse du Taureau et iusques entre les planches supposément estanches; les marins remettent toutefoys de l'estouppe pour calefeultrer les nouvelles fyssures de malheur qui surgissent à l'improvifte dès qu'ils ont le dos tournez. Heureusement pour nous, cecy n'arrive pas trop souvent et nous flottons touiours sur la mer, mesmes après deux longs mois de navigation épuisante pour la carcaffe du navire.

Fin du moys de iuillet de l'an de grâce 1658:

Ce iourd'huy, i'ay vu des albatros pour la première fois depuys nombre de semaines. Ces vastes oiseaux des mers nous suyvent comme d'indolents compagnons de voïage et indiquent au capitaine que nous sommes prefques arrivez près des rivages de notre Nouvelle-France après une très longue et très épuisante traversez: près de 80 iours de pénitence interminable pour nous tous.

Après avoir goûtez et surmontez moult maladies sournoifes, tempêtes affreuses et pirates invisibles à nos yeulx, après avoir longez les côtes de la Cadie, de Terre-Neuves et de La Brador, nous naviguons enfin dans le golfe du S. Laurens. Les marins racontent que les occafions de faire naufrage seront encor plus nombreufes d'icy l'arrivez et de ne pas nous rejouir trop vitement de notre bonne fortune apparente que d'avant avoir gagné la partie.

Il faict très chaud, hui. C'eft touiours l'eftez, icitte, et, malgré cette chaleur affligeante dans les entreponts, nous devons rationner notre eau doulce brunaftre quasi imbuvable, car le capitaine dict qu'il ne nous en reste plus beaulcoup pour finir la traversez. Heureusement pour nous, il y a encor beaucoup de vinasse, et le voïage s'achève prefque depuys que nous naviguons sur le maiestueulx fleuve S. Laurens. A l'entrée dudit fleuve, il s'y void moult balênes avec leurs balênaux qui les efcortent doulcement sur les flots. Elles semblent toutes fort intriguées de notre venue en ces lieux et coupent aventureusement notre étrave sans heureusement nous frapper.

Une tempête mauvoise nous avoit accompagnez iusques au rocher Percé, là où Iacques Cartier a plantez la grande croix au Païs de Canada au nom du Roy des Françoys, mais nous ne pouvions y accofter à cause du gros temps et des récifs sournois qui nous appeloient en nous ouvrant leurs grands bras roses.

Maman, le fleuve S. Laurens est tellement large par icitte que i'ay impression que nous sommes encor en pleine mer d'eau salée terrifiante et que le capitaine Tadourneau nous raconte des histoires lors qu'il dict que nous allons bientôt touchez terre; ie croys pluftôt que c'eft pour qu'il n'y oit point de mutinerie sournoise à bord par ce que les hommes se trouvent très épuisez dudit voïage et qu'ils se difputent près que touiours entre eux.

Deuxième iour daougt 1658:

Nous avons enfin touchez la terre ferme et faict une briève escale de deux iours à Tadoussac.

Tadoussac abrite une belle anse en cul de sac où les navires s'y reposent à l'abry du fleuve impétueux et des tempêtes périlleuses, la baye y étant très profonde et de bon ancrage pour le Taureau. Une belle rivière du nom de Sagueney y passe en travers et se perd au lointaing aussi loing que l'oeil perfçant de l'aigle peult voir.

C'eft finalement pour refaire le plein en eau & en vivres que le capitaine s'eft arrêtez, ainfy que pour prendre d'autres passagers qui ont affoire à Québec, de mesmes que des courreurs des bois négocians de pelleteries. Certains marins avoient grand besoin de débarquer pour se délier les iambes. Le père dict que c'eft pluftôt pour se vider la gourde qu'ils defcendaient, mais comme nous n'avons presque plus d'eau potable à bord, ie n'ay pas tout à faict compris ce qu'il vouloit dire, au iuste. Cependan, Mathurine a rougi grandement suite aux paroles du père. En ouvrant la bouche, toultes ses dents se trouvoient pourrites, à la pauvre Mathurine, et devoient lui faire très mal; mais elle avoit l'air de mieux aller, maintenant, à fçavoir qu'elle n'avoit plus de fièvre maligne pantoute. Mais ie craing neantmoins pour sa dentition avariez...

Pour ma part, ie n'ai pas encor vu de sauvages, mesmes si ie me suis promenez tout seul dans les alentours pendan la iournée. Le capitaine avoit dict de faire très attention à moy, car à l'étranger en ce païs ils luy écorchent la tête pour luy lever la chevelure. Mais ie n'ai rien vu pantoute...

Il y a de très belles montagnes avoisinantes et des vallons immenses étans encor non cultivez. Le père dict que la vigne pourroit peut être y croître un iour sur les versçants Sud, mais icitte tout me semble faict de roche toutte à faict efcarpez. Le père peut oublier la vigne, car on ne pourra iamais y cultiver que du maudit bled-d'inde, et encor... I'espère qu'il n'en mettrons pas dedan leur soupe à eux aussi, car ie ne suis déià plus capable d'en avaler une seule bouchez!

De suite, le Taureau a quittez doulcement la petite baye paysible du Saguené et mis six longs iours pour atteindre la grande ville de Québec, la capitale de notre Nouvelle-France, car les vents de l'Ouest nous étoient contraires et que le capitaine a dû tirer des bord.

9 daougt 1658:

Lors que notre navire approche dudit port de Québec, le capitaine Tournadeau a faict tirer un coup de canon maïestueux pour saluer la ville, et nous avons estez saluez par la population entière de la ville de Québec lors qu'il a hissez les couleurs sur le grand mât du Taureau. Tous ont marchez vers nous à grands pas roides et excitans iusques aux quais en nous envoïant fortement la main à touttes.

Fort beau divertissement que l'accueil de ces gences d'une capitale Françoyse si loingtaine, et des larmes d'émotion ont glissez plusieurs foys sur mes ioues sales en les sçaluant. D'aucuns, brûlant de charité chrétienne incontrôlez, se sont ietez fidèlement à genous en se signant pour remercier le bon Dieu et les anges de nous avoir seulement épargnez la vie.

A travers mon larmoyment incontrolez, i'ay pu observer fort S. Louis au loing, une petite fortification iuchez bien haut au sommet de la falayse. En bas, il y avoit une petite agglomération avec des maisons touttes faictes de bois. Quelques autres, plus grandes et faictes de pierres taillez, appartiennent aux notables de la ville, ie suppose, et il y avoit aussi une belle église pour abriter le bon Dieu toutte puyssant des intempéries à cause du rude climat d'icitte, et aussy ie pense à cause des attaques de sauvages et d'Anglois qui defcendent sur la ville à l'improviste.

Des barques nous ont tranférez dans la ville, car Le Taureau n'a pas le droyt d'y accofter... pour cause de peur des pirates pilleurs d'efpaves et de villes.

La ville de Québec, c'eft la ville que Samuel de Champlain, Xaintongeois comme le père et comme moy-mesmes, a conftruite sous l'Authorité divine de notre Roy très Catholique, et c'eft là que nous passerons les prochains iours avant que de nous rendre aux Trois-Rivières à la seigneurie dudit Cap-de-la-Magdeleine en l'isle de Canada. Le Sieur Boucher, Gouverneur des dictes Trois-Rivières au nom de sa Majesté le Roy, nous y attend pour débuter nostre engagement envers luy qui durera trois longues années sous sa gouverne. Après, le père et moy serons libres de touttes dettes et auront droit à une concesfion de terre à cultiver pour nous-mesmes et pour nostre descendance.

11 daougt 1658:

Nous amenons avec nous, dans la large barque fluviale L'Espérance appartenant au Sieur Boucher, des atelloirs, des bedoufchons, des cougnez, des serpes tailleresses, des fourches de fert et autres outils de mesmes que poëlons, habits, linges, ornemens et cheze de bois dont nous aurons besoing en ce lieu sauvage.

17 daougt 1658:

Père et moi avons mis six iours entiers pour arriver aux Trois-Rivières, et le trajet fut ardu, car nous naviguions à contre-courant. Nous travaillerons avec les autres charpentiers à la conftruction de palissades, des pieux attachés enfemble de huit pieds apointés de haut, de bâtiments, et du fort S. Marie abritant la seigneurie dudit Cap-de-la-Magdeleine et ses habitants des sauvages iroquois. La petite fortification est situez à au moins vingt lieues de Québec, qui elle-mesmes est situez à un peu plus de vingt-cinq lieues des rapides de Ville-Marie et du Mont Royal...

I'ay vu pour la première foys de ma vie des sauvages de proche... Ils sont arrivez abruptement c'te matin et ont débarquez devant notre petit fort du Cap; tous les charpentiers de gros bois se sont arrêtez de besogner à la conftruction de la chapelle du Sieur Boucher, tous sur le qui-vive et prêts à sonner l'alarme... Quand ils les ont reconnus à leur allure paysible, tous ont repriz leur dur labeur comme s'ils n'étoient pas véritablement là. Les sauvages étoient agrémentez de plumes sur le chef et vêtus de magnifiques peaux tannez. Ils étoient souriants et élancés, et les ieunes filles qui les accompagnoient sont fort bien faictes de physionomie. Leur peau fortement burinée tire sur l'ocre rosé et ce sont de véritables gences à la peau rouge que i'ai vu, et i'e comprends mieux maintenant pourquoi on les appelle des peaux-rouges. Les sauvages, comme on les désigne icitte mesmes en

Nouvelle-France, les coureurs des bois et les trafiquants de fourrures sont fort actifs dans cette région de Canada, mais c'étoit la première foys pour moy que de les rencontrez de visu...

Trois-Rivières est d'un fort plaisant paysage pour le visiteur Françoys, une contrée plane, sans montagnes aucunes, avec de fort beaux bois, plufieurs lacs, et des rivières bordez de prairies admirables de qualitez. Quantité de gibier et de poisson y foysonne: elle est notre terre nourricière de mesmes que pour toutte un peuple de sauvages. Le terroir que le père et moy avons commencez à mettre en train et entrepris de déserter ne laissera pas de produire avec grande abondance nourricière pour des genérations et des genérations avenir.

Le village des Trois-Rivières n'eft cependan bâti que du côté Nort de l'embouchoir de la rivière S. Maurice, la grosse rivière étant entrecoupez par des isles en ce lieu-là et faict en sorte qu'elle engendre ce qui pourroit ressembler à trois petites rivières en ce lieu très précis; c'eft pourquoi ie suppose qu'on l'appelle Trois-Rivières pour cette raison mesmes.

Par icitte, les habitations sont aussy grandes que dans notre Xaintonge bien aimez, mais elles sont surtout conftruites de bois et assez éloignez les unes des autres. Comme nous sommes entourez de forêts très immenses, les arbres étan massifs et hauts prodigieusement, ce n'eft donc pas les matériaux de bonne vertu qui nous manquerons pour la conftruction de notre maison à nous.

Une espèce d'arbre qu'on appelle herable par icitte vient fort haut et eft fort beau. Quand on entaille ces herables au printemps, il en dégoutte quantité d'eau *plus doulce et plus aimable à savourer que l'eau destrempée d'avec le sucre des Antilles loingtaines.*

L'hyver, la terre se retrouve couverte de neige en permanence pendan cinq longs mois d'affilez. Malgré que le froid se trouve mordant à souhoit par icitte, il n'eft pas trop desagréable à éprouver dans un habit faicts de peaux de fourrures sauvages. « C'est mesmes un froid qui est guay, lors qu'on en a entrepris habitude », dict pour nous encourager à passer au travers le Sieur Boucher.

L'hyver, la cheminez ne dérougit iamais dans notre petite cabane de bois et il faict tellement de froidure en dedan que l'encrier ièle presque complètement lors que ie consigne ces quelques mots dans mon iournal le soir sous l'éclairage vétuste d'une chandelle de suif et de notre vieille lampe à l'huile de marsouin. Le père me dict souvent de me dépescher à monter me coucher en lieu de gâter mon temps en écrivailleries qu'il dict inutiles et qui nous sont coûteufes en luminaires...

On avance icitte en hyver au moyen de chaussures de neige sauvages appelez raquettes qui sont fort commodes dans la neige parfoys haute iusques au cou, celle cy nous permettant de flotter sur le duvet blanc sans trop nous enfoncez.

La Nouvelle-France a tout de mesmes quelque chose d'attrayant pour ceux qui en sçavent goûter les doulceurs du païs, mesmes par fort froids et malgré des hyvers fort longs, et on ne compte à proprement parler que deux véritables saisons, car on passe d'ordinaire par de grands froids fort vifs dès la Toussaints à de grands chauds d'humidité malcommode dès Pâques et en avril; c'eft pourquoy on ne parle icitte que d'hyver et d'eftez.

Dès may, lors que les chaleurs seront fort grandes, le père et moy allons entreprendre les semailles de bled sur la petite parcelle que nous avons deià défrichez pour notre compte...

Septembre 1659:

Les bleds sont hauts et la terre a donnez prodigieufement. Le père est fort heureux de ce rendement riche de promesses futures et nous aurons beaucoup à manger cet hyver. Neantmoins, nos sauvages à nous, mesmes s'ils ne sèment ni ne moissonnent, récoltent une plante quy vient à hauteur d'homme appelée pétun: partout elle pousse à l'état sauvage dans les éclarcyes des boisés de la région. A la fin de l'eftez, ils font sécher les larges feuilles en les suspendan sur des tiges, icelles sont de suite hachez très finement dès qu'elles se trouvent fanez: c'eft avec quoy ils font leur fameux tabac.

Les sauvages sont fort grands fumeurs de cette herbe étonnante aux vertus médécinales aimablement estimez par icitte, et ils peuvent passer des heures à parlementer en tirant doulcement sur de petits calumets faicts avec de l'épi de bled-d'inde séché. Lors que i'ai essayez moy itou, i'ai toussez pendan moultes minutes et pensez que c'étoit une herbe de perdition du poumon. Le père et les autres ont bien ry de moy; j'étois blanc comme les neiges en hyver.

Les Algonquins, la nation du pétun comme on l'appelle par icitte, le peuple neutre avec qui nous faisons la traitte des fourrures, ne vivent que de cueillette, de chasse et de pêche; ils ne sçavent point cultiver la terre ou n'en ont le simple désir. Ils se promènent dans les lacs et les rivières dans de petits vaisseaux appelez canots tout faicts de l'écorce du bouleau collez avec de la gomme de sapinage, et ils y déplacent ce qui leur tient de maison avec leur femme et leurs enfants. Leur abri eft faict habituellement de troys perches fort hautes qu'y vont en pointe vers le haut, très large vers le bas, recouvertes de peaux qu'ils étendent dessus le soir lors qu'ils dressent leur campement pour la nuitée. Ces sauvages eux aussi sont genéralement bien faicts, fort élancez, ont le teint basanez, le cheveu d'ébenne porté très long sur l'épaule, et les hommes ne connoissent point la barbe. Ils sont naturellement réservés avec nous, hommes Blancs du vieux continent, tel un animal effarouché en forêt à la vue de quelque onque prédateur sournois, maintes foys cruels, méfiants à souhoit et fougueux quémandeurs, selon la defcription que nous en a faicte le Sieur Boucher pour quy nous avons tous immenfe respect et foy en ses connaissances inépuisables sur le Nouveau Monde. Mais ie ne m'empêche point de les trouver honnestes gences de coeur, malgrez ce qu'il dict, avec plein de droiture dans l'œil lors qu'on les aborde avec dignité d'homme. Mais il me fauct l'avouer, certains d'entre eux sont touiours prêt à vous attaquer ou à se venger de quelque chose qu'ils semblent être les seuls à avoir sur le cœur, et dès qu'ils s'ennuyent, ils sont prêts à occire le premier venu et vous diront de suite que ce n'eft pas eux, mais la boisson qui l'a faicte en leur lieu.

Le Sieur Boucher dict que les fauvages ne boivent touiours que par mauvois dessein; il ne fauct donc pas trop leur donner à boire de l'eau de vie, dict-il. Au demeurant, celle d'icitte est de fort mauvaise qualitez et brûle fortement la gorge: hardi soit celuy quy en faict l'usçage.

Dans leur naturel, les sauvages ne semblent point capable de très grande malice, mais donnez leur à trinquer des liqueurs ennyvrantes à profusion et vous leur accorderez l'occasion de faire naître en eux quelque désordre malheureux de l'âme, le métier d'homme sauvage étan de faire la pêche, de s'adonner à la chasse et à la guerre contre les Nations éloignez ou contre l'homme Blanc. Pour le reste, c'eft la femme sauvage qui doict tout faire: ils ne sont donc point éloignez de nous sur ce subgect.

Contrairement à nous, il ne s'en trouve pas un seul avaricieux de nature dans le lot et le sauvage d'icitte ne se soucie guère de ne rien amasser pour luy ou pour sa famille du moment qu'il y ait de quoi subsifter dans le bois. Il partage avec cœur et faict hospice volontiers au voïageur qui s'arrête chez lui à l'improviste. Il vit au iour la iournée et trouve tout ce dont il a besoin dans les forêts; il semble vivre une union parfaite avec la nature, contrairement à nous qui deffrichons les bois et élevons des clôtures pour garder les animaux. Les sauvages pacifiés disent qu'il y a de vastes territoires de chasse à partager pour nous tous...

Par contre, les Nations Huronnes et Iroquoise, elles, se trouvent être fort différentes de l'Algonquine. Sçédentaires, ces sauvages bâtissent des bourgades et deffrischent les bois pour cultiver la terre, comme nous. Leurs femmes sèment le gros bled qui pousse tout naturellement icitte, pylent le grain pour faire la farine, tissent le fil et font la poterie. Les hommes fonct la chasse et s'adonnent à la pêche, guerroyent les autres nations ou l'homme Blanc, et sont haïs de nous tous. Ils ont déià tuez des hommes au Cap, violentez des femmes et pris en oftage les enfants...

Les malheureux ennemis capturés par les Iroquois sont exécutez après avoir subi moult supplices corporels, ou sont réduyt à l'efclavage par iceux. Ces sauvages en ont d'ailleurs un fort grand nombre et se fonct servir par iceux. Par contre, les nations Huronnes, contrairement à l'iroquoise tant haï de nous touttes, font la traitte avec les autres tribus et avec les Françoys un partout sur le contynent. On en voyt souvent débarquer par icitte aux Trois-Rivières pour faire du troc...

Les sauvages du Nouveau Monde n'ont point de religion en eux ou n'en ont nécessitez, au grand dam des missionnaires, mais touttes se trouvent fort superftitieux. Ils aioutent touiours foy à leurs songes, bien plus que toutes les paroles bienveillantes des Iesuites réunies ensemble, ce qui donne beaucoup de mal aux pères religieux qui essayent de forcer leur conversion au Christ iusque dans leurs abris dans les bois. Les sauvages ont tout de mesme connaissance des esprits et ils croyent avec conviction en l'immortalité de l'âme et sont convaincus qu'après la mort ils iront tous dans un fort beau païs loingtain pour y rejoindre ainsy leurs ancêtres. Tout compte fait, c'eft à peu près ce que nos prêtres nous promettent à nous aussy, mais iceux le font sans intermédiaire et surtout sans avoir à payer la dîme au curé.

Fin de l'eftez 1660:

Les sauvages iroquoys ont rodez tout l'eftez à lentour des habitations comme des hordes de pillards recherchant opportunitez d'attaque. Ils defcendent le fleuve depuys les rapides Ville Marie, situez de l'autre côtez du Mt. Royal, en quête de scalps d'homme Blanc ou de femmes à violenter. Ils veulent nous occire ou nous faire partir du territoire et nous voyent, nous les hommes Blancs, comme les envahisseurs de leur pays: ils sont fort bons tueurs silencieux.

Tout à lentour de nous, c'eft la forêt avec au revers de chaque arbre un sauvage de cachez par derrière qui nous guette peut être pour nous séparer de notre chevelure, et il est fort difficile en ces moments de crainte redoultable de deffricher nos concessions, de labourer, ou mesmes de semer la terre en regardant touiours par derrière de l'épaule, sans compter les raids de pirates à la solde de l'Anglois qui pourroient débarquer à l'improviste et brûler nos maisons, comme il eût lieu à Québec un iour, lors que nous sommes aux champs en plein labeur éreintant. C'eft rendu que le père amène touiours un vieux mousquet et une hache avec les boeux lors de nos travaux aux champs.

La crainte de se faire décalloter la chevelure par les sauvages est pour moy la première incommoditez en ce fort plaisant païs de Canada; la seconde, en confessant que les Iroquois sont de faict la plus grande de toutes, ce sont les maringouins. Seule la fumez de cheminez les repouffe, mais brièvement, car il se trouve touiours que ces beftioles piquantes nous courent après dès le dégel et iusques à la fin de l'eftez. I'ai mesmes entendu un coureur des bois dire que les Iroquois torturent leurs prisonniers en les attachant dehors touttes nus pour leur faire subir le supplice du maringouin. Les pauvres victimes deviennent lors toutes boursoufflez de peau et folles de démangaisons, mais cela disparoît habituellement au bout de trois iours. Mais comme la plus part des prisonniers des iroquois sont exécutez après nombres violences et iniures à leur corps dès le premier iour selon les dires de Médard de Groseilliers, qui était de passage pour recruter des hommes pour

220

courir les bois avec luy, les pîqures n'ont pas touiours le temps de guérir avec assez de rapiditez. Et mieux vaut périr promptement, disoit Pierre Radisson, son associé, que de se voir capturer vivant par ces sauvages meurtriers amateurs de sang françoys!

Le troisième defsagrément icitte, en Trois-Rivières de Canada, c'eft la longueur de l'hyver, et ie me demande fort sérieusement si ie suys proprement faict pour ce païs et ses hyvers quasiment sans fin. Ie m'ennuye fortement de ma Saintonge natale qui m'a vu naistre, et surtout de toi, ma très chère mère adorée...

Bien que nous sommes venus icitte en tant que serviteur envers le Sieur Boucher pour troys ans, le père et moy avons déià commencez à nous deffricher une concession et avons déià récoltez notre premier bled, la terre féconde donnant icitte à merveille et bien plus qu'il ne nous en fauct à manger pour toute une année. Plus iamais nous ne manquerons de pain, car le pauvre d'icitte est plus en moyens que le pauvre de France que nous étions et peut fort bien y survivre s'il est hardi travailleur comme le père et comme moy mesmes et qu'il n'a pas peur du sauvage iroquois... ou des damnés maringouins!

Le père dict que d'icitte la quatrième année, deià, on aura deffrichez assez de territoire pour toute la famille et qu'il sera en mesure de te quérir dès qu'il aura obtenu permission et sauf conduit pour un voïage en France du Gouverneur du Bois d'Avaugour, toy, ma mère, Thomas et Louyse, mes frères et sœurs que i'aime touiours de tout mon coeur, pour venir habiter par icitte en permanence avec nous en pays de Canada...

(Ici se termine le journal de Jean Gellineau...)

Chapitre 17

Le lendemain matin, j'avais demandé à papa pourquoi notre ancêtre paternel, dont le *nom de naissance* était Juillineau, se faisait appeler Gellineau, ou Gellyna, alors que nous on avait pour nom de famille Bellemare; je ne comprenais pas ce qui était arrivé avec notre patronyme.

« Ou cé que t'as entendu ça, toé? » Avait dit mon père.

Et c'est alors que j'avais sorti le carnet de voyage de Jean Gellineau dit Gellyna, celui que j'avais piqué la veille dans le grenier de grand-père pendant que papa et Imelda avaient le dos tourné. Mon père me l'avait vite repris, comme une relique de notre passé franchouillard auquel on devait rendre un culte après la messe du dimanche, en me disant: « Pis té capable de lire ça, toé... du vieux français? »

J'avais répondu que les vieux colons français avaient dû avoir une prononciation bien différente de la nôtre au milieu du 17 ème siècle, car des « s » semblaient avoir été remplacés par des « f » dans les mots. Enfin, c'est ce que j'en avais déduit quand j'avais parcouru le texte plusieurs fois pour essayer de le décoder, et que nos ancêtres devaient crachouiller beaucoup de « fe fe fe fe fe... » en parlant dans leur dialecte rabelaisien de l'époque ou que le roy des Français devait parler sur le bout de la langue avec tous ces « fe fe fe » mis les uns en arrière des autres comme dans « fortir ce foir », et que c'était peut-être la raison pour laquelle les Français de l'époque parlaient de cette manière à la cour, pour imiter leur roi, et qu'on aurait juré entendre un petit bouillonnement de lait chaud sur le poêle quand ils ouvraient la bouche, comme lorsqu'on prépare le chocolat chaud sur un rond de la cuisine pour nous aider à dormir. J'avais rajouté que ça n'avait pas été trop difficile de déchiffrer le texte parce que j'avais compris que le vieux...

« Je t'avais dit de toucher à rien... »

... Que le vieux français que parlait mon ancêtre Gellineau devait sonner fort différemment à nos oreilles, comme notre parler québécois dans l'oreille d'un Français de Paris en visite sur le Plateau.

« Cé pas d'ma faute, pa'... C'était plus fort que moi... Y fallait absolument que j'le lise! »

Même si je n'avais pas été en mesure de résister à la tentation, j'avais tout de même fait attention à ne pas endommager le petit cahier moisi...

Après m'avoir sermonné parce que je n'obéissais presque jamais aux ordres d'un adulte, papa m'avait ensuite raconté que notre ancêtre paternel avait changé avec le temps son nom de famille de Juillineau à Gellineau alors qu'il habitait toujours à Saintes, en France, puis à Gellyna lors de son arrivée en Nouvelle-France, car les colons voulaient souvent s'échapper de leur passé et repartir à neuf dans la nouvelle colonie: remettre le compteur à zéro. Ensuite, mon père avait rajouté que Jean Gellineau, le fils d'Étienne, l'ancêtres de la lignée des Gélinas d'aujourd'hui en sol québécois, avait eu trois fils avec dame Françoise de Charmenil, une jolie fille du Roy qui s'était ramassée à Québec vers la fin de 1670, et que le premier fils de leur union, Pierre, avait lui seul gardé le patronyme familial des Gellyna; que les deux autres fils s'étaient *nommés eux-même* pour fonder « leur propre lignée, à eux », avait dit papa, et que le second fils, le Jean-Baptiste de notre filiation, à nous, « allait souvent chercher son boeuf, son bien le plus précieux, pogné les quatre pattes dans vase dans une petite mare à l'autre boutte de sa terre, à Yamachiche - sa terre descendait jusqu'au fleuve et la partie la plus basse de son champ était souvent inondée, au printemps -, et que Jean-Baptiste revenait souvent à la maison tout boueux à force de se battre avec la bête qui ne voulait pas toujours retourner à l'étable de bon gré... » C'est ce que papa m'avait conté, mais je n'étais pas sûr s'il me racontait *des* histoires ou si c'était *de* l'histoire?!? Toujours est-il que ses voisins du rang de Yamachiche, pour le taquiner, disaient souvent ceci en croisant un Jean-Baptiste Gellyna tout couvert de bouette:

« Oh! La belle mare!... La belle mare! »

Alors, un jour, comme c'était comme ça qu'on le surnommait dorénavant dans le coin, *le gars à la belle mare,* le deuxième fils de Ti-Jean Gellyna avait décidé de prendre pour lui et pour sa descendance le patronyme de « de Belle Mare » pour se donner des airs de petite noblesse, puis de « Bellemare » pour faire plus court...

Sa future épouse, Jeanne-Marie Boissonneau dit Saint-Onge, devait être tolérante en mosus pour oser se marier avec un gars qui avait un sens de l'humour aussi développé que celui de Jean-Baptiste, parce que moi je les aurais tous envoyer chier, mes voisins de Yamachiche... Maman disant d'ailleurs que j'étais un tantinet intolérant de nature. Alors...

Beware of the dark side, Luke.

Le troisième fils de l'aïeul Gellineau, parce qu'il courrait encore plus vite qu'une flèche sauvage, une qualité essentielle pour un coureur des bois qui rencontrait des Iroquois chasseurs de scalps sur la rivière des Outaouais, avait tout simplement pris le nom de « Lacourse ». Mais la lignée des Lacourse n'avait jamais été aussi prolifique que celle des Gélinas et des Bellemare.

Adam Dollard des Ormeaux dit Daulac, lui, y devait pas courrir assez vite, car j'avais appris à l'école que notre héros national avait péri à Long-Sault avec ses hommes lorsqu'il s'en était pris à une tribu iroquoise, en mai 1660... La dynastie des Lacourse n'était même pas encore née, à l'époque! Par contre, maman disait que ce Daulac n'était pas un héros comme le prétendait notre maîtresse d'école, mais plutôt un fieffé menteur, et un voleur, et que ce fameux Dollard des Ormeaux n'était qu'un bandit de grand chemin qui avait l'habitude de voler les peaux de fourrures des iroquois pour ensuite aller les revendre à Montréal, et qu'il était cette fois-là tombé sur une bande de sauvages beaucoup plus imposante que prévue et que c'était son avarice, et non pas les indiens, qui l'avait tué lui et ses hommes... Maman avait rajouté que c'était un peu ce qui était arrivé au *fameux* Colonel Custer, l'Américain qui avait frappé son os à Little Bighorn, quand il était tombé sur une tribu d'indiens au grand complet... et non pas sur seulement des femmes et des enfants sans défense. Alors, maman avait toujours été méfiante pour ce qui est des héros...

Papa avait conclu toute l'affaire en disant que les Québécois dont le patronyme était Gélinas, Lacourse et Bellemare étaient tous les descendants directs du seul et unique Jean Juillineau, ou Gellineau, puis Gellyna, et finalement Gélinas, ce petit Jean qui était parti de La Rochelle avec son père à l'âge de douze ans, en 1658, cinquante années après la fondation de la ville de Québec par Samuel de Champlain... un autre Saintongeais! J'étais le cousin remué de germain de tout ce beau monde, car notre génétique familiale québécoise nous la devions à un peu plus d'un millier de familles françaises qui étaient venus s'établir dans une contrée remplie de sauvages coupeurs de scalps, avec des hivers interminables et de grands froids sibériens... une Nouvelle-France qu'on disait pleine d'espoir... mais tout ça c'était avant que les Louis ne nous abandonnent à notre triste sort, dès 1760. En effet, le Roy de France de l'époque, un Louis à chiffre romain qui n'avait pas voulu reprendre sa colonie d'Amérique, celle que les Angliches étaient prêts à lui rétrocéder en échange d'une île à sucre, avait fait volte-face (les fameux « quelques arpents de neige » de Voltaire), car sa maîtresse de l'époque, la Duchesse de Lauraguais, adorait les sucreries...

Crisse! On avait du sirop d'érable en masse, nous, icitte!

Finalement, j'allais devoir apprendre l'anglais de force dans Côte-des-Neiges parce que la pitoune d'un Roy de France avait la dent sucrée... Simonac de caltor du crisse!

En définitive, nous, les Québécois de souche, on était presque tous des consanguins, car on ne descendait que de quelques centaines de familles de colons français venues s'établir au pays de Canada! Alors maintenant je comprenais mieux pourquoi maman me disait souvent, quand je zieutais les filles que je croisais dans la rue: « Ça serait mieux pour toi de te marier avec une jeune femme qui n'a pas de sang québécois dans les veines... Ça fera des enfants plus forts pour repeupler le Québec! »

Crisse! À Côte-des-Neiges, ça me serait facile de le faire, car y en avait pas tant que ça... des Québécoises de souche! Et j'allais un jour me marier avec une *Française* dont les parents italiens étaient originaires de la Sicile; donc une *fausse* Française, mais bien une Italienne! Mais une Italienne avec un sang à prédominance grec, finalement, car c'était les Grecs qui avaient fondé la Sicile et qui l'avaient colonisée. J'allais donc unir ma destinée à une jeune femme sicilienne au sang grec munie d'un passeport français, mais qui était née en Algérie française... une Nord-Africaine française... une jeune pied-noire qui allait un jour immigrer au Québec pour refaire sa vie avec sa famille. Moi! Le petit Canadien québécois, le petit Français canadien-français dont les ancêtres venaient de la Saint-Onge et du Sud-Ouest de la France... Moi! L'Américain du Nord Français... Moi! Le francophone québécois canadien... Le Québécois *de souche* avec du sang amérindien qui allait oser se marier, non pas avec une Anglaise, mais avec une Africaine du nord qui avait baigné dans la mer Méditerrannée pendant toute son enfance!

« Toute est dans toutte », disait souvent papa.

Lorsque je suis allé voir grand-maman, après m'être fait savonner par Imelda pour mon *emprunt* dans le grenier, elle était couchée dans un petit lit blanc monté dans un coin du salon « pour que ça soit plus facile de s'occuper d'elle », avait dit tante Rita. Le docteur l'avait fait sortir de l'hôpital « parce qu'il n'y avait plus rien à faire pour elle! » Il disait même qu'elle faisait de la basse pression et qu'elle allait s'éteindre tout doucement. Mais moi qui ne savais pas ce que ça voulait dire, au juste, *faire de la basse pression,* grand-mère étant clouée sur sa couchette les yeux fermés bin dur, j'avais pensé qu'elle restait étendue-là parce qu'elle devait avoir peur de voir ce qui allait bientôt lui arriver. C'était un peu comme si elle dormait, une espèce de sommeil végétatif, Imelda ayant prononcé le mot *coma...* Comme un « coma d'hôpital », avait-elle dit. Mais coma d'hôpital ou coma tout court, pour moi, ça voulait dire exactement la même chose: un sommeil profond... *Grand-maman éta' pas réveillable!*

Le docteur avait soutenu qu'il faudrait juste « la garder confortable. » Puis, tante Annette avait rajouté qu'elle « n'en avait plus pour longtemps » pour que je comprenne bien que ça *n'allait pas trainer pantoutte, son affaire.* Cependant, *ne plus en avoir pour longtemps* ne voulait sûrement pas dire la même chose pour moi que pour elle, parce que ça faisait déjà une heure et demi que j'attendais comme un nono qu'il arrive quelque chose à grand-mère et qu'il ne se passait absolument rien du tout...

*

**

On allait voir notre mère-grand de temps à autre dans la journée pour suivre en direct l'évolution de son coma, mais on nous renvoyait souvent jouer dehors avec Rex, le chien bâtard d'oncle Bruno qui servait surtout à ramener les vaches des pâturages vers l'étable, en été. Ainsi, j'avais déduit qu'un chien à la campagne fallait que ça serve à quelque chose d'autre que de japper tout le temps et que ça devait se rendre utile, comme nous qui participions à notre manière à la traite des vaches en répartissant le grain et le foin pour aider notre oncle. Quelques fois, Bruno nous laissait même donner à ses veaux du lait en poudre dilué dans l'eau dans une chaudière qu'on devait maintenir fermement pour que le tout ne se ramasse pas par terre. Ainsi, on aurait l'occasion de caresser les veaux et d'essayer de les amadouer un peu. Parfois, pour passer le temps, on allait s'enterrer jusqu'au cou dans le silo à grain ou on allait jouer à la cachette dans la grange à foin ou dans la grande remise où se trouvaient les tracteurs et la machinerie agricole... Ainsi, je pouvais faire semblant de conduire le Massey 165 de Bruno comme un grand.

Souvent, quand on essayait de rentrer à la maison parce que tanné de jouer dans les balles de foin avec les cousins ou au docteur avec les cousines, nos tantes nous renvoyaient tout de suite à l'extérieur parce qu'il ne fallait pas faire trop de bruit, et que moi, comme j'en faisais beaucoup, j'allais déranger ma grand-mère. À cette époque bénie du début des années soixante, j'étais absolument incapable de ne pas faire de bruit et papa me disait souvent d'arrêter de faire le tannant, même quand j'essayais de rester tranquille: « Tu vas réveiller les morts! », qu'il me disait souvent. Mais aujourd'hui, je suis sûr que grand-maman aurait mieux aimé qu'on sonne le branle-bas de combat pour qu'elle puisse enfin se réveiller.

Il y avait beaucoup d'agitation à l'intérieur de la maison à cause de la parenté qui venait d'un peu partout chacun son tour. Ça faisait des incursions dans la maison du grand-père avec « des faces d'enterrement », disait papa. Ça n'était pas très gai comme atmosphère. Alors, c'était peut-être mieux pour nous « d'aller jouer dehors avec les cousins » que de rester en dedans, mais comme je n'avais jamais eu la *chance* d'assister à une mise au tombeau, je ne pouvais que spéculer à propos de ce que devait avoir la tête des gens lors d'un enterrement, car jamais je n'avais vu la mort de près... ni même de loin.

Assis près de la table de la salle à dîner, je pouvais ressentir le silence qui accablait tous ces oncles, ces tantes, ces cousins et ces petits cousins lorsqu'ils s'arrêtaient à la maison, et qui, embarrassés de nous voir-là, ne savaient plus trop quoi nous dire après avoir seulement passé deux minutes dans la cuisine avec nous. Était-ce à cause de l'état de santé de grand-maman ou parce qu'on était séparés de notre père depuis le début de l'été, et que, des *séparés,* ça n'était sûrement pas très catholique pantoute? Pourtant, j'aurais pu leur dire que, le catholicisme à genoux dans une armoire à soutane, je connaissais bien... Mais j'étais bien trop gêné pour en parler. *Seigneur prend pitié de nous!*

Et de loin, à travers la porte entr'ouverte du salon, entre les silences chargés de chagrin de la parenté et les pleurs étouffés de peine et de misère de nos tantes, avec en plus les cousins, embêtés d'être là à ne rien faire, assis sur leur siège comme des imbéciles en attendant leur mère qui n'arrivait plus à partir alors qu'ils auraient mieux aimé aller jouer avec leurs amis, il y avait ce souffle qui essayait de battre la mesure... Lent... Difficile... Avec des gémissements inégaux... les appels à l'aide de grand-mère qui semblaient provenir d'un long tunnel... Grand-maman était prisonnière du corridor qui sépare habituellement les êtres vivants essoufflés des vivants qui ne sont qu'à bout de souffle. Elle s'était prise les pieds là-dedans, sans espoir de retour, car personne ici-bas ne pourrait plus rien faire pour elle, pas même son docteur, impuissant disciple d'Hippocrate, car il n'y avait plus rien à débrancher du tout. Et on a passé une semaine de vacances d'enfer à la voir agoniser... à l'entendre mourir à petit feu... *Si la vie vous intéresse!* Qu'ils disaient dans les réclames publicitaires des Forces armées. Mais nous on vivait tous dans l'attente de la mort annoncée de grand-maman; c'était comme une espèce de grand show live d'Alice Cooper auquel on allait assister malgré nous: « *Welcome to my*

Nightmare, I think you're gonna like it. I think you're gonna feel like you belong; a nocturnal vacation! »

Mais ensuite, j'ai pensé qu'Alice Cooper ne serait jamais venu, ici, à Saint-Justin, car c'était juste un autre coin perdu de la Mauricie... un peu comme Bethel, dans l'état de New York.

Le docteur de famille de grand-mère disait que c'était « sa pression » qui causait problème, comme un vieux boyau d'arrosage tout percé lorsque vient le temps d'arroser le jardin et qu'on ouvre le robinet... Grand-maman n'avait presque plus de jus! Après avoir donné douze enfants à la paroisse et travaillé toute sa vie comme une forcenée à les élever, à les habiller et à tenir la maison propre, en plus des nombreuses tâches sur la ferme, c'était presque compréhensible que grand-maman soit un peu, beaucoup, fatiguée de la vie. Et pendant toute la semaine, le sujet de conversation était demeuré le même: Florida et sa respiration qui faiblissait beaucoup. « Hé! Sa respiration a-ti ben baissé, hein?... Pauvre elle!... C'tu de valeur!... »

En effet, pendant sa longue semaine à se laisser glisser du côté de la vie éternelle, les tantes se relayaient pour la veiller, à tour de rôle; on voulait lui rendre un dernier hommage pendant qu'elle était encore vivante, si on peut qualifier de *vivante* une personne qui ne fait rien d'autre que d'oxygéner ses poumons... Florida frisonnait et avait l'air d'être en état d'hibernation, la pauvre, mais je n'en étais pas sûr... je n'étais pas un docteur. Et un matin, tante Annette a eu la bonne idée d'aller s'étendre un moment à côté de sa mère pour la réchauffer sous la couverture...

En voyant ma tante se mettre au lit, j'avais été bien étonné de voir comment mère-grand était faite en son déshabillé... et j'ai pensé qu'elle avait de très grands bras... poilus! C'était peut-être pour mieux nous enlacer? Elle avait aussi de très grandes jambes... poilues, elles aussi! C'était peut-être pour mieux courir après nous? Malgré sa calvitie sénile, elle avait de grandes oreilles garnies de longs poils en bouquet serré... une vraie fourrure! Pour mieux nous écouter, avais-je supposé? Elle avait aussi de grandes, mais de très grandes dents! Pour mieux mastiquer, avais-je conclu, car il lui serait sûrement plus facile de déchirer la viande avec des crocs pareils... Puis, en étudiant les canines de plus près, j'ai tout suite pensé à la dentition d'un loup, et je me suis vite éloigné du petit lit à cause de la vision loufoque qui avait surgi à l'improviste dans ma tête, car, pendant une fraction de seconde, j'avais eu la chienne de me faire dévorer tout rond par mère-grand: il ne me resterait plus qu'à *tirer la chevillette...*

*
**

La respiration de grand-maman s'amenuisait un peu plus à chaque jour, les intervalles se faisant de plus en plus longs entre chacun de ses souffles, comme le métronome démantibulé qui traînait sur le vieux piano droit du salon et qui faisait ses tic tac à retardement: il n'arrivait plus à battre la mesure, lui aussi, parce qu'il était impossible de le recrinquer complètement... Et pour grand-maman « y'avait pu rien à faire itou! », ses ressorts étant beaucoup trop maganés pour que l'horloger de Saint-Pierre puisse seulement essayer de les remonter. Mais moi, qui avais abandonné les cours de piano parce que j'étais trop tannant pour pratiquer plus de cinq minutes d'affilée, je pouvais juste la regarder s'en aller tranquillement. Et pourtant, j'avais plutôt l'impression de *l'entendre* partir que de la *voir* s'éteindre... j'avais l'oreille fine d'un musicien qui ne jouait d'aucun instrument.

Grand-papa avait souvent la larme à l'œil. Il allait perdre sa compagne de plus de soixante années. Alors, fallait le comprendre. Je le voyais se bercer dans sa chaise en tirant sur sa pipe, machinalement, les yeux perdus dans ses souvenirs de vie commune avec sa Florida bien-aimée. Il était comme son vieux Massey Ferguson tout déglingué; son moteur pétait au ralenti en échappant de petits prouts de fumée mauve qui empestaient la maison, avec le regard perdu dans le vide et des prunelles humides qui regardaient encore plus loin que le mur de la cuisine. Lui qui, pendant toute sa vie, avait toujours été solide comme un roc de Gibraltar... il avait l'air d'un gars complètement démoli. Cependant, il faut dire qu'il avait l'habitude de mettre fin aux souffrances des animaux de la ferme, lorsqu'il ne restait plus rien à faire pour eux. Pour les empêcher de souffrir inutilement. Lui avec! Grand-papa n'était pas capable de regarder ça sans rien faire: ça le tuait, à l'intérieur, de voir ça. Mais lorsque c'était la femme qu'on aimait qui avait mal et qu'elle était fichue, on ne pouvait rien faire d'autre « que de l'accompagner dans la mort en égrenant son chapelet », rabâchait le prêtre de la paroisse...

Mais la souffrance des uns est toujours trop difficile à supporter pour les autres quand on a beaucoup d'empathie.

Le vicaire du bon Dieu, finalement, était venu pour donner l'extrême-onction... l'ultime onction... la dernière onction! Ça voulait dire en language religieux subliminal qu'utilisaient les abbés entre eux pour communiquer les mauvaises nouvelles à la famille de leur client « qu'elle allait mourir pour de vrai! » ma grand-maman, qu'elle avait franchi le point de non retour, la Florida... Elle était foutue.

Mais toute fichue qu'elle était, personne n'osait le dire de vive voix et prononcer le mot « mort », même s'ils savaient tous qu'elle n'était plus qu'une morte... mais vivante. N'avait-on pas le droit de croire au miracle quand on chantait à minuit avec des Chrétiens, le 25 décembre?

Et moi, j'ai tout de suite compris que nul n'aimait parler de la mort... de la mort d'un être cher... surtout si le mort ne l'était pas encore tout à fait... mort! Et j'ai supposé que c'était parce que ça nous rappellait trop ce qui allait un jour nous arriver, à tous. Cependant, moi, je n'avais pas de véritable problème avec la mort, surtout avec la mienne, parce que c'était le sang d'un explorateur de la vie qui coulait dans mes veines; j'avais presque hâte de voir ce qui allait m'arriver une fois rendu de l'autre côté de minuit... l'heure solennelle! Y aurait-il le paradis avec Saint-Pierre et les anges ou m'enverrait-on dans la fournaise éternelle avec Belzébuth et les sept princes de l'Enfer... avec de la lumière à l'autre bout d'un long tunnel et des amis qui vous font signe de vernir les rejoindre au plus crisse?... Ou mes atomes crochus païens allaient-ils se recombiner dans le dernier trou noir qui goberait tout juste avant le prochain Big Bang, bien longtemps après que j'aie pété au frette?

Lorsque le corbeau s'est installé dans le salon avec son petit kit pour mourants catholiques, tout le monde s'est garroché à genoux. Puis, on s'est vite mis à marmonner des *amen* de temps à autre... des *amen* cacaphoniques, si vous voulez mon avis, car ils me semblaient aléatoires et complètement hors tempo. Et moi, qui ne savais pas trop ce qui se passait, au juste, j'avais essayé de suivre le mouvement en répétant des *amen* à l'improviste avec les autres moutons, sans comprendre pourquoi il fallait, justement, les lancer au moment où ça me semblait si peu évident pour moi de les cracher... *Amen* par-ci, *amen* par-là... blablabla! *Amen.* Si c'était ça leur putain d'extrême-onction, ça ressemblait plutôt à une extrême mystification.

Ensuite, l'abbé machin a sorti de sa petite sacoche de docteur du bon Dieu, qu'on appelle communément dans le jargon catholique romain qu'utilisaient les ecclésiastiques entre eux pour se comprendre « un étui à viatique », une petite bouteille d'huile bénie consacrée par un évêque le jeudi saint - un gars était mieux d'en bénir assez pour toute son année de travail! -, et un petit jeu de coffrets dorés avec un contenant à hosties... le gros kit des mourants catholiques! Tout son attirail de petites boîtes qu'il déballait révérencieusement me faisait penser aux mets chinois pour emporter à cause de l'odeur exotique qui émanait des contenants, comme la commande *Take out* que maman faisait parfois venir, les samedi soirs, quand elle n'avait pas le goût de nous faire à souper. Mais c'était probablement mon cerveau qui déraillait parce que je commençais à avoir une de ces faim de loup, on n'avait pas encore eu le temps de dîner à cause de la visite impromtue du curé, et lorsque j'ai demandé à ma tante Imelda « c'est quand qu'on va manger, ma tante? », je n'ai reçu qu'une fin de non recevoir. Ça n'était donc pas du *take out* pour nous tous... mais seulement pour grand-mère. D'ailleurs, y avait pas de restaurant chinois à Saint-Justin ou dans les environs. Alors...

Par la suite, le révérend a fait de petites croix huileuses sur les paupières closes de grand-maman, ce qui avait pour but de rappeler le pouvoir de guérison des apôtres: « ... par cette onction sainte, que le Seigneur en sa grande bonté vous réconforte par la grâce de l'Esprit saint! » *Amen!*

Mais ça, c'était la théologie catholique romaine, car dans la pratique, comme ça ne marchait guère souvent, ce supposé « pouvoir de guérison par les saints », j'avais pensé que le prêtre parlait plutôt de guérir l'âme de grand-mère, ce qui me semblait beaucoup plus réaliste étant donné la condition physique incertaine de grand-maman... S'il était seulement capable de la repérer, son âme, ce dont je doutais fortement. Mais passons, car nous savons tous que nos jeunes curés sont entraînés au séminaire pour les trouver... et qu'il y avait probablement beaucoup plus de potentiel de guérison avec l'essence qu'avec l'existence.

Après avoir barbouillé ses petites croix, l'abbé a essayé de lui ouvrir la bouche de force pour le sacrement de l'Eucharistie, et tante Imelda a dû intervenir rapidement et participer au rituel bien malgré elle en tentant de maintenir les lèvres entr'ouvertes de grand-mère, pendant que le sacramant se dépêchait de lui fourguer son hostie sur la langue avant de se faire bouffer un doigt, car grand-maman avait encore une assez belle dentition... la situation idéale pour le curé étant, dans le meilleur des cas, de confesser la victime rapidement, d'ensuite administrer l'onction, la finale, l'extrême!, puis de donner la communion sur-le-champ en priant le Créateur tout puissant de bien vouloir exaucer son voeu de voir la mourante rendre son dernier soupir séance tenante. En effet, le cureton devait prendre garde à ce que Florida n'ait pas le temps de commettre un autre « gros péché mortel » entre l'extrême-onction, qui se trouvait être l'opération de nettoyage à sec de son âme, et la mort physique proprement dite, le trépas, qui lui précédait le lessivage de son compte en banque à cause des onéreux frais d'hospitalisation ou de succession...

J'avais même entendu Gros-Pite avouer que son opération, à Florida, lui avait coûté un gros cinq milles piasses! Mes oncles et mes tantes avaient sifflé d'admiration devant un homme qui était prêt à garrocher autant d'argent sur une mourante, mais je n'avais absolument aucune idée de ce qu'une telle somme pouvait représenter, mais à l'époque on s'achetait cinq boules noires pour une cenne chez Périard... une espèce de dépanneur avant le terme sur la rue Gentilly, à Longueuil.

Grand-mère avait interrompu sa respiration, brièvement, après avoir ingurgité sa portion de pain consacré, comme si elle avait décidé d'exaucer les prières du saint homme et de mourir au plus crisse, et Florida avait hoqueté un long moment comme lorsqu'on avale quelque chose qui vous reste pris en travers de la gorge et qu'on s'étouffe avec...

Cependant, grand-maman avait tout même réussi à avaler le corps du Christ *in extremis* et survécu au pouvoir euthanasiant de l'hostie imbibée de *spiritu sancti* que lui avait refilée le religieux, et j'avais pensé sur le coup que son truc béni était beaucoup moins efficace que le gros gin de grand-père pour tuer les microbes ou le poison à rat que maman mettait dans un coin du garde-manger pour se débarrasser de la vermine qui, occasionellement, venait faire un tour à la maison pour jouer au chat et à la souris avec notre vieille chatte *Bébé Roumiaou*.

Dans les dernières heures de sa vie sur terre, Florida avait déjà commencé depuis longtemps à prendre des inspirations espacées... très espacées! C'était rendu que mes tantes allaient la voir pour confirner son décès à toutes les cinq minutes, mais ensuite survenait une autre bouffée d'air, au grand dam des soeurs de papa qui n'arrêtaient plus de se lever et de se rasseoir à répétition... une inhalation sortie de nulle part... de l'autre monde! Et grand-maman reprenait goût à la vie pendant encore quelques minutes de plus. Puis, plus rien pendant un laps de temps qui me semblait être une éternité à arrêter sa respiration... Comment diable faisait grand-maman pour retenir son souffle aussi longtemps? Et les poumons de FLA se soulevaient encore... comme un pêcheur d'éponge qui remonte à la surface après avoir été sous l'eau pendant cinq longues minutes d'affilée. Ouf!

Quelqu'un dans la cuisine avait parlé « d'apnée du sommeil... », mais je n'en étais pas sûr, surtout que moi j'avais compris *acnée du sommeil!,* et que je m'étais demandé ce qu'une maladie d'adolescent pouvait bien avoir à faire avec le mal de grand-mère? Et pendant tout ce temps, en aspirant ses dernières bouffées d'air sur terre, le bruit sordide que faisaient les lèvres de grand-mère écrivait, tout doucement, les ultimes notes d'une oraison funèbre qui me resteraient gravées à jamais dans la tête. Non, en aucun cas je n'oublierais ma grand-maman, car je l'avais accompagnée dans la mort jusqu'à ce qu'elle émette son dernier souffle; j'avais *entendu* la vie qui la quittait, doucement, comme dans une pièce de musique mortuaire provenant de l'au-delà... avec d'amples demi-soupirs... beaucoup trop de soupirs!... le silence dans la musique qui tue... une petite pause dans l'exécution prochaine des dernières notes du concerto de grand-maman. Et au diable ces putains de quadruples-croches, car j'étais absolument incapable de les jouer.

C'était la première fois de ma vie que je voyais quelqu'un mourir, et j'ai pensé que ça ressemblait beaucoup à s'endormir la nuit quand on est mort de fatigue... mais une nuit qui n'aurait plus de fin... un long voyage sur une autoroute... sans péage... sans panneaux de signalisation... sans personne pour faire chier dans le char... sans rien!

Vers la fin de notre première semaine de vacances avec papa, après cinq jours de supplice pour nous et pour grand-mère dans son lit, Florida est finalement décédée...

Tante Imelda était presque contente de la voir partir!... C'était à peu près la teneur de ce que j'avais pu saisir de ce que mes tantes se disaient, entre elles, en pleurant... Je pensais déjà au coup de téléphone qui serait donné aux parents éloignés et à ceux, plus près, qui n'avaient pas eu la *chance* de vivre cette dernière semaine avec nous:

Florida Bellemare nous a quitté aujourd'hui à 82 ans; le service funèbre aura lieu ce lundi en l'église de Saint-Justin à 11H00; prière de confirmer votre présence pour le goûter qui suivra les funérailles.

Ah! Une occasion de rencontrer toute la parenté, avais-je pensé, mais avec grand-mère en moins... un party où on allait boire un coup à la santé d'un peu tout le monde, la mort d'un membre de la famille étant une bonne occasion de se revoir et de passer du bon temps ensemble: c'était grâce à la mort de grand-maman qu'on allait tous se réunir.

Le soir venu, après l'enterrement de ma mère-grand, lorsque est enfin venu l'heure d'aller se coucher suite à une journée remplie d'émotions de toutes sortes, papa m'a demandé, en me bordant et en me caressant les cheveux comme il avait l'habitude de le faire, le soir, les fin de semaine: « Est-ce que tu veux t'en retourner chez ta mère tout de suite? »

Demain? Après y avoir pensé j'avais répondu « oui! » Je voulais bien retourner à la maison, car je commençais à trouver le temps long, ici. Mais le lendemain matin papa avait sans doute oublié toute l'affaire, ou c'est que j'avais dû rêver?, car nous avons complété notre deuxième semaine de vacances avec lui comme si de rien n'était... Je n'avais pas osé lui en faire la remarque et je n'avais jamais été en mesure d'aborder le sujet de front avec lui... je ne voulais pas lui faire de peine... il avait l'air si content d'être avec nous! Et comme il ne nous restait plus que quatre jours avant la fin de semaine, j'ai pensé que...

Et on est restés avec lui pour le restant de la semaine.

Nous avons visité le petit zoo de Saint-Édouard-de-Markinongé, ensuite nous nous sommes baignés dans le lac Saint-Gabriel de Saint-Gabriel-de-Brandon avec des cousins qui avaient décidé de profiter des derniers jours de beau temps avant le retour en classe pour se faire bronzer, puis nous avons rendu visite aux oncles et aux tantes que nous avions à profusion dans les environs... avec une ride sans selle sur un poney chez des cousins de Sainte-Ursule: je n'étais ramassé su'l cul une bonne copule de fois... Ma soeur Sylvie s'était fait piétiner en essayant d'esquiver une ruade... Martin, qui était encore tout petit, s'était fait chier dessus par une vache! Margré tout, on avait eu du fun au boutte pendant ces quelques jours de détente loin de Carmen, même si on ne connaissait pas tous nos cousins par leur prénom, mais seulement par leur nom de famille: c'était facile... c'était tous de Bellemare!

Puis, ce fut le retour à la maison... le retour à la case départ... le retour chez Hélène... avec maman et tout le reste. Les vacances d'été allaient bientôt se terminer, car c'était déjà la fin de semaine de la fête du Travail avec ce foutu lundi de congé qui précédait tout juste la rentrée scolaire.

Pour nos parents, ça serait plutôt une journée de congé de plus dans une année chargée de travail, mais pour nous ça sonnait le retour aux études avec l'école plate comme le crisse qui allait recommencer bientôt... Maudite marde! Mais qui était le con qui avait eu cette idée folle un jour d'inventer l'école?

Chapitre 18

Après avoir passé près d'une année entière chez Hélène, maman a décidé un beau matin que le fruit était mûr, et elle est partie de la maison avec nous... et avec le beau Bernard et sa fille Carole. Pierre, lui, avait eu la très bonne idée de rester avec Hélène, et nous on allait avoir une soeur d'adoption et un nouveau père... ou plutôt un beau-père. Mais quand il est question de beau-père, faut toujours se méfier de la terminologie, car ça n'était pas *beau* à tous les jours! En plus, comme j'en avais déjà un, un père, je n'avais pas tellement le goût de me retrouver avec un autre.

Fais ce que dois, ce que tu dois, et advienne que pourra...

Et c'est ainsi que je suis retourné dans mon quartier d'enfance avec tout ce beau monde dans l'ancienne maison de papa... maman ayant réussi à faire expulser Ti-Paul de nos vies et de notre maison familiale de la rue Hawthorne. On allait habiter la demeure le temps que ça prendrait à un juge de la Cour de justice de Montréal de donner le feu vert pour qu'on la vende au plus crisse et qu'on sépare ensuite le patrimoine familial entre Carmen et Henri-Paul... même si la propriété avait toujours été au nom de papa et que c'était lui qui l'avait achetée. Maman avait dit qu'elle « voulait faire cracher le Bonhomme » à cause de tout ce qu'il lui avait fait endurer pendant toutes ces années de vie commune: elle voulait le punir.

Après le retour à la case départ, ma mère allait avoir la bonne idée de me mettre en pension au Collège Notre-Dame pendant une année scolaire complète. Ainsi, elle allait me soustraire tout de go à l'influence néfaste que pourrait encore avoir papa sur moi, le Collège Notre-Dame étant une institution bien cotée, à l'époque, même si j'avais déjà commencé ma huitième année à l'École Secondaire Saint-Jean-Baptiste de Longueuil. Maman avait eu l'idée folle de m'envoyer étudier dans un collège privé avec l'élite des bourgeois du Québec pour qu'on me remplisse la tête bien comme il faut; une institution menée de main de maître par des frères enseignants qui allaient, eux aussi, essayer de me remplir bien autre chose que ce que j'avais entre les oreilles lorsque j'avais la chance d'écouter le chant du pic-bois... *Laisse-moi donc r'tourner chez moi, tape moi sur ma tête de bois, pic-bois laisse-moi donc tranquille, pic-bois, j'veux juste m'en aller!*

Ma mère allait m'expédier dans un refuge où se terrait une bande orgnisée de pédérastes-religieux pour un séjour forcé dans une gang de pédés catholiques... un ramassis de tantouzes à crucifix... une horde de pédales à chapelet... les Hells de la religion catho-homo-sexuelle dans toute sa splendeur... avec le coeur du Frère André qui palpitait dans son bocal de formol... au diable le bien et le mal: *Hell is for heros!* Frottons-nous les uns sur les autres jusqu'à la fin du cours classifique avec les fifs... Ainsi parlaient le frère Claude de Zarathoustra et de tout le tralala.

En bref, maman m'abandonnait à la secte de pédouzes des Frères des écoles chrétiennes, les pédoques de la religion catholique apostholique romaine et inhumaine, des hosties de tapettes à soutane à marde! Allez don' tous baiser des crucifix à l'Oratoire Saint-Joseph, ma gang de crisse, car un jour... j'irai cracher sur vos tombes! Et comme j'étais déjà passé par les mains habiles d'un curé de l'Église Saint-Pierre-Apôtre-de-Longueuil, j'avais déjà une certaine expérience de la cléricature... assez pour me méfier des robes noires ou des hommes en jaquette tout court.

Lors de mon immersion forcée chez les tantouses de Dieu, jamais je ne me suis autant senti gêné que lorsque je suis arrivé, un beau dimanche après-midi d'automne, dans ce ramassis de priviliégiés élevés *dans la ouate!* Moi, qui provenais d'une famille des plus ordinaires, j'étais ce rejeton mal-aimé, le fils d'un mécanicien de l'Hydro entouré de fils de riches commerçants, de professionnels, de médecins, de politiciens, de journalistes de la télé ou de l'écrit, d'hommes célèbres, de millionnaires: la crème de la crème de la haute bourgeoisie du Québec s'était ramassée ici! Je devais maintenant affronter une horde de putains de fils à papa provenant de la grande région de Montréal, la clientèle habituelle qui fréquentait autant Jean-de-Brébeuf que les Eudistes, les collèges privés attirant des parents qui étaient prêts à donner le paquet en échange d'une riche éducation pour leur progéniture. Après, ça serait pour eux le CEGEP privé... l'université à l'étranger... Oxford, Princeton et même Havard... l'éducation élitiste n'ayant pas de prix pour ces rois de l'industrie qui possédaient les milliards. Je faisais partie de ceux qui ne *fitaient pas pantoute* dans le moule d'où sortait ce ramassis de bourgeois né avec une cuiller en argent dans la bouche, figé dans la vie lente des honnêtes gens qui triment dur sans jamais pouvoir grimper dans l'échelle de la réussite sociale: je me sentais perdu dans cette usine qui fabriquait les élites québécoise qui allaient un jour gouverner la *Belle Province...*

En plus d'être confronté à tout ça, quotidiennement, j'allais devoir me méfier en permanence des hommes de Dieu qui me couraient après dans le Collège Notre-Dame, ceux qui voulaient vérifier si je l'avais, moi aussi, la vocation catholique! Cependant, je connaissais déjà la chanson, car j'avais déjà eu affaire aux hommes de Dieu à quelques reprises... et même à un chef scout qui avait essayé de me violer dans ma tente lors d'une excursion avec ma patrouille - « Nous sommes... les loups! » -... Carmen et Bernard ne voyant aucun problème à ce que le responsable de la troupe, ce pédé de chef Albert, vienne passer la nuit avec moi et avec Pierre dans notre *pop-up tent*. Crisse! Encore une fois, maman ne m'avait pas cru lors de ma dénonciation de l'homo en érection, et il avait fallu que

Pierre, mon frère d'adoption de fraîche date, ne lâche le morceau et qu'il corrobore les faits - par chance il s'était fait tripoter au moins une fois, lui aussi! - pour que ma mère donne enfin du crédit à que je lui avais dit. Ensuite, dans les semaines qui suivirent, alors qu'on me forçait toujours à aller aux rencontres de la troupe du violeur d'enfants, Carmen et Bernard avaient réglé toute l'affaire à l'amiable avec le pédéraste en chef de *Bédaine Powel* et les hauts dirigeants du diocèse de Saint-Jean-de-Longueuil qui surpervisaient le mouvement scout... le Clergé ayant, en plus du chef Albert, sa propre *troupe* de pédés diseur de bonne aventure à discipliner.

Ça pullulait de fifs dans ce collège pour richards, et, avec ma belle tignasse de blondinet aux adorables yeux verts, j'avais l'impression de m'être transformé dans mon lit, non pas en une véritable vermine, mais en électro-aimant à tantouzes... les pédérastes du bon Dieu qui couraient après moi étant partout! Puis, comme j'étais arrivé au CND au beau milieu du mois d'octobre 1968, les élèves m'ont tout de suite donné un surnom en conséquence: « Naveau! » Et jamais je n'allais oublier mon premier jour de classe au Collège Notre-Dame...

Après avoir fait le lit, m'être lavé, habillé de pied en cap et pris le déjeûner avec les autres pensionnaires du collège, le directeur est lui-même venu me présenter au professeur... et aux élèves de ma classe de huitième.

Très gêné par toute l'affaire, j'étais resté dans l'angle de la porte, la tête basse, mon regard n'osant toiser la trentaine d'élèves qui, déjà, semblaient se moquer de moi avant même de savoir qui j'étais, si bien qu'on n'apercevait à peine le *Naveau* que j'étais dans l'entrée: un gars de treize ans pas plus haut de taille que la moyenne des autres élèves de la classe, athlétique, vêtu d'un costume cravate assez modeste. J'avais les cheveux coupés en brosse, comme les prisonnier politiques qui vont purger une peine de prison à perpétuité, avec un air piteux et le regard fort embarrassé par toute l'affaire. Mais qu'est-ce que je foutais-là, au juste? Je venais tout juste de faire irruption dans le cours de français des huitième C, ça serait mon groupe à moi pour le restant de l'année, et c'est alors, avant même que le proviseur n'ait seulement prononcé la première syllabe de mon nom, qu'avaient retenti les premiers « Naveau! Naveau! Naveau! » dans le Collège-Notre-Dame.

« Assez! » Avait sèchement coupé le directeur...

La classe s'était tue en vitesse; c'était maintenant aussi tranquille qu'une allée du cimetière Côte-des-Neiges à six heures du matin... Comme j'aurais aimé m'y engouffrer au lieu de me retrouver là! Puis, le principal rajouta de sa voix de baryton, en me pointant du doigt: « Monsieur Bellemare, vous pouvez aller vous asseoir... Mais allez-y, bon sang... On ne va pas vous manger! »

« Naveau! Naveau! Naveau! » Avait fait la classe d'une seule voix.

- C'est assez, tous!... Monsieur Molloy, vous viendrez faire votre tour à mon bureau, à l'heure de la récréation...

- Mais... j'ai rien fait, moi, Frère Georges!

- Si vous n'avez rien fait, ce dont je doute fortement, vous servirez d'exemple aux autres. Et vous, espèces de cancres... tenez-vous tranquilles!

Les ancres étant les élèves du cours scientifique, car les frères enseignants n'en avaient que pour leurs petits couchoux du cours classique... Comme j'avais fait quelques semaines de Latin, j'allais donc rester neutre et opter pour le cours classifique.

Pendant que le frère Georges était occupé à menacer la classe de crétins des pires châtiments divins, ou de les reporter à une date ultérieure, j'avais pris le seul pupitre libre, à l'avant, et essayé de ne faire qu'un avec la tablette du petit bureau de bois franc; j'essayais de me fondre dans ma nouvelle classe de huitième... passer par le trou de l'encrier, si je le pouvais.

Le prof avait tout de suite continué la récitation des leçons comme si de rien n'était et n'avait jamais rien fait pour atténuer l'accueil infernal que j'avais reçu de la part de mes nouveaux *amis* du CND. De mon côté, j'avais essayé de suivre en écoutant de toutes mes oreilles, n'osant même croiser les jambes ni m'appuyer sur un coude pour me tenir la tête, et, quand finalement la cloche s'est mise à sonner pour mettre fin à mon calvaire, les élèves ont tout de suite commencé à me questionner et à rire de moi en imitant le son de ma voix muée avant qu'un autre pédé ne remplace celui qui avait donné le cours de français: « Hé! Le Naveau... Viens icitte, toé! Kossé que tu fais icitte, astie de Naveau! »

Bref, c'est moi qui allait être, officiellement, le *Naveau* du Collège Notre-Dame pendant les trois longues années que j'allais fréquenter l'institution religieuse, jusqu'en dixième, car certains élèves m'avaient pris en grippe dès le premier jour de mon incarcération chez les religieux... Pour eux, je ne serais jamais autre chose que le *Naveau!*

Au Collège Notre-Dame, la devise était simple, les pédés imbus de latin de l'institution religieuse ne s'étant pas cassé la tête plus qu'il ne le fallait avec la devise du collège: « un esprit sain dans un corps sain *(mens sana en corpore sano!) » Un sain mental dans un corps sain...*

Ainsi, comme on avait deux heures de culture physique par jour - c'était la raison pour laquelle maman avait choisi le CND pour le jeune hyperactif que j'étais -, avec en plus une heure et demie pour le dîner, en bouffant rapido, j'allais pouvoir faire au moins trois heures de sports par jour. Et c'est au Collège Notre-Dame que j'ai appris, en plus de partiquer l'esquive de certains frères enseignants, à lancer le javelot, à faire du saut à la perche, de la gymnastique, à nager (j'avais passé la Croix de bronze), à plonger, à pratiquer l'altérophilie et à jouer au football avec les Cactus de Notre-Dame.

Pendant toute ma jeunesse, j'avais été l'un des plus doués pour les sports de ma classe, surtout au hockey - on voulait me repêcher dans l'équipe junior A de Longueuil... le coach Bordeleau me voyant déjà dans sa soupe alors que je n'avais qu'une douzaine d'années -, et lors de ma 9 ème année au CND, ma classe, la 9 ème F, allait être la seule de tout le Collège à battre une équipe composée de professeurs d'éducation physique: on les avait battus 3-1 et j'avais marqué deux buts, dont un troisième qui m'avait été refusé par l'arbitre parce qu'il avait prétendu que la rondelle n'était pas restée assez longtemps dans les cordages pour que ça compte vraiment... Y avait pas de reprise vidéo, à l'époque, au CND! Les équipes de hockey des classes de dixième, onzième et douzième années avaient prétendu que tout ça avait été arrangé avec le gars des vues et que les profs du Collège l'avaient fait exprès... de perdre.

Allez tous vous faire foutre, bande de jaloux!

Au football, l'équipe du Collège était tellement dominante qu'on avait l'habitude de battre des équipes plus faibles, comme le Collège des Eudistes, 80 à 0 dans des parties de foot à sens unique où je marquais habituellement quatre ou cinq touchés par joute. Ça n'était plus du sport, « mais une exécution », prétendait le coach Hébert.

Par après, j'ai continué à jouer au football avec les Patriotes, quand j'ai fréquenté le CEGEP Saint-Laurent, puis j'ai joué au foot à l'université McGill. Mais chez les Redmen, je n'y avais pas fait long feu, m'étant tellement étiré les muscles à l'aine lors d'une pratique - on nous avait forcés à monter et à descendre en courant et en levant les genoux très haut tous les escaliers du Stade Percival Molson en fin de pratique -, que j'avais dû tirer sur mon pantalon pour lever les genoux en retournant à la maison. J'avais ensuite été mis de côté par le coach Bailey en début de saison, car ça m'avait pris plus d'un mois pour me remettre de mes blessures, et c'en fut fait de ma carrière de footballer universitaire, à McGill... Cependant, j'allais pouvoir me concentrer sur mes études en littérature française au Peterson Hall de la rue McTavish, à Montréal.

En classe, au Collège Notre-Dame, au niveau de la réussite scolaire, j'étais dans la moyenne des élèves de l'école, au grand dam de ma mère et des frères enseignants qui voyaient en moi un élève brillant et plein de potentiel, et même si je haïssais autant étudier que les pédés, j'aimais tout de même cette école à cause des sports qu'on y pratiquait à tous les jours. Cependant, je dois avouer que c'est au CND que j'ai appris à aimer la lecture, par la force des choses!, car on avait une période de lecture obligatoire à tous les jours. Mais au tout début, je peux vous jurer sans craindre d'aller en enfer que ça n'était que de la *lecture forcée:* « Ou tu lis ou tu t'en vas en retenue, mon gars! » M'avait souvent menacé le pion. On n'avait pas droit aux bandes dessinées, qui n'étaient pas considérées comme étant du *vrai* matériel de lecture par les frères enseignants, mais plutôt du divertissement pour les temps libres. Ainsi, j'ai appris à m'évader pendant une heure des crétins et des frères enseignants, et c'est dans la petite bibliothèque du CND que j'ai dévoré tous les Bob Morane que j'ai pu trouver sur les rayons...

Par la suite, une fois mon intense fièvre jaune passée, après avoir butiné un peu partout dans les étagères, je suis tombé par hasard sur les romans d'anticipation fiction de la série Fleuve Noir: il y en avait des milliers! Et j'ai liquidé tous les romans de Jimmy Guieu, Richard Bessière, B.R. Bruss et compagnie que j'ai pu trouver. Puis, à force de lire de la science-fiction, j'ai appris à aimer la lecture. Ensuite, j'ai pris goût à l'écriture de textes de fiction, mais mon baptême de l'air fut des plus pénible...

En neuvième année, on m'avait mis dans la classe de *surdoués* du Collège, les frères enseignants n'en ayant que pour les deux classes de chouchous (A & B) du cours classique, là où, potentiellement, sortirait un jour un autre prêtre ou un frère enseignant pédéraste qui allait grandir les rangs des sodomites, et la classe de 9e F, celle où on avait parqué les trouble-fêtes du Collège, allait battre tous les records que le CND avait cumulés au fil des ans. Cette année-là, la turbulente neuvième F avait passé une bonne dizaine de professeurs de français dans l'année, trois ou quatre en math, un en bio, en histoire et en géo, puis un autre en sciences physique. Tous les professeurs, religieux et laïques confondus, avaient une peur bleue de prendre en charge notre classe de jeune délinquants juvéniles, et ce, même pour une seule période de suppléance, et c'est au Collège Notre-Dame avec la neuvième année F que j'allais me découvrir un certain talent pour la chose écrite; j'allais prendre conscience, par la force des choses, que j'étais un gars capable de raconter des histoires en entrelaçant habilement le véridique et l'imaginaire... de fabriquer un monde nouveau... un univers inventé de toute pièce encore plus vrai que le vrai... que j'étais en mesure de créer comme le font les artistes... que j'étais en fait un créateur qui s'ignorait... « Naveau! Naveau! Naveau! » J'étais le dieu d'un monde auquel je donnais la vie. Le dieu *Naveau...* c'était moi!   Sauf que ça prendrait au *Naveau* que j'étais beaucoup plus de six jours pour en façonner un.

Hâtez-vous lentement, et sans perdre courage, vingt fois sur le métier remettez votre ouvrage, polissez-le sans cesse, et le repolissez, ajoutez quelquefois, et souvent effacez... mais ne vous rendez pas dès qu'un sot vous reprend.

Et puis un jour, un jeune remplaçant, un prof laïque olé olé qui militait pour le droit des enseignants à faire la grève, en 1969, c'était peut-être le dixième qu'on voyait défiler dans l'année dans notre classe de français, avait proposé comme thème de rédaction de la semaine, sûrement pour faire chier la direction du CND, car on devait en produire au moins quatre ou cinq à tous les mois, et ce, sans compter les ouvrages punitifs à cause du *supposé* manque de discipline de notre classe:

« L'affaire du dortoir mixte... »

Le frère Berthiaume, le miraculé du frère André dont le saint coeur reposait toujours dans un bocal de formaldéhyde sous clé dans une voûte de l'Oratoire Saint-Joseph, était, cette année-là, le préfet de discipline des élèves des neuvièmes, et il avait vite mis à la porte notre jeune suppléant. Puis, pour essayer de nous discipliner à sa manière, il l'avait lui-même remplacé pour une partie de l'année scolaire... Peut-être voulait-il nous montrer qu'il en avait, lui, des couilles? Mais peut-on dire d'un frère enseignant qu'il les utilise à bon escient?

Ça faisait plusieurs qu'on passait, en français, et la majorité des autres frères enseignants et des laïques qu'on avait eu avaient souffert de sévères dépressions nerveuses après seulement quelques sessions avec la fameuse 9e F... Même qu'une enseignante d'origine haïtienne, qui avait donné le cours de français pendant quelques semaines - nous on disait plutôt, en imitant son accent, que c'était une « haïs chienne! » ou une « hoschtie de chienne! » -, nous avait menacé de malédiction vaudou en quittant la classe en pleurant.

Berthiaume avait dit qu'on avait été très méchant avec la prof et « qu'on allait payer un jour pour tout le mal qu'on lui avait fait! », mais il n'avait sûrement pas pensé à ses *amis* frères pédérastes en le disant. Toujours est-il que le comité de discipline du CND m'avait convoqué dans le bureau du préfet du Collège, la salle de torture du frère Georges, parce *Bert* voulait faire un exemple de moi...

« Qu'est-ce que j'ai encore fait, ce coup-là?!? »

Le frère Georges ne m'aimait pas tellement et m'avait déjà pris en grippe avant le début de ma neuvième, car comme plusieurs élèves qui contestaient l'autorité des frères, j'avais pris l'habitude de laisser pousser mes cheveux plus long que *le tour d'oreille* qui était la règle au CND - Drouin, notre plus grand spécialiste en la matière, se lissait les cheveux à la brillantine et les faisait passer derrière l'oreille, puis sous le collet de chemise pour camoufler le tout; il esquivait toujours les directeurs de niveau en circulant dans les corridors du collège pour éviter de se faire épingler en se rendant à ses cours! -, et c'est alors que j'ai appris qu'on m'en voulait, non pas pour ma coiffure, mais personnellement... Qu'on souhaitait me foutre à la porte du Collège... Le frère Berthiaume avait même parlé à ma mère d'une école de réforme pour jeunes délinquants sexuels... Quelle blague! Un putain de pédéraste enseignant qui bandait au rythme des *Hosanna, Hosanna au plus haut des cieux!,* et qui osait vouloir me faire réformer... sexuellement?!? Il avait même dit à ma mère que j'étais un élève d'une perversité extrême: « L'un des pires sujets qu'il m'ait été de voir au Collège Notre-Dame au cours des trois dernières décennies! »

Moi j'avais plutôt compris qu'il adorait Prévert... Enfoiré de pédé, va!

Pour ma défense, j'avais dit à *Bert* que je n'avais fait que suivre les directives de mon professeur de français, lequel nous avait ordonné « d'y aller à fond train et sans crainte de représailles de la part du Collège! » Que j'avais même demandé au jeune prof quelques éclaircissements sur la composition, à savoir si j'allais avoir des *problèmes* avec ma description *imagée* de certaines scènes dans le dortoir.

« Non! Pas de problèmes... Vous pouvez y aller, Monsieur Bellemare... Mettez-y le paquet! » Avait-il dit.

Et c'est ce que j'avais fait. Alors, comme j'avais suivi les directives du prof à la lettre comme tous les autres élèves de la classe, *Bert* ne pouvait sûrement pas renvoyer un élève aussi *doué* que moi pour l'écriture de textes de fiction! Cependant, le frère Berthiaume m'avait *officiellement* accusé d'avoir écrit des obcénités et d'avoir dépeint les frères enseignants du CND de manière fallacieuse, calomnieuse... trompeuse!

« Heu!... Fallacieuse comme dans phallus, frère Berthiaume... C'est bien ça? » Avais-je proposé.

Le frère enseignant prétendait que je n'étais que de la mauvaise graine... « Une graine... frère Berthiaume? Je ne comprends pas exactement ce que vous voulez dire? » Un petit démon sorti tout droit de l'enfer de la Rive-Sud... Et que ma prochaine infraction aux règles de moralité et de bienséance du Collège Notre-Dame serait la dernière que je ferais... Que ça serait la bonne!

« M'avez-vous bien compris, Monsieur Bellemare? »

J'avais haussé les épaules, poliment, en disant: « Oui, Monsieur! » Et le lendemain matin, le frère Berthiaume reprenait les rennes de la classe de français de la 9e F; il allait être l'un de nos derniers professeurs de français cette année-là, et après m'avoir longuement sermonné pour mes écrits blasphématoires... scatologiques... mensongers... obscènes... j'avais eu l'infime privilège d'être lu en classe:

« *L'affaire du dortoir mixte,* par Alain Bellemare... », avait-il dégoisé.

L'affaire du dortoir mixte était une histoire de fantasmes d'adolescents où j'avais mis en scène les filles de Marie-de-France, de jeunes vierges d'une institution voisine de la nôtre gérée par des soeurs qui étaient venues rejoindre les gars du CND dans leur dortoir, la nuit, pendant que les frères enseignants, ceux-là même qui étaient chargés de nous surveiller, étaient occupés à s'astiquer le manche à balai deux par deux dans leur cellule. Naturellement, c'était moi qui avais pris la charge du dortoir, les surveillants étant absents des lieux, et qui menais le déroulement des activités parascolaires en ordonnant aux pensionnaires jouissifs: « Présentez capotes!... Capotes rentrez!... Déchargez vos armes à volonté! »

Bref, c'était les écrits d'un étudiant puceau de la fin des années soixante qui se trouvait prisonnier des chastes Frères des Écoles chrétiennes, une belle bande de pédés à soutane qui ne se gênait pas pour essayer nous agresser quand l'occasion se présentait à eux, car à l'époque, dans plusieurs écoles secondaires du Québec et dans les

Collèges privés, c'était les filles d'un bord et les gars de l'autre, la ségrégation entre les sexes devant retarder l'éclosion du désir de l'autre, celle du sexe opposé... sauf chez les frères enseignants qui, eux, préféraient peloter celui des jeunes garçons du collège. Nous vivions dans un monde où la société essayait de nous castrer par tous les moyens... certains frères enseignants essayant d'intensifier le processus castratoire en nous *squeezant* les roubignolles dans les sombres corridors du Collège, ou lorsqu'on était seul avec eux... à leur merci!

L'occasion fait le larron! Disait souvent maman.

Et fallait faire attention où l'on mettait les pieds, car le CND était immense; c'était en fait un vaste nid de sombres coursives où les pédérastes nous guettaient pour nous prendre au piège au détour d'un croisement, la blague qui circulait dans l'institution étant que, lorsqu'un étudiant allait voir le dentiste à cause d'une rage de dents, le frère Émilien lui demandait: « Où c'est que tu as mal au juste mon p'tit pite?... Baisse tes culottes que je regarde ça! »

La classe de 9e F avait rigolé tout le long de la lecture de ma nouvelle libidinale. Pendant qu'il survolait mon chef d'oeuvre littéraire, le frère Berthiaume m'avait fait venir à l'avant sur la tribune pour m'humilier bien comme il faut, soulignant même les fautes d'orthographe ou de slyle au tableau lors de sa lecture dans le but de m'abaisser autant qu'il le pouvait devant mes camarades de classe. Et s'il n'avait pas été en mesure de me foutre à la porte du CND à cause de ce que j'avais écrit, il allait au moins essayer de m'assassiner devant les autres élèves, moralement, à tout le moins, et faire un exemple de moi devant les élèves de ma classe... Mais aurait-il osé le faire si j'avais été un fils de ministre ou le rejeton boutonneux d'un journaliste de Radio-Tralala?

Et c'est à ce moment précis, subissant comme un grand l'humiliation qu'avait concocté *Bert* pour moi sur l'échafaud de la morale et du « bon parler français » qu'il avait érigé pour me faire expier ma faute, le visage rougis par la gêne d'avoir été mis sur un piedestal au son des « Naveau! Naveau! Naveau! » que lançaient les élèves en me pointant du doigt des quatre coins de la classe, devant des camarades qui se bidonnaient à en avoir mal aux tripes et qui riaient aux éclats en écoutant la lecture de mon texte, que j'ai compris que j'avais peut-être une prédisposition naturelle pour l'écriture... que j'étais capable de raconter des histoires. J'avais levé le voile absurde derrière lequel se cachaient les tantouzes du Collège Notre-Dame... j'avais créé un monde à ma manière... un monde où le faux était encore plus vrai que le vrai... un monde avec du vrai monde dedans... et dans ce monde, il y avait de vrais pédés: les frères enseignants qui nous couraient après!

« Vos gueules... tous! » Avait fini par beugler Bert, exaspéré par l'inconduite des élèves de la classe.

Et, alors que je ne savais plus où me mettre sur la tribune de justice du frère Berthiaume, mis en évidence bien comme il faut sur l'échafaud situé à l'avant de la classe, ma soi-disant exécution n'allait pas fonctionner comme le frère enseignant l'avait souhaitée: j'allais maintenant devenir quelqu'un et obtenir la plus grande récompense qu'un auteur puisse recevoir de son vivant: j'allais être mis à l'index!... Certains élèves du Collège ayant déjà commencé à apprécier le courage *littéraire* du « Naveau ».

Pourtant, malgré ce *succès* littéraire de jeunesse, jamais je n'aurais un jour envisagé vivre de ma plume ou devenir un écrivain, car ce que je voulais plus que tout au monde c'était de devenir un joueur de hockey ou un footballer: un athlète professionnel...

Chapitre 19

Les tantouses étaient partout au Collège Notre-Dame, ça faisait feu de tous bords tous côtés, et comme on ne savait pas qui était quoi, au juste, fallait se méfier de *tous* les frères enseignants... Chrétiens ou pas. Pendant nos cours, il y avait souvent des pédés dont la spécialité était de venir se frotter sur nous, et l'un des pires, au sein de la bande de pédérastes, le frère Claude, un jeune prof de math toujours fraîchement rasé et parfumé comme une guidoune, avait pour habitude, lui, de passer entre les rangées de pupîtres pendant les examens ou les contrôles en frôlant la fouche de son pantalon sur nous: le cher frère adorait nous donner des explications, le zizi en l'air... *Laissez les petits enfants et ne les empêchez pas de venir à moi; car le royaume des cieux est pour ceux qui leur ressemblent.*

Maudite marde! Je n'avais vraiment pas le goût d'aller au ciel, moi, ni même le septième, ayant déjà eu l'infime privilège de goûter au corps d'un crisse. Alors, pour me protéger de ce sale fif, comme quelques autres camarades de classe le faisaient pour se soustraire à ses frottements odieux, je sortais la pointe de mon compas et la laissait dépasser sous le coude - fallait bien qu'il serve à autre chose qu'à faire des cercles, ce foutu compas -, et lorsque le frère enseignant en pleine érection venait se râper le crucifix sur le bout de mon avant-bras, il se faisait pîquer la biroute d'aplomb par l'aiguille ascéré de la petite équerre qui dépassait... Le frère Claude avait alors un *fif* mouvement de recul, et une bonne fois, le Fifif Brindacier des maths du Collège-Notre-Dame était sorti de la classe en courant: une urgence médicale... Saigne, enculé de pédé!

Elle ne reviendrait plus se frotter sur moi de sitôt, cette sale pédale de frère enseignant.

Mais il y en avait d'autres, beaucoup d'autres qui s'essayaient sur nous, plus particulièrement une tantouze qui, en plus d'essayer de nous tripoter quand l'occasion se présentait à lui, s'approchait toujours de très près pour nous parler - direct dans le kisser! -, franchissant impunément notre mètre à nous, périmètre de sécurité qu'il traversait en osant mettre une main *amicale* sur notre épaule; c'était rendu qu'on n'osait plus demander d'explications dans son cours de peur de l'avoir sur nous, et comme le pédéraste puait souverainement de la y'eule, on l'avait tout naturellement surnommé: *Scope!*

Scope nous enseignait les sciences physiques et la chimie, et pour le faire chier, on avait pris l'habitude de briser par exprès son matériel de laboratoire. Pour le faire enrager, on faisait rouler un bécher sur une table inclinée... qui se ramassait sur le sol en éclats. Ensuite, c'était une éprouvette, un thermomètre, un tube de verre... tout ce qui nous tombait sous la main! Scope, du haut de sa tribune, voyait alors dégringoler l'article de verre qui, lentement, allait se retrouver par terre et exploser en mille miettes sur le plancher de bois franc. Le frère enseignant se mettait alors à courir comme un fou dans les allées de la classe pour essayer de sauver son matériel de labo au son des « Scope, Scope, Scope! » qui retentissaient pendant son sprint désespéré. Quelques fois, il arrivait à sauver sa vaisselle de laboratoire; en d'autres occasions, un élève malveillant sortait un pied pour le crocheter et notre pôvre frère se retrouvait par terre dans les éclats de verre...

Tiens! Tu vas l'avoir ta pipette, sale tante, va!

On allait l'avoir à l'usure, le pédé, il allait la faire, lui aussi, sa dépression nerveuse, car c'était notre seule arme contre les pédérastes qui enseignaient la matière du curriculum. Et un beau jour, on s'est finalement débarrassé de lui pour de bon...

Ça s'était passé lors d'une classe qui se déroulait en hiver, à l'heure où le soleil est presque couché et qu'il fait déjà noir en fin d'après-midi, alors que le Collège Notre-Dame avait été, malencontreusement, victime d'une assez longue panne de courant... et Scope de nous! Il faisait très sombre dans la classe, mais comme il y avait plusieurs camarades qui fûmaient, moi aussi je boucanais, à l'occasion, plusieurs gars se sont mis à allumer leur briquet dans le noir presque total de la salle de cours, sporadiquement, en scandant des « Scope » par-ci, par-là. Suite à son « Scope », l'étudiant éteignait aussitôt son briquet, immédiatement suivi par un autre qui prenait le relais et qui faisait le même manège dans un autre coin de la salle de cours, et ainsi de suite...

S'en était suivi un feu d'artifice de flammes de briquet Bic dans tous les coins de la classe au son des « Scope » qui jaillissaient de tout bord tous côtés: « Scope!... Scope!... Scope!... Scope!... Scope!... Scope! »

Les *Scope* s'échappaient maintenant de partout avec force, mais de manière aléatoire, comme si un feu d'artifice improvisé illuminait maintenant le clair-obscur de notre classe du CND, et malgré l'ordre express du professeur qui avait gueulé « fermez vos gueules! », le feu pyrotechnique ne s'était jamais arrêté avant que le pédéraste ne craque... Et Scope était sorti en pleurant à chaudes larmes de la classe des 9e F...

On ne l'avait jamais plus revu de l'année, et on en était fiers: on venait de se débarrasser d'un autre pédé... une autre tantouze était tombée au champ d'honneur... une autre mention de plus sur le tableau de chasse aux pédés religieux de la 9e F: *« One down, ten to go... Kill all faggots! »* (Luc 13:3)

Suite à notre feu d'artifice improvisé, la classe avait été punie au grand complet et personne n'allait y échapper, pas même les chouchous du proviseur, et on nous avait fait copier « À l'avenir je serai plus respectueux envers mes professeurs » quelques millions de fois: mais un frère enseignant pédéraste ça restera toujours un sale pédé d'enseignant dans mon livre à moi...

Puis, l'année suivante, le nouveau préfet de discipline des dixièmes, on l'appelait *« Georges »,* mais avec une prononciation à l'anglaise pour le faire chier et se moquer de lui, m'avait fait venir dans son bureau parce qu'on me soupçonnait de vendre de la drogue aux élèves. Putain! Je ne savais même pas ce que c'était de la drogue, à l'époque! Et même si je savais de qui il s'agissait, au juste, je n'avais jamais révélé à Georges qui était le vrai coupable, le revendeur de *dope* du collège, préférant prendre le blâme s'il le fallait: Crisse... je n'étais pas un *stoole,* moi!

Comme Georges n'avait pas de preuves contre moi, j'étais blanc comme neige, il m'avait dit, sur un ton menaçant:

« On ne veut plus te revoir ici l'année prochaine! C'est bien compris, mon gars? »

Sale fif, va! Certain que tu ne me reverras plus...

Ça tombait bien parce que maman m'avait déjà averti qu'elle n'aurait plus les moyens de m'envoyer étudier avec les riches l'année suivante, malgré la pension alimentaire que Ti-Paul versait pour aider à subvenir à nos besoins, car l'école privée, à l'époque, ça coûtait cher...

Et c'est ainsi que je ne suis pas retourné au Collège Notre-Dame pour compléter mes onzième et douzième années du cours secondaire. Le coach Hébert, l'entraineur de l'équipe de football des Cactus de Notre-Dame, n'avait pas été très heureux d'apprendre la nouvelle.

Puis, Ti-Paul a finalement pu vendre la maison de la rue Hawthorne, et nous on a déménagé en vitesse à Montréal dans le quartier Côte-des-Neiges. Ainsi, j'allais me rapprocher du Collège pendant que j'écoulerais ma dixième année d'étude et je ne mettrais plus qu'une vingtaine de minutes pour me rendre à l'institution des frères enseignants, comparativement aux deux heures que ça me prenait depuis Longueuil. J'allais déménager d'un quartier blanc, catholique et francophone à 99,9%, pour me ramasser dans un coin de l'Ouest de la ville de Montréal où le francais n'était qu'une langue seconde de plus, dans un quadrilatère où la religion dominante était la religion Juive: il y avait une Synagogue derrière nos blocs appartements de la rue Van Horne avec des familles juives hassidiques qui habitaient sur notre palier. Je les saluais à l'occasion, en bon voisin que j'étais, mais les extraterrestres n'avaient pas le droit de nous parler et nous de simplement leur serrer la main, au passage... et fallait surtout pas les regarder en pleine face ou les toucher, surtout les femmes. J'avais l'impression de vivre dans un autre monde, un monde où les nouveaux mariés étendaient des draps nuptiaux avec un trous taché de de rouge dans le milieu: bienvenue sur la planète Vouzvouz et les visons bon-chic!

J'habitais maintenant un quartier de Montréal où la couleur dominante dans la rue n'était pas nécessairement la blanche, dans un coin de la ville où les *Mazo balls,* le *rye bread*, le *smoked meat,* les *Karnatzels* et les *bagels au cream cheese et au lox* étaient encore plus populaires que le pain tranché Weston et le *baloney* à l'ail. Et c'est dans les rues de *Cote-dé-Nége's,* avec un arc-en-ciel de jeunes immigrants de mon âge, que j'ai appris à communiquer en anglais dans mon quartier d'adoption; Juifs, Marocains, Grecs, Italiens, Africains, Polonais, Pakistanais, Phillipins, Haïtiens, Irlandais, Anglais, Antillais des Barbades, de la Jamaïque ou des Bahamas... on n'avait tous en commun que l'anglais. Et, une fois le choc culturel passé, la couleur de la peau des gens ou leur pays d'origine ne m'avaient jamais empêché de me faire des amis dans la rue; même la religion juive n'avait jamais été un obstacle entre nous, sauf avec les hassidiques à boudins qui, eux, vivaient en vase clos à l'intérieur même de la zone où plusieurs familles juives s'étaient regroupées ensemble pour vivre avec nous. J'étais maintenant comme les amis immigrants avec qui je jouais dans la rue: un apatride... Sauf que moi, je l'étais dans son propre pays. « *Speak white, man!* »

Puis, lors de ma dixième et dernière année au Collège Notre-Dame, ce fut la crise... une crisse de crise... la Crise d'Octobre 1970. On allait voir que quelle fibre on était fait, nous, les Québécois de souche: pure laine de mouton.

Mon seul véritable fait d'armes, lors de cette *Oktoberfest* québécoise, avait été de botter le ballon de foot de l'autre côté de la clôture, barrière qui se trouvait au fond de la zone des buts du terrain de football des Cactus du Collège Notre-Dame: une séparation du côté ouest qui délimitait le vaste territoire du CND d'un hôpital pour les vétérans.

En effet, lors de cette ultime année scolaire au Collège, l'Armée du Canada des Anglais canadiens de la Reine d'Angleterre du Dominion des pays du Commonwealth avait installé une caserne de fortune dans un parking qui se trouvait être à l'arrière d'un petit hôpital de juridiction fédérale, lequel jouxtait la zone des buts du terrain de football. Et durant les pratiques, et même à l'heure du midi ou pendant les cours libres d'éducation physique, derrière l'immense zone des buts du terrain des Cactus de Notre-Dame, mes coéquipiers et moi nous faisions un malin plaisir d'envoyer, *accidentellement,* le ballon en territoire occupé par l'Armée, côté Canadien, directement dans la caserne des occupants canadiens-anglais, ou bien c'était Demers, notre quart arrière, qui envoyait des bombes qui passaient bien haut par-dessus la tête des receveurs de passes pour se ramasser hors des limites de la zone des buts... dans la putain de caserne de fortune des Canadiens, à Montréal. Mais ceux-là n'allaient jamais gagner la coupe Stanley ou renforcer l'équipe de hockey montréalaise du Gros Bill...

Pourtant, il y a longtemps, *Canayen* était le terme qu'on utilisait pour se reconnaître entre nous, Canadien-Français de souche. Ainsi donc, en plus du territoire physique, l'Angliche avait usurpé la terminologie qu'on utilisait pour s'identifier: j'étais maintenant un Canayen errant.

Et c'est ainsi qu'on a longtemps *occupé* à notre manière les jeunes soldats canadiens de la caserne, ceux qui allaient récupérer le ballon de foot de leur côté de la clôture avec le fusil mitrailleur en bandouillère et qui revenaient ensuite avec le football dans les mains en nous disant, en angliche: « *Just don't do it again, please! It's dangerous... »*

- Ouais! Ouais, *man!* Va te faire foutre, toi aussi!

On nous répétait que c'était la Loi martiale qui s'appliquait maintenant au Québec, l'État de siège, la Loi sur les mesures de guerre, la chasse aux hommes du Front de Libération du Québec, le FLQ, et de tout ce qui finissait en Q, sauf peut-être le PLQ, qui, lui, avait fait venir l'armée, et qu'on pouvait se faire arrêter n'importe quand et se faire incarcérer pour rien d'autre que d'aller chercher un ballon de football dans le stationnement de la caserne, et qu'un coup de feu aurait pu, malencontreusement, s'échapper de l'arme de l'un des soldats qui montait la garde et que...

Mais la minute suivante, on renvoyait un autre ballon du côté de la caserne - on en avait plusieurs à notre disposition, lors des pratiques, au moins une bonne douzaine dans un sac tissé à mailles! -, et lorsque le ballon Spalding J5V ne revenaient pas assez vite, un *brave* coéquipier grimpait alors la clôture pour aller le récupérer... au péril de sa vie!

Après avoir escaladé les treillages plusieurs fois, un soldat, finalement, nous arrêtait pour de vrai. Ensuite, un sergent nous sermonnait dans une tente pendant une bonne quinzaine de minutes pour nous essayer de nous impressionner, puis un lieutenant nous mettait en état d'arrestation au bout de la xième offense, exaspéré de nous revoir encore dans la caserne... sa caserne! Et on se faisait reconduire au Collège en Jeep, *manu militari,* escorté par deux gardes de l'Armée du Canada au son des hurlements des élèves qui nous regardaient défiler avec admiration dans la cour de récréation. On était comme des prisonniers politiques qui s'étaient évadés du Collège Notre-Dame, de jeunes délinquents qu'on venait tout juste de *récupérer* après leur cavale en ville; c'était le retour à la case départ: *Do not pass Go, do not collect 200 hundred!*

Ensuite, le préfet de discipline, toujours ce très cher frère Georges, nous donnait une retenue en guise de récompense pour notre héroïsme face à l'Armée d'occupation des Canadiens qui avaient envahi Montréal, ou on écopait d'un interdit de cours d'éducation physique ou de pratiquer le football pour une semaine, au grand dam du coach Hébert qui, lui, ne vivait que pour le maintien de la suprématie de son équipe de football, les Cactus de Notre-Dame... Il n'en avait rien à foutre, lui, de la Crise d'Octobre 1970. Et le petit manège recommençait dès qu'on avait la possibilité de le faire à nouveau; j'allais passer le restant de l'année en retenue s'il le fallait, mais on allait s'occuper à notre manière de l'occupant, de ceux qui allaient, plusieurs années plus tard, venir à Montréal en autobus Murry Hill avec Pélagie-le-Charest et Ti-Pol (Steamship) Martin pour nous dire combien ils nous aimaient; c'était devenu pour nous un jeu entre *footballers* & *soldiers, Army vs Notre-Dame...* mais nous on voulait vraiment gagner la *game!*

Puis, le commandant de la petite caserne de fortune a fini par le comprendre, le jeu, et il a mis fin aux arrestations... Et c'est ainsi qu'on a gardé occupé une bonne partie des soldats de l'Armée des envahisseurs dans leur caserne pendant la durée de la saison de football, en *octobre 1970,* une guerre bien différente de celle qu'on allait livrer aux autres collèges de la région de Montréal, alors que la *cellule Chénier* de Paul Rose n'était qu'à un coin de rue du Collège Notre-Dame et de la caserne sise dans un petit hôpital canadien, sur *Queen Mary,* pas loin de l'Oratoire Saint-Joseph, juste à côté du CND, au coin du Chemin de la Côte-des-Neiges et de l'arrêt d'autobus de la 165 qui s'arrêtait juste devant... l'arrêt d'autobus où je descendais à tous les matins. À cette époque bénie des dieux, le Frère André montait toujours la garde sur le Collège-Notre-

Dame, mais j'avais pensé qu'on aurait besoin d'un crisse de gros miracle pour garder l'essence de notre pays!

Pendant ce temps, ma mère et Bernard allaient me travailler au corps, en plus des frères enseignants du collège, et j'allais passer des soirées entières à me faire dire que « j'avais pas de coeur!... Que j'étais juste un écoeurant!... Comme le Bonhomme! (Ti-Paul!) » Que ma mère s'était saigné à blanc pour moi; que j'étais un bon à rien, un pas bon...

Et je finissais souvent les scéances de torture en pleurant.

Ça s'était déroulé sur plusieurs mois, avant que j'aille témoigner en cour de justice pour le compte de ma mère durant les interminables procédures de divorce qui avaient duré plus de trois années... maman et son acolyte, le beau Bernard, voulant s'assurer que je témoigne du bon bord. Mais Bernard avait été beaucoup moins brave quand l'Armée d'occupation canadienne était arrivée au Québec, en octobre 1970.

Chapitre 20

Puis, un jour, j'ai surpris une conservation de maman avec Bernard... Une discussion animée où ma mère disait que son avocat vedette lui coûtait une petite fortune et qu'il avait même « essayé de coucher avec elle! »

Crisse! Maman était belle... très belle! Et je suppose que tous les gars de Montréal voulaient flirter avec elle. Mais son avocat l'avait coincée dans un coin, selon ses dires, avec une main sur la cuisse « pas très loin de son minou », et l'homme de loi lui avait proposé un arrangement très *spécial* pour diminuer le montant de ses honoraires...

J'avais peut-être mal compris les propos de ma mère qui, à l'occasion, divaguait un peu, surtout tard en soirée, et comme maman disait souvent des trucs aussi invraisemblables que « j'ai accouché de trois enfants, j'me suis fait violer trois fois! », ça n'était pas toujours facile de la comprendre et de départager le vrai du faux...

Le brave Henri-paul versait une pension alimentaire depuis quelques années, sans jamais manquer une seule fois à ses obligations et sans avoir eu la possibilité de nous voir ne serait-ce qu'une seule fin de semaine par année, jusqu'à ce que Martin, le plus jeune d'entre nous, n'atteigne ses dix-huit ans. On avait une mère à moitié folle, en plus de ne plus avoir de père... mais on avait tout de même eu droit au beau Bernard.

Le divorce officiel, ça serait pour le début de la décennie soixante-dix, la fin des années rock and'roll, et après des années de conditionnement psychologique, maman allait finalement me forcer à aller témoigner en cour « pour le bénéfice de toute la famille! », qu'elle avait lancé. Elle voulait « faire cracher le Bonhomme! », récitait-elle à coeur de journée, comme un mantra de la terreur que je devais apprendre par coeur: « Le Bonhomme!... Le crisse de Bonhomme!... Maudit Bonhomme! » J'allais devenir le collabo de maman.

Comme c'était moi l'aîné de la famille, j'allais être celui qui devrait décider du sort de mon frère et de ma sœur. Ma mère et mon futur beau-père, le beau Bernard en personne, m'avaient travaillé au corps pendant des mois pour me préparer à l'ultime audience en cour, l'exécution finale!, comme lorsqu'on endurci un boxer en le forçant à frapper sur un sac d'entrainement pendant des heures... sauf que c'était moi le punching bag!, celui qui se faisait fesser dessus à coups de « t'es juste un sans cœur! T'es juste comme le Bonhomme! T'es juste un pas bon, comme lui! » Et à peu près tout ce qu'on pouvait rajouter de négatif après « T'es juste... », l'esprit pouvant souffrir beaucoup plus que le corps. Sauf qu'une carcasse, finalement, ça finit presque toujours par guérir.

À tous les soirs, les séances d'endoctrinement ne finissaient jamais avant que je n'éclate en sanglots, complètement épuisé moralement, ou lorsque je prétendais, finalement, être en accord avec maman et avec Bernard, son fidèle acolyte et *yes man* par excellence, pour que la séance de torture ne finisse par finir. On me martelait à coups de « tu n'es qu'un fils ingrat pour ta mère qui a tout sacrifié pour toi... » Que je n'étais que « la copie conforme de mon père... » Que j'étais « juste comme le *Bonhomme, juste un écoeurant... un sans cœur!* » J'avais l'impression d'entendre les mêmes maudits records tout maganés sur son stéréo à marde! L'aiguille de son Telefunken était en train de me faire des rayures jusque dans la cervelle... Maman devant absolument me *convaincre* que mon père était un méchant homme pour que je puisse être crédible en cour lors de mon témoignage en faveur de notre pôvre mère. À cette époque, divorcer, ça n'était pas de la tarte! Alors, j'ai plié comme le roseau dans la tempête et j'suis devenu un *collabo* pour la bonne cause... le collabo de maman.

L'audience finale allait être le moment fatidique où j'allais réaliser qui j'étais, de quel métal j'étais fait... malléable! J'allais m'étaler de tout mon long et collaborer avec l'ennemi: fondre au soleil comme le plomb sous une torche. J'allais me dégonfler devant tous et me comporter en lâche... en plus d'être un sans cœur, comme mon père. Je n'étais maintenant qu'un vil collaborateur; j'avais succombé à la torture, mis le doigt dans l'engrenage du collaborationnisme, et, à la longue, une fois qu'on a commencé à déballer son sac et qu'on n'est plus capable de résister à la torture, on finit souvent par cracher le morceau avant même que le bourreau ne vous le demande.

Après ma *collaboration* avec l'ennemi, j'ai tout de suite appris à vivre avec la honte; j'étais pris au piège, comme le linge à essorer qui se faisait compresser par les rouleaux de la vieille lessiveuse de grand-maman... Faudrait juste que, moi aussi, je passe dans le tordeur.

Lors de ma brève comparution en Cour supérieure, j'aurais voulu leur dire la vérité à tous, clamer que mon père n'était pas cet homme vilain que dépeignait ma mère... D'ailleurs, à cette époque, je n'avais aucune espèce d'idée de ce qu'il était, réellement, mon père... On ne l'avait vu que les fins de semaines! Mais une chose était sure: c'était ma mère l'être malicieux de la famille... la grande manipulatrice.

Maman avait complètement perdu les pédales, noyée dans sa haine pour papa, et pour nous, prosternés devant elle sur sa chaise berceuse qui lui servait aussi de petit trône berçant, avec son immense tasse de café dans la main qu'elle portait à se lèvres tel un calice royal, il n'y aurait que le désordre! Rien ni personne n'allait l'arrêter; pas même Bernard, la chique molle qui allait être son deuxième mari, cette larve humaine d'homme qui se faisait un malin plaisir à nous faire la morale sans prêcher lui-même par l'exemple: « Il faut se méfier de ses sens! », qu'il me répétait toujours sur le même ton déconnecté qu'utilisaient nos curés en chaire lorsque j'étais encore assez con pour aller à la messe et suivre le mouvement. Et, après son préchi-prêcha quotidien, Bernard allait ensuite ramper comme les autres et se cacher dans son coin ou s'aplatir devant maman... la véritable reine du foyer. Et en plus de tout ça, le lâche, le donneur de leçons, pour ne pas avoir à donner une pension alimentaire à sa femme et à son fils, Bernard s'était mis sur la Loi Lacombe, et comme tout ses avoirs avaient été transférés au nom de Carmen, Hélène n'allait rien toucher du patrimoine de Bernard. Il avait pu, ainsi, déclarer qu'il ne gagnait presque rien en *chauffant* un taxi, et du même coup ne pas donner de pension alimentaire à Hélène et à son fils, Pierre. Et c'est de cette manière qu'il n'allait jamais contribuer à payer une partie de leurs besoins de première nécessité...

Maudit chauffeur de taxi à marde! Alors, ce cher Bernard n'avait pas de leçon de morale à donner à quiconque; plutôt que de prêcher, il aurait dû se méfier de ses sens, à lui...

On avait tous une p'tite job en plus d'aller à l'école et de tenir l'apparte pour elle; moi, je passais le journal anglophone de l'après-midi (The Montreal Star); après, je me suis mis à la livraison de commandes à bicyclette pour le petit dépanneur du coin, car c'était plus payant, et je travaillais souvent de quatre heures de l'après-midi à sept heures du soir pendant la semaine, et tous les samedis... et fallait tous cracher notre argent à maman et contribuer au budget familial.

Ma sœur Sylvie, pas folle pantoute, ne *déclarait* pas tout ce qu'elle gagnait avec sa *runne* de journeaux et s'en mettait un peu de côté... de l'évasion fiscale, déjà, à quatorze ans! Pour ma part, après m'être fait plumer un certain temps, j'ai refusé de continuer à jouer son jeu, et ma mère m'a fait savoir qu'elle n'allait plus rien me payer du tout: plus de linge, plus de sorties, de dîners, d'activités parascolaire et le reste... « Ça sortira dorénavant de ta poche!... Et si te n'es pas content, tu sacreras ton camp quand t'auras atteint tes dix-huit ans... pas avant! »

À l'époque, maman était comme ces déséquilibrées toujours prêtes à s'effondrer à la moindre occasion, et qui, tenant le rôle de funambule dans son propre cirque, marchait dans la vie sur une corde raide; notre sort à nous, ses enfants, dépendait du côté du lit où elle allait se ramasser le lendemain matin à son réveil... Par terre, généralement.

Cependant, comme ma mère était aussi une très grande actrice, pendant toutes mes années passées à la maison, et ce, jusqu'à ce que j'atteigne mes dix-huits ans, l'âge légal où l'on peut refuser d'obéir aveuglément aux ordres de sa mère, je ne l'avais jamais vue en état de crise ne serait-ce qu'une seule fois. Je n'avais même jamais décerné un seul indice confirmant la précarité *réelle* de sa condition, de sa folie!, et lorsque le juge a demandé à l'avocat de mon père comment il allait plaider, « aliénation mentale, votre Honneur... », avait-il répondu, tout le monde a éclaté de rire dans la salle d'audience. Tout le monde, sauf moi... celui qui devrait aller à la barre des témoins pour se faire varloper à cause de la *folle!*

Hélas! La vie ne nous offre que peu de présences au bâton et parfois on n'a qu'une seule et unique chance de frapper l'offrande qu'on nous sert, même lorsqu'on est trop jeune pour le comprendre et qu'on n'est pas encore prêt à jouer dans les ligues majeures, et moi, pour le plus grand des malheurs, même si j'excellais dans à peu près tous les sports, y compris au baseball, j'avais toujours eu de la difficulté avec les balles glissantes... Et devant tous mes oncles, mes tantes, les Clermont comme les Bellemare, les deux familles étant réunies au grand complet pour la première fois depuis le mariage de papa et de maman, devant tous les amis de la famille qui étaient venus assister au spectacle grandiose que je devais leur livrer, j'ai juré sur le Livre... le recueil de fables et de paraboles concocté au quatrième siècle de notre ère par des Romains en perte de vitesse, des élites de Rome qui n'avaient vu Jésus, ou l'un de ses apôtres, qu'en peinture!, le Livre qu'on nous avait fait apprendre par cœur avec le petit catéchisme à coups de verges sur les doigts: « Jurez-vous de dire la vérité, toute la vérité, rien que la vérité... Dites je le jure! »

Oui! J'ai juré sur les évangiles... Maudite marde! *Pourquoi que j'étais pas resté à maison, ce jour-là? Crisse!*

Ils voulaient que je jure, eh bien, j'ai juré!

J'y étais allé dans leur cour de justice, mais à reculons! C'était mon témoignage juvénile qui devait décider du sort de notre petite cellule familiale... un lourd poids à porter sur mes frêles épaules d'adolescent imberbe! Mon frère et mes sœurs étaient restés à la maison dans l'attente du verdict qui, selon ma mère, allait lui être favorable de toute façon.

Après avoir bien ri dans la salle d'audience, tous ces parents que je ne reconnaissais qu'à peine me regardaient maintenant avec des regards assassins - on avait plus d'une centaine de cousins et de cousines, une quarantaine d'oncles et de tantes! -. Après les séances de torture que m'avaient fait subir ma mère et mon beau-père, qui se disait maintenant mon tuteur de facto, c'était le peloton d'exécution.

De ma vie, je n'ai jamais aimé les foules, me sentant toujours privé d'oxygène dans la masse humaine... j'étouffais! Et à quoi bon se faire flatter l'égo par une foule lorsqu'on sait qu'on va probablement vous latter les couilles par après devant tout le monde? J'aimais mieux la discrétion, les petits groupes, l'intimité et le naturel... ne pas être toujours en représentation, quoi! Je devais être rouge de honte à la barre des témoins, car je sentais la chaleur qui se dégageait de mon crane comme lorsqu'on commence à faire un peu de fièvre et que le thermomètre dépasse les 37,2 Celsius le matin, avec la tête basse et mon air penaud de chien battu. Il me fallait choisir entre ces deux tribus: la famille de mon père ou celle de ma mère... les deux familles m'étant complètement étrangères l'une comme l'autre, car depuis la séparation, jamais nous ne les avions revus. Et c'était sans parler du fait que, du côté des Clermont, Carmen ne serait qu'une adultère qui demandait le divorce... une femme qui vivait dans le péché! Et pour une famille chrétienne comme celle des Clermont, la vie dissolue de ma mère méritait bien d'aller pourir en enfer; et du côté de la famille de papa, les Bellemare, comme on ne les avait pas revus depuis quelques années...

Mais moi, j'aurais bien aimé avoir un troisième choix et prendre l'autre porte... la porte de sortie... celle qui me permettrait de sacrer mon camp au plus crisse... J'étais foutu! Mais comme je n'étais pas encore assez cinglé pour tout comprendre ce qui se tramait, je me sentais comme un jeune fou en liberation conditionnelle, et lorsque je me comparais aux aliénés rivetés dans leur lit dans les maisons de santé, j'avais tout de même l'impression d'être un fortiche du ciboulot... et d'avoir tout de même ma liberté.

Assis sur le banc des témoins, je n'osais pas toiser l'auditoire de peur de me faire assassiner par les dards que je sentais me transpercer de toute part, par ces yeux incisifs et scrutateurs, par ces becs acérés qui me lançaient des coups de langues accusateurs. De plus, je me sentais presque nu devant ces avocats vêtus de noir avec leurs manches bouffantes imbéciles qui traînaient sur leur table, sans compter le gros jambon à bajoues perché sur sa tribune qui me scrutait, lui aussi, de manière intense... Mais moi, je n'avais que l'envie de partir en courant; je n'avais pas le goût de jouer dans la cour du juge, moi!

Et c'était cet homme qui, bien malgré lui, allait me faire passer un sale quart d'heure, même s'il ne faisait que son boulot et qu'il n'y était absolument pour rien dans tout ce gâchis. Je l'avais pigé par hasard, ce type, c'est tout, ce hasard qui fait si bien les chose et qui sait comment trouver les gens qui, comme moi, ne savaient absolument pas encore s'en servir... C'était ce juge qui allait me façonner sur l'enclume de son tribunal avec le ridicule petit maillet qu'il agitait en permanence pour modérer les avocats, pour calmer la foule, pour se calmer... Lui! C'était ce juge avec une mailloche de bois à l'air inoffensif qui allait m'enfoncer des clous invisibles dans le corps... C'était ce juge qui allait sceller ma destiné une bonne fois pour toutes, comme le croque-mort plombait les cercueils à coups de marteau... les condamnés à pourrir six pieds sous terre. Mais moi, j'allais être condamné à vivre... à vivre avec la honte. Pauvre petite vie en devenir, pourquoi m'avais-tu livré au gros bourreau à bajoues contre lequel j'étais sans défenses?

Lorsqu'on était passé par l'antichambre du magistrat avec ma mère et que j'avais revu mon père pour la première fois depuis un bon trois ans, le juge gros format m'a réconforté en me disant « qu'il ne fallait pas m'en faire! » Il m'avait assuré « qu'il allait voir à ce que tout se passe bien pour moi à la barre des témoins. » Il avait promis « qu'il allait faire en sorte que ça ne dure pas trop longtemps. » Qu'il allait contrôler l'ardeur des avocats... Qu'il allait tout faire pour me protéger... Qu'il allait être très gentil avec moi...

Et moi, pendant son interminable laïus de circonstance, tout ce que mon cerveau allait enregistrer de son blablabla inintéressant c'était: « *Kill! Kill! Kill!* »

À partir de cet instant, de ce sale moment de la vie qu'on doit passer en serrant très fort les dents pour que ça fasse moins mal, mon existence ne serait plus jamais la même... et j'allais me sentir coupable pendant longtemps de n'avoir su résister à la poigne de fer de ma mère... d'avoir plié.

Lorsque j'ai inspecté l'ameublement de la salle d'audience, du bois usé par les nombreuses procédures dilatoires des avocats et les menteries à répétition des témoins qui étaient passés avant moi au fil des ans, j'avais trouvé qu'elle n'avait pas l'air tellement supérieure, *sa*

Cour... la cour du juge. Mais je m'étais tourné la langue au moins sept fois pour ne pas le lui dire. Ceinturé par un garde-fou avec des barreaux de bois de trois pieds de hauteur, j'étais assis sur une grande chaise à l'intérieur de la petite clôture... juste à côté du volumineux magistrat. Ça ressemblait beaucoup au temps où jadis on me mettait en pénitence sur l'estrade, juste à côté de la maîtresse d'école pour qu'elle puisse garder un œil sur moi, sauf que cette fois-ci j'étais assis... et qu'en plus de me sentir humilié, j'avais une trouille d'enfer! Je ne savais absolument pas ce qui allait se passer dans les prochaines minutes, n'ayant eu comme expérience de cour que quelques épisodes de la télé-série Perry Mason à me mettre sous la dent.

Puis, j'ai juré sur la Bible que mon père avait été méchant avec ma mère; qu'il avait donné un gros coup de poing sur la porte du garde-manger en direction de... ma mère! Qu'elle n'était pas folle pantoute, bien au contraire... ma mère! Qu'on préférait rester avec... ma mère! Qu'on aimait mieux... ma mère! Que celle qui s'occupait toujours de nous à la maison c'était... ma mère! Blablabla... ma mère! Blablabla... la mère!... Blablabla!... dure-mère!... Blablabla... doux-amer!

« Merci! Mon p'tit pite... Tu peux maintenant aller te rasseoir... Hum!... Avec ta mère! »

Suite à mon témoignage à la barre des témoins, l'avocat de maman s'est vite retroussé les manches et il a commencé par accuser papa d'adultère! En effet, selon le maître, mon père auvait supposément trompé maman avec la bonne, la femme de ménage qui venait deux fois par mois à la maison pour nettoyer la maison.

Mais ça n'avait aucun sens, cette histoire-là!

Et je n'ai su que beaucoup plus tard que maman ne l'accusait d'adultère que parce que ça lui prenait une raison valable pour demander le divorce... et qu'il n'y en avait porbablement pas d'autres. L'avocat de papa, lui, allait plaider l'aliénation mentale, ce qui n'était pas très loin de la réalité, mais papa aurait aimé mieux rester avec Carmen et oublier toute cette histoire de divorce... même si maman avait déjà été internée à au moins trois reprises et qu'elle était plutôt folingue la plupart du temps, une journée sur deux au minimum... sauf peut-être ce jour-là, en cour.

Suite au divorce de maman, la famille Clermont, c'est-à-dire la parenté du côté ma mère au grand complet, nous a plus ou moins reniés. Enfin! Sûrement plus que moins, car on ne les a jamais plus revus ou seulement entendu parler d'eux: ils avaient fait une croix sur nous. C'était comme si on était morts, pour eux, car une femme catholique ça ne divorçait pas... ça endurait pour l'éternité! C'était le credo de la doctrine de la famille Clermont... et de bien d'autres familles canadiennes-françaises des années soixante. Cependant, j'avais déduit que, pour maman, l'éternité, ça serait probablement beaucoup trop long pour elle et qu'elle avait décidé de ne pas attendre la fin des temps avant de se séparer définitivement de papa...

Et on n'a plus revu les Bellemare non plus parce que papa n'avait tout simplement plus le droit de nous voir...

Et c'est ainsi que, du jour au lendemain, on s'est retrouvés tout seuls; on n'avait plus de parenté du tout... plus de carte ou de cadeau de fête d'un parrain ou d'une marraine... pas de coup de téléphone d'un oncle ou d'une tante pour nous demander comment ça allait... plus de visite chez grand-papa à la campagne! Maman avait réussi à faire le vide total autour de nous... On était maintenant des réfugiés dans le quartier Côte-des-Neiges et on allait passer un bien mauvais quart d'heure dans les années qui suivraient l'obtention de son divorce. Pour ma part, le terrible moment à passer allait se terminer lorsque j'atteindrais l'âge de dix-huit ans... l'âge légal où les sévices que peut vous infliger impunément votre mère ne sont plus requis par la loi pour légitimer le droit de sacrer le camp.

Chapitre 21

Puis, un jour, je l'ai rencontrée... Elle s'appellait Rosaria, son véritable prénom étant Rosaria Anne-Marie, mais Rosaria préférait qu'on l'appelle, tout simplement, Rosy. Elle disait que « Rosy ça faisait plus court » et surtout un peu moins Italien, car Rosaria disait avoir eu beaucoup de problèmes d'intégration dans sa classe au primaire dans son quartier d'adoption de Côte-des-Neiges.

Âgée d'à peine cinq ans, fraîchement arrivée au Québec depuis peu, Rosaria avait subi une forme de racisme quotidien dans sa petite école primaire situés sur la rue qui portait le nom du quartier: Côte-des-Neiges. En effet, les élèves de l'établissement scolaire qu'elle fréquentait n'arrivaient pas toujours à prononcer son nom et prenaient un malin plaisir à le déformer avant même que la maîtresse d'école n'ait seulement pris les présences en classe, nom de famille qu'ils massacraient allègrement comme s'ils essayaient de se gargariser avec Rosaria le matin:

« Garga... Gagar... Ga... Gaga... Gar... Gli... Ga... Gli... Ano... Rosa... ria... »

- Présente, Madame!

Malgré qu'elle ait parlé un français impeccable, d'un niveau encore plus élevé que celui qu'utilisaient ses petits compagnons de classe entre eux, on ne se gênait guère pour la traiter de « maudite Italienne à marde! », même si, techniquement, c'était plutôt *une maudite Française à marde!* Car Rosaria était née en Algérie française, une colonie abandonnée au Muslims par le Grand général de Gaulle en 1962... Rosaria était donc une Pied-Noir qu'on avait déracinée de la colonie française d'Afrique du Nord... une Française! Mais comme ses camarades de classe n'étaient qu'une bande de petits cons qui ne connaissaient pratiquement rien à rien, ils n'avaient jamais été en mesure de faire la différence entre un plat de macaroni et un couscous à l'agneau et aux légumes, un met qui était encore plus en accord avec les traditions du pays d'origine de Rosaria... Mais a-t-on déjà invectivé quelqu'un en le traitant de maudit couscous à marde?!? Et j'avais pensé que Rosaria aurait dû émigrer en Beauce chez les Jarrets Noirs avec qui elle aurait eu beaucoup plus d'atômes chochus...

Rosy était la meilleure amie de classe de mes soeurs et fréquentait l'école Secondaire Pierre-Laporte avec elles, une école située sur le chemin Rockland, à ville Mont-Royal... un riche quartier de l'Ouest de la ville où tous les locataires de la rue Barclay auraient bien aimé habiter.

De plus, Rosy parlait aussi bien le français que l'italien, enfin, le dialecte sicilien pour être plus exact, et elle avait déjà commencé à perfectionner son angliche comme nous tous dans les rues de Côte-des-Neiges. Dans ce quartier à la culture multiple de la fin des années 1960, en plus d'être la langue de contact, l'angliche était pour tous la langue des affaires, car les donneurs de jobs parlaient tous l'anglais, ou presque, avec une majorité de leur clientèle qui ne parlaient que l'angliche pour communiquer avec nous; c'était la langue d'approche de la rue et des commerants lorsqu'on nous servait dans CDN, mais c'était aussi la langue qu'on devait apprendre, ou à tout le moins comprendre et baragouiner un peu, si jamais on voulait travailler dans le quartier et gagner un peu d'argent.

Malgré son sang italien qui bouillait toujours dans ses veines, Rosaria vivait en français à la maison, sauf lorsqu'elle s'adressait à sa mère qui ne baragouinait qu'un pidgin italo-français quasi incompréhensible du commun des mortels hormis ceux qui comprenaient et le sicilien et le français: une langue de contact entre deux civilisations que seul Mémé maîtrisait, parfaitement. J'avais plus tard fait un an d'Italien à l'université dans le but d'améliorer la communication avec ma future belle-mère, mais comme j'avais appris le Toscano, l'italien normatif de Rome, je ne comprenais toujours que la moitié du dixième de ce qu'elle me jargonnait: j'avais sûrement étudié une autre langue que celle que maîtrisait Mémé.

Peppé, le père de Rosy - un surnom qui lui venait de Giuseppe, car il y avait trois Joseph dans la famille et qu'il fallait les différencier les uns des autres -, je l'avais rencontré dans une cour prise en sandwich entre les garages adossés de deux multiplex d'au moins seize logements chacun, propriété de Gardendale, la compagnie d'un riche Juif à qui *appartenait* les rues Barclay, Goyer, Plamondon, Victoria et les environs... Giuseppe était occupé à réparer les balcons de l'un des immeubles, sans aide aucune, et en passant par là je m'étais offert à l'aider, gracieusement, tellement il me faisait pitié de voir un homme de son âge - un type à la cinquantaine avancée - faire ce boulot exténuant tout seul. Sauf que Peppé n'était pas tuable, je m'en étais rendu compte bien assez vite, et je m'étais fatigué bien avant lui des galeries à rénover, des planches à arracher, à couper, à peindre, et, le soir même, lorsqu'il était rentré à la maison après sa journée de travail, Peppé avait raconté à sa femme qu'il avait rencontré un jeune gars travaillant chez Gardendale, un garçon qui aurait pu faire un bon p'tit gars pour sa fille...

Mais ça, personne ne le savait encore, ni lui ni personne sauf peut-être madame Goyer, la dame qui nous tirait aux cartes sur Barclay au coin de Darlington lorsqu'on avait besoin de se faire remonter le moral et qu'on allait la voir, mes sœurs et moi, pour se faire dire la bonne aventure en échange de quelques piasses dure à gagner. Je n'avais pas encore eu le plaisir de seulement rencontrer ma Rosaria adorée ou d'avoir eu l'honneur de recevoir d'une fille ma première claque su'a yeule, mis à part mes sœurs qui, elles, ne comptaient pas vraiment pour des filles... car c'était mes frangines.

Rosaria était née en Algérie de parents Siciliens naturalisés Français; c'était une Pied-Noir qui avait survécue à la débâcle de 1962, en Algérie, mais pas à la France. En effet, lors de sa fuite éperdue vers la mère patrie, entassée sur le pont d'un bateau surchargé en partance pour Marseille, avec pour toute richesse le contenue d'une seule valise, on avait fait comprendre à sa famille qu'on ne voulait pas d'eux, ici, en France... Ils étaient plus d'un million de citoyens français à être sortis de l'Algérie française avec un baluchon dans une main et la vie sauve dans l'autre... cette France en dehors de la France qu'on avait donnée aux musulmans.

« Que les Pieds-Noirs aillent se réhabiliter ailleurs! », leur lançait-on dans la rue lorsque Peppé et ses fils se cherchaient un logement ou du travail dans la région de Marseille... leur propre gouvernement français les ayant laissés tomber. Alors, fatigués du racisme des Français envers les autres Français, et parce que sa famille avait obtenu la possibilité d'émigrer dans le pays du Commonwealth de son choix - Peppé avait longtemps hésité entre l'Australie et le Canada -, on avait finalement choisi le Québec parce qu'on y parlait le français. Pourtant, une fois arrivés dans le port de Québec au milieu du mois de mars 1963, à peine descendu du paquebot, ils avaient été accueillis en anglais par les Services d'immigration du Canada, et lors de son arrivée officielle en sol québécois, Peppé avait dit à son fils aîné: « Je ne comprends pas un foutu mot de ce que raconte ce type... Je pensais qu'on parlait le français, ici?... On aurait peut-être mieux fait d'aller en Australie; au moins, là-bas, il fait chaud! »

Peppé avait commis l'erreur d'émigrer au Canada, et non pas au Québec... *« Welcome to Canada, Mister... Gar... ga... ga... gar... gli... Sir! Welcome... »*

Rosy était la meilleure amie de classe de mes soeurs. Carole et Sylvie l'avaient ramenée un jour à la maison et je l'avais vue pour la première fois à l'âge de 15 ou 16 ans. À l'époque, on était comme le feu et l'eau, lorsqu'elle venait faire ses devoirs ou étudier avec mes frangines, et un beau jour, à force de se croiser au fil des mois, on s'est finalement décidés un jour à sortir ensemble: on allait faire bouillir de l'eau tous les deux, mais je n'avais pas encore développé le goût pour le café espresso que faisait sa mère.

Après nous être fréquentés pendant plusieurs mois, Rosy m'a finalement ramené chez elle pour me présenter, officiellement, à ses parents. Je ne devais pas avoir beaucoup plus de dix-sept ans, à l'époque, lorsque je me suis pointé chez elle pour la première fois, et ce n'est qu'à ce moment-là que j'ai reconnu son père et que Peppé m'a tout de suite replacé... le p'tit gars qui un jour était venu l'aider à refaire des balcons, sur Barclay.

La mère de Rosaria n'en reviendrait pas de voir un garçon aussi maigre que moi; je mesurais cinq pieds et dix pouces et ne devais peser que 135 livres, à l'époque: *« Non manga niente, questo ragazzo? »* (Il ne mange rien, ce garcon?), qu'elle avait confié à sa fille, en me voyant.

Je ne mangeais peut-être pas à ma faim à tous les jours durant cette époque bénie du début des années 1970, notre mère ayant bien d'autres préoccupations que de s'assurer de bien garnir la table pour le repas du soir, et, comme en plus j'étais un hyperactif de nature, je devais avoir l'air d'un gars monté sur *un frame de chat...* Et lorsque je suis allé souper chez Rosaria j'ai été traité comme le sont les rois.

C'est chez Rosy que j'ai découvert des mets qui, pour un Québécois *de souche* comme moi élevé à la tourtière, aux oreilles de crisse, au rôti de porc frais, à la galette de sarrazin et aux binnes à mélasse, étaient plutôt exotiques, une gastronomie qui allait m'ouvrir de nouveaux horizons: des calamars à la Provençale ou en daube au couscous au poisson, du civet de lapin aux moules marinières, des huîtres crues aux merlans frits, des steaks panés aux pâtes fraîches... J'avais d'ailleurs vu Mémé et Tata Francesca, la tantine de Rosaria, en train de rouler les longs spaghetti à la main en utilisant une espèce de brin de balais pour qu'ils soient creux à l'intérieur... De longs macaroni de dix-huit pouces de long! Silencieusement, les femmes semblaient prier je ne sais quel saint patron des cuisinières en préparant leur mortier; elles coupaient ensuite une petite boule de pâte et l'étiraient un peu; puis, peu à peu, elles roulaient la *pasta* enfarinée autour de la fine tige ligneuse et fabriquaient de leurs petites mains agiles de long serpents creux qu'elles faisaient ensuite sécher sur les parois d'un grand chaudron recouvert de linges à vaisselle pour que les fils ne collent pas sur les parois du récipient. Quels festins j'ai faits chez Mémé! Et j'allais découvrir la cuisine méditerranéenne, ce nouveau monde gastronomique qui nous faisait tant défaut, ici: j'étais un descendant Saintongeais qui redécouvrait l'Europe culinaire après une diète qui avait perduré pendant plus de trois cents longues années!

Les différents couscous que Mémé préparait, de même que le djerri aux légumes et la soupe de poisson provenaient d'un livre de recettes élaboré lors de son long séjour en Algérie; l'amour des pâtes *al dente* et des sauces tomates *alla primavera* avaient émigré depuis sa Sicile ancestrale; les fruits de mer et les poissons variés... de sa Méditerranée adorée. Quand nous comparions notre table à la leur, du moins à cette époque peu glorieuse de l'après crise d'Octobre 1970, je ne peux m'empêcher de penser que nous étions presque sans culture culinaire, nous, les pauvres Québécois de souche: on nous avait coupé du vieux monde depuis si longtemps!

Mais la Révolution tranquille allait finir un jour par aboutir et tout changer, on allait finalement s'ouvrir sur le monde, et même si on n'avait jamais été en mesure de remettre le conquérant à sa place depuis la Conquête, j'allais participer à une véritable rébellion culinaire muni de casseroles Lagostina, d'ustensiles de cuisine en acier inoxidable et de couteaux Henkel garantis à vie.

Dans mon monde à moi, il y avait les olives vertes et celles qui étaient farcies - quand j'étais petit, j'aspirais le petit morceau de poivron rouge et je le recrachais dans ma main ou dans une serviette de table sans que ma mère ne s'en apercoive -; dans celui de Rosy, il y en avait souvent six ou sept variétés dans un petit plateau à compartiments multiples qui servait à en parquer plusieurs sortes au centre de la table, de différentes couleurs ou grosseurs, avec des épices pîquantes dessus ou sans, dans l'huile ou dans une concoction tomatée avec des piments de Cayenne. Et pour les fromages c'était pareil... C'était des masses moulées selon différentes formes, crémeuses, sèches, à pâte bleue, à pâte ferme, à pâte pressée, vieillis pendant des années ou frais... Certains de ces fromages puaient littéralement le diable! Mais eux, qui s'y connaissaient beaucoup en fromages, ils aimaient ça, la Mozzarella, la Ricotta, le Parmesan, le Mascarpone, le Gorgonzola, le Camenbert, l'Emmental, le Gruyère, le Brie et le Roquefort... Et on me répétait toujours que c'était bon, pour m'encourager à les goûter... tous! « Mange!... Tu vas aimer ça... Tu verras! » Me jurait Pino, le grand frère de Rosaria. Et mon futur beau-frère en rajoutait encore en soutenant, à la blague, « que plus ça dégageait une mauvaise odeur, meilleur c'était!... Et que ça n'était pas seulement vrai pour les fromages! »

Ensuite, il éclatait d'un rire tonitruant...

Chez nous, en fait de fromage, il n'y avait que le Cheddar blanc ou orange, le fromage en crottes, et, lorsque maman voulait nous transmettre son goût de l'aventure, le fromage d'Oka. Par contre, moi, j'aimais bien le Velveeta sur les toasts, le matin, mais Rosaria disait toujours que ça n'était pas du vrai fromage, comme le Cheese Whiz... Donc, ça ne comptait vraiment pas comme une variété de *formaggio.*

Les fruits frais et exotiques, comme les dattes fraîches, les figues de Barbarie, la plaquemine ou la pomme grenade, c'était chose courante, chez Rosaria. Mais pour nous, à la maison, c'était la pomme tout court; pour la grenade, faudrait repasser ou attendre que ne commence la prochaine guerre mondiale. La famille de Rosaria possédait une culture différente de la nôtre qu'ils appelaient *Dolce vita:* la (douce) belle vie!... Une façon de vivre singulière, différente de la nôtre, et selon des principes complètement étrangers aux miens... *Della bella cucina alle far niente* (de la belle [bonne] cuisine à ne rien faire [*far niente*]... la douce oisivité.)

Lors du premier réveillon passé avec la famille de Rosaria, au menu, il n'y avait absolument rien de ce qu'on retrouvait sur nos tables pour la Nativité ou qu'on appelait « notre gastronomie traditionnelle de Noël... » Au menu, il n'y avait pas de dinde, pas de tourtière, pas de bines, pas de ragoût de pattes de cochon, pas de jambon, sauf pour les charcuteries, pas de sirop d'érable ou de bûche de Noël... Rien de tout ça! Et j'avais aidé Pino, le frère de Rosy, à ouvrir vingt douzaines d'huîtres sur le rebord de l'évier... et passé deux heures avec lui à les fendre en buvant du Cognac. J'essayais de le suivre, mais ça n'avait pas été facile, car c'était une vraie éponge, ce futur beau-frère, et je me suis retrouvé rond comme un oeuf avant qu'on ne se mette à table pour le souper... De plus, après avoir calé tout ce Cognac, il me faudrait entamer avec Pino les quelques bouteilles de vin rouge qui trainaient sur la table.

Lorsqu'on en a eu fini avec l'ouverture des mollusques, on s'est finalement mis à table, et c'est à ce moment-là que j'ai mangé des huîtres crues pour la première fois de ma vie. Avec beaucoup de citron, au début, pour en masquer le goût et rendre le tout plus comestible... Puis, au fur et à mesure que je les avalais - il y en avait des centaines à bouffer! -, lorsque j'ai commencé à y prendre goût, je me suis mis à apprécier les fins effluves d'iode et de sel de mer et j'ai réduit, graduellement, le jus d'agrume. Et avec les années j'ai fini par adorer ça. Mais les oursins que Rosaria adorait manger... Yark! Jamais je n'aurais osé mettre une cueiller là-dedans.

On les avait liquidées en une trentaine de minutes, les huîtres... Presque deux douzaines chacun! Après, on a attaqué un assortiment de pizzas italiennes; à l'ail et aux fines herbes, au Parmesan et aux anchois, à la tomate; puis j'ai tapé dans le tas d'olives, la tappenade, la bruschetta, le melon enrobé de prosciutto, la terrine de foie gras et le maigret de canard... Ouf! Je n'avais déjà plus faim.

Ensuite, en entrée, Mémé nous a servi une soupe de poisson tout simplement délicieuse: je n'avais jamais de toute ma vie mangé une seule fois de la soupe de poisson! Après, ce fut une salade verte avec des endives, suivi de Rougets et de Merlans sur un lit de couscous arrosé de soupe de poisson pour humecter le tout: un couscous au poisson à la mode des Pieds-Noirs. Bordel! Je n'avais déjà plus envie de manger depuis longtemps, mais comme tout refus de ma part aurait pu être mal interprété par ma future belle famille, j'ai continué à m'empiffrer comme un porc avec les autres: c'était une orgie de bouffe... qui allait rouler sous la table le premier?

À Rome, fais comme les Romains, disait Caligula.

Après tous ces plats, un gars normal aurait pu croire que le festin était terminé. Oh! Que non. Grossière erreur de ma part... Et par la suite ce fut au tour des pâtes maison avec des calamars farcis en daube. Je n'avais jamais vu de calamar de ma vie, encore moins un céphalopode fourré avec du veau, du bœuf et du porc! Légèrement caoutchouteux, les petits calamars, mais c'était tout de même très bon dans une sauce tomatée avec de l'harissa.

Bien que personne ne soit en mesure d'avaler quoi que ce soit de plus, Mémé avait tout même sorti une assiette de fromage assortis qui allait du bleu d'Auvergne au *Parmigiano Reggiano,* du Brie au Camembert crémeux, du *Mascarpone* au *Provolone*... avec des fruits!... avec des noix!... avec des dattes! Des raisins! Alouette! Aaaaaaah!

La mère de Rosaria avait ensuite essayé de m'en fourguer de force dans une petite assiette, mais comme j'avais une folle envie d'aller gerber depuis un moment...

Je me sentais lourd, avec les tripes à l'envers... Ça devait être à cause de toutes ces olives, des cornichons, des artichauts marinés et des quelques bouteilles de Chianti Ruffino tressées de paille qu'on avait fûmées juste pour faire descendre tout ça. Tata Francesca et Mémé, elles, mettaient du 7up dans leur vin... je n'avais jamais vu ça de ma vie! Mais moi, j'étais déjà beaucoup trop bourré pour refuser de trinquer avec un Pino qui n'arrêtait pas de remplir mon verre. Et comme je ne voulais absolument pas froisser personne, j'avais dû dire « oui! » et me sacrifier sur l'autel de la gastronomie méditerranéenne...

Après le festin, qui avait duré au moins cinq ou six heures, tout juste avant minuit et le déballage des cadeaux de Noël, je suis allé prendre une marche de santé parce que je ne me sentais pas très bien. Rosaria m'avait promis que, « faire le tour du bloc » ça m'aiderait à digérer le souper. Puis, lorsque je suis revenu de ma petite trotte avec Rosy, une promenade en hiver qui devait favoriser ma digestion, mon futur beau-frère a soutenu, en rigolant, que « j'étais un peu blanc! » Normal... *j'étais* un Blanc! Mais lorsque je suis allé dans la salle de bain pour me regarder le visage et pour mieux juger de la qualité de ma blancheur virginale, *maladive!,* selon Pino, je me suis mis à vomir sans arrêt pendant au moins une bonne demi heure... Et c'est ainsi que je n'ai pas pu me rendre jusqu'au dessert.

Rosy m'avait dit que, si j'avais encore un peu de place, il y avait des *taralle,* une *pignolata* au miel, qui était en fait une spécialité de Mémé que les neveux de Rosy adoraient plus que tout au monde, et des *cannoli* à la ricotta, à la crème fouettée, au citron et au chocolat que Viviane, ma future belle-sœur, avait préparés. En plus, il y avait un gâteau aux fruits, un traditionnel dessert de Noël, et un

Panettone... une espèce de pain sucré qui ne goûtait pas grand chose et qu'on servait habituellement avec le café.

Moi qui adorais le sucré plus que tout au monde - j'avais *la dent sucrée* -, j'aurais presque manqué la partie la plus intéressante du repas si je n'avais pas un peu triché et pigé dans les *taralle* au citron avant d'ouvrir les huîtres...

Puis, le temps a passé, et notre relation est devenue plus sérieuse, et un beau jour j'ai demandé Rosy en mariage...

Lorsque je me suis décidé à lui poser la question, à Rosaria, j'habitais dans un trou au coin de Côte-des-Neiges et de Linton; je n'étais qu'un pauvre étudiant de deuxième année en littérature française, à McGill... une licence ès lettres qui n'allait jamais mener à un travail rémunérateur lié à mes études universitaire. Et le père de Rosy, lui aussi, avait dit « oui », car il était hors de question que la fille de Peppé ne sorte de la maison familiale sans avoir une bague à son doigt bénie par un curé.

Déjà, à l'époque de nos fiançailles, je ne voyais pas très souvent ma mère, au plus un dîner familial le dimance, une semaine sur deux, et nos rapports étaient quelque peu distants depuis mon départ définitif de la maison - sa folle emprise sur moi s'était arrêtée quand j'ai quitté le domicile familial à l'âge de 18 ans -, et quand je suis allé la voir avec Rosy pour l'inviter, officiellement, à notre mariage, faire-part en main et tout le tralala, tout ce que maman avait trouvé à dire fut:

« Bernard... est-ce qu'il y a assez de sel dans le rôti? »

Maudite marde! Ça débutait très mal notre affaire... Et Rosaria m'avait regardé, complètement furieuse: elle avait le regard assassin de quelqu'un qui voulait tuer! « A l'avât pas trouvé drôle pantoute, pantoute, elle! », aurait sûrement écrit Tremblay dans l'une de ses piécettes radiophoniques pour décrire la scène qui se jouait dans la cuisine de maman.

De mon côté, j'avais gardé un calme... olympien! Malgré une petite exclamation blasphématoire qui avait réussi à s'échapper de mon gosier avant que je ne sois en mesure de me contrôler, car dans les moments importants de la vie, j'étais capable de garder mon sang froid, même si j'étais, habituellement, un impulsif de la pire espèce et un excité de nature, et j'avais fait signe à ma Rosy adorée de se calmer un peu et de baisser le ton d'un cran... Peut-être que maman n'avait tout simplement pas compris la question que je lui avais posée et que sa passion pour la cuisine française, de même que le bouillonnement de la marmite sur le poêle, avaient temporairement annihilé ses facultés auditives... cognitives?

Cependant, lorsque j'ai réitéré mon invitation une seconde fois, m'assurant que maman comprenne bien l'espèce de bruit qui sortait de ma bouche appelé *paroles,* l'expression verbale de la pensée « invitation, toi, maman, mariage, Rosaria, moi », Rosy, elle, communiquait de son côté à sa manière avec une bonne dose de langage corporel: elle était furibonde et sifflait comme un canard sur le feu.

Pourtant, malgré mes louables efforts de communication, la réponse de ma mère ne fut qu'un long et pénible silence d'une vingtaine de secondes, espèce de mutisme à la britannique qui n'allait aucunement calmer ma Rosaria et qui me mettrait *très* mal à l'aise de me trouver là, et c'est alors que j'ai viré de bord sur un dix cennes et que j'ai dit à Rosy, très déçu de la tournure des événements, mais j'aurais dû m'y attendre avec Carmen: « Viens! On s'en va d'ici... Y'aura jamais rien à faire avec elle, *anyway!* »

J'avais ensuite fait deux pas en direction du salon, qui se trouvait tout juste de l'autre côté de la cuisine... Il y avait là la chique molle de Bernard terré sur son divan. Renfrogné dans sa coquille de Bernard l'hermite, le bougre semblait drôlement s'intéresser à une course de voiliers qui jouait sur le téléviseur de la petite pièce: les régates de la Coupe América. C'était une retransmission qui jouait à la télé câblée sur la chaîne américaine *ABC Wild World of Sports* avec le fameux commentateur sportif Howard Cosell qui en faisait la description. J'allais m'en souvenir toute ma vie, de l'émission, même si la coupe des Amériques, de même que de Bernard... je n'en avais strictement rien à foutre!

Le beau Bernard avait tout entendu de la farce qui s'était jouée devant le fourneau, car il avait coupé le son du téléviseur dès qu'on avait mis les pieds dans l'appartement, opinant même du chef pour nous saluer, et pendant que je parlais mariage avec maman dans la cuisine, il avait préféré faire comme le font habituellement les directeurs de banques suisses de Genève, et Bernard avait gardé le secret bancaire pendant toute l'affaire: le tuteur de mes fesses n'avait pas dit un seul mot à propos de ma discussion à sens unique avec maman... Mais je n'avais pas besoin de la bénédiction du curé manqué pour me marier! Et c'est à ce moment précis que j'ai pu juger de la valeur de cet homme; il avait beau rouler des mécaniques, parler fort, et se prendre pour un type qui avait du cran, mais Bernard ne serait toute sa vie qu'une larve, un dégonflé de la pire espèce, un donneur de leçons du côté pile qui rampait du côté face... un chieux en culotte de la pire espèce.

Je l'avais tout de même salué et j'avais conversé quelques secondes avec lui, parlé de la pluie et du beau temps, car j'étais poli et que j'avais été bien élevé par maman, alors que ma Rosy, folle de rage, me tirait par une manche vers la porte de sortie. Et c'est avec l'insolence d'un jeunc homme libéré du joug de ses parents que j'ai lancé à ma mère: « Maman?... Maman? Tu me vois?... Regarde-moi bien la face comme il faut... C'est la dernière fois que je mets les pieds ici! » Et je suis sorti de là avec Rosy le coeur lourd, animé d'une fureur intérieure que je voulais soustraire à la vue de ma mère, car je souhaitais sortir avec la tête haute et ne pas me donner en spectacle devant elle... je n'avais même pas claqué la porte en sortant de la vie de maman pour toujours!

Une fois rendue dehors, Rosaria, absolument électrique, criait sa rage... et j'avais pensé que c'était le sang sicilien qui bouillait dans ses veines qui s'exprimait. Cependant, j'avais tout de même réussi à la calmer en marchant vers l'arrêt d'autobus, en lui disant: « C'est pas grave... L'important c'est qu'on soit heureux, nous, ensemble! »

Et c'est ainsi que j'ai mis un point final à ma saga parentale, coupé pour de bon le cordon invisible qui me reliait toujours à ma mère depuis la naissance, même si nos relations étaient des plus distantes depuis que j'avais quitté le nid familial: j'allais refaire ma vie tout seul avec Rosy... Et ça serait aussi ma dernière conversation avec *Mommy dearest!* L'ultime dialogue de sourds avec maman et la dernière fois je la verrais; je venais tout juste de tenir un petit rôle dans une pièce inédite d'Eugène Ionesco... et de quitter pour toujours la demeure de *Mr & Mrs Smith!*

Plusieurs années plus tard, ma soeur Sylvie, que je n'avais pas revue depuis au moins une trentaine d'années à cause de cette mémorable *chicane* de famille, car elle avait pris le parti de maman et décidé de couper les ponts avec moi, elle aussi, m'a fait savoir que ma mère était décédée des suites d'un cancer à la fin des années 1990; elle avait tout juste 60 ans lorsqu'elle s'est éteinte... Mais pour moi maman était morte depuis longtemps déjà.

Après être sorti de là avec Rosy, je n'ai jamais plus revu Bernard, non plus... Carole, ma frangine d'adoption, qui allait reconnecter avec son père une bonne vingtaine d'années plus tard par curiosité et peut-être aussi pour régler ses comptes avec lui, me dirait un jour qu'il avait quitté Carmen pour une défroquée du Collège Marianopolis quelques mois après ma dernière visite chez eux, probablement moins d'une année après mon mariage avec Rosy, et qu'il vivait avec sa nonne, en Floride. Il avait même confié à Carole qu'il ne voulait absolument pas me voir débarquer chez lui dans son *trailer* de Fort Lauderdale.

T'inquiète, Bernard, va te faire foutre... toi et ta putain de Floride à marde!

Chapitre 22

Et ce n'est que le jour de mon mariage, après une séparation d'au moins une douzaine d'années, que j'ai revu mon père pour la première fois: Ti-Paul Bellemare, mécanicien à l'Hydro, avait 54 ans et approchait déjà de la retraite. Cependant, je n'avais pas de mérite à l'avoir revu après tant d'années d'absence, et c'était surtout grâce à l'intervention de Pino si j'avais pu raccomoder les choses entre nous, car mon futur beau-frère m'avait balancé, quelques semaines avant les noces: « Je pense que tu devrais inviter ton père au mariage... C'est tout de même bien ton père, non?... Et des pères, on n'en a qu'un... Et comme ta mère ne sera pas de la partie, ça serait dommage qu'il n'y ait pas au moins l'un de tes géniteurs de ton côté de l'allée, dans l'église. »

Carole avait déjà renoué avec sa mère depuis quelques temps, discrètement, et m'avait confié qu'elle était très heureuse d'avoir enfin retrouvé Hélène et que...

« Tant mieux pour toi... », que j'avais répliqué, d'un ton mordant « ... Mais moi j'ai pas tellement le goût de le revoir, mon père. »

J'hésitais à reprendre avec lui, malgré l'insistance de ma soeur qui ne manquait jamais une occasion de me remettre sur le nez tout le bonheur qu'elle éprouvait « d'avoir fait rentrer Hélène dans sa vie », comme lorsqu'on entre dans les ordres et qu'on se *marie* avec Jésus à cause d'un désir de bonheur inavouable, car j'avais peur d'être déçu lors de la rencontre qu'elle voulait absolument organiser avec ce dieu de père: celui qui m'avait créé et non pas enfanté de même nature que le père...

Margré l'enfer que j'avais vécu, j'avais réussi à survivre sans père depuis l'âge de 11 ans, et je ne m'en étais pas trouvé plus malheureux pour autant, même si on m'avait volé ma jeunesse et que j'avais dû *devenir un homme* plus rapidement que les jeunes gens de mon âge... Et maintenant, le jeune homme que j'étais devenu avait de fortes appréhensions à se réconcilier avec son géniteur... j'avais une crotte sur le coeur... j'en voulais surtout à ma mère... mais aussi à mon père... j'en voulais aux curés... j'en voulais aux pédés... j'en voulais à tout le monde... voire au monde entier! Cependant, en renouant avec mon père, j'avais surtout la crainte de foutre le bordel dans la petite vie pépère que j'avais réussi à me construire de peine et de misère.

« Je cherche pas le trouble, moi... Crisse! » Que j'avais lancé à Carole.

- Oh! Y sont pas vraiment comme Carmen les dépeignait; c'est pas un mauvais gars, ton père, bien au contraire...

La dernière fois que je lui avais parlé, à papa, c'était en cour au Palais des injustices de Montréal, tout juste avant d'aller témoigner en faveur de ma mère. Je n'avais jamais eu de nouvelle de lui par la suite, maman ayant tout fait pour qu'il ne puisse ni communiquer avec nous ni nous rencontrer, et j'avais dû apprendre à vivre ma vie d'adolescent sans père, avec un Bernard l'Hermite terrestre qui avait fait office de tuteur et de père de remplacement... une véritable *douche d'eau froide* en hiver!, mais les spécialistes de la faune marine vous diront que les crustacés de l'océan Atlantique adorent l'eau glacée.

Naturellement, Henri-Paul serait toujours mon père *biologique,* mais comme je finissais tout juste de me sortir d'une vie passée sous la coupe de ma mère - je venais de lui donner *son 4%,* à Carmen -, je n'avais nullement l'intention de m'embarquer dans une autre relation d'enfer avec un père que je ne connaissais pas. J'étais maintenant un enfant sans parent... un orphelin. Mais j'allais bientôt refaire ma vie avec Rosy, créer une famille avec ma petite Rosaria, une famille bien à moi: est-ce que je devais vraiment prendre la chance de revoir mon père et peut-être tout gâcher?

La cérémonie du mariage allait avoir lieu dans une église du quartier Villeray où Rosy habitait avec ses parents. Déjà, depuis quelques années, ils avaient quitté le quartier Côte-des-Neiges, Peppé et Pino ayant finalement économisé assez d'argent pour la mise de fond pour l'achat d'un huit logements sur la rue de La Roche, au coin de Villeray. Ils étaient tannés de n'être que des locataires, et si c'était bon pour le patron juif de Pépé d'être proprio, ça devait l'être pour le monde ordinaire itou.

Avant le mariage, lors de souper avec la famille de Rosy, mon futur beau-frère me relançait souvent à table, le bon vin aidant, insistant toujours pour que je revoie mon père, et ce, jusqu'à ce que je craque un jour et que je dise « oui! »

Mais qu'est-ce que j'aurais à lui dire, moi, à mon père?

Pour moi, c'était un peu comme s'il n'avait jamais existé, et papa n'était maintenant qu'un lointain souvenir d'enfance que j'avais gardé au fin fond de ma mémoire, car dans les faits j'en avais fait mon deuil depuis longtemps parce que papa n'avait jamais été là lors des moments importants de ma vie. Et maintenant, j'avais de fortes appréhensions à le rencontrer, car ce n'était ni plus ni moins qu'un étranger, comme un oncle ou un parent éloigné qu'on n'aurait pas vu depuis au moins une décennie et qui désire vous revoir après toutes ces années, lors de votre mariage.

« Mais c'est un étranger qui t'a tout de même refilé la moitié de tes gènes », m'avait rappelé Pino, comme un spécialiste en génétique humaine qui essayerait de mettre le doigt sur l'un des gènes récessifs dont j'avais hérité de papa. Ça devait donc compter pour quelque chose dans la balance, selon lui. Cependant, j'avais le cœur gros juste à penser qu'on se retrouverait après toutes ces années...

Puis, à force d'y penser, pour le meilleur et pour le pire, j'ai fini par me faire à l'idée de *me réconcilier avec papa* en me disant qu'il y aurait au moins, lors de la cérémonie du mariage, un parent du côté *du* marié. Et c'est ainsi que j'ai revu mon père pour la première fois en douze ans, de même qu'Hélène, l'ex-femme de Bernard... qui était maintenant la blonde officielle de papa! *What the fuck!?!*

Hélène et Henri-Paul s'étaient retrouvés de manière tout à fait fortuite, et lorsque j'ai raconté l'histoire de leur rencontre à des amis, tous avaient eu la conviction que c'était une histoire arrangée avec le gars des vues; que ça ressemblait étrangement à un échange de couple à la Woody Allen avant que ça ne devienne à la mode...

Toujours est-il que, alors que ma mère avait chipé Bernard à la belle Hélène, sa consoeur de travail à la Commission scolaire de Longueuil, mon père, lui, avait fait la jonction avec Hélène lors de l'une de ses nombreuses séances judiciaires liées à son divorce. Ils s'étaient reconnus dans l'adversité d'un corridor du Palais de justice de Montréal, assis chacun de leur côté sur un banc inconfortable à attendre une comparution dans leur petite salle d'audience respective, Hélène devant témoigner dans sa cause de divorce à elle contre Bernard et Henri-Paul dans celle qui l'opposait à Carmen... le hasard avait fait en sorte qu'ils atterrissent le même jour, à la même heure, dans des salles de cour mitoyennes: Cupidon était intervenu, personnellement!

Chacun sur leur siège, ils attendaient que les salles d'audience se libèrent avant d'aller témoigner en cour dans leur cause respective ou pour parler avec leur avocat, et ainsi terminer leur long chemin de croix dans un Palais de justice à l'air vicié... l'endroit où une belle grande femme aux yeux bandés décide de votre vie future avec une balance calibrée par la chance et par l'humeur d'un juge. Puis, leur regard s'était croisé un instant, et, qui sait au juste comment ça s'était vraiment passé? Mais la destinée les avait réunis dans le même sombre corridor... et c'est tout ce qui importait. Jamais les astres n'avaient été si bien alignés par les dieux: ça serait à Ti-Paul et à Hélène de faire le reste du chemin tout seuls.

Ensuite, ce fut peut-être un petit sourire. Maladroit, au début, parce qu'ils en avaient sûrement perdu l'habitude... ou juste un petit mot doux, un allo!, une parole réconfortante avec la promesse de peut-être plus; deux cœurs malheureux s'étaient retrouvés dans le vieux Palais de justice de Montréal... les interminables procédures dilatoires des avocats pouvant parfois faire des heureux.

Pour Henri-Paul et pour Hélène, le sort avait été jeté - c'était écrit là-haut! -, et ils avaient tissé des liens d'amitié durables sur les vieux bancs usés par la peine de conjoints qui, comme eux, avaient vécu une relation amoureuse misérable pendant la majeure partie de leur vie. Et après avoir inhalé l'air accablant d'une cour de justice, ils avaient pris un petit café d'une main tremblante dans un bistro de la rue Saint-Jacques, à l'endroit même où les avocats se rassemblent après leur travail afin de s'entendre sur la marche à suivre dans les causes qui les opposent...

Par la suite, comme ils s'étaient sûrement découverts des atomes crochus, il y avait eu un premier rendez-vous galant au restaurant avec peut-être l'espoir d'obtenir une autre rencontre si tout se déroulait bien, et, possiblement, quelque réconfort ou chaleur humaine dans ce monde ingrat où les maris des uns deviennent les amants des autres. Hélène aimait les arts et la peinture plus que tout au monde; elle chatouillait amoureusement ses canevas après ses heures de travail: elle avait fait l'École des beaux-arts. Et, avec le temps, Hélène allait devenir une portraitiste incroyable! Cependant, malgré son immense talent, elle allait rester quelque peu méconnue du grand public et les critiques d'art n'oseraient jamais la porter aux nues avec les Suzor-Côté, Pellan, Fortin et compagnie...

Ti-Paul, lui, c'était la sculpture qui l'intéressait; papa était un gosseux de bois, comme on les appelait dans sa région natale de Saint-Justin, car avec un bout de pin dans une main et un couteau à sculpter dans l'autre, papa façonnait des œuvres d'art et redonnait une deuxième vie à la sylve. Malgré un coup de couteau aguerri par l'habitude et un talent indéniable, Ti-Paul ne serait jamais autre chose qu'un sculpteur passionné qui donnait volontiers ses oeuvres à ses enfants et à sa famille.

Finalement, Henri et Hélène c'étaient le mariage parfait de la couleur et de la forme, du rouge de Chine vermillon au vert de vessie, de l'équarrissage à la taille au ciseau, c'était la deuxième dimension qui rencontrait la troisième. Et, avec le temps, Rosy et moi allions être la quatrième...

Ils étaient faits pour être ensemble, ces deux oiseaux-là; ils s'étaient reconnus malgré l'Enfer dans lequel ils vivaient chacun de leur côté, à chacun sa peine!, car même à travers les flammes de la grande fournaise il y avait de l'espoir... l'enfer des uns étant le paradis des autres.

Tiens, toi... Jean-Sol Partre!

*
**

Avant la cérémonie du mariage, qui devait se dérouler dans l'après-midi à l'église de Notre-Dame-du-Saint-Rosaire dans le quartier Villeray, tout heureux de se retrouver en famille, on avait bu un vingt-six onces de Fine Napoléon dans la cuisine de Pino pour célébrer les retrouvailles et pour faire plus ample connaissance; Peppé, le père de Rosy; Pino, le futur beau-frère; Henri-Paul, le paternel; et moi... le fiston!

Hélène avait préféré se tenir loin des effluves du cognac et était allée rejoindre les filles d'honneur dans le salon, avec Titine, la tante de Rosy, qui avait brodé à la main la robe de mariée et confectionné une cape avec une magnifique bordure d'hermine, avec sa fille, Carole, avec Viviane, ma future belle-soeur, avec Mémé, la mère de la mariée, et avec la future épouse... Rosaria. Et lorsque je me suis présenté devant l'autel et que j'ai attendu Rosy, devant ce curé imbécile qui nous avait forcés, Rosaria et moi, à participer à plusieurs séances d'endoctrinement religieux et de préparation au mariage parce qu'on n'allait pas à la messe le dimanche - les parents de Rosy tenaient absolument à un mariage religieux! -, j'étais de très bonne humeur, le cognac ingurgité aidant...

L'ecclésiastique qui allait présider la cérémonie avait exigée la preuve que Rosaria avait été baptisée, car Rosy n'avait jamais réussi à obtenir une copie *légale* originale de son baptistère, l'église où elle avait été baptisée, de même que les archives du presbytère de la petite église Sainte-Anne, à Bône, ayant été détruites au complet par les frères musulmans après la révolution de 1962, en Algérie. S'en était suivi une saga religieuse au cours de laquelle Pino avait menacé d'étriper les membres de la congrégation de la paroisse qui siégeaient sur le comité étudiant le cas de sa soeur, Rosaria - Pino avait fait la Légion Étrangère durant trois longues années, en Algérie, et savait comment tordre un bras quand il fallait absolument convaincre quelqu'un de faire ce qu'il fallait faire! -, et le Clergé avait, finalement, accepté une forme d'accodement raisonnable avant que Pino ne vire le presbythère sens dessus dessous: le père de Rosy allait signer un document légal, sous peine de damnation en Enfer - le plus grave des châtiments pour un bon Chrétien pratiquant -, acte authentique que Peppé allait signer de bonne foi pour certifier que Rosaria Anne-Marie, sa fille, avait bel et bien été baptisée par un curé en Algérie française. Sinon, y aurait pas de mariage dans une église pour Rosaria avant qu'un curé ne la baptise et ne la purifie de tous ses péchés.

Hostie d'église à marde! En plus d'habriter des pédés... c'était une gagne de crosseurs!

Mais moi, j'en avais rien à foutre d'un mariage à l'église, tante Titine m'ayant déjà *excommunié* plusieurs fois lors de soupers de famille parce que je faisais exprès pour blasphémer et dire des trucs absolument abominables aux oreilles d'un Chrétien hypnotisé par le doux Jésus et les anges, paroles en italien que j'avais apprises de mon beau-frère (« *Dio cane!* » Chien de Dieu!) et que je répétais à table jusqu'à ce que Titine me dise: « *Con il potere che Dio mi dà, sei scomunicato!* » (Grâce au pouvoir que Dieu me confère, tu es excommunié!)

Et le tour était joué... Je venais, encore une fois, de me faire excommunier par la tantine!

Même si je détestais souverainement le pain béni, et surtout la gagne de pédophiles qui le consacrait à tour de bras, j'avais proposé de baptiser Rosaria moi-même en utilisant l'eau de la champlure de l'évier de la cuisine de l'apparte, car j'avais lu quelque part qu'un père pouvait le faire pour son enfant, exceptionnellement, et en cas d'urgence absolue... Alors, pourquoi pas le futur mari? Et comme ça semblait en être une, une nécessité impérative, surtout pour Pépé, Mémé et Titine qui, en bons Chrétiens qu'ils étaient, craignaient toujours les foudres de Dieu, pourquoi ne pas essayer de bénir ma petite Rosy moi-même... ou peut-être que Pépé pourrait s'essayer, si jamais j'arrivais à le convaincre de le faire? Essayer de la baptiser une seconde fois juste pour être sûr, au cas où? Car c'était tout de même sa fille, à lui... À lui de nettoyer son âme, si jamais il lui était possible de la trouver.

Mais Rosaria avait dit que ça ne fonctionnerait pas tellement bien avec ce curé-là! Alors, j'avais dû oublier l'idée toute l'affaire...

Devant tous les gens que Rosy et moi connaissions, j'attendais la future mariée au pied de l'autel avec le plus large des sourires de la planète: « *Houston... we have a lift-*

off! » Et quand j'ai traversé l'allée centrale pour monter vers la nef, prêt pour le lancement, j'avais salué un peu tout le monde en passant dans la large avenue centrale... Même les grenouilles de bénitier venues prier leur idole préférée y avaient eu droit! J'étais une vedette de cinéma sur le tapis rouge, l'astronaute qui trottinait vers la rampe de lancement avant de s'envoyer en l'air pour sa lune de miel! C'était notre journée à nous, à Rosy et à moi... J'étais heureux... J'étais joyeux... Peut-être même un peu trop, car une fois la cérémonie terminée, Rosy avait prétendu que j'avais trop bu de Cognac avec mon père... Oups! *Sorry, Roz!*

Mais n'allait-elle pas uni sa destinée à la mienne grâce au sacrement du mariage pour le meilleur et pour le pire?

Après l'interminable séance de photos au restaurant Chez Marco, sur Jarry Est, après les toasts à répétition à la santé des nouveaux mariés, après l'orgie de bouffe, de boissons alcoolisées de toutes sortes et la danse qui avait suivi, on a pu, finalement, aller se reposer quelques heures avant de convoler en justes noces pour le Mexique dans mon petit appart de merde de la rue Linton, logement qui était maintenant le nôtre, puis on est partis dans la nuit de l'aéroport de Dorval en direction de Puerto Vallarta pour deux semaines de *Luna de miel en Mexico!*

*
**

Après quelques journées de plage avec Rosy, le *tabarnacos* que j'étais avait déjà pogné la tourista, malgré toutes les précautions qu'on prenait avec l'eau et les glaçons... Crisse! C'était dans l'air... y avait rien à faire... aurait fallu ne pas respirer pantoute, tanarnak!

Tout le monde dans l'hôtel était malade, et quand je dis tout le monde, c'était bien tout le monde... aucun touriste n'y ayant échappé. Il y avait même eu deux morts dans notre hôtel parmi *las turistas* à cause de fièvres intenses causées par l'hépathite A, B, ou C... à vous de choisir votre variété préférée! Et quand le docteur était finalement allé à leur chevet, il n'avait pu que leur donner de l'aspirine pour faire tomber la fièvre... et constater le décès le lendemain.

Des *amis* québécois rencontrés sur la plage disparaissaient pendant des jours entiers sans donner le moindre de signe de vie; on pensait même qu'ils avaient été kidnappés par des ranconneurs! Puis, ils revenaient blancs comme des draps avant de disparaître à nouveau après quelques heures de plage... ils n'arrivaient plus à s'éloigner d'une toilette, les pauvres! Enfin, les vrais pauvres, eux, vivaient juste de l'autre côté de la rue, car du côté de la plage, il n'y avait que les hôtels et les restaurants pour les touristes, et de l'autre, il y avait que des mansardes poussiéreuses, espèces d'habitation une pièce en terre battue avec toiture de tôle où toute la famille vivait avec les poules, un cochon et une mule... leur bien le plus précieux.

Les jeunes mexicains, pour se faire du fric, se promenaient sur la plage avec des breloques, des bijoux en argent, des colifichets, des trucs artisanaux en onyx et autres souvenir pour touristes à nous vendre; il y en avait même qui déambulaient avec un iguane en laisse et qui tentaient de nous en refiler un empaillé pour deux dollars... pour dix, un gars pouvait partir avec sa soeur ou sa cousine! C'était la pauvreté d'un bord, avec la lampe à l'huile, la cuisinière au bois et une fontaine publique où puiser l'eau, et de l'autre, il y avait les *riches* touristes qui se prélassaient dans le confort moderne avec l'électricité et la télé par câble... Et c'est à ce moment-là que j'ai découvert que Rosy et moi on était des riches, qu'on était nés du bon bord, à la bonne latitude... dans le Nord!

Mais les pauvres du Mexique étaient souriant et ne semblaient pas malheureux de leur sort, se contentant de peu pour être heureux: ils avaient la mer et le beau temps, eux.

Rosy avait réussi à s'en sortir quasi indemne, la chanceuse!, elle n'avait eu que quelques petites crampes intestinales de rien du tout, et elle n'avait pas trop eu de mal pendant tout le voyage de noce, sauf quand elle essayait de repérer une toilette décente. Mais les filles, tout le monde vous le dira, c'est fait beaucoup plus fort que les gars.

À cause de mes *malaises* intestinaux, c'était rendu que je ne sortais que s'il y avait une salle de bain pas trop loin de l'endroit où on allait... avec plusieurs sites possibles au cas où je serais incapable de me retenir, en chemin, et lorsque je parle de toilettes, ça n'était souvent que des trous dans le plancher distancés d'une trentaine de centimètres les uns des autres avec deux tuiles de couleur différente qui indiquaient au crotteur que j'étais où mettre les pieds, ou c'était une espèce de petit ruisseau d'eau courante qui se jetait on ne savait pas trop où - fallait faire bien attention de ne pas tomber dans le Titicaca! -, et d'où on devait s'exécuter devant tous. Hé! Ho! Mais on n'est pas à l'Armée, icitte... Tabarnak!

Dans certains restaurants *américanisés,* il y avait quelques fois des cuvettes sans siège où on devait faire ce qu'on avait à faire debout, mais fallait toujours amener son rouleau de papier de toilette avec soi, car souvent, il n'y en avait pas dans les lieux d'aisance, les Mexicains ayant un sens de l'hygiène un peu différent du nôtre... Ou c'est que le papier cul valait son pesant d'or, au Mexique, ou c'est parce que c'était rare comme de la marde de papouse!

Comme je n'étais pas capable de me retenir bien longtemps et que la bouffe était, la plupart du temps, infecte, je ne mangeais plus que des Rougets grillés sur la plage avec du sel et un peu de lime. Il y avait là-bas un jeune Mexicain qui les faisait griller sur le dessus d'un baril de 45 gallons... un *steel drum.* Quelques fois, lors d'une bonne journée *entérique!,* on tentait notre chance et on marchait jusqu'au restaurant Carlos O'Brian, un resto à l'américaine de style *Steakhouse,* le seul endroit où on ne mettait pas ces espèces d'épices mexicaines à marde dans à peu près tout qu'on nous servait... les Chefs mexicains ayant même réussi à rendre le poulet grillé absolument inmangeable: vivement Saint-Hubert BBQ, tanarnak!

Toute bonne chose ayant une fin, on est revenus de voyage chargés de souvenirs: coups de soleil un peu partout sur le corps, jeux d'échec en onyx; crampes intestinales persistantes, bijoux en argent; diarrhée intermittente, bibelots et Tequila Mezcal avec un vers dedans... Yorky! Fallait pas l'avaler... Oups! Et comme je ne me sentais pas très bien lors du retour, je suis allé voir un docteur en arrivant à Côte-des-Neiges, et après avoir passé une batterie de tests sanguins au Royal Vic, le toubib avait dit que j'avais fait une hépatite lors de mon voyage de Noces au Mexique et qu'on devait me mettre en quarantaine tout de suite pour ne pas contaminer les autres, ma femme la première, et surtout les patients de l'hôpital avec qui je pourrais être en contact. Car à l'époque, comme j'étais toujours aux études, je travaillais les fin de semaine comme réceptionniste à l'Urgence du Royal-Victoria... qui n'était pas trop loin du Peterson Hall, sur la rue McTavish, l'endroit où j'assistais à la majorité de mes cours de littérature française, à McGill.

Ainsi, Rosy avait dû garder ses distances pendant un boutte, parce que ça aurait pu être contagieux pour elle aussi, mais le docteur n'en était pas absolument certain. *Mais dans le doute, abstiens-toi!*

Et, au final, malgré un taux hépatique démesurément élevé, j'allais prendre du mieux au bout de quelques semaines de repos et une diète speeciale qui excluait les viandes.

« Que Viva Mexico! »

Chapitre 23

J'ai revu papa régulièrement à Saint-Lambert, car on est allés souper chez lui souvent lors de bouffes familiales du dimanche ou pour passer du temps avec lui, et, peu à peu, j'ai réussi à mieux connaître cet étranger qui se trouvait à être aussi mon père. Pourtant, malgré de touchantes retrouvailles avec moultes larmes de joie sur la joue et de grandes accolades dans le dos, je n'avais plus la même proximité qu'on peut avoir habituellement avec son paternel. Il y avait quelque chose de brisé dans notre relation, un je-ne-sais-quoi qui n'allait plus jamais admettre d'être réparé, et ce, malgré toute la bonne volonté du monde et les talents de mécanicien de Ti-Paul... du moins, pas totalement.

Avec le temps, j'avais réussi à m'ancrer sur l'abord de plus en plus docile de sa lointaine Rive-Sud... Papa avait sûrement jeté de l'amorce dans l'eau pour me permettre d'y pêcher... Une extrême réconciliation avait été entamée entre deux capitaines... Ô! Rêve de pierre, j'avais longtemps vogué comme un vaisseau en perdition au coin du cimetière... J'avais erré sans père, mais sans reproche, dans les bassins d'orages de l'estuaire... Roulé ma bosse avec les fous de bassan, là où le fleuve est immense comme les bras ouverts d'un père... Je n'étais plus ce jeune marin d'eau douce qui s'était follement écarté de la rive... Je n'étais plus cette épave à l'improviste prisonnière des glaises profonde à la dérive... Je navigeais maintenant au rythme des bas-fonds à pic du Saint-Laurent et des Îles-de-la-Madeleine... Indifférent aux ressacs terribles où seuls les bélugas peuvent atterrir... Car pendant toute ma jeunesse je n'avais été qu'un pêcheur de peine. Où étaient donc passées les eaux du temps jadis?

C'est sur le bord du Saint-Laurent É pi pan pan c'est l'amour qui la prend, c'est sur le bord du Saint-Laurent...

Malgré les forts courants contradictoires, de Contrecoeur à contre-courant, j'avais réussi de peine et de misère à remonter le fil tordu du temps grâce à ma Rosy, puis papa m'avait tendu les amarres de la réconciliation pour m'amener à bon port. Pourtant, même si l'eau reste toujours la même et qu'on a l'impression de ne jamais se baigner deux fois dans le même fleuve, le temps s'était écoulé comme la chance qui glisse entre les doigts de ceux qui sont inaptes à la saisir, et je n'avais pas attendu cet inconnu qu'était maintenant devenu pour moi mon père et fait mon bout de chemin tout seul, et comme c'était impossible de retourner en arrière, car le passé restera toujours le passé, j'avais l'impression d'avoir retrouvé un oncle pour toujours, mais perdu un père à jamais...

Henri sculptait à tous les jours, même si je ne l'avais jamais vu gosser le bois quand j'étais jeune; Hélène peignait souvent, mais elle, j'avais pu la voir à l'oeuvre lors de notre long séjour chez Bernard: Hélène avait beaucoup amélioré son coup de pinceau. La demeure centenaire qu'ils habitaient sur la rue Stanley, à Saint-Lambert, maison qui leur servait aussi d'atelier, avait été transformée au fil des ans en un véritable musée, avec d'admirables fresques peintes sur les murs, des sculptures, des bustes, et des boiseries sculptées un peu partout dans la maison... Bientôt, il ne resterait plus un pouce carré pour placer une autre oeuvre d'art: faudrait agrandir et construire un solarium qui servirait aussi de galerie commerciale pour les deux artistes. Puis, Rosy et moi avons eu des enfants, et, graduellement, les visites chez grand-papa ont pris de l'importance pour les petits, mes soeurs et frères ayant eu, eux aussi, une descendance. Tout ce beau monde se ramassait alors chez Henri et Hélène les fins de semaine, lors de réunions de famille, de fêtes ou d'anniversaires de naissance, ou pour des soupers familiaux... les jeunes enfants appréciant surtout leur visite au dépanneur pour aller chercher des bonbons avec leur grand-papa. C'était même devenu une tradition, pour eux, et, à chaque visite chez l'ancêtre, les enfants allaient avec Ti-Paul pour acheter des friandises sucrées, comme si papa avait décidé de leur payer les sucreries qu'il n'avait jamais pu nous offrir, à nous, ses enfants, à cause de notre séparation.

Une fois rendu au dépanneur, Henri-Paul donnait à chacun de ses petits enfants un sac de même volume en leur disant qu'ils avaient le droit de le remplir avec ce qu'ils voulaient, mais qu'il n'auraient droit qu'à un seul sac. Alors, faudrait choisir judicieusement... Et Ti-Paul sortait souvent de là après avoir dépensé une petite fortune en bonbons: c'était le meilleur client du dépanneur!

Puis, en fin de soirée, avec tout ce sucre combiné à de petits hyperactifs qui courraient un peu partout de la cuisine jusqu'au salon, les parents n'était pas toujours contents de la virée au dépanneur avec Ti-Paul. Mais comme c'était grand-papa qui voulait faire plaisir à ses petits enfants...

Henri-Paul et Hélène nous ont donné plusieurs oeuvres d'art au fil des ans: des tableaux et des sculptures à profusion. Papa m'en avait fait plusieurs, sur demande, car on lui avait commandé des moulures pour les portes et les cadragcs de fenêtre intérieure de notre chai, à Rigaud. Hélène avait aussi contribué à l'effort de guerre en nous peignant de magnifiques tableaux... des toiles qu'on allait utiliser pour faire les étiquettes de nos vins élaborés dans notre petit domaine rigaudien... de l'art sur les bouteilles!

Mais notre penchant pour l'art ne nous avait pas tellement aidé à vendre nos vins québécois, car on aurait des problèmes de distribution avec la quasi impossibilité de mettre nos vins sur les tablettes de la SAQ à cause d'un prix coûtant faramineux pour chaque bouteille, sans compter les complexités allant de pair avec la production de raisins issus de vignes viniferas, au Québec... Qui donc avait eu cette idée folle de planter des vignes qui ne passaient pas au travers de nos hivers sibériens, à Rigaud?

Papa m'avait même aidé à labourer un bout de terre avant de planter mes vignes. À l'époque, j'avais une Jeep Cherokee et on avait accroché une chaîne au pare-chocs arrière pour tirer une antique charrue qui servait à labourer la terre grâce à la traction d'un cheval, et papa avait conduit le tout-terrain pendant que moi je courrais derrière en guidant de mon mieux la charrue à une seule raie comme mon ancêtre Gros-Pite l'avait fait dans le temps.

Après un certain temps passé à retourner la terre, papa avait dû garer le camion 4 X 4 pendant au moins une heure, le temps de laisser les chevaux vapeurs de ma Jeep se reposer un peu, et moi aussi, et lorsque la température du moteur avait eu le temps de baisser, j'avais recommencé à labourer jusqu'à ce que le moteur de la camionnette ne recommense à surchauffer à nouveau: je n'avais pas encore acheté de tracteur, à l'époque. Et c'est en l'an de grâce 1999 que Rosy et moi avons planté une dizaine de milliers de vignes sur une petite terre agricole de 59,35 arpents en bordure de la Rivière à la Graisse, à Rigaud, P.Q. dans le Bas Canada, en Amérique du Nord... L'Amérique qui mord... *Un pays où c'que l'poisson mord!*

Et c'est sur le bord de cette même rivière que nous avons élaboré des vins pendant plus d'une douzaine d'années. Cependant, une décennie plus tard, Rosy et moi allions pousser encore plus loin notre passion pour le vin, le bon vin, ma folie! - moi j'aimais beaucoup le faire et ma Rosy encore plus que moi le savourer -, et nous avons acheté un vignoble en Espagne en 2011 pour faire du vin dans un pays où le soleil était roi... là où il y avait toujours un roi! J'avais eu cette idée folle de faire de grands vins... des vins bios gorgés de soleil! Et si je n'étais pas en mesure de vendre mes vins *d'hiver* du Québec à la SAQ, peut-être que je pourrais placer sur les tablettes des magasins d'État ceux que j'allais élaborer en Espagne... « Des vins espagnols bien de chez nous! »

C'était un Québécois, narquois comme tout Québécois, qu'on trouva pendu l'autre fois, sous la gargouile d'un toit. Il était amoureux, ça rend un homme bien malheureux, écoutez son histoire un peu, après, vous rirez mieux...

Mais tout ça allait nous coûter une p'tite beurrée, à Rosy et à moi, et nous bouffer presque tout notre temps et toute mon énergie, car j'allais passer au moins cinq mois par année en Espagne, avec en plus plusieurs aller-retour à l'étranger pour faire la promotion de nos vins espagnols, loin de la maison et de ceux que j'aimais, loin de Rosy qui, elle, venait quelques fois me rejoindre quand elle le pouvait lors de courtes vacances ou après un voyage d'affaire pour le compte de la multinationale pour laquelle elle travaillait...

Henri-Paul est venu nous voir quelques fois à notre vignoble de Rigaud, mais comme il commençait à avancer en âge, c'est plutôt nous qui devions aller chez lui pour prendre de ses nouvelles. Déjà, il avait commencé à avoir de petits problèmes de santé, notamment de l'arythmie, de la fibrillation auriculaire, mais comme papa avait une peur bleue des médecins... Fallait presque le traîner de force pour aller voir un jaquette blanche et faire une prise de sang, un *scan...* ou un *check-up* santé!

Chapitre 24

Puis, un beau jour, Hélène m'a appelé pour me faire savoir « qu'Henri avait disparu! »

Avait ou *était* disparu? Je n'étais pas sûr d'avoir bien saisi ses propos, parce que la réception était mauvaise, et la nuance aurait pu changer complètement le message que m'avait laissé ma belle-mère. De plus, lorsque j'ai reçu le message qu'elle m'avait lancé de son fil, je ne savais pas exactement quel jour on était. J'étais à l'autre bout du monde. C'était peut-être hier, ou bien c'était aujourd'hui? Je ne savais plus quel jour on était, car avec les voyages en avion, les différentes connexions dans les aéroports, les délais d'attente interminables et les fuseaux horaires divergents, lorsqu'on revient d'une tournée à l'étranger ou d'un voyage d'agrément, on ne se souvient pas toujours quel jour on est... et on veut juste s'en retourner à la maison au plus sacrant!

« Ton père est à l'urgence. Il allait mieux et on ne voulait pas t'inquiéter... Mais l'hôpital vient juste d'appeler... Ils ont dit que... que... ils ont dit que ton père est disparu! »

Mon père à l'hôpital?... Disparu?!? Qu'est-ce qu'il faisait à l'hosto, papa?... Et tout seul, en plus de tout ça! Pourquoi ne m'avait-on rien dit auparavant?

Avant qu'Hélène ne coupe la communication, j'avais cru discerner comme des sanglots. Mais tout cela ne veut rien dire, papa nous a peut-être quitté depuis déjà hier.

L'hôpital où il avait été admis était situé à Greenfield Park, aujourd'hui Longueuil, sur la Rive-Sud de Montréal, tout juste de l'autre côté du pont Jacques-Cartier que papa avait pris pendant au moins vingt-cinq années pour se rendre à son travail. Cependant, j'allais prendre l'A-30 pour ne pas avoir à traverser Montréal dans son entier. Ainsi, je n'allais pas risquer de rester pris dans le traffic de la Métropolitaine et du boulevard Décarie, et le trajet ne me prendrait guère plus d'une heure, malgré le petit détour pour éviter la congestion. C'était le prix à payer pour contourner les embouteillages: traverser un petit pont de rien du tout pour la modique somme de 2.30$ la *shotte...* Non! 2.80$... Puis, c'était passé à 3.10$... L'un des PPP concoctés par Pélagie-le-Charest pour engraisser nos bons amis *libéraux* et les belles pépées à grosses cylindrées de la Queue de cheval, mais je n'avais pas encore garé mon Pickup F-150 au CUSM dans l'Ouest de la ville de Montréal. Quel beau troupeau de moutons on était de les avoir laissé faire ça! On se faisait manger la laine sur le dos par des pourris qui voulaient se faire du fric à tout prix. Ça faisait même chialer mon voisin anglophone lorsqu'il voulait prendre le pont à péage pour se rendre sur la Rive-Sud... T'avais juste à ne pas voter pour le parti *Liberal Federal* du Québec, corniaud!

Et la nature, je l'avais souvent vue en action; je connaissais l'essence de la vie des bêtes à laine parce que j'avais élevé des moutons pendant des années, à Rigaud... J'avais eu cette idée folle de faire du vin et des fromages en 1999, mais quand les inspecteurs du MAPAQ étaient venus visiter notre fermette et notre troupeau de brebis pour nous donner des conseils sur la transformation du lait et la construction d'une salle de traite avec une fromagerie, ils m'avaient dit « d'oublier ça tout de suite, les fromages au lait cru avec le lait de nos brebis laitières », car ils allaient venir nous inspecter à tous les deux jours et faire des tests sur nos fromages et sur le lait de chacune de nos brebis!

« Et c'est qui... Hum!... qui va payer pour les tests? » Avais-je demandé, naïvement.

- Mais c'est vous!

- Vous voulez dire... *nous inspecter ou nous fermer?*

Je l'avais lancé à la blague, mais eux, y rigolaient pas pantoute.

Comme je n'avais pas le goût de perdre des centaines de milliers de dollars - qu'on n'avait pas et qu'on devait emprunter à la Financière Agricole -, et à cause de *l'istériose collective* que nous avait fabriqué de toutes pièces le Ministre de l'Agriculture et des pêcheries de l'époque, une fièvre qui allait emporter tous les fromagers artisans du Québec, faire des fromages en caoutchouc n'allait pas du tout nous intéresser, Agro la pure en faisant d'excellents pour nous tous avec le lait de nos vaches québécoises... Et j'avais dû mettre sur les tablettes mon projet de faire du *Bleu de Rigaud* avec le lait de nos brebis. Cependant, j'étais resté *pogné* avec une centaine de brebis laitières British Milk Sheep... au grand dam de Rosy qui disait que nos moutons « ne faisaient que manger de l'herbe et passer sous les clôtures... » L'herbe étant toujours plus verte de l'autre côté de la barrière. Après, fallait courir après dans le vignoble pour essayer de les pogner et de les empêcher de manger nos raisins...

Sitôt arrivé à Dorval, j'étais retourné en vitesse à la maison et j'avais dit à Rosy que je devrais partir d'urgence pour l'hosto... sur la Rive-Sud... que c'était pour aller au chevet d'Henri... qu'on avait annoncé à Hélène la disparition de son mari: mon père, à moi!

Rosy n'avait pas eu l'air très heureuse d'apprendre la nouvelle au sujet de mon père, car je revenais tout juste d'un long séjour en Europe, et que, déjà, j'allais repartir et remettre ça...

« Hein? Ton père est l'hôpital? Mais pourquoi Hélène ne nous a-t-elle pas informés *avant* de la situation? Qu'est-ce qui se passe, là? Hélène aurait dû, à tout le moins, t'avertir. C'est pourtant bien ton père à toi, non? »

- Ouais! Mais c'est pas ma faute à moi si Hélène m'a rien dit avant... Maudite marde! Avais-je vociféré dans un français châtié.

Mais faut dire pour ma défense que je n'étais pas un Français pantoute. Alors...

Rosy n'avait pas rajouté un mot de plus, se contentant de hausser les sourcils et d'émettre un grognement sourd. Et j'ai pensé que je n'aurais peut-être pas dû lui dire ça, enfin, pas sur ce ton-là, mais je ne croyais pas avoir à m'excuser de ma baisse d'humeur étant donné les circonstances, et que ça aurait dû être à Rosy de m'offrir gentiment ses condoléances. Et je pense qu'elle le fera sans doute demain quand je serai en mesure de lui confirmer la perte définitive de papa, mais pour l'instant, c'est un peu comme si mon père n'était pas vraiment disparu...

Par contre, après ses funérailles, il le sera pour de vrai, et toute l'affaire sera enterrée une bonne fois pour toutes... même si papa avait bien dit qu'il voulait se faire incinérer.

« Vas-y... Des pères, on n'en a qu'un! » Avait rajouté Rosy avec son air peiné, alors que moi je me changeais, en vitesse. Et j'ai pensé qu'Hélène aurait dû, à tout le moins, me tenir au courant de la situation et me prévenir avant de l'état de santé chancelant de papa... Maintenant, jamais je n'aurais l'occasion de lui faire mes adieux avant son départ pour l'autre monde.

« Ton père est... Hum!... À l'urgence... Depuis avant-hier... C'est son cœur! » Qu'elle avait dit en cherchant ses mots quand j'ai finalement réussi à la rejoindre. On s'était vus à Noël et au Jour de l'An, puis aux Rois, et papa m'avait paru encore en pleine forme. Mais il avait tout de même entamé la quatre-vingtaine depuis plusieurs années déjà: Ti-Paul avait largement dépassé l'espérance de vie qu'avait calculée l'Industrielle-Alliance pour lui... Et les actuaires de la compagnie d'assurance attendaient sûrement avec impatience qu'il ne claque pour arrêter de verser sa pension, car papa avait touché des revenus de retraite pendant plus d'années qu'il n'avait travaillé.

Papa avait eu un malaise, une petite frayeur au cœur de rien du tout... probablement juste de l'arythmie. Et Hélène ne m'avait pas appelé avant « pour ne pas t'inquiéter pour rien », qu'elle avait soufflé, car j'étais parti en voyage en Allemage pendant une bonne semaine pour faire la promotion de mes vins espagnols lors de BIOFACH, à Nuremberg: le plus grand salon mondial de l'alimentation biologique au monde. Mais ça ne m'avait pas empêché de revenir bredouille... les Allemands n'aimant pas tellement les vins corsés espagnols que j'élaborais pour eux.

Le cœur de papa, qui battait plus ou moins bien depuis quatre-vingt-cinq ans, s'était déjà emballé à quelques occasions et manquait parfois des battements. Mais papa, lui, s'en foutait bien de ses battements manquants, car il disait que, à l'âge où il était rendu, il avait déjà beaucoup battu, son coeur... peut-être même trop.

« Des battements inutiles! », avait continué Hélène, en parlant des pulsations manquantes de Ti-Paul, qui, elle, tenait ça de la bouche du médecin de famille de papa.

« Des battements inutiles... » Avais-je répété, tout haut, perdu dans mes pensées. Alors, pourquoi s'en inquiéter, s'ils étaient inutiles?

Mais Hélène m'avait expliqué que les battements inutiles de papa s'étaient multipliés, inutilement, plusieurs fois... Et elle avait paniqué! Ça cognait à plus de deux cents coups à la minute dans la poitrine de papa, quand elle s'était décidée à faire venir l'ambulance à la maison. Henri, lui, ne voulait pas pantoute monter sur une civière pour aller à l'hôpital... il avait une peur bleue des médecins et de tous ceux qui manipulaient des aiguilles... et surtout des jeunes infirmières sans expérience qui ne semblaient pas avoir beaucoup de veine lorsqu'il était temps de trouver une artère et qui vous *tricotaient* un bras, et non pas une paire de bas.

Crisse! Va don' faire du macramé à'place, tabarnak!

En deux mots, j'avais vite expliqué la situation à Rosy: « Hôpital... Papa... Urgence! » Bon, trois mots.Et j'étais reparti en vitesse de la maison comme un gars assis sur une fusée... Robin Fusée s'en allait faire un tour à l'hôpital sur la Rive-Sud de Montréal. Rosy aurait peut-être voulu venir avec moi, mais comme notre chai était ouvert les fins de semaines, à Rigaud, et qu'il fallait que quelqu'un garde le fort, Rosy n'avait pas insisté plus qu'il faut pour venir avec moi. Mais c'était peut-être mieux que j'y aille tout seul, *anyway...* Et j'ai monté dans mon char pis pesé su'a suce comme un pilote de Formule 1... J'avais une arrière-arrière-grand-mère Villeneuve, moi aussi!

Arrivé dans le hall de l'Hôpital Charles-LeMoyne, dans une petite agglomération de la Rive-Sud qui faisait maintenant partie de Longueuil, un panneau indiquait qu'on devait obligatoirement se laver les mains avec un gel antiseptique avant d'entrer... pour ne pas pogner de bibittes microscopiques! Mais c'était surtout parce que la plupart de nos guérisseurs, selon une étude gouvernementale, ne le faisaient presque jamais entre deux bénéficiaires. Il y avait eu, encore une fois, une recrudescence de virus nosocomial dans l'hôpital, mais pas de quoi « fouetter un chat », selon le seul *ministré* en bonne santé du Cabinet des sinistres de la Belle Province. Et pour cause, il y avait encore plus d'itinérants qui mouraient dans les rues de Montréal sans qu'on ne fasse rien d'autre pour eux que de leur *garrocher* une poignée de change en pleine face pour se donner bonne conscience, sans compter les *squiggics* qui, eux, avaient la fâcheuse habitude de s'aggriper aux *wipers* de chars pour inciter les conducteurs à les payer... et qui se faisaient parfois *ramasser* par les automobilistes qui ne voulaient pas contribuer de bon gré à la *taxe Barrette* aux feux rouges du Centre-ville de Montréal.

Dans les semaines précédentes, j'avais lu dans les journaux virtuels qu'il y avait eu plusieurs morts chez les malades âgés qui fréquentaient les hôpitaux du Québec, et mon père, justement, était âgé... Mais j'avais pensé que, juste âgé, papa aurait sûrement été correct n'importe où en sol québécois, sauf peut-être dans un l'hôpital, car les microbes des hostos tuaient parfois encore plus rapidement que la maladie, et qu'avant, justement, on appelait les maisons de santé des mouroirs... C'était peut-être pourquoi papa ne voulait jamais y aller.

En me dirigeant vers le poste de renseignements, j'ai eu eu une petite pensée pour papa: j'espérais juste qu'il ne se fasse pas *couillarder* par le ministre de la Santé et qu'on ne le parque pas avec des chambreurs susceptibles de lui tousser en pleine face. Mais où allaient-ils le mettre, papa, les hôpitaux étant bondés lors de la saison de la grippe avec des taux d'occupation sur civières de près de 200 % ?!?

À la réception, une gentille dame m'a aidé à trouver la chambre d'Henri: on l'avait déjà monté aux étages...

« Kossé que j'peux faire pour vous, mon bon mossieu? », qu'elle m'avait dit, tout d'une traite. Elle avait ce charmant accent chantant que je croyais provenir du Saguenay ou de l'Est du Québec, de la Gaspésie ou peut-être même des Îles de la Madeleine, mais sûrement pas de Terre-Neuve et Labrador, et pour le confirmer aurait fallu lui demander de prononcer le mot « baleine » une couple de fois vite vite, et lorsqu'elle aurait dit « balên », tout le monde prononçant « balhaine » à Montréal, j'aurais été certain de mon coup...

« Bellemare... Henri-Paul », que je lui avais lancée, en souriant. Comme elle avait l'air sympathique, je lui avais rendu son sourire amical de bon coeur.

« Bel-mort, vous disez?... Attendez-don un'menute, vous-là, là!... » Maudite marde! Ça débutait mal mes recherches... Et les dieux voulaient peut-être m'envoyer un message subliminal pour m'aider à me préparer au pire.

« ... Bas-ti-en, Bel-hu-meur, Bro-a-sseur, Ah! Oui... Bel-mort... Henri-Paul... C'est au 501, mon p'tit mossieu! »

Hé! Ho! Mais je n'étais pas si p'tit que ça... Je faisais tout de même cinq pieds et 10 pouces, tabarnak! Cependant, je n'avais pas corrigée la préposée, pas plus que sa prononciation erronnée de mon nom de famille... une phonétique de malemort qui ne laissait présager rien de bon pour papa. Mais je l'avais tout de même remerciée...

J'ai suivi le couloir qui menait à l'ascenseur, l'ascenseur pour l'échafaud, avais-je pensé, car l'odeur de la mort agressait déjà mes narines avant même d'y mettre les pieds. Vous savez, cette odeur de l'air ambiant soi-disant stérilisé et qui est sensée vous mettre en confiance lorsque vous fréquentez un établissement de santé? Et comme j'avais le nez fin, beaucoup, ça m'aidait dans la profession viticole lorsque je devais faire l'assemblage des différents vins que j'élaborais, ils avaient beau mettre du push-push en cacanne tant qu'ils le voulaient, les crisses!, je flairais toujours sa présence qui flottait dans les passages de l'hosto.

Arrivé devant la porte entrebâillée, au cinquième, j'avais un peu hésité avant d'entrer dans la petite pièce, espèce de chambre forte pour garder les morts-vivants *en moyen* en dedans: une chambre semi-privée. Ouf! Ça faisait déjà un point de gagné pour papa, à tout le moins pour ce qui avait trait à la transmission des maladies entre patients, et j'étais presque heureux pour lui, si une visite à l'hôpital peut rendre un gars heureux, ce dont je doutais. Beaucoup.

À l'entrée, dans la pièce, il y avait un malade qui était assis sur un petit fauteuil en cuirette quétaine au boutte avec une lithographie de style *canne de tomate à la Andy Warhol* collé au mur, sauf que l'artiste avait utilisé la marque de commerce *President's Choice* de la compagnie Loblaw; le type m'avait accueilli avec un sourire fendu jusqu'aux oreilles. J'avais tout de suite déduit qu'il avait probablement reçu de très bonnes nouvelles sur son état de santé, mais ça n'était pas mon paternel pantoute, ce type. Un grand rideau blanc tournait sec autour du second lit et divisait la chambrette en deux, avec un autre gaillard étendu de l'autre côté de l'illusoire frontière anti-bactérienne. À la forte carrure de l'ombre chinoise, on devinait un homme bien baraqué derrière les tentures, le spectre étant secoué de violents spasmes qui agitaient tout le haut de son corps. En me voyant faire irruption dans l'entrée, le fantôme avait semblé râler dans une langue étrange qui ressemblait drôlement à ce que pourrait vomir un palestinien de la bande de Gaza avec un pruneau dans le thorax, et je n'avais pas eu besoin de la traduction de nos bons amis de la Thorah pour comprendre ce qui lui était arrivé. Puis, l'ombrage a essayé de me communiquer quelque chose, mais il n'a fait que restituer ses bronches à chaque nouvelle quinte de toux. Sur le coup, j'ai pensé que ça ressemblait drôlement à une vie consacrée à courir après les métastases du poumon, papa, lui aussi, ayant longtemps fumé avant de s'arrêter juste à temps, et c'était peut-être ce train de vie malsain pour la poitrine autant que les *cancérigènes* du pauvre bougre qui l'avaient amené dans cette chambre d'hôpital au bout de cinquante années de loyaux services chez Imperial & Tobacco. Mais moi, j'aurais définitivement préféré finir mes jours sous les palmiers à Trinidad & Tobago...

J'ai vérifié, une nouvelle fois, pour m'assurer que j'étais bel et bien au 501, car j'aurais pu faire une erreur comme de me tromper de pavillon ou d'étage, s'égarer étant si facile dans une grande bâtisse aux ailes multiples, mais j'étais bien au 501. Cependant, il n'y avait pas de signes de vie de mon père dans cette chambre-là, à moins que papa ne se soit caché dans les toilettes pour échapper aux docteurs et au repos éternel, car papa haïssait les hôpitaux à mourir. Il prétendait même que c'était là qu'on envoyait les vieux pour s'en débarrasser une bonne fois pour toutes. Et comme il était vieux, papa était méfiant...

Ne trouvant point mon paternel au 501, je me suis tout de suite dirigé vers le poste de garde. Arrivé au centre de commandement de l'aile, j'ai voulu demander à une infirmière, qui avait fait mine de se cacher derrière le comptoir pour éviter que je ne la dérange dès qu'elle m'avait vu débarquer devant sa baie vitrée, où était papa? Mais comme je l'avais aperçue derrière sa barrière protectrice avant qu'elle ne disparaisse sous le bureau, je lui ai tout de même lancé, engouffrant la tête dans une petite ouverture dans le vitrage: « Hé! Excusez-moi, Madame... Madame? S'il vous plaît, Madame... Oui, vous!... Soyez gentille et dites-moi où est passé le type du 501? »

La garde est restée bouche-bée, interdite, avant de répondre, et j'ai pensé qu'elle aurait pu, tout simplement, me faire savoir que ça n'était pas *passé* que j'aurais dû dire, mais plutôt *trépassé*. Cependant, au lieu de cela, elle s'est énervée un peu sur sa chaise et m'a tout de suite demandé qui j'étais?... Mon lien de parenté avec le bénéficiaire?... Ce que je foutais-là, au juste?... Que ç'était pas l'heure des visites pantoute... Et qu'il faudrait que je fasse comme tout le monde et que je revienne après 14 heures... Que je...

Je l'ai coupée rapido pour lui ai fait remarquer que mon papa à moi n'était pas un *bénéficiaire* comme tous les autres, « mais bien mon père *à moi!* », et que, comme je me trouvais à être « le *fils* du bénéficiaire », ça serait peut-être mieux pour sa santé d'être *très* gentille avec moi si elle ne voulait pas être rétrogradée d'infirmière, à infirme tout court, et qu'elle allait se ramasser avec les autres *bénéficiaires* de son étage avant la fin de son *shift* si elle ne me disait pas, et tout de suite, où se trouvait mon père.

Et ce n'est qu'à partir de ce moment-là qu'elle a, finalement, changé de ton avec moi et qu'elle m'a fait savoir qu'elle était vraiment désolée pour moi... Désolée d'avoir de si mauvaises nouvelles à m'annoncer... Que c'était habituellement la *job* du médecin de le faire savoir aux familles... Que c'était souvent elle qui restait pognée avec ce lourd fardeau sur les bras... Qu'on ne la payait pas assez cher... Que ça n'était pas dans sa charge de travail... Et que mon père... Eh bien!... Il était... Hum!... Décédé!

- Décédé? Avais-je répondu, un peu surpris par sa longue tirade ponctuée d'hésitations.

« Hum! Y'é déjà parti pour la morgue, j'cré bin, votre père! », qu'elle avait fini par rajouter en compulsant les dossiers qui traînaillaient, pêle-mêle, sur son poste de travail. L'aide-soignante voulait peut-être se débarrasser de moi au plus sacrant avant d'aller au plus crisse à sa pause-café syndicale? Simonac! Papa était mort avec des étrangers, ou, pire encore... tout seul!

- 'Stie de marde! Vous perdez pas de temps, vous autres... Sacramant!

J'avais essayé de me retenir et de ne pas trop sacrer devant la garde, mais ça n'était pas par manque de goût de le faire que je m'en étais empêché.

- Vous savez... on manque de lit... on manque de personnel... on manque de tout, icitte!

Et, après avoir repris un peu sur moi, pendant qu'elle me balançait la liste de tout ce qui lui faisait défaut dans la vie pour être heureuse, j'ai demandé à la garde-malade, la voix enrouée plus par la surprise que par la peine, car à 85 ans la vie ne tient souvent qu'à un fil et que je m'étais, depuis longtemps, préparé à cette éventualité qui nous pend tous au-dessus de la tête comme l'épée de Timée: « Et c'est où, au juste, la morgue? »

C'était au sous-sol. Je n'avais qu'à prendre l'ascenseur et suivre les indications, une fois rendu en bas, et je trouverais facilement l'endroit où était remisé papa...

Sur le point de tourner les talons, l'infirmière m'a offert ses sympathies, des sympathies qu'on transmet avec ce ton détaché qu'utilise habituellement le personnel des maisons funéraires pour présenter des condoléances à la famille de leur client, mais sans toutefois *vraiment* le penser... Et j'ai supposé qu'à force d'en voir passer ça devait être de plus en plus facile de s'accoutumer à la mort, surtout à la mort des autres... Mais moi j'avais la nette impression que jamais je ne m'habituerais aussi facilement à la mienne.

Quand je suis finalement arrivé au sous-sol, j'avais la tête remplie de pensées tristes pour papa, absorbé en plus de tout ça par mon obligation de reprendre l'avion pour l'étranger dans quelques jours pour entamer une autre tournée d'importateurs européens... Merde, le décès de papa ne pouvait pas plus mal tomber pour moi! Mais ça devait l'être encore plus pour papa. Je ne savais plus trop quoi faire. Comment allais-je me sortir de tout ça... trouver le temps nécessaire pour faire tout ce que j'avais à faire?

Arrivé au bout d'un long couloir, j'ai trouvé une porte rébarbative avec une inscription tout aussi rebutante collée dessus: MORGUE. Ici, dans cet institut médico-légal six pieds sous terre, on ne se souciait guère de la guérison des bénéficiaires, mais plutôt de les corder méthodiquement et de les garder bien au frais avant qu'ils ne partent pour leur dernier long voyage. Et c'est perdu dans mes cogitations, ayant pris une grande inspiration après une ultime pensée pour papa, que je suis entré d'un bon pas dans le département le plus apathique de tout l'hôpital... l'endroit où personne ne voulait seulement mettre les pieds. Puis, un peu mal à l'aise à cause d'une certaine odeur de renfermé qui y régnait, comme les émanations d'une personne d'apparence très propre, mais qui sentirait tout de même les petons, j'ai tout de suite demandé des nouvelles de mon père au type qui traînaillait derrière le comptoir...

« Vous voulez le voir? », m'avait proposé l'employé, avec retenue.

- Ça serait possible? Que j'avais répondu, un peu embarrassé par sa question et par l'éventualité de voir mon père... mort!

Et c'est d'emblée que le type de la morgue m'a fait savoir qu'ici, dans ce département terré dans un sous-sol pour le soustraire à la vue du grand public qui fréquentait l'hôpital, mais où tout le monde, finalement, allait un jour ou l'autre se ramasser tôt ou tard, car ça n'était « qu'une question de temps et de patience! » et que lui en avait beaucoup, encore plus que la moyenne des gens ordinaires, il était le chef de service. Il avait même rajouté *qu'avec moi tout peut s'arranger*. Alors, je ne devais pas m'inquiéter outre mesure... que ça allait très bien se passer... et qu'avec lui ça serait « tiguidou su'a sly! »

En me disant cela, il avait souri en se frottant les mains. Peut-être avait-il froid? Mais moi je n'étais pas sûr d'avoir très bien saisi ce qu'il avait insinué par son *tout peut s'arranger...* Que pouvait-on arranger dans une morgue? Et je n'ai pas poussé plus loin mon questionnement, car je me sentais assez mal à l'aise de me retrouver-là parce que je faisais parti vivant et que les patients qui se ramassaient ici étaient morts. Ensuite, le type a consulté sa liste de *clients,* comme il les désignait familièrement dans son *langage de salon mortuaire,* et, sans perdre plus de temps, il m'a fait signe de le suivre dans une grande salle attenante.

En marchant, il m'avait dit que, habituellement, on devait prendre rendez-vous. Mais comme j'avais une bonne bouille et que des papas « on n'en a qu'un seul! », il allait faire une petite entorse aux règlements juste pour moi...

Je lui avais répondu que ses *clients* étaient, forcément, ou les pères ou les fils de quelqu'un, et qu'un père, techniquement, on ne pouvait en avoir plus d'un, question de génétique de la reproduction des mammifères terrestres, car seulement un spermatozoïde pouvait féconder l'oeuf, et pas deux. Mais tout de suite après avoir dit ça j'ai pensé à un couple de gays qui aurait eu le bonheur d'avoir des enfants ensemble... Alors, ça n'était pas impossible pour un enfant d'avoir deux pères, même si les pères pouvaient, à l'occasion, se faire traiter de tantes par certains de leurs confrères de travail ou dans la vie de tous les jours, et que, lorsque ça divorçait et que ça se remariait par la suite, le nouveau père devenait une espèce de beau-père pour le fils de son conjoint de fraîche date et que tout ça allait peut-être un jour compliquer la vie de l'enfant lorsqu'il serait temps d'aborder le thème de sa filiation paternelle à l'école primaire avec ses amis de classe LGBT... les pauvres petits ayant déjà assez de problèmes à trouver la bonne toilette.

Mais je n'ai pas insisté ou poussé plus loin ma réflexion de peur d'ennuyer l'employé de l'hôpital...

J'ai suivi le préposé à pas de loup dans la section réfrigérée de la morgue - il faisait un froid de canard, là-dedans -, le type ayant consulté plus d'une fois son palmarès morbide, puis l'employé a fini par ouvrir une petite porte numérotée en inox luisant... Clic!

Il a maintenu la porte entr'ouverte un moment pour me permettre de me préparer, mentalement, la retenant à mi-chemin... Moi, c'était mon souffle que je retenais.

Lorsqu'il a eu terminé de faire glisser l'étrange filière glacée et découvert la dépouille, je lui ai tout de suite fait comprendre d'un geste du doigt que ça n'était pas papa... Que nenni! Ça n'était pas le bon *client,* comme il les désignait lui-même dans sa terminologie usuelle de travail.

« C'est sûrement le père de quelqu'un... mais ça n'est pas mon père à moi », que j'avais poussé.

- Vous êtes bin sûr? C'est pourtant bien le client du 501... Attendez un peu, avait-il marmonné en compulsant encore les pages de son dossier... Ouais! Pas de doute possible: c'est bien le client du 501!

- Mais... ça n'est pas mon père à moi, ce type! Et puis...

- ... Quelques fois, vous savez, avec l'émotion... Avait-il essayé de rajouter pour me faire comprendre la réalité de la situation pénible que je vivais.

- ... Certain que ça n'est pas mon père, ce gus-là!... Jurer cracher!

Et pendant un long moment, le préposé m'a fait un de ces airs, comme s'il s'attendait à quelque chose de moi; un p'tit pourboire pour le motiver à reprendre ses recherches, j'avais pensé... Je ne sais pas, moi? Et c'est alors que j'ai fait mine de puiser au fond de ma poche pour voir si c'était bien ça qu'il voulait que je fasse avant de reprendre sa prospection de la morgue... Et après ce qui m'avait paru une minute complète de silence, il n'a trouvé que ceci à me rabâcher: « Vous avez dit jurer cracher! Non?... Alors, faut cracher, vieux! »

Crisse! Encore un autre qui me traitait de vieux.

Mais je n'avais que la cinquantaine, moi! Et je lui ai répondu rapido que, premièrement, je n'étais pas si vieux que ça... et que, secondo, ça n'était qu'une expression... que ça ne voulait rien dire du tout, et que...

« ... Mais habituellement, un gars crache! » Qu'il avait rouspété. « Techniquement, il le doit... Non? »

- Ouais! *Techniquement,* peut-être... Mais pas moi!... C'est juste une expression, bordel!... Et puis, on s'en fout de tout ça! Assez niaisé, maintenant... N'essayez pas de m'enfirouaper!... Et mon père, dans tout ça... où c'est que vous me l'avez remisé, hein?... Il est **où,** mon père?... **Où?**

J'avais haussé le ton, histoire de voir si ça pouvait accélérer les choses. Sait-on jamais? Et c'est à ce moment précis que la figure de l'employé a changé du tout au tout et qu'il a eu l'air, soudainement, très mal à l'aise d'être là...

Welcome to the club, tabarnak!

Après des salamalecs de circonstances, il s'est vite confondu en excuses... Puis, il s'est mis à répéter, comme un disque qui saute sur une table tournante à cause d'un sillon qu'on aurait grafigné: « C'est pas ma faute!... Crisse, c'est pas ma faute!... C'est pas ma faute! »

Bon, d'accord! C'est pas ta faute, tabarnak! Mais fais de quoi, bordel! Grouille-toi les fesses, sacramant!

Et c'est alors qu'il m'a fait savoir qu'il allait consulter l'ordinateur... Que ça devait être une erreur de classement... « Ne vous inquiétez pas, Monsieur Bel-mort! »

Erreur de classement?... J'avais tout de suite pensé à un livre qui n'aurait pas été rangé à la bonne place sur les rayons de notre Grande Bibliothèque Nationale du Québec, sauf que celle-ci avait la particularité d'être réfrigérée...

« Attendez-moi don' un instant, ça sera pas long... » Qu'il avait lâché. Et il m'a laissé en plan avec ses morts avant

que je n'aie eu le temps de réagir ou dire quoi que ce soit...
ou même de l'accompagner.

En l'attendant, pour passer le temps, j'ai songé à appeler
Hélène pour lui annoncer la nouvelle, la triste nouvelle,
mais j'ai préféré attendre un peu, attendre qu'on retrouve
papa avant de lui faire savoir l'inéluctable, car j'étais
comme le Saint-Thomas de l'histoire inventée dans la
Bible... faudrait que je mette le doigt dans les plaies du
décédé avant de le croire.

Lorsque le préposé est revenu avec sa nouvelle
bibliographie, je commençais à me les geler un peu, même
si j'avais un manteau quatre saisons sur le dos... L'émotion
dans une chambre froide, avais-je pensé, ça doit aider à
vous glacer le sang dans les veines encore plus vite que le
mercure dans un tube de verre. Puis, l'employé de la
morgue a remis le même disque et répété que c'était le bon,
et que « le type dans le casier ça peut pas être aut' chose
que vot' père! » Alors, si l'ordi de l'hôpital avait dit que
c'était papa... fallait que ce soit papa!

« Vous avez pas le choix, Monsieur Bel-mort!... Les
ordinateurs, ça se trompe jamais! » Avait-il professé.

Le type voulait peut-être se convaincre lui-même, mais
avec moi ça ne marcherait pas pantoute ses histoires d'ordis
à marde, car comme ma Rosy travaillait dans le
département d'informatique d'une grande entreprise - elle
avait la charge de la trentaine d'employés de son
département de technologie de l'information -, je savais fort
bien qu'on ne pouvait pas *toujours* se fier aux ordinateurs,
que ça ne pouvait faire que des additions et soustractions
plus rapidement que n'importe quel mortel, un ordi, que ça
n'était, en fait, qu'un automate inintelligent programmé par
des humains... et quelques fois par une bande de crétins! Et
que cette bande de crétins-ci, plus particulièrement, avait
eu le malheur de faire disparaître mon père de sa chambre
semi-privée du cinquième étage...

« Vous êtes-vous certain? », qu'il avait rajouté dans son français bistourné... « Que c'est pas lui, j'veux dire... Que c'est pas votre paternel, à vous? »

- Crisse! J'en suis pas certain, bordel... j'en suis sûr! Que j'avais gueulé. C'est pas mon père, ce type-là! Trouvez-moi-z-en un autre, saint ciboire... et vite! Parce que celui-là, y fera pas l'affaire... C'est moi qui vous le dis!

Lorsque la mâchoire de l'employé a commencé à se crisper, je me suis tout de suite excusé. Et je lui ai demandé de pardonner mon emportement... Que ce n'était *probablement* pas de sa faute à lui si on avait perdu papa. Mais comme c'était tout de même de mon père dont il s'agissait...

Alors, l'employé a suggéré de regarder ensemble pour le trouver, ce à quoi j'avais souscris sur-le-champ: aussi bien en finir tout de suite avec les formalités administrative et le repérer, maintenant... Ou peut-être même lui trouver un remplaçant potentiel si on avait *vraiment* égaré papa pour de vrai. Et le préposé a commencé à fouiller les compartiments un à un avec moi...

Le premier, c'était un tout petit corps de rien du tout... un enfant. « Non! Je ne veux pas de celui-là: trop petit! Ça ne passera jamais pour mon père, ça... C'est juste un bout-d'homme. Et puis, Hélène va s'apercevoir tout de suite de la tromperie... »

Dans le second tiroir, il y avait le corps d'une vieille femme... « Celui-là, non plus! Faudrait un changement de sexe... Et mon oncle Jules n'aimera sûrement pas qu'on essaye de faire passer son frère pour une tante... Voyons! »

Le suivant, c'était un jeune homme au visage couvert de plaies partiellement coagulées; il était horrible avec son cou replié... quasi défiguré. « Désolé, mon gars... Beaucoup trop maghané, celui-là! Et je ne crois pas qu'Hélène voudra d'un défiguré de la route pour mari... Et puis, elle ne pourra jamais le faire exposer au salon! Alors... »

- Vous savez, les embaumeurs font parfois des miracles... lorsqu'on est prêt à y mettre le paquet, naturellement!

Tiens, tiens! Une autre référence à l'argent, avais-je pensé.

Celui d'après avait la tête blanche. Et je me suis tout de suite frotté les mains en pensant que ça augurait bien pour celui-là, car papa, lui aussi... il avait la tête blanche!

Mais j'avais tout de suite été déçu par après...

« Merde! C'est pas lui!... Il est trop grand et beaucoup trop gras. Et puis, y rentrera jamais dans ses habits du dimanche!... Ce type mesure au minimum six pieds et quatre pouces... C'est un grand Jack! Faut m'en trouver un autre, mon vieux... Et de la bonne grandeur, en plus... Allez! Secouez-vous, bordel!... On va pas y passer toute la matinée, non? »

Je commençais à devenir impatient, et, combiné avec l'envie de pisser, ça fait souvent dire des choses qu'on voudrait peut-être garder en-dedans et ne pas déballer au grand jour devant tout le monde.

Lorsqu'il a ouvert le tiroir suivant, le préposé s'est mis à rire, mais d'un rire fou...

« Sûrement pas celui-ci! Hi! Hi! Hi!... »

- Hein? Et pourquoi pas? Avais-je demandé, naïvement, sans avoir encore regardé à l'intérieur de la fillière glacée.

- Hi! Hi! Hi!... Mais c'est parce que... Hi! Hi! Hi! C'est... Hi! Hi! Hi!... Un Nègre, voyons!

- Un Nègre? Avais-je répété, tout haut... Un Nègre, vous dites?... Mais mon père est peut-être un Nègre blanc d'Amérique?... Vous y avez pensé à celle-là, hein? Alors, faudrait faire attention avec le mot « Nègre », l'ami! Pas le droit de le dire, juste le droit de le penser. Et encore... en silence, seulement!

L'employé m'avait regardé sans comprendre si je blaguais ou quoi... Ou c'était peut-être la solidarité entre Blancs, avais-je supposé, car entre deux Noirs y'aurait pas eu de quiproquo et l'employé de la morgue aurait pu prononcer le mot « Nègre! » à haute voix autant de fois qu'il l'aurait voulu sans choquer personne... Comme les *Nigger Black* à répétition dans les monologues d'Yvon Deschamps des années soixante-dix ou ce qu'on entendait de nos jours dans les films hollywoodiens où des Noirs, notannant le grand Samuel Jackson, se traitaient amicalement de Nègres entre eux pour démontrer aux cinéphiles Blancs qu'eux seuls avaient le monopole de cette terminologie sans ambage:

« *Neggar this! Neggar that! What the fuck, my Neggar!* »

Et il suffisait qu'un Blanc ose prononcer le mot *Nègre,* et ce, quelle que soit la couleur de la peau du *Nègre,* il va sans dire, pour se faire traiter de maudit raciste ou d'intolérant d'Hérouxville. D'ailleurs, j'étais moi-même un *Nègre blanc des Amériques,* un porteur d'eau Canayens-Français, alors...

The west is the best... Get here and we'll do the rest, qu'ils clamaient à Hollywood... Bordel! Pourquoi diable n'étais-je pas allé planter mes vignes en Californie?

Quand l'employé a ouvert le casier suivant, il m'a tiré de ma rêverie; il semblait perplexe et avait l'air de s'en foutre, lui, des Nègres, et quelle que soit la couleur de leur peau...

« Non! Non! Celui-là est bien trop faisandé! Ouf! Mais il sent déjà le roussi, l'enfoiré!... Mais voyons!... Refermez-moi ça tout de suite, simonak! J'en veux un qui va me durer un peu plus longtemps que celui-là... *Come on, man!* Fais de quoi... Grouille! » Et nous avons passé au peigne fin la chambre froide au grand complet...

Arrivé à la fin de ses recherches, le préposé avait dû ouvrir tous les casiers réfrigérés de la morgue pour essayer de le trouver, j'ai dû arriver à la conclusion qu'ils l'avaient vraiment égaré, mon paternel... Les fumiers!

L'employé avait l'air très peiné pour moi, la perte d'un père, c'est déjà assez difficile à vivre comme ça!, et c'est à ce moment-là qu'il m'a expliqué que ça ne pouvait pas être une simple erreur de classement, mais plutôt une faute administrative... que le corps de papa devait être en transit pour la morgue... qu'on l'avait égaré sur civière... et que papa devait être quelque part dans l'hôpital.

Mais où?... **Où, crisse?**

Ça, il ne le savait pas...

« Vous savez... tous les corridors de l'hôpital mènent à la morgue! », m'avait-il lancé, en souriant...

C'était un peu comme si j'étais à Rome, avais-je déduis, mais sans *Via Appia*, et que je devrais plutôt me contenter du Boulevard Rome, à Brossard, une espèce de Toscane pour Chinois en moyens qui se trouvait à être pas trop loin de l'hôpital en prenant le long cimetière commercial qu'était devenu le boulevard Taschereau depuis l'ouverture du complexe Dix-Trente. Cependant, comme papa ne se trouvait pas encore dans ses fillières réfrigérées et qu'il n'était pas, dans les faits, inscrit au registre de réception des cadavres, son régistre à lui!, l'employé m'a fait comprendre qu'il serait possible, *techniquement,* de prolonger la durée de vie *administrative* de mon père, si jamais je le voulais, et que...

« Vous voulez dire que... que je pourrais, heu!... »

- ... Vous savez, Mossieu Bel-mort, ils ne sont véritablement morts que lorsqu'ils sont dans mes livres! Avait-il coupé en se gossant.

Sa boutade m'avait frappé et avait surtout confirmé l'impression que j'avais eu auparavant: que c'était le genre de type avec qui *on pouvait s'arranger.* Et c'est alors que j'ai entrevu la solution à mon problématique séjour prochain en Europe, et si papa n'était pas, *officiellement,* décédé, j'avais peut-être le temps de faire un voyage éclair dans l'Exagone, puis en Allemagne, et de revenir à la hâte pour son service funèbre. Fallait explorer: c'était peut-être jouable. Et je n'aurais à dire à Hélène qu'on ne trouvait plus son Ti-Paul adoré dans l'hôpital... que je l'avais cherché partout sans le voir... qu'il devait être à quelque part sur une civière... dans un couloir... dans une salle d'attente... qu'il attendait de passer un scan ou un échocardiogramme... et qu'on l'avait, *temporairement,* égaré... Qu'il *avait* disparu et qu'il n'était pas disparu!

Après avoir remué tout ça dans ma tête pendant un moment, j'ai demandé au préposé:

« Vous pourriez me le garder au chaud pendant combien de jours, si jamais je vous le demandais? »

- Le garder au frais, vous voulez dire!... Avait-il balancé pour me corriger.

- Oups! C'est ce que je voulais dire... Pardonnez-moi...

Puis, j'avais rajouté, en fouillant dans la poche de mon pantalon: « Heu!... Combien de temps pouvez-vous me donner avec... Hum!... Disons... 200$? C'est tout ce que j'ai sur moi, pour l'instant... »

J'avais sorti un petit paquet de billets de banque et compté rapidement devant lui les coupures de polymère. J'aimais mieux les anciens billets, car les nouveaux me paraissaient faux au toucher et me donnaient souvent l'impression de jouer au Monopoly...

- Avec 200$, vous disez?... Avec deux cents, je vous le mets sur la glace pour au moins trois ou quatre jours de plus... Ça vous laissera plus temps pour faire les arrangements et tout le reste, avait-il exposé.

- Est-ce que j'aurai l'option de le garder quelques jours de plus dans vos frigidaires?... J'sais pas, moi... Disons... une bonne semaine, en tout?... Non! Mieux encore... Pourquoi pas dix jours? Ça pourrait vous aller... une dizaine de jours?

- *Money talks, bullshit walks!*

Il l'avait lancé en américain et s'était frotté les mains en le lâchant: un vrai capitaliste de poche, le type... un Nord-Américain francophone d'origine française canadienne du Québec! En bref, ça signifiait qu'avec de l'argent on pouvait tout faire... Enfin, presque tout.

Puis, l'employé a rajouté, tout content: « À vous de juger, Mossieu Bel-mort!... Tant que vous voudrez cracher, moi, j'suis toujours partant... C'est vous qui êtes le chef! »

Et j'ai glissé le fric dans la petite poche avant de sa blouse en lui confiant qu'il y en aurait un autre 200$ de plus, mais à la condition expresse qu'il me fasse un tarif plus avantageux pour dix jours, au total... Que j'avais besoin de plus d'une semaine, au cas où?... Que la perte de papa, ça n'était pas de sa faute, à lui... qu'il ne devait pas se faire de mouron avec tout ça... et que pour l'instant mon père ne devait être considéré que *comme étant seulement disparu.*

« Est-ce que c'est bien clair pour vous?... Vous m'avez bien compris?... Oui? Dix jours... ça vous ira? »

- C'est d'accord! Y sera pas trépassé tant que vous l'aurez pas décédé!... Heu! Décidé, j'veux dire... Hi! Hi! Hi!

- Dans ce cas... marché conclu!

- Tape-là!

Et on s'est vigoureusement serrés la main...

Puis, après lui avoir vivement saisi la pince, je lui ai dit que j'allais tout de suite au guichet automatique de l'hôpital pour retirer l'argent qui lui manquait. Il m'avait alors serré la main une nouvelle fois, tout content de m'avoir rencontré, pendant que moi j'essayais de retirer ma main pour me défaire de son étreinte, car il ne me lâchait plus la dextre, et comme j'avais envie depuis un certain temps, je l'ai quitté rapidement et me suis vite dirigé vers les toilettes, la première salle de bain que j'avais pu trouver en sortant de la Morgue, car j'avais besoin de tirer un coup, *rapido,* et d'ensuite faire le point sur la situation...

En théorie, papa pouvait potentiellement tous nous enterrer, car prolonger la durée de vie de quelqu'un dans cet hôpital de la Rive-Sud de Montréal, à tout le moins sur papier... ça n'était qu'une question de pognon.

Épilogue

Quand je suis retourné à Rigaud, Rosy m'a accueilli avec chaleur, toute contente de me voir; elle disait même avoir de très bonnes nouvelles à m'annoncer...

« *Quelle* bonne nouvelle? »

Elle m'avait répondu qu'Hélène venait tout juste de l'appeler pour lui faire savoir qu'Henri-Paul était de retour à la maison. Simonak!

Malgré mon grand bonheur de le savoir sain et sauf chez lui, l'annonce de sa résurrection soudaine m'avait mis un peu de mauvaise humeur...

« Qu'est-ce que t'as?... On dirait que t'es pas content qu'on ait retrouvé Henri! » Avait poussé Rosy.

Crisse! Je venais tout juste de me faire fourrer de 400$, moi! Mais j'avais préféré garder ça pour moi pour ne pas passer pour un imbécile... Trump aurait dit *loser,* lui.

- Non, ça va... Ça pète le feu, ma petite Rose! Ça doit être le décalage horaire, sans plus. Je pense bien que je vais aller m'étendre un peu.

Papa allait bien, c'était le principal, et si ça m'avait coûté quatre cents dollars pour m'en assurer, le prix en valait la peine.

À cause de sa peur bleue des médecins, Ti-Paul s'était poussé de l'hosto... en jaquette! Il n'avait pris que son porte-feuilles, puis un taxi, et il était retourné bien tranquillement chez lui sur la rue Stanley, à Saint-Lambert, sans ne rien dire au personnel de garde de l'hôpital... Et comme il avait disparu de sa chambre depuis un bon boutte de temps, l'infirmière avait pensé qu'il était mort de sa *belle mort.*

Normal, direz-vous, car c'était un Bellemare!

*
**

Les mois se sont succédés, les voyages en Espagne étaient maintenant plus fréquents, et papa, lors d'un rendez-vous *forcé* chez son médecin de famille, puis chez un spécialiste quelques semaines plus tard, allait découvrir qu'il souffrait d'un cancer de la peau; un mélanome cutané... le fameux mot en « C » dont personne ne voulait entendre parler ou n'osait même prononcer. Tout avait commencé par un petit bobo de rien du tout sur le dessus du pied, un grain de beauté insignifiant qui s'était transformé, avec le temps, en une masse cancéreuse, une ridicule tache de rien du tout sur la peau avec une forte capacité à produire des métastases: Ti-Paul venait tout juste d'entamer sa quatre-vingt-neuvième année de vie sur terre.

Comme Henri-Paul n'aimait pas tellement les toubibs, il avait attendu très longtemps avant de consulter son médecin, trop longtemps!, et ce, malgré qu'il eut enduré son mal de pied pendant plusieurs mois jusqu'à ne plus être en mesure de marcher ou de seulement mettre du poids sur sa jambe. Et lorsqu'on fut en mesure de finalement le traîner de force chez le spécialiste de la peau, le dermatologue lui avait annoncé sur un ton plus que peiné qu'il faudrait immédiatement l'opérer et essayer d'enlever le plus de masse cancéreuse possible, qui, selon lui, était déjà en train de faire des petits et de se métastaser un peu partout en utilisant les vaisseaux sanguins du pied pour se propager jusque dans la jambe... et même encore plus loin.

Le doc allait faire une biopsie et confirmer le tout rapido, mais avec l'expérience qu'il avait, pour avoir vu des milliers de cas au fil de sa longue carrière, il était sûr de son coup: c'était des métastases. Et les cellules cancéreuses avaient dû, selon lui, commencer à migrer un peu partout dans sa jambe... « Aurait fallu venir nous voir plus vite, Monsieur Bellemare! » Avait sermonné le docteur.

Alors, selon le spécialiste, il ne fallait surtout pas perdre de temps et enlever la masse cancéreuse tout de suite. Il était prêt à le faire immédiatement. On avait ici tout ce qu'il fallait ici pour lui enlever sa tumeur. On allait tout de suite lui geler le pied... lui enlever son mal... lui rendre sa bonne humeur... il ne sentirait absolument rien du tout! Et si on intervenait rapidement, avec en plus quelques séances de radiothérapie à l'hôpital en médecine nucléaire pour s'assurer de bien maîtriser la situation, on pouvait encore sauver les meubles.

« Ne vous en faites pas, Monsieur Belle-mort, on va vous soulager de votre mal de pied et vous guérir bien vite! »

Cependant, Ti-Paul, qui s'y connaissait grandement en meubles pour en avoir ciselé plusieurs dans sa vie, il avait même sculpté l'ameublement d'un Hôtel de ville d'une cité de la Rive-Sud au grand complet, avait encore plus mal aux petons juste à penser à un docteur qui serait en train de le charcuter dans une salle d'opération, papa ayant aussi une très grande capacité pour la visualisation - ça l'aidait grandement quand il regardait la pièce de bois à sculpter pour savoir de quel bord il fallait commencer -. Et Ti-Paul était reparti en promettant au spécialiste de la peau qu'il allait y penser bien comme il faut.

Une fois retourné chez lui, personne n'avait réussi à lui faire entendre raison: Ti-Paul avait tellement peur des docteurs qu'il préférait mourir de sa belle mort plutôt que de prendre la chance de *se faire guérir*. Et un beau jour, lorsqu'on a finalement réussi à le convaincre de retourner voir le spécialiste après des semaines de procrastination, de tergiversations, de circonvolutions et d'à peu près tout ce qui finissait par un « ion » sauf le fion, à l'époque Henri n'était même plus capable de marcher tellement son pied lui faisait mal, le chirurgien allait lui annoncer qu'il faudrait maintenant lui emputer le pied au complet: « ... À tout le moins à mi-mollet, Monsieur Belle-mort », qu'il avait dit, « dans le but de s'assurer d'enlever tout le méchant. »

Naturellement, Ti-Paul, qui était venu au monde avec deux pieds, avait refusé qu'on l'ampute, et il avait dit au docteur, la voix chargée par la sagesse du gars qui avait lu et relu Confucius plusieurs fois, mais moi j'avais pensé que la décision de papa tenait encore plus de la confusion que des Citations: « J'ai quatre-vingt-neuf ans... je pense que j'ai assez vécu. Alors, vous me couperez rien pantoute. Point final!... Je refuse le traitement et je retourne à maison! »

La vie de l'homme déprend de sa volonté; sans volonté, elle serait abandonnée au hasard...

Papa avait lui-même signé son arrêt de mort.

Et Ti-Paul était reparti du cabinet du spécialiste avec son petit bonheur, comme lorsqu'on revient de faire ses emplettes tellement chargé de sacs qu'on en glisse un ou deux sous le bras. Sauf que pour papa... c'était le pied.

Henri-Paul avait accepté son cancer; il allait le nourrir avec soin jusqu'à la fin de ses jours, des jours qui allaient fondre au soleil comme la neige au printemps, alors que ses petits mélanomes chéris allaient essaimer un partout dans son corps jusqu'à ce qu'il meure de sa belle mort. À 89 ans, papa avait accepté que, pour lui, la vie sur terre... c'était bel et bien une chose du passé. Resterait plus qu'à serrer les dents et à passer de l'autre bord comme un grand.

« Y me reste combien de temps, Docteur? » Avait demandé papa au chirurgien, en sortant.

- Trois à six mois, je dirais... Pas plus... Tout dépendra de votre métabolisme. Mais ça va monter partout, votre cancer, et lorsque ça atteindra les organes vitaux...

Papa avait viré de bord su' un dix cennes sans continuer à écouter le blablabla du spécialiste, et il était retourné dans sa demeure en vitesse, à Saint-Lambert, avec Hélène et ses mélanomes chéris. Ti-Paul avait décidé de se laisser mourir chez lui près des choses et des gens qu'il aimait, entouré de ses sculptures et de l'amour que dispensaient sa femme, ses enfants et son chien... Et pas question d'aller en maison de soins palliatifs! C'était une espèce de suicide indolent, une auto-destruction, mais à retardement, comme de fumer des cigarettes pendant toute sa vie en attendant, bien pépère, le cancer du poumon en se berçant sur une chaise devant la télé, dans le salon. À quatre-vingt-neuf ans et des poussières, Henri-Paul préférait plutôt mourir d'un cancer que de se faire fumer une jambe... il avait moins peur de la mort que des chirurgiens.

Jamais je n'ai compris ce qui avait bien pu se passer dans la tête de papa: comment pouvait-on abandonner si facilement... sans se battre? Comment pouvait-on arriver à la conclusion qu'on avait trop vécu... la vie étant si précieuse? Pourquoi ne pas essayer de la prolonger le plus longtemps possible, quitte à finir ses jours sur une patte? Et surtout, quand c'était possible de le faire...

Papa avait décidé de partir pour un voyage sans retour, même si moi je ne comprendrais jamais que sa peur des docteurs allait le mener directement au cimetière, alors que, habituellement, c'était les chirurgiens sans peur de manquer leur coup qui vous envoyaient au fond d'un trou à cause de complications *malheureuses* durant l'opération... *Sorry!*

Naturellement, ce désir olé olé de vouloir mourir à la maison allait vite devenir un cauchemar, une dernière volonté insensée qu'on aurait dû biffer du testament de vie de papa et qui allait affecter toute la famille, et Hélène, la première victime collatérale de cette idée folle, allait faire une dépression nerveuse dans les derniers jours de vie de son Ti-Paul adoré sur terre: elle n'allait plus être en mesure de seulement le voir en peinture... ou de le savoir agonisant dans la maison... dans le salon... son salon... qui se trouvait à avoir été transformé en mouroir pour la circonstance.

Alors, dans le but de l'aider à passer de l'autre bord du mur invisible qui sépare habituellement les morts vivants des vivants qui ne sont pas encore tout à fait, morts, mon frère Martin et moi allions prendre charge des derniers jours de vie de notre père sur terre grâce à l'aide d'une équipe d'infirmiers volants, aides médicaux qui allaient passer nous voir à toutes les six heures pour nous assister, au besoin, et au final, on a décidé d'en garder un avec nous lors des derniers jours de vie de papa sur terre, car personne d'autre que nous ne serait en mesure d'aider Ti-Paul à traverser les rives du Styx depuis son salon. En plus, y faisait frette comme le crisse... même l'eau du radiateur de mon Pickup allait geler!

Finalement, mourir au mois de janvier dans sa demeure de la rue Stanley, à Saint-Lambert, ne serait pas la meilleure idée qu'avaient eu Henri et Hélène, et ça n'allait pas du tout se passer comme au cinoche, car dans les films hollywoodiens les acteurs à l'article de la mort mouraient beaucoup plus rapidement que papa... et sur commande. C'était rendu que les personnages du film qu'on réalisait pour papa, ceux qui avaient pourtant tout partagé de sa vie, ceux qui avaient été tant aimés par lui, inconditionnel-lement, et qui avaient foulé le même sol que lui, n'osaient plus s'approcher du salon... Ce n'était que des figurants qui attendaient le moment de jouer leur saynète finale et qui restaient à distance respectueuse de l'acteur principal, comme lorsqu'on se tient loin d'un contagieux pour ne pas attraper sa maladie; ils allaient se terrer à l'autre bout de la maison en attendant que la nature ne fasse son vil travail, le plus loin possible de l'agonisant, dont la peau et le visage commençaient déjà à prendre la pâleur cadavérique du mourant dans son lit... Ti-Paul essayait peut-être de nous envoyer des messages subliminaux pour nous préparer à l'inévitable.

Papa entrait et sortait d'une espèce de coma partiel depuis des heures, alternant les instants de lucidité passagère aux pertes de conscience de plus en plus longues... Qu'était-il donc resté de l'idée romantique de Ti-Paul et d'Hélène de vouloir mourir à la maison? Et comme la majorité des êtres vivants ont peur de la mort, des morts!, et de tout ce qui a trait à la mort, même ceux qui croient au Ciel et à la vie éternelle avec les anges du paradis et tout le reste, on allait intervenir, mon frère et moi, et accompagner papa lors de ses derniers moments de vie sur terre: on n'allait pas laisser crever notre père tout seul comme un chien dans son salon.

Ti-Paul avait été lucide jusqu'au moment où ses reins avaient arrêté de fonctionner, car son cancer affectait maintenant ses organes vitaux depuis un certain temps, puis papa est graduellement tombé dans un coma profond dont il n'allait jamais plus ressortir... tout ce qui nous restait à faire étant de s'assurer qu'il n'allait pas souffrir, inutilement.

Et on a continué à lui donner de l'hydromorphone pendant les dernières heures de sa vie sur terre, qui allaient devenir des jours, mais on allait tout faire pour que papa puisse supporter son mal de vivre. Henri-Paul allait partir pour l'autre monde sur un *high* de morphine syntétique... y souffrirait plus pantoute! Et c'est à ce moment-là, dans ses dernières heures de vie sur terre, qu'Hélène a pîqué une crise de nerf; elle n'était plus capable d'endurer le calvaire de papa et disait le voir partout dans la maison.

Le médecin de famille était vite accouru en plein milieu de la nuit pour lui donner un calement: un bon *shoot* de valium... Y parait que y'a rien de meilleur pour vous remonter le canayen! *Stone, le monde est stone, j'ai plus envie d'me battre, j'ai plus envie d'courir...*

Puis, Martin et moi avons commencé à manquer de morhine... Il ne restait plus qu'un pistolet pour passer le restant de la nuit! On nous avait laissé le kit du mourant pour *aider* papa à passer de l'autre côté, paisiblement, et on faisait les injections, au besoin, avec l'assistance de l'infirmier qui n'était jamais bien loin, mais comme on pensait ne pas pouvoir nous rendre jusqu'au lendemain... Qu'arriverait-il si papa se réveillait et se mettait à souffrir et qu'on n'avait plus rien à lui donner pour calmer la douleur?

Et c'est alors qu'on a décidé d'en commander une autre série à la pharmacie..

Cependant, on n'a jamais voulu nous en donner et renouveler la prescription de papa, et ce fut le même refrain avec le médecin de garde de l'hôpital qui disait qu'on lui en avait déjà trop donné et que ça pourrait même le tuer...

Crisse! Ils avaient peur qu'on tue le mourant.

Mais nous, on voulait juste s'assurer qu'il ne souffrirait pas, inutilement, et qu'il s'en aille calmement. Et c'est alors, voyant que la seule option qui nous restait serait d'aller dans un bar du centre-ville de Montréal à trois heures du matin pour acheter de l'oxycodone, du fentanyl ou de l'héroïne sur le marché noir, qu'on a décidé d'appeler une ambulance à trois heures et demi du matin et de faire transférer Henri-Paul, qui souhaitait absolument mourir à la maison, à l'urgence de l'hôpital Charles-LeMoyne. Malheureusement, il nous serait impossible de respecter les dernières volontés de Ti-Paul...

Arrivés à l'urgence de l'hosto vers quatre heures du matin, j'avais dû demander à Martin de me *booster*, car un camion diesel ça ne démarre pas en hiver à -30 Celcius, une docteure des soins palliatifs est descendu nous voir pour nous annoncer, la voix embarrassée par la peine de perdre un être cher, que papa n'en avait plus pour très longtemps.

« Merci, Doctcure, mais ça fait déjà un boutte qu'on le sait et qu'on essaye de l'aider à passer de l'autre côté. Alors... »

- Si vous voulez, on va vous mettre dans une petite chambre en attendant de le monter aux soins palliatifs, le temps de lui trouver un lit. Ainsi, on pourra le garder dans un endroit plus paisible qu'à l'urgence...

Et c'est ainsi qu'on a veillé papa, Martin et moi, dans une chambrette qui n'était guère plus grande qu'un lit double avec à peine assez d'espace pour deux chaises dans la pièce, comme si on avait transféré Ti-Paul dans une espèce de chambre d'hôtel Airbnb à prix modique, à Tokyo... Crisse, papa allait mourir dans un réduit d'hôpital conçu par les Japs! Puis, après avoir été au chevet de sa mère pendant la nuit, ma soeur Carole est venue nous voir vers neuf heures du matin. Aussitôt arrivée, elle est allée prendre un café avec Martin à la cafétéria de l'hosto, pendant que moi je continuais à veiller sur papa dans l'espèce de cagibi pour mourants. Et j'ai pensé que papa avait raison: cet hôpital, c'était vraiment un mouroir.

« Ramenez-moi un café, quand vous reviendrez... je commence sérieusement à cogner des clous, moi! »

Puis, la docteure des soins palliatifs est revenue une autre fois voir papa dans le débarras, et après m'avoir *réconforté* pendant quelques secondes, elle a pris le pouls de Ti-Paul, une dizaine de battements à la minute, seulement!, et elle m'a tout de suite fait savoir, très peinée par la mort annoncée de papa: « Je ne pense pas que ça vaut la peine de le monter aux soins palliatifs, car il risque de mourir dans l'ascenseur... Alors, qu'est-ce qu'on fait, Monsieur Bellemare?... Voulez-vous prendre la chance de le voir succomber dans un monte-charge?... À vous de décider. »

J'avais dit à la doc de laisser faire les soins paliatifs; que papa était bien, ici, même si on était très à l'étroit... qu'on allait palier la situation et le laisser partir ici... que je ne voulais pas que papa risque de mourir dans un ascenseur.

Crisse, y manquerait plus que ça! Lui qui tenait absolument à mourir à la maison, il allait se rouler dans sa tombe, ou, pire encore, nous envoyer un mauvais sort et nous déshériter... si ça n'était pas déjà fait. Alors, je n'allais sûrement pas courir le risque de voir papa disparaître entre deux étages... On l'avait déjà perdu une fois dans l'hôpital... pas deux! Et comme on était bien pépère, ici, j'allais accompagner papa de l'autre côté dans le p'tit coqueron qu'on avait mis à notre disposition.

Juste avant que la docteure ne reparte pour aller faire ses rondes aux soins palliatifs, elle m'a avisé que mon père allait probablement mourir d'un moment à l'autre. Je l'ai remerciée pour la franchise désarmante dont font preuve ces médecins qui voient la mort de près à tous les jours pendant leur journée de travail, une crisse de job à marde!, avais-je pensé, et j'ai continué à tenir la main de papa pendant ses derniers instants de vie sur terre, même si prendre une inspitation à toutes les vingt secondes ne pouvait être qu'à peine considéré comme *étant toujours en vie*. Puis, les aspirations se sont encore plus espacées... Comment pouvait-on arrêter de respirer si longtemps? Après, j'ai pensé aux pêcheurs d'éponge de la Méditerranée qui pouvaient rester plus de trois minutes en apnée sous l'eau avant de remonter, et j'ai imaginé papa en train de pratiquer ce genre de pêche, lui qui adorait taquiner le poisson quand il était jeune, même si retenir sa respiration sous l'eau pendant si longtemps pouvait être dangereux. Cependant, même si la fréquence était de plus en plus espacée entre ses inspirations, papa avait toujours l'air d'un dormeur paisible en dépit de sa blancheur mortuaire.

Pour ma part, j'étais heureux de savoir qu'il ne souffrait plus, malgré la tristesse qui m'habitait de le voir nous quitter pour l'autre monde... Hélas! Faudrait tous y passer un jour ou l'autre, et je ne voulais pas que papa, à tout le moins, ne passe à la casserole tout seul. J'allais l'accompagner le plus loin possible dans la vie... j'allais lui tenir la main lors de son passage de l'autre côté... l'accompagner jusqu'au seuil de sa nouvelle vie... et un jour, ça serait à mon tour d'y aller, moi aussi... un aller simple pour l'inconnu sans retour et sans possibilité de raconter le périple aux autres.

Puis, je me suis demandé qui allait me tenir la main, à moi, lors du jour fatidique de mon départ pour l'au-delà?

Je comptais maintenant les secondes interminables dans ma tête, car les inspirations de papa étaient de plus en plus espacées: Ti-Paul faiblissait beaucoup. Par la suite, l'inévitable est survenu... Et j'ai écouté un long moment, bandant mes facultés auditives au maximum comme lorsqu'on tend la corde d'un arc et qu'on la retient le plus longtemps possible avant de laisser aller sa flèche... Rien! La poitrine de papa ne se soulevait plus du tout, et comme je lui tenais toujours la main, ce fut facile pour moi de me pencher sur lui pour constater son décès... Et j'ai mis une oreille sur sa poitrine pour mieux écouter son coeur: son myocarde n'était plus que palpitations à peine audibles. Le muscle cardiaque de papa s'était arrêté de fonctionner normalement et n'était plus que de petits tremblements désordonnés; ça voulait dire que le cervelet, après avoir coupé tout ce qui pouvait être supprimé pour prolonger la vie de papa au maximum, de la circulation sanguine à la température de son corps, venait tout juste de lancer la serviette. Et même après deux bonnes minutes, peut-être même trois, j'avais perçu d'étranges gazouillis qui résonnaient toujours dans sa poitrine... On aurait dit un oiseau prisonnier de la cage thoracique de papa, et qui, après plusieurs décennies de captivité s'apprêtait à prendre enfin son envol.

Je suis l'étoile qui brille dans la nuit, n'allez pas sur ma tombe pour pleurer, je ne suis pas là, je ne suis pas mort...

Papa avait, finalement, réussi à se libérer de sa vieille enveloppe charnelle: Ti-Paul Bellemare né à Saint-Justin dans le compté de Maskinongé s'était éteint paisiblement à l'âge vénérable de quatre-vingt-neuf ans et trois tic tac! Mais il aurait pu vivre encore plus longtemps n'eut été sa peur morbide des docteurs... et ça me rendait triste juste de le penser.

*
**

Quand Martin et Carole sont revenus de la cafétéria avec un café, j'ai tout de suite annoncé la mort de papa à mes frangins... Papa avait l'air d'un dormeur très fatigué sous l'éclairage morbide du petit réduit sans fenêtre. Ensuite, on s'est longuement embrassés en offrant à chacun les condoléances d'usage... Carole pleurait à chaudes larmes. Puis, la docteure est revenu nous voir pour constater le décès de papa...

« Y'a rien à constater, Docteure... Mon père est déjà mort depuis un p'tit boutte de temps. »

Elle n'allait tout de même pas se fier à moi, qui étais-je, moi, pour proposer un diagnostique réservé exclusivement aux docteurs en médecine? Et elle a posé son stéthoscope contre la poitrine de papa pour vérifier mes dires...

« Il est bien mort », avait-elle conclu après avoir écouté un moment... « Quelle heure dois-je inscrire sur le certificat de décès? »

- Vous pouvez mettre l'heure que vous voudrez, mais je crois qu'il nous a quitté à l'heure Timex...

- ... À l'heure Timex?!?

- À dix heures et dix, très exactement.

Elle a noté l'heure dans son cartable, puis elle a quitté la chambrette... papa était parti.

FIN